AF381307

S. M. LaViolette schreibt auch unter dem Pseudonym Minerva Spencer. Sie ist die mehrfach preisgekrönte Autorin von historischen Liebesromanen der Regency-Zeit, darunter auch die hochgelobte Die verlorenen Herzen-Serie. Sie wurde in Saskatoon, Saskatchewan, geboren und lebte in Kanada, den USA, Europa, Afrika und Mexiko, bevor sie nach New Mexico zog, wo sie heute mit ihrem Mann und Dutzenden von Tieren lebt. Zuvor war sie Geschichtsprofessorin am College, Strafverfolgerin, Barkeeperin und Besitzerin eines Bed and Breakfast.

MINERVA SPENCER
SCHREIBT ALS
S. M. LaVIOLETTE

Melodie zweier Herzen

ÜBERSETZT VON DOROTHEA STILLER

Deutsche Erstausgabe Mai 2021

© 2021 dp Verlag, ein Imprint, der dp DIGITAL PUBLISHERS GmbH

Made in Stuttgart with ♥
Alle Rechte vorbehalten

Melodie zweier Herzen

ISBN 978-3-96817-754-0
E-Book-ISBN 978-3-96817-415-0

Übersetzt von: Dorothea Stiller
Covergestaltung: ARTC.ore
Umschlagsgestaltung: ARTC.ore Design
Unter Verwendung von Abbildungen von
shutterstock.com: © Cara-Foto, © Martpod
periodimages.com: © Maria Chronis, VJ Dunraven Productions
Korrektorat: Dorothee Scheuch
Satz: dp DIGITAL PUBLISHERS GmbH
Druck und Bindung: Books on Demand GmbH, Norderstedt

Kapitel Eins

Bude, Cornwall

1816

Portia Stefani wandte unwillig den Blick von der mondbeschienenen Landschaft vor dem Fenster der Kutsche ab und starrte auf den abgegriffenen Brief in ihrer Hand. Sie hatte ihn so oft gelesen, dass sie ihn auswendig kannte, aber sie musste noch immer die Worte ansehen. Sie hatte das Richtige getan, oder nicht?

Verehrter Signore Stefani,
die Stark Arbeitsvermittlung hat Ihr Bewerbungsschreiben bezüglich der Lehrerstelle an uns weitergeleitet. Natürlich übertreffen Ihre Fähigkeiten und Erfahrung meine Erwartungen an einen Klavierlehrer bei Weitem. Es ist mir ein Privileg, Ihnen eine auf ein Jahr befristete Stelle anzubieten. Ich benötige lediglich zwei Unterrichtsstunden am Tag an sechs Tagen in der Woche. Die übrige Zeit stünde Ihnen zur freien Verfügung.
Whitethorn Manor befindet sich in einem recht abgelegenen Winkel von Cornwall, sollte Ihnen das Landleben ein Gräuel sein, wäre die Stelle möglicherweise nicht das Passende für Sie.

Der Verfasser des Briefes, Mr. Eustace Harrington, bot im Folgenden ein großzügiges Gehalt an, schlug ein Datum für den Antritt der Stelle vor und erläuterte, wie das Herrenhaus zu erreichen sei. Keine Erwähnung machte der Brief allerdings, ob Ivo Stefanis *Ehefrau* ein adäquater Ersatz wäre, sollte der berühmte Pianist nicht zur Verfügung stehen, nicht interessiert oder ... tot sein.

Portias Hände zitterten, als sie die kurze Mitteilung wieder zusammenfaltete und in ihrem Retikül verstaute. Es war unsinnig, jetzt die Nervosität obsiegen zu lassen, insbesondere nachdem sie bereits die private Kutsche, die Übernachtungen in den Poststationen und die Mahlzeiten angenommen hatte, für die Mr Harrington bezahlt hatte.

Sie stöhnte und lehnte die pochende Schläfe gegen das kühle Glas. Die endlos wirbelnden Gedanken in ihrem Kopf machten ihr zu schaffen.

Schon seit Stunden dröhnte ihr Kopf, und der Schmerz wurde mit jeder Meile, die sie zurücklegten, stärker. Wochenlang mit dieser Täuschung zu leben, hatte sie sowohl seelisch als auch körperlich erschöpft. Gott sei Dank wäre es bald vorüber, ganz gleich, was geschehen würde.

Hauptsächlich hatte sie sich an das Argument geklammert, dass dieses Täuschungsmanöver ihr einziger Ausweg war, doch je näher sie Whitethorn Manor kam, desto mehr verblasste dessen Überzeugungskraft. Allerdings entsprach es dadurch nicht weniger der Wahrheit. Portia hatte weder Geld noch Familie – jedenfalls niemanden, der sie anerkannt hätte – und die wenigen Freunde, die sie hatte, waren ebenso arm wie sie selbst. Sie hatte nichts als Schulden, seit sie gezwungen gewesen war, die *Ivo-Stefani-Akademie für junge Damen* zu schließen.

Sie lachte, und das bittere Atemwölkchen, das sie dabei ausstieß, hinterließ einen flüchtigen Nebelschleier auf dem Fenster der Kutsche. Selbst jetzt amüsierte sie noch der lächerliche Name; Ivo hatte immer schon solch hochtrabende Träume gehabt. Unglücklicherweise hatten seine Träume selten dazu getaugt, sie zu ernähren, schon bevor er sie und ihre ums Überleben kämpfende Schule einfach verlassen hatte.

Obwohl das kleine Institut seine Idee gewesen und nach ihm benannt war, hatte ihr Ehemann stets beleidigt reagiert, wenn Portia ihn um Unterstützung bei Ausbildung und Unterricht gebeten hatte.

»Diese Arbeit ist wie für dich gemacht, *cara*, aber meine Gehörknöchelchen«, an dieser Stelle erschauderte er immer theatralisch, »sie laufen Gefahr, zu zerbrechen und zu bluten, wenn sie einer solchen Tortur ausgesetzt werden.«

»Und wie werden sich deine Gehörknöchelchen wohl fühlen, wenn sie kein Dach mehr über dem Kopf haben?« Diese Frage hatte Portia öfter als einmal gestellt.

Doch Ivo hatte sich nur über ihre Befürchtungen amüsiert – und hatte sich dann mit einer Frau davongemacht, deren bloße Existenz bedeutete, dass Portias zehnjährige Ehe nichts als Heuchelei gewesen war. Nicht, dass all das jetzt noch eine Rolle gespielt hätte. Ivo war fort, und die demütigende Erkenntnis mit ihm; es war nicht mehr wichtig, was er getan hatte oder mit wem. Wichtig war jetzt nur, dass Portia überleben musste, und das konnte sie nur, indem sie Musikunterricht gab.

Sie hätte in London Arbeit finden können, aber die Aussicht, in derselben Stadt noch einmal ganz von vorne anfangen zu müssen, hatte sie erschöpft und hoffnungslos werden lassen. Wäre sie nicht mittellos gewesen, hätte sie das Angebot ihrer drei Freunde annehmen können, eine Hausgemeinschaft zu gründen: Serena Lombard, Honoria Keyes und Lady Winifred Sedgewick, die allesamt an der nun geschlossenen Schule unterrichtet hatten.

Leider hatte Portia nichts zu bieten als Schulden, auch wenn sie den größten Teil davon nicht selbst verursacht hatte. Doch den Schuldeneintreibern, die sie tagein, tagaus bedrängten, war es gleich, ob Ivo den Berg unbezahlter Rechnungen ohne ihr Wissen aufgetürmt hatte oder nicht.

Nein, es war weit ratsamer gewesen, diese gut bezahlte Stellung anzunehmen, auch wenn sie dafür auf einen verachtenswerten – und womöglich kriminellen – Schwindel zurückgegriffen hatte.

Die Kutsche kam zum Stehen, und ihre Gedanken flatterten davon wie aufgeschreckte Tauben.

Portia spähte mit angehaltenem Atem aus dem Fenster. Das war nicht einfach nur ein Landhaus; es war ein herrschaftliches Anwesen: ein imposantes Gebäude im palladianischen Stil ragte beinahe bedrohlich vor der Kutsche auf, massive Säulen und riesige venezianische Fenster verdeckten den größten Teil des mondhellen Himmels.

Sie war angekommen.

***

Die Diener hatten gerade eben die Teller abgeräumt, als Soames das Speisezimmer betrat.

»Verzeihung, Sir, wie es scheint, ist die Person angekommen, die Sie für den Musikunterricht eingestellt haben.«

Stacy Harrington nahm seine Taschenuhr heraus. »Es ist schon recht spät, und zweifelsohne wird er von der langen Reise erschöpft sein. Ich denke, ich werde erst morgen früh mit ihm sprechen. Zeigen Sie ihm seine Räumlichkeiten und lassen Sie den Koch etwas zu essen hochschicken.«

Der alte Butler rührte sich nicht.

»Gibt es sonst noch etwas, Soames?«

»Nun ja ...«

»Ja, aber was ist denn?«

»Nun, die Sache ist die, Sir, es ist nicht Signore Stefani.«

Stacy runzelte die Stirn. Sein Butler ließ sich für gewöhnlich durch nichts aus der Ruhe bringen. »Was ist, Soames?«

»Es ist *Signora* Stefani«, platzte Soames heraus.

»Gut, dann hat er also seine Frau mitgebracht. Ich wünschte, er hätte es uns angekündigt, aber heute Nacht können sie in den Zimmern bleiben, die Sie zurechtgemacht haben, und morgen können wir ihnen großzügigere Räumlichkeiten zuweisen.«

Soames räusperte sich. »Ähm, es ist *nur* Signora Stefani.«

Seine Tante Frances, die mit jeder neuen Enthüllung stetig näher an die Kante ihres Sitzes herangerutscht war, konnte schließlich nicht länger an sich halten. »Was zum Teufel soll das heißen, Stacy?«, fragte sie, erschüttert genug, dass sie ihn vor einem Bediensteten so vertraulich mit seinem Kosenamen ansprach.

Stacy störte sich nicht an diesem Fauxpas. Eigentlich war ihm »Stacy« sogar lieber als »Eustace«, was in seinen Ohren wie der Name eines Bestatters klang.

Er wandte sich von seiner Tante dem wartenden Dienstboten zu. »Meine Tante wünscht zu wissen, was zum Teufel das heißen soll, Soames.«

Die pergamentartige Haut des Butlers nahm einen rosigen Schimmer an. »Es scheint, als sei Signore Stefani ... nun, er ist offenbar verstorben, Sir.«

Stacy lehnte sich in seinem Sessel zurück, und seine Tante schnappte nach Luft.

»Wollen Sie damit sagen, dass sich in der Kutsche eine Leiche befindet, Soames?«

»O nein, Sir, nein.« Soames hielt inne und starrte auf einen Punkt irgendwo hinter Stacys linker Schulter, wobei er wie eine Eule blinzelte. Seine Stirn legte sich in Falten, und er strich über sein längliches Kinn. »Zumindest ...«

Stacy kam es vor, als sei der alte Mann versteinert, also bohrte er nach. »Zumindest was?«

»Soweit ich gesehen habe, ist sie allein in der Kutsche, Sir. Keine Zofe und auch keine, äh, Leiche.« Er blickte auf seine Hand hinab. »Das hier hat sie mitgebracht und behauptet, die Stelle als Musiklehrer antreten zu wollen.«

Soames hielt ihm einen gefalteten Bogen Papier hin, und Stacy nahm ihn an sich.

Seine eigene Handschrift schaute ihm daraus entgegen; es handelte sich um den Brief, in dem er dem berühmten Pianisten Ivo Stefani die Stellung angeboten hatte. Stacy legte den Brief beiseite.

»Tja, dann zeigen Sie eben *Signora* Stefani ihr Zimmer, lassen den Koch etwas zu essen hinaufschicken und sagen *ihr*, dass ich morgen früh mit *ihr* sprechen werde.«

»Sehr wohl, Sir.«

Seine Tante wartete, bis der aufgewühlte Butler den Raum verlassen hatte, bevor sie das Wort ergriff.

»Tja.«

Es amüsierte Stacy, wie viel Bedeutung sie in dieses einzige Wort legte.

»Tja. Du sagst es, liebe Tante.«

»Möchtest du nicht doch lieber *gleich* mit ihr sprechen? Warum bis morgen warten?«

»Sie hat fast drei Tage in einer Kutsche gesessen, Tante Frances. Ich möchte meinen, sie wird erschöpft sein. Ob ich jetzt gleich mit ihr spreche oder erst am Morgen, sie wird ohnehin ein Zimmer brauchen, in dem sie die Nacht verbringen kann.« Außerdem hatte die Frau auf seine Kosten eine teure Reise unternommen; er würde sie dazu befragen, wann es ihm genehm war.

»Aber warum ist sie hergekommen, mein Lieber?«

»Du hast Soames gehört, Tante. Sie ist hier, um zu unterrichten.«

»Wurde das in der Korrespondenz, die ihr gepflegt habt, auf irgendeine Weise erwähnt?«

»Mit keinem Sterbenswort.«

»Sie kann doch nicht wirklich erwarten, dass du ihr eine Stelle anbietest, nachdem sie dich so getäuscht hat.« Sie hielt inne und runzelte die Stirn. »Es sei denn ... könnte es sein, dass dich die Arbeitsvermittlung getäuscht hat?«

»Möglich. Irgendjemand hat es jedenfalls getan.«

Seine Tante spitzte die Lippen. »Du musst sie fortschicken.«

»Ich kann sie wohl kaum mitten in der Nacht davonjagen, nicht wahr, Ma'am?«

»Ich fürchte nicht«, entgegnete sie widerwillig. »Aber gleich morgen früh musst du es tun.«

Bei dem scharfen Tonfall seiner Tante hob Stacy die Brauen. Sie errötete unter seinem strafenden Blick und wandte sich ab.

Seine Tante hatte, obwohl sie ihn großgezogen hatte, stets akzeptiert, dass er sein eigener Herr war und darüber hinaus Herr auf Whitethorn Manor. Stacy konnte sich nicht erinnern, wann sie ihm zuletzt vorgeschrieben hatte, was er zu tun oder zu unterlassen hatte. Offenbar war sie weit aufgebrachter, als er angenommen hatte.

Er schenkte ihr ein beruhigendes Lächeln. »Kein Anlass zur Sorge, Tante Frances. Ich werde mich morgen um alles kümmern.« Wieder nahm er seine Uhr heraus und warf einen Blick darauf.

Seine Tante hatte die Geste gesehen und erhob sich. »Verzeihung, mein Lieber, ich werde dich jetzt dem Genuss deines Portweins überlassen.«

Stacy begleitete sie zur Tür des Speisezimmers und öffnete diese für sie.

»Ich werde in Kürze bei dir sein«, versprach er und schloss die Tür hinter ihr.

Er löschte alle Kerzen bis auf eine und schenkte sich ein großzügiges Glas Port ein. Er nahm einen Schluck der goldbraunen Flüssigkeit und nahm dann seine Brille ab. Die Nasenwurzel schmerzte vom langen Tragen, und er massierte sie geistesabwesend, während er an die Zimmerdecke starrte, wo gewitzte Putten zwischen Wolken herumtollten oder sich darauf herumlümmelten und begierig das närrische Treiben der Menschen unter ihnen aus sicherer Distanz betrachteten.

Er hätte mit so etwas rechnen müssen. Natürlich nicht damit, dass eine Frau auftauchen würde, sondern damit, dass es unmöglich sein würde, einen Musiker von Stefanis Kaliber so einfach verpflichten zu können. Als ihm die Arbeitsvermittlung mitgeteilt hatte, dass der berühmte Pianist eine Anstellung als Lehrer suchte, hatte er sich gefragt, ob es sich dabei möglicherweise um ein Missverständnis handelte.

Offensichtlich war das der Fall.

Er konnte nicht glauben, dass die angesehene und geschätzte Arbeitsvermittlung Stark ihn belogen hatte, was die Bewerbung von Ivo Stefani anging. Nein, Mrs Stefani musste sie getäuscht haben.

Stacy schüttelte den Kopf. Was musste sie für eine Frau sein, wenn sie sich so unter Vorspiegelung falscher Tatsachen auf solch eine Reise begab? Eine dreiste? Eine selbstsichere? Oder eine verzweifelte?

Er schnaubte; auf jeden Fall eine unehrliche.

Stacy konnte sich vorstellen, *warum* sie ihn getäuscht hatte – zweifelsohne hatte sie angenommen, dass er keine Frau eingestellt hätte. Er schwenkte sein Glas und starrte in dessen warme Tiefe. Hätte er? Seine Lippen zuckten bei dem Gedanken. Nein, er hätte keine Frau eingestellt, wenn auch aus anderen Gründen, als sie vermutlich angenommen hatte.

Während Männer ihn anglotzten und anstarrten, überwanden sie irgendwann ihre Neugier. Frauen allerdings ... nun, er hatte auf die unangenehme Art lernen müssen, dass Frauen nicht so nachsichtig waren – besonders, was seine Augen anging.

An ihren Reaktionen konnte Stacy nichts ändern, aber er konnte versuchen, sich ihrem Zorn und ihrer Furcht so selten wie möglich auszusetzen. Abgesehen von den Ehefrauen seiner Pächter, einigen Frauen im Ort, und seinem weiblichen Dienstpersonal war es ihm gelungen, den Kontakt zum weiblichen Geschlecht zu vermeiden. Nun, außer den Frauen, die er in Plymouth aufsuchte; jene Frauen entlohnte er großzügig dafür, dass sie seine äußere Erscheinung ignorierten.

Dass er der Ankunft eines Musiklehrers derart entgegengefiebert hatte, sprach Bände über sein Sozialleben. Vielleicht sollte dieses Debakel ihm sagen, dass diese Leidenschaft alberne Zeitverschwendung war?

Er hatte weiß Gott genug damit zu tun, seine Ländereien zu verwalten und seine Geschäfte zu führen. Aber sollte er sich denn kein privates Vergnügen erlauben dürfen? Er hatte schon hingenommen, dass er niemals heiraten und eine Familie gründen würde. Musste er also bloß wegen seines grotesken Äußeren auch das Klavierspiel aufgeben, eines der wenigen Dinge, die er liebte? War es zu viel verlangt, ohne Aufregung und Ärger einen Musiklehrer einstellen zu wollen? Andere taten das schließlich auch. Natürlich üblicherweise für ihre Kinder, aber warum sollte das eine Rolle spielen?

Stacy stellte sein Glas mit mehr Schwung ab, als notwendig gewesen wäre, und das Kristall klirrte auf der polierten Maserholzfläche des Tisches. Je länger er über die Täuschung dieser Frau nachdachte, desto wütender wurde er. Was wagte es dieses Weibsstück, zu vermasseln, was eigentlich ein ganz simpler Geschäftsvorgang gewesen wäre? Seine Tante hatte recht gehabt. Stacy hätte die Frau herzitieren und sie für ihren unverschämten Betrug zur Rechenschaft ziehen sollen, ganz gleich, wie erschöpft sie sein mochte.

Beim Gedanken an seine Tante ging ihm auf, dass es recht unfreundlich von ihm gewesen war, sie fortzuschicken, wo sie sich doch nur um sein Wohl sorgte, auch wenn die Sorge gänzlich unnötig sein mochte. Sie hatte Angst um ihn, als ob er noch immer ein kleiner Junge wäre, nicht ein Mann von fünfunddreißig Jahren. Frances Tate war seine einzige lebende Verwandte und hatte ihm Vater und Mutter ersetzt. Dafür hatte sie sich auf dem Land vergraben und ihr Leben ganz seiner Erziehung gewidmet. Sie hatte nie geheiratet oder auch nur einen Verehrer gehabt, soweit Stacy wusste. Nicht zum ersten Mal hatte er ein schlechtes Gewissen, dass sie ihr Leben allein auf ihn ausgerichtet hatte. Die arme Frances war mit etwas über ein Meter achtzig Größe beinahe ebenso eine Monstrosität wie er.

Stacy schob sein Glas zur Seite, nahm seine Brille und erhob sich. Er würde seine Tante für die abrupte Abweisung entschädigen, indem er für sie spielte, was sie stets entspannte.

***

Die Reaktion des Butlers auf Portias Ankunft war so urkomisch gewesen, dass sie gelacht hätte, wenn nicht ihre gesamte Zukunft auf dem Spiel gestanden hätte. Wenn Mr Harrington auch nur halb so schockiert wäre wie sein Diener, hätte sich Portia schon lange mitsamt ihrem Gepäck auf der Straße befunden – oder wahlweise vor dem örtlichen Magistrat.

Stattdessen befand sie sich nun inmitten einer luxuriösen Suite, die aus einem Wohnzimmer, einem Schlafzimmer und einem enormen Ankleidezimmer bestand, in dem es sogar eine kupferne Badewanne gab. Die Zimmer waren groß und luftig und die Ausstattung war in einer beruhigend wirkenden Kombination von Eisblau und warmem Schokoladenbraun gehalten. Portia ließ sich in einen Ohrensessel sinken, zog die robusten schwarzen Stiefeletten aus und streckte ihre Füße auf dem weichen Aubusson-Teppich aus. Ihr Körper schmerzte, sie war voller Staub und Schmutz, und ihr Gehirn arbeitete im Schneckentempo. Zum Glück musste sie in diesem Zustand nicht ihrem zukünftigen Dienstherrn entgegentreten. Sie war gleichermaßen erstaunt wie dankbar gewesen, als Mr Harrington beschlossen hatte, ihr Zusammentreffen auf den folgenden Morgen zu verschieben.

Für heute Nacht würde sie die kurze Verschnaufpause nutzen und vergessen, was auch immer der Herr des Hauses für sie geplant haben mochte; heute würde sie den außerordentlichen Komfort dieser Räumlichkeiten genießen.

Portia hatte gerade ihr Portmanteau geöffnet und suchte nach ihrem Nachthemd, als ein Dienstmädchen ein großes Tablett mit Essen brachte. Das Mädchen lächelte scheu, trug das Tablett ins Wohnzimmer und stellte die Schüsseln auf den Tisch. Als sie damit fertig war, knickste sie kurz, und ihre großen braunen Augen sahen Portia mit unverhohlener Neugier an.

»Mr Soames sagte, ich möchte Ihnen beim Auspacken helfen und fragen, ob Sie gerne ein Bad nehmen würden, Ma'am.«

Portia hatte den Anstand, zu erröten; Abendessen auf dem Zimmer und das Angebot, ein heißes Bad nehmen zu können? Obwohl sie ihn getäuscht hatte, begegnete Mr Harrington ihr mit Höflichkeit und Güte.

Es hatte nicht viel Sinn, auszupacken, aber Portia konnte unmöglich die Chance auf ein Bad in dieser wunderschönen kupfernen Wanne ausschlagen.

Sie lächelte die junge Frau an. »Ich bin Signora Stefani. Wie heißen Sie?«

»Daisy, Ma'am.«

»Ich benötige keine Hilfe beim Auspacken, Daisy, aber ich würde nach dem Essen schrecklich gern ein Bad nehmen.«

»Sehr wohl, Ma'am.« Sie knickste abermals, verließ das Zimmer und schloss die Wohnzimmertür hinter sich.

Der Duft des Essens ließ Portia das Wasser im Munde zusammenlaufen, und sie beeilte sich zu schauen, was das Dienstmädchen ihr gebracht hatte: gebratenes Geflügel, Pastinakenpüree, frisches Brot und Butter, eine Karaffe Wein sowie Clotted Cream mit frischen Beeren. Es war die perfekte Mahlzeit für eine müde, hungrige

Reisende, und sie fiel darüber her wie ein ausgehungertes Tier.

Sie hatte sich gerade die letzte Beere in den Mund gesteckt, als Daisy die Tür öffnete.

»Ihr Bad ist bereit, Ma'am.«

Portia folgte ihr zu der Kupferwanne, die mit dampfendem Wasser gefüllt war. Daneben stand ein Tischchen mit einer marmornen Platte, auf dem weiche Handtücher und verschiedene kristallene Flaschen bereitstanden.

»Kann ich Ihnen beim Auskleiden helfen, Ma'am?«

»Vielen Dank, Daisy. Ich denke, ich komme allein zurecht.« Sie wartete, bis sich die Tür hinter dem Dienstmädchen geschlossen hatte und begann die Häkchen zu lösen, mit denen ihr braunes Reisekostüm an der Seite verschlossen war.

Beim Entkleiden sah sich Portia in ihrem Zimme um. Ein hübsches Chippendale-Schränkchen stand an der einen Wand, schwere braune Samtvorhänge rahmten die Fenster ein, die vom Boden zur Decke reichten, und ein wuchtiges Himmelbett dominierte das Schlafzimmer.

Gedankenverloren strich sie über die Tagesdecke aus blauer Seide, die sich wie eine Wolke anfühlte, als sie ihre Hand darauflegte. Sie spürte einen schmerzvollen Stich, als sie ihre Umgebung betrachtete. Das Hausmädchen war lieb, die Räumlichkeiten wundervoll, und die einfache Mahlzeit war köstlich gewesen, wie schade, dass sie wahrscheinlich all das morgen hinter sich lassen musste.

Portia war noch nie so zuvorkommend behandelt worden, nicht einmal, als sie und Ivo noch in den vornehmsten Häusern Europas zu Gast gewesen waren. Ihr Ehemann war als großer Künstler betrachtet und sehr gefeiert worden, bevor der Unfall seiner Karriere ein Ende gesetzt hatte. Einige Männer hatten viel Geld dafür bezahlt, Ivo Stefani für sich und ihre Freunde spielen zu lassen, und Frauen hatten ihn wegen seinem guten Aussehen, der olivfarbenen Haut und den warmen Schlafzimmeraugen verehrt.

Die Ehefrau des großen Künstlers hatte allerdings nicht dieselbe Aufmerksamkeit erhalten. Meistens war Portia in winzigen Dachkammern untergebracht worden und hatte das verächtliche und missgünstige Verhalten der Dienstboten über sich ergehen lassen müssen, während Ivo mit der Dame des Hauses ins Bett ging, ein Vermögen für teuren Firlefanz verprasste und einen Großteil seines Verdienstes am Spieltisch verlor.

Portia bemerkte, dass sie mit den Zähnen knirschte.

Beruhige dich, sagte sie sich. *Beruhige dich und genieße den unerwarteten Luxus, denn höchstwahrscheinlich erwartet dich morgen der örtliche Magistrat.*

Sie schob den Gedanken beiseite und gab einen großzügigen Schuss des nach Lavendel duftenden Badeöls in das dampfende Wasser, bevor sie ihren Körper in das himmlische Bad gleiten ließ.

Als sie damit fertig war, ihre Haare zu waschen, waren ihre Lider so schwer und müde, dass sie sich gegen das warme Kupfer der Wanne lehnte und sie schloss.

Ich werde nur kurz meine Augen ausruhen. Nur eine Minute ...

Portia schrak hoch, das Badewasser war kalt, ihre Finger und die Haut schrumpelig. Sie mühte sich, ihren steifen, schmerzenden Körper aus der Wanne zu wuchten und sich abzutrocknen. Sie hatte kaum noch genug Kraft, ihr feuchtes Haar zu kämmen und das fadenscheinige Nachthemd anzuziehen, bevor sie sich in ihre dekadente Schlafstatt wühlte. Sie schloss die Augen und befand sich sofort fest im Griff eines quälenden Wachtraums, in dem sie sich auf einer nicht enden wollenden Kutschfahrt befand.

Schließlich sank sie in einen tiefen, traumlosen Schlaf, bis etwas sie weckte. Sie schob die Masse wirrer Locken beiseite und blinzelte zu der Kerze am anderen Ende des Raumes hinüber, die sie vergessen hatte zu löschen. Die Uhr auf ihrem Nachttisch zeigte, dass es gerade nach zwei Uhr war.

Portia stöhnte und ließ ihren Kopf wieder auf das Kissen sinken. Sie hatte nicht nur die Kerze brennen lassen, sondern auch vergessen, die Vorhänge zu schließen, und Mondlicht erhellte das Zimmer. Sie würde das Licht löschen und die Vorhänge zuziehen müssen, wenn sie noch etwas Schlaf bekommen wollte.

Verärgert warf sie die Decken zur Seite, stemmte sich aus dem Bett und tappte über den dicken Teppich zum Fenster. Sie war gerade im Begriff, die Vorhänge zu schließen, als sie hinter dem geriffelten Glas einen kleinen Balkon bemerkte. Der gut geölte Fensterriegel ließ sich geräuschlos bewegen. Sie öffnete den Fensterflügel und trat hinaus in ein Wunderland.

Eine kühle Brise bewegte ihr Nachthemd, und der Mond warf ein magisches Licht über die Landschaft. Es war einer dieser Monde, die so tief am Himmel stehen, dass man das Gefühl hatte, ihn berühren zu können, wenn man nur den Arm ausstreckte. Einige Laternen, die in einer Reihe von der Hausecke bis etwa zur Hälfte der Einfahrt aufgestellt waren, spendeten zusätzliches Licht.

Portia fragte sich, wer mitten in der Nacht eine solch strahlende Beleuchtung brauchte, aber sie schüttelte den Gedanken ab. Wer wusste schon, was die Leute auf dem Land so trieben und warum?

Obwohl die Nacht kühl war, war sie zu schön, um zu widerstehen. Portia lehnte sich gegen den kalten Stein und füllte ihre Lungen mit kalter, nicht-Londoner Luft. Sie war die vorübergehende Herrscherin über ein mondbeschienenes Königreich.

Im Westen war ein schmaler Streifen Ozean zu erkennen. Sie konnte die glitzernden Wellen sehen, aber sie waren zu weit entfernt, um sie an die Küste rollen zu hören. Ein gepflegter Garten umgab das Haus im Westen und Süden, und dahinter lag ein Gehölz, das groß genug war, dass man es einen Wald hätte nennen können.

Portia schloss die Augen und sog die Stille der Nacht in sich auf. Was für ein wunderwunderschöner Ort dies war! Und wie furchtbar schade, dass sie dies nur in dieser einzigen Nacht würde bewundern können. Ihr Bedauern war so bitter, dass es tatsächlich einen schlechten Geschmack auf ihrer Zunge hinterließ; sie hätte niemals lügen sollen. Sie hätte Mr Harrington schreiben und den Brief in ihrem eigenen Namen zeichnen sollen. Sie hätte Belege für ihre Ausbildung gehabt, die nicht weniger beeindruckend war als Ivos, von der Erfahrung ganz zu schweigen, die sie bei der Leitung einer Schule gesammelt hatte, auch wenn eine geschlossene Schule vielleicht kein besonderes Aushängeschild war.

Sie hatte ihnen beiden einen Bärendienst geleistet, indem sie ihm nicht die Wahrheit gesagt und es ihm auf diese Weise nicht gestattet hatte, eine Entscheidung zu treffen. Nun würde ihr Betrug zwischen ihnen stehen, zu Recht.

Portia kaute auf ihrer Unterlippe, bis sie schmerzte, so wütend war sie über ihre Impulsivität. Sie war beinahe neunundzwanzig, würde sie nie lernen, dass man erst denken und dann handeln sollte? Sie musste verrückt gewesen sein, anzunehmen, dass ihr Plan aufgehen könnte, und selbst wenn ...

Ein leises Geräusch drängte sich in ihre trüben Gedanken, und Portia öffnete die Augen. Etwas Weißes, Geisterhaftes flackerte zwischen den Bäumen am Rand des Waldes. Sie machte einen Schritt zurück, drückte sich in den Schatten der schweren Samtvorhänge und zog sie fester um ihren Körper. Eine Gestalt trat aus dem Wald, und Portia hielt den Atem an, als sich der weiße Fleck verfestigte: Es war kein Geist, sondern eine Person auf einem großen weißen Pferd.

Pferd und Reiter bewegten sich langsam entlang der Baumreihe, bevor sie in einen Galopp ausbrachen und über die hügelige Parklandschaft schossen wie eine Sternschnuppe. Sie überwanden die Distanz zwischen dem Wald und dem Haus in wenigen Augenblicken.

Das geisterhafte Paar wurde langsamer, als es sich der Auffahrt näherte. Die hellen Laternen verschafften Portia einen besseren Blick. Nein, das war ganz gewiss kein Geist, sondern ein sehr greifbar aussehender Mann. Er trug weder Mantel noch Weste, nur ein weißes Hemd, das von der Anstrengung offenbar feucht geworden war und nun wie eine zweite Haut an seinem Oberkörper klebte. Lange, muskulöse Beine in Reithosen und schwarzen Stiefeln trieben das Pferd an. Das Mondlicht tauchte Pferd und Reiter in einen unheimlichen silbrigweißen Schein.

Portia bewegte sich vorsichtig weiter auf den Balkon hinaus, als sich der Reiter näherte. Sie hoffte, einen Blick auf sein Gesicht erhaschen zu können, als er die nächste Laterne passierte. Dabei zog sie am Vorhang, und das Kerzenlicht aus dem Raum hinter ihr drang für einen kurzen Augenblick hinaus und warf einen schwachen Lichtstreifen über das Kopfsteinpflaster der Einfahrt, der wie ein Pfeil anmutete, der hinauf zu ihrem Fenster wies.

Pferd und Reiter wandten sich wie ein Wesen dem Balkon zu.

Portia schnappte nach Luft, taumelte zurück ins Zimmer, schlug den Fensterflügel zu und nestelte an der Verriegelung. Sie zog die Vorhänge zu und sank mit klopfendem Herzen dagegen, als wäre sie gerannt.

Guter Gott! Wie war das möglich?

Kapitel Zwei

Es war bereits nach elf Uhr, als ein Bediensteter erschien, um Portia zu ihrem Gespräch mit dem Hausherrn zu begleiten. Sie war bereits wach, angekleidet und wartete seit Stunden, auch wenn sie nicht viel Schlaf bekommen hatte. Sie hatte es versucht, aber immer, wenn sie ihre Augen geschlossen hatte, war dieses schreckliche blasse Gesicht in ihren Gedanken aufgeblitzt.

Und diese Augen ...

Natürlich wusste sie, dass es ein Mann auf einem Pferd gewesen war, keineswegs ein Geist oder Dämon. Dennoch hatte sie nicht zurück in den Schlaf gefunden. Sie hatte in die Finsternis über ihrem Bett gestarrt, wo sich die Schatten in endloser Folge zu geisterhaften Bildern formten und wieder auflösten.

Sie hatte versucht, Schäfchen zu zählen oder an angenehmere Dinge zu denken. Zum Beispiel an die Freunde, die sie zurückgelassen hatte, die fünf Damen und den einen Mann, die zuvor ihre Angestellten gewesen waren und nun, in alle vier Himmelsrichtungen verstreut, jeweils darum kämpften, sich am Rande der Gesellschaft eine Existenz zu sichern.

Es war möglich, wenn nicht sogar wahrscheinlich, dass Portia einige von ihnen nie wiedersehen würde.

Und nun war sie hier; wieder einmal allein.

Der Gedanke hatte sie verdrießlich gestimmt, unruhig und voller Selbstmitleid hatte sie sich hin und her gewälzt, bis schließlich die ersten rosigen Streifen der Morgendämmerung über den Horizont krochen. Erst dann war sie in einen unruhigen Dämmerschlaf gefallen.

Kurz vor acht Uhr drangen Fragmente gleißenden Sonnenlichts durch die Lücke zwischen den Samtvorhängen und weckten sie. Das Gesicht, das ihr aus dem Spiegel entgegenblickte, hatte gerötete, verquollene Augen.

Als sie ihr Spiegelbild sah, hätte sie weinen mögen, aber das hätte ihr nur obendrein noch eine rote Nase eingebracht.

Also kleidete sie sich an, kämmte das schreckliche Wirrwarr auf ihrem Kopf und bändigte es zu einem Knoten, der so straff war, dass er tatsächlich die Tränensäcke unter ihren Augen zu glätten schien.

Danach hatte sie einen kühlen Lappen auf ihre Stirn gelegt und ängstlich gewartet, bis schließlich ein Klopfen sie aus ihren sorgenvollen Gedanken schreckte.

Es war Soames, der Butler.

»Mr Harrington erwartet Sie in der Bibliothek, Ma'am.« Im Gegensatz zum vorigen Abend, als der alte Mann beinahe hektisch gewirkt hatte, waren sein faltiges Gesicht und die wässrigen blauen Augen an diesem Morgen der Inbegriff der Contenance, die man von einem Butler erwartete.

Sie nahmen eine andere Treppe nach unten als die, über die sie am vorherigen Abend heraufgekommen war. Unten angekommen wandte sich Soames nach rechts und führte sie einen breiten, schwach beleuchteten Korridor entlang, bevor sie vor einer Flügeltür stehenblieben. Er öffnete die rechte Tür und bedeutete ihr, einzutreten.

»Die Bibliothek, Ma'am.«

Portia spähte in den Raum, dessen Inneres kaum sichtbar war. Die einzige Lichtquelle war eine einzelne Kerze am anderen Ende.

»Vielen Dank, Soames.« Die tiefe Stimme kam aus derselben Richtung wie das Kerzenlicht. »Kommen Sie doch herein und nehmen Sie Platz, Signora Stefani.«

Zögerlich trat Portia ein und zuckte zusammen, als die Tür hinter ihr ins Schloss fiel.

»Ich nehme an, es ist Ihnen zu dunkel.« Den Worten folgte das Aufflackern einer Flamme, und eine blasse Hand wurde sichtbar, die drei weitere Kerzen entzündete. Der Lichtschein schwoll an, bis sich daneben ein Schädel mit zwei dunklen Augenhöhlen aus der Dunkelheit schälte. Portia keuchte auf, und der Schädel verzog sich zu einer Maske des Zorns.

»Erschrecken Sie nicht. Ich bin nicht gefährlich, und ich werde Ihnen nichts tun.«

Ihr Gesicht brannte vor Scham über ihre alberne Reaktion und seinen spöttischen Ton. Nun konnte sie erkennen, dass die zwei schwarzen Flecke lediglich dunkle Brillengläser waren, und der Schädel lediglich ein sehr blasses Gesicht – dasselbe, das sie in der vergangenen Nacht gesehen hatte. Das Mondlicht hatte sie nicht getäuscht: Eustace Harringtons Haar und Haut waren so weiß wie unberührter Schnee. Nur seine Lippen, auf denen ein missbilligender Zug lag, hatten ein wenig Farbe.

»Ich leide an einer seltenen Erbkrankheit, Signora Stefani. Das bedeutet, meiner Haut und meinen Haaren fehlt die Farbe. Sie müssen sich nicht beunruhigen, es ist nicht ansteckend.«

Portia lachte, und sein Ausdruck wechselte von zornig zu überheblich.

»Ich lache nicht über Sie, Mr Harrington«, versicherte sie ihm schnell. »Ich lache, weil mir vollkommen klar ist, dass Sie nicht ansteckend sind. Ich habe bereits von dieser Krankheit gehört.« Portia verriet ihm allerdings nicht, dass die einzige andere Person, von der sie gehört hatte, in einem Dorf in der Nähe von Rom von abergläubischen Bauern gesteinigt worden war.

»Dann muss ich mir keine Gedanken machen, dass Sie schreien oder ohnmächtig werden könnten?«, fragte er in einem bissigen Tonfall.

»Nicht, solange Sie mir dazu keinen Anlass geben, Sir.«

Er überging ihren Versuch, ungezwungen zu klingen. »Warum sind Sie nach Whitethorn Manor gekommen?«

Portia holte tief Luft und begann mit der Rede, die sie auf der Reise von London hierher einstudiert hatte.

»Sie wünschten, eine Person von außergewöhnlichem Talent einzustellen, die Musik unterrichtet, und ich bin eine solche Person. Ich genoss eine Ausbildung an der *Accademia Nazionale di Santa Cecilia*, dem angesehensten Musikinstitut der Welt. Mein Vater war dort viele Jahre Lehrer, und ich eine seiner Schülerinnen.« Sie machte eine Pause. Als er nichts erwiderte, sprach sie weiter. »Die *Accademia* nimmt keine Frauen auf, aber dennoch bin ich Pianistin mit einer klassischen Ausbildung. Ich bin nicht Ivo Stefani, aber ich bin gut. Sehr gut.« Portia brach ab, bevor ihre überwältigende Nervosität die Oberhand gewinnen und die sorgsam aufgebaute Fassade durchbrechen würde.

Das weiße Gesicht ihres Gegenübers blieb reglos. Hatte er erwartet, dass sie sich entschuldigte? Ihn anflehte? Ein Gefühl, das nackter Angst sehr nahekam, breitete sich in ihrer Brust aus und erschwerte es ihr, zu atmen. Vielleicht sollte sie.

»Wann starb ihr Ehemann?« Er hatte die Frage mit derselben Leidenschaftslosigkeit gestellt, als ob er sich nach der Uhrzeit erkundigt oder sie gefragt hätte, ob sie Tee oder Kaffee bevorzugte.

Portia schluckte ihre Verärgerung über seine bedächtige, stoische Haltung hinunter, die dafür sorgte, dass sie sich wie ein kleines Schulmädchen fühlte, das versteinert vor der Direktorin stand. Sie ermahnte sich, dass *er* in dieser Angelegenheit schließlich der Geschädigte war; sie hatte diese kühle Herablassung verdient, wenn nicht Schlimmeres.

»Es ist etwas weniger als zwei Jahre her.«

»Also waren Sie es, die auf meine ursprüngliche Anzeige reagiert und mir einen Brief geschickt hat, den Sie mit dem Namen Ihres Mannes unterzeichneten.«

Ihr Gesicht glühte nun noch mehr. »Ja.«

»Wenn Sie doch so hochqualifiziert sind, warum haben Sie sich dann nicht mit ihrem eigenen Namen beworben, anstatt zu einer Lüge zu greifen?«

Dass er von einer *Lüge* sprach wirkte wie ein Funken auf trockenem Zunder.

Portia öffnete den Mund, um etwas zu entgegnen, doch die schrille Stimme der Vernunft hielt sie davon ab. *Sei demütig, Portia! Du musst zu Kreuze kriechen! Gerade gestern noch hast du dir geschworen, nicht mehr impulsiv zu handeln und –* Portia schob die Stimme beiseite. Was hatte sie schon zu verlieren, wenn sie sagte, was sie dachte? Es war doch offensichtlich, dass der Mann nicht vorhatte, sie einzustellen.

»Dann sagen Sie mir, Mr Harrington, hätten Sie erwogen, diese Position einer Frau zu geben?«

Er lehnte sich in seinem Stuhl zurück, ein leichtes Lächeln erschien auf seinen Lippen. »Darum geht es hier doch wohl nicht, oder?«

Dieser Mann spielte mit ihr und labte sich an ihrer Demütigung und Furcht. Sie sprang auf die Füße, und er erhob sich ebenfalls.

»Sie gehen, Signora Stefani?«

»Warum sollte ich bleiben? Sie haben Ihre Meinung über weibliche Musiker deutlich zum Ausdruck gebracht.«

»Ach ja? Ich dachte, wir hätten von Ihrem Betrug gesprochen, nicht von Ihren musikalischen Fähigkeiten.«

Portia knirschte mit den Zähnen, es ärgerte sie, dass sie ihm recht geben musste. Schon wieder.

Er deutete auf ihren Stuhl. »Bitte, warum nehmen Sie nicht wieder Platz? Ich habe weder Mühe noch Kosten gescheut, um Sie herzubringen. Finden Sie nicht, dass Sie mir da die Höflichkeit erweisen könnten, mir einige Minuten Ihrer Zeit zu widmen und mir eine Erklärung anzubieten?«

Was er sagte, war nur gerecht, auch wenn es sie wütend machte und dieser Umstand ihren unberechtigten Ärger nicht abzumildern vermochte.

»Und was werden Sie tun, wenn ich mich weigere, Mr Harrington? Werden Sie den örtlichen Magistrat anrufen?«

Er seufzte. »Ich bin der örtliche Magistrat, Signora Stefani.«

Portia lachte kurz auf und sank auf ihren Stuhl. »Fragen Sie, was Sie wollen.«

Er ignorierte ihr ungebührliches Verhalten und ihre zornigen Worte und nahm ebenfalls wieder Platz. »Ich frage mich, warum der Tod Ihres Gatten nicht in den Zeitungen erwähnt wurde, Signora.«

Diesen Einwand hatte sie bereits viel früher erwartet, aber das bedeutete nicht, dass sie besonders erpicht darauf war, ihm noch mehr Lügen aufzutischen.

»Mein Mann starb nicht in England.« Sie machte eine Pause. »Vielleicht haben Sie von seinem Unfall gehört?«

»Ja, sein Arm wurde zerschmettert, und er konnte nicht mehr spielen. Ich nahm an, dass dies der Grund war, warum er sich auf meine Anzeige bewarb.«

»Ich fürchte, für meinen Mann war das Unterrichten eine unerträgliche Erinnerung an alles, was er verloren hatte.« Das zumindest war die Wahrheit. »Er musste seine Erinnerungen und die Vergangenheit hinter sich lassen und seinem Leben wieder Bedeutung geben. Er entschied, dass ihm das am besten gelingen würde, wenn er in die Armee einträte.« *Lügen, Lügen, Lügen.* Glücklicherweise konnte ihr Gesicht nicht noch mehr glühen.

Hinter den getönten Brillengläsern zogen sich blasse Augenbrauen in die Höhe, was ein Ausdruck von Überraschung, Unglauben oder ganz anderen Gefühlen sein konnte. Portia nahm an, dass er überrascht war.

Schließlich hatte er Ivo nicht gekannt. Andernfalls hätte er sich jetzt vor Lachen gekrümmt: Ivo Stefani hatte in seinem ganzen Leben gewiss nicht einen einzigen altruistischen Gedanken gehabt.

»Bitte, fahren Sie doch fort.«

»Es gibt nicht viel mehr zu berichten. Er ging nach Neapel und starb kurz darauf in der Schlacht von Tolentino.« Würde er es wagen, nachzufragen, auf welcher Seite ihr Mann gekämpft hatte? Oder würde er das Schlechteste annehmen und sie gleich für die Witwe eines Mannes halten, den viele in England als Verräter betrachtet hätten?

»Verraten Sie mir, Signora«, sagte er, stützte die Ellenbogen auf dem Schreibtisch ab und beugte sich vor, was sein faszinierendes Gesicht näher ans Licht brachte. »Was dachten Sie, würde geschehen, wenn Sie sich mir unter Vorspiegelung falscher Tatsachen vorstellen?«

Das hatte sie sich auch schon zahlreiche Male gefragt, nur harscher formuliert. Warum also erzürnte es sie dermaßen, wenn er eine Frage aufwarf, die zu stellen er jede Berechtigung hatte?

Weil du dich für deine Tat schämst und nichts quälender ist, als zu wissen, dass man im Unrecht ist.

Die lästige innere Stimme hatte recht, aber das bedeutete nicht, dass es Portia gefallen musste. Dennoch, sie *konnte* sich besser kontrollieren.

»Es tut mir leid, dass ich Sie getäuscht habe, und ich entschuldige mich dafür.« Sie presste die Lippen fest aufeinander, doch dann öffnete sich ihr Mund erneut und mehr Worte purzelten heraus. »Wenn Sie mir die Summe nennen, die Sie für meine Reise aufgebracht haben, werde ich Sie gern entschädigen.« Die überaus dumme Äußerung erstaunte sie selbst. Woher sollte sie das Geld nehmen?

Stolz kommt vor dem Zusammenbruch, und Hochmut kommt vor dem Fall.

Zähneknirschend musste Portia zugeben, dass diese Erkenntnis selbstgefällig, aber zutreffend war.

Mr Harringtons Gesichtszüge nahmen einen leicht widerwilligen Ausdruck an. »Wir können wie ein paar Straßenhändler um die Rückzahlung der Reisekosten feilschen, oder Sie könnten mir eine Kostprobe Ihrer musikalischen Fähigkeiten geben.« Seine blassen Lippen kräuselten sich zu einem spöttischen Lächeln. »Ich weiß, welche Alternative ich vorziehen würde.«

Sein Sarkasmus stieß Portia unangenehm auf, aber in ihrer Brust regte sich Hoffnung. Würde er in Betracht ziehen, sie einzustellen? Oder versuchte er nur, es ihr auf billige Weise heimzuzahlen?

Sie versuchte, seine unbewegte Miene zu lesen. Er erinnerte sie an den berühmten Stein, den sie im Britischen Museum gesehen hatte – der nach der ägyptischen Hafenstadt Rosetta benannt war. Er hatte keine *tatsächliche* Ähnlichkeit mit dem schwarzen Felsblock, doch ihn umgab dieselbe undurchdringliche Aura des Geheimnisses. Spielte er mit ihr? Gab er ihr Anlass zur Hoffnung, nur um …

Portia übernahm die Kontrolle über ihre wirbelnden Gedanken. In Wirklichkeit war es ihr gleich, *was* seine Beweggründe sein mochten. Klavier zu spielen war besser, als Fragen zu beantworten, auf die sie keine Antworten hatte, oder zumindest keine, die akzeptabel gewesen wären.

Sie neigte den Kopf mit einem Hochmut, der seinem in nichts nachstand. »Ihnen steht eine Demonstration meiner Künste zu. Was soll ich für Sie spielen?«

»Das überlasse ich ganz Ihnen. Sie sind schließlich die Expertin«, bemerkte er trocken. »Soll ich Sie jetzt ins Musikzimmer begleiten oder brauchen Sie Zeit, um sich vorzubereiten?«

Portia hörte die Herausforderung, die in seiner höhnischen Frage steckte, und lächelte; welch ein Vergnügen es ihr bereiten würde, ihm mit seinen zornigen Worten das Maul stopfen zu können. Sie erhob sich. »Nichts geht über den gegenwärtigen Augenblick, Mr Harrington.«

Kapitel Drei

Portia betrachtete Eustace Harrington verstohlen, als er sie durch den langen Korridor hinunterführte. Seine Adlernase, die wohlgeformten Lippen und der scharf geschnittene Kiefer erinnerten an eine klassische Statue, und die Haut sowie das modisch frisierte Haar waren weißer als Alabaster. Nur die Brille zerstörte die Illusion einer lebendig gewordenen männlichen Galatea: Äußerlich war Eustace Harrington der faszinierendste Mann, den sie je gesehen hatte.

Er öffnete die Tür zu einem Raum, der ebenso finster war wie die Bibliothek. Als er sich ihr zuwandte, glich sein Lächeln dem einer Sphinx.

»Bitte verzeihen Sie mir meine Unhöflichkeit, Signora, aber ich werde vorausgehen und Ihnen den Weg leuchten.« Er entzündete fünf Kerzen in dem Kandelaber neben dem Klavier, bevor er weit entfernt von der Lichtquelle Platz nahm, was ihn praktisch ihrem Blickfeld entzog.

Portia näherte sich dem Instrument und hielt abrupt inne. »Grundgütiger!«

»Was ist, Signora?«

»Das ist ein Schmidt.« Ehrfurchtsvoll strich sie über den schimmernden Klangkörper.

»Gefällt es Ihnen?« Zum ersten Mal klang etwas Warmes in seiner Stimme an.

»Es ist ein Klavier, das auf ein Konzertpodest gehört.«
Selbst Ivo hatte kein besseres Instrument gespielt.

»Noten finden Sie in dem Schränkchen hinter Ihnen.«

Jetzt war es an Portia, spöttisch zu lächeln. »Das wird
nicht nötig sein.« Sie nahm Platz und spielte einige Tonleitern, um ihre Finger zu lockern. Das Instrument war
mit Abstand das beste, das sie je gespielt hatte. Die Klaviere, die ihr Vater für den Unterricht verwendet hatte,
waren von guter Qualität gewesen, aber die meisten davon waren über Jahre durch den ständigen Gebrauch
von Hunderten von Händen gequält worden. Dieses
Klavier war exquisit, der Klang makellos.

Sie spielte Bachs Goldberg-Variationen, beginnend
mit der *Variatio 14. a 2 Clav.*

Das Stück war lebendig – beinahe ausgelassen – und
die vielen Übersätze waren wunderbar dazu geeignet,
dem Mann, der über sie Gericht hielt, ihre technischen
Fähigkeiten zu demonstrieren. Portia konnte ohne
Übertreibung behaupten, dass sie Ivo überlegen war,
was Bach anging.

»Natürlich favorisierst du ihn«, hatte Ivo sie in einem
Anflug von Kränkung verhöhnt. »Er besitzt keine Leidenschaft, bloße Mathematik – perfekt für deine englische Seele.« Die Tatsache, dass sie Halbengländerin
war, hatte er ihr oft vorgehalten, als ob es eine Art Ma-
kel wäre.

Ohne Pause ging Portia zur *Variatio 15* über. *Canone
alla Quinta. a 1 Clav.: Andante.* Das Stück war bloße
Qual und wand sich um sie herum, drückte ohne Gnade
zu und ließ sie zerschlagen und geschunden zurück, als
sie sich an die letzte Auswahl begab.

Variatio 5 war süße Leichtigkeit und spülte über sie wie ein wohltuender Regen, der sie mit seiner sanften, streichelnden Ruhe tröstete.

Nachdem ihre Finger die letzten Noten angeschlagen hatten, verschlang Portia die Hände in ihrem Schoß und schaute in die Dunkelheit. Ein langes Schweigen folgte, worin Mr Harrington offenbar ein Meister war.

»Sie spielen exquisit.« Ein beinahe unmerkliches Zittern durchlief die kühle Stimme, und Portia machte sich nicht die Mühe, ihr triumphierendes Lächeln zu verbergen. Gut! Bach sollte niemanden ungerührt lassen.

»Es scheint, Ihre Behauptungen waren keinesfalls übertrieben, Sie sind eine sehr gute Musikerin.«

Portia weigerte sich, ein so schwaches Lob einer Reaktion zu würdigen; sie war mehr als gut.

»Ich wollte gerade eine Probezeit vorschlagen, um festzustellen, ob wir …« Seine Worte brachen ab, als ob sein eigenes Angebot ihn selbst überrascht hätte. Portia hatte er jedenfalls überrascht, ja sogar sprachlos gemacht. »Aber da Sie offenbar eine Abneigung gegen mich …«

»Es wäre mir eine Ehre«, platzte Portia heraus, bevor er sein Angebot zurückziehen konnte. »Und ich wäre äußerst dankbar.« Die anschließende Pause war quälend unangenehm. Das entfernte Ticken einer Uhr war das einzige Geräusch, und Portia wollte gerade anfangen, loszuplappern, als seine kühle, gelassene Stimme die Dunkelheit zwischen ihnen durchdrang.

»Ich denke, ein Monat sollte ausreichen. Am Ende der Probezeit werde ich Ihnen entweder die volle Stelle anbieten, oder ich werde Sie für den Monat bezahlen und für Ihre Rückreise nach London sorgen.«

Portias Stolz lehnte sich gegen die nicht allzu subtile Drohung auf, die in seinen Worten lag: Sie sollte sich gefälligst seinen Wünschen fügen, wenn sie bleiben wollte.

Glücklicherweise gelang es ihr dieses Mal, ihren Stolz im Zaum zu halten und ihren unbegründeten Ärger hinunterzuschlucken. »Das klingt mehr als angemessen, Mr Harrington.« Sie zögerte. »Ein Monat sollte ausreichen, damit ich feststellen kann, ob es mir gefällt, an einem so entlegenen Ort zu wohnen.«

Er lachte leise über diesen kleinen Akt der Auflehnung. Der Klang seines Lachens war warm und einladend und stand in scharfem Kontrast zu seiner kühlen und distanzierten Art. »Haben Sie noch nie auf dem Land gelebt, Signora?«

»Ich bin lediglich über Land *gereist.*«

»Nun, ich möchte Sie ungern zwingen, hierzubleiben, da Sie nun gesehen haben, wie ländlich wir hier wohnen. Vielleicht möchten Sie lieber nach London zurückkehren?«

Portia hätte beinahe gelacht; dieser listige Fuchs hatte sie ihren eigenen Strick knüpfen und den Hals in die Schlinge stecken lassen. Nur, dass sie sich weigerte, sich damit zu hängen.

»Die Reise war lang, Mr Harrington. Es wäre dumm, der Anstellung keine Chance zu geben.« Ihr Magen grummelte, als eine angespannte Stille eintrat.

»Wie werden Sie meinen Unterricht gestalten, Signora Stefani?«

Die Erleichterung, die sie durchlief, ließ ihr schwindlig werden, und Portia musste sich anstrengen, ihren Verstand beisammen zu halten. »Um diese Frage zu beantworten, werde ich prüfen müssen, über welche Fertigkeiten Sie bereits verfügen. Gibt es eine bevorzugte Tageszeit, zu der Sie gewöhnlich spielen?«

»Ich pflege, vor dem Abendessen einige Stunden zu spielen.«

»Dann lassen Sie uns bei Ihrem Zeitplan bleiben. Heute können Sie spielen, was auch immer Sie gerade einstudieren, das wird mir die Gelegenheit geben, ihre Stärken und Schwächen einzuschätzen.«

Er tauchte aus der Dunkelheit auf und hielt kurz vor dem Kerzenleuchter inne. »Bei schwacher Beleuchtung überanstrenge ich meine Augen nicht so leicht. Stellt das ein Problem für Sie dar?« Mit einem seiner langen, eleganten Finger schob er die dunkle Brille auf seiner ebenso eleganten Nase höher.

Portia zwang sich, den Blick von seinem faszinierenden Gesicht zu nehmen und starrte stattdessen seine modische Krawatte an. »Solange Sie die Noten auf dem Blatt erkennen können«, entgegnete sie gelassen.

»Dann werde ich Sie hier um vier Uhr wiedersehen. So haben Sie zwei Stunden Zeit, um sich vor dem Essen etwas auszuruhen. Meine Tante und ich nehmen unsere Mittagsmahlzeit für gewöhnlich getrennt ein, aber treffen uns zum gemeinsamen Abendessen. Wir speisen um acht Uhr, was hier auf dem Land schon recht spät ist. Sie werden selbstverständlich mit uns speisen.«

Wenn es auch eher wie ein Befehl geklungen hatte, ließ das unerwartete Angebot Portia erröten, hocherfreut darüber, dass sie nicht für den kommenden Monat auf ihr Zimmer verbannt sein würde.

»Es wäre mir eine große Freude.«

»Reiten Sie, Signora?«

»Ich fürchte, Reiten war nicht Teil meiner Erziehung in Rom. Ich gehe allerdings sehr gern spazieren, und die Landschaft sieht bezaubernd aus.«

»Es gibt hier einige sehr schöne Spazierwege«, stimmte er zu, »aber mit einem Gig werden Sie schneller in die Stadt kommen. Ich werde meinen Stallmeister, Hawkins, anweisen, Ihnen zu zeigen, wie man mit diesem Gefährt umgeht.«

»Das ist sehr freundlich von Ihnen.«

Harrington neigte den Kopf. »Ich sehe Sie dann um vier, Signora.«

Portia wartete, bis er sich umgedreht hatte, bevor sie von Erleichterung überwältigt die Augen schloss. Sie durfte bleiben, zumindest vorerst, und musste nicht betteln, um das Geld für die Rückreise nach London zusammenzukratzen, wo sie auf die Barmherzigkeit ihrer Freunde angewiesen wäre.

»Da ist noch etwas, Signora.«

Portia hob den Kopf und sah ihren neuen Arbeitgeber in der offenen Tür stehen.

»Ja, Mr. Harrington?«

»Was mich anbelangt, so habe ich mit dem Thema Ihres Täuschungsversuchs abgeschlossen. Ich werde nicht wieder davon sprechen.«

Sie lächelte. »Vielen Dank.«

»Allerdings möchte ich, dass Sie sich im Klaren darüber sind, dass ich Lügen bei meinen Angestellten nicht toleriere.«

Sein kühler Tadel löschte die Dankbarkeit aus, die Portia noch eben gefühlt hatte, und ihre Nackenhaare sträubten sich ärgerlich. Jedoch bezwang sie ihr Temperament und schluckte die wütende Antwort hinunter, bevor sie über ihre Lippen schlüpfen konnte.

»Ich habe verstanden, Mr Harrington.«

Er nickte, und die Tür fiel hinter ihm ins Schloss.

Portia starrte in das Zwielicht; Ärger und Furcht dämpften nun das Hochgefühl, das sie gerade noch empfunden hatte. Seine Worte hallten in ihrem Kopf nach, und sie verbannte sie unbarmherzig in den letzten Winkel ihrer Gedanken. Sie hatte ihm alles erzählt, was her wissen *musste.* Die Wahrheit über ihre Vergangenheit ging ihn nichts an, schließlich änderte sie nichts an ihrem Unterricht. Ihr Leben mit Ivo betreffend musste Mr Harrington nichts weiter wissen, als dass er fort war.

***

Stacy setzte sich an seinen Schreibtisch, löschte die Kerzen, nahm die Brille ab und ruhte in der samtenen Schwärze der Bibliothek seine Augen aus.

Was zum Teufel hatte er da gerade getan? Er war dort hineingegangen, um ihr eine ordentliche Standpauke zu halten und sie mit Schimpf und Schande davonzujagen; stattdessen hatte ihr Klavierspiel ihn so benommen gemacht, dass er ihr die verfluchte Stelle angeboten hatte.

Noch immer war er überwältigt von ihrer kurzen Darbietung – eine meisterhafte Demonstration von

Leidenschaft und Präzision, die zu meistern er niemals zu hoffen wagte.

Vergiss ihre gesamte Person nicht, sagte eine verschmitzte Stimme in seinem Kopf. Er schnaubte. Als ob er sie vergessen könnte.

Er hatte gestern nur einen kurzen Blick erhaschen können, aber das hatte ausgereicht, um sein Interesse zu wecken. Wild hatte sie auf dem Balkon ausgesehen, die Augen weit, die vollen Lippen zu einem überraschten O geformt, als er sie dabei ertappt hatte, wie sie ihn beobachtete. Ungebändigte dunkle Locken hatten ihr blasses Gesicht eingerahmt, das dünne Nachtgewand im Kerzenlicht hinter ihr beinahe durchscheinend. Blut schoss in seine Lenden, als er sich an ihre kurvige Silhouette erinnerte.

Himmel. Stacy veränderte die Sitzposition.

Die Frau gestern Nacht war verlockend gewesen, die Frau heute Morgen allerdings ebenso, wenn auch aus vollkommen anderen Gründen.

Der wilde Blick war verschwunden, und an seine Stelle war ein hochmütiger, bohrender Ausdruck getreten. Sie hatte ihr wundervolles Haar so gnadenlos gebändigt, dass Stacy sich fragte, ob er sich die widerspenstigen Locken nur eingebildet hatte. Ihr praktisches braunes Kleid war bis zum Hals geschlossen und langärmlig, aber es hatte den verführerischen Körper, denn er gestern Nacht so kurz gesehen hatte, kaum verbergen können.

Ihre Nase, zweifellos das Erbe eines italienischen Vorfahren, war das auffälligste Merkmal in ihrem Gesicht und sorgte dafür, dass sie nicht als konventionelle Schönheit betrachtet werden konnte. Dennoch stellten das dunkle Haar, die sahneweiße Haut und die wohlgerundete Figur eine reizvolle und gefährliche Kombination dar.

Doch nicht allein ihre Attraktivität hatte sein Interesse geweckt.

Als sie die Bibliothek betreten hatte, war sie für den Kampf gerüstet gewesen, bewaffnet nur mit ihrem Stolz und ihrem Talent, und wie eindrucksvoll diese Waffen sich präsentiert hatten!

In ihr loderte ein Feuer, und Stacy hatte die Flammen gesehen, verdammt, er hatte sich sogar daran versengt, als er über Ihre Fähigkeiten gesprochen hatte.

Sie war ihm mit einem überheblichen Selbstbewusstsein entgegengetreten, dass beinahe erotisch gewesen war, noch dazu, wie sich herausstellte, nicht unberechtigt.

Und dann hatte ihr Klavierspiel ihn erregt.

Die profane körperliche Reaktion sollte ihn beschämen, aber das tat sie nicht. Ein Mann hätte vom Hals abwärts tot sein müssen, um *nicht* hart zu werden. Sie war innerhalb eines Wimpernschlags von eng eingeschnürt zu stürmisch und aufgewühlt gewechselt, wie eine Frau in den Wallungen der Leidenschaft. Die Erfahrung war nicht nur erregend gewesen, sondern hatte ihn bis ins Innerste erschüttert: Stacy konnte hundert Jahre üben und würde nie auch nur halb so gut spielen.

Allerdings bedeutete das nicht, dass er es nicht *versuchen* konnte.

Er hatte keinerlei Zweifel, dass Signora Stefani ihm viel beibringen konnte, aber würde ihn ihre Gegenwart nicht zu sehr ablenken, um etwas zu lernen?

Du bist doch kein brünstiger Hirsch, der eine Hirsch-kuh wittert. Du wirst doch wohl deine Triebe im Zaum halten können?

Natürlich konnte er das, aber hier ging es verdammt nochmal nicht um Kontrolle oder deren Verlust. Die Frage war: Würde er sich auf die Musik konzentrieren können, oder würde er die Musikstunden mit Fantasien zubringen, in denen er sie über das Klavier beugte?

Stacy verzog das Gesicht. Wenn er es so ungeschönt in Worte fasste, klang es etwas armselig.

Aber die Wahrheit *war* armselig: Er war spitz. Sogar verdammt spitz. Er hatte die vergangenen zwei Monate in Barnstaple verbracht, wo er an der Überholung zweier neuer Schiffe gearbeitet hatte. Deswegen war es ewig her, seit er das letzte Mal das Etablissement in Plymouth aufgesucht hatte, in dem er für gewöhnlich seine Triebe befriedigte.

Ha! Etablissement?

Na gut. Das Bordell, das ich regelmäßig aufsuche. Ist das besser?

Stacy weigerte sich, sich dafür zu schämen. Eine Prostituierte zu bezahlen, war noch immer besser, als mit Dienstmädchen oder jungen Frauen aus dem Dorf Bastarde in die Welt zu setzen, was der hiesige Gutsherr mit widerwärtiger Regelmäßigkeit tat.

Man könnte auch eine Ehefrau nehmen.

Er hielt sich nicht einmal damit auf, diesen lächerlichen Gedanken zu rechtfertigen.

In Wahrheit hätte er schon vor langer Zeit eine Geliebte nehmen sollen, aber die Vorstellung ließ ihn kalt. Was für ein Aufwand, nicht nur für ihn, sondern auch für irgendeine bedauernswerte Frau. Wie musste es sein, den ganzen Tag im Haus zu sitzen und darauf zu warten, dass ein Mann kam, um einen zu besteigen? Bei dem Gedanken ans Besteigen spannte sich sein Körper wieder an, und er ließ den Kopf gegen die Lehne des Stuhls sinken. Ein Monat war eine verdammt lange Zeit, und ihn gelüstete bereits nach der armen Witwe, einer Frau, die nur hier war, um ihren Lebensunterhalt zu verdienen.

Stacy runzelte die Stirn. Der Gedanke hatte ihn etwas nüchterner werden lassen. Es hatte ihn schon immer angewidert, wenn Männer ihre Pächterinnen, Dienstmädchen oder andere Frauen ausnutzten, die abhängig von ihnen waren. Er musste Signora Stefani also nur für die kommenden dreißig Tage wie eine gewöhnliche Bedienstete betrachten.

Nur einen Monat, und dann würde er tun, was er bereits heute Morgen hätte tun sollen und sie fortschicken. Für einen Monat würde er doch wohl noch seine ungehörigen Bedürfnisse zügeln können?

»Verdammt«, murmelte er und massierte seine Schläfen. Das würde ein langer Monat werden.

Kapitel Vier

Portia kehrte auf ihr Zimmer zurück und packte ihr Portmanteau aus, bevor sie sich daran machte, einen kurzen Brief an Serena Lombard zu schreiben, eine Frau, die für sie wie eine Schwester war und die ihre Neuigkeiten dem Rest ihres Freundeskreises weiterleiten würde.

»Tu es nicht«, hatte Serena Portia angefleht, als sie ihr von ihrem Plan erzählte, Ivos Unterschrift zu fälschen. »Komm und bleib bei Freddie, Honoria und mir. Du kannst bei uns Klavierstunden geben. Wir haben genug Platz für dich.«

Doch Portia liebte ihre Freunde und wollte ihnen nicht zur Last fallen. Es war fraglich, ob sie genug verdienen würde, um für Kost und Logis aufkommen zu können, von dem schrecklichen Schuldenberg einmal abgesehen, den Ivo ihr hinterlassen hatte. Nur eine gut bezahlte Stelle wie die bei Mr Harrington konnte sie finanziell über Wasser halten.

Portia schrieb einen zweiten Brief. Dieser ging an ihre Londoner Vermieterin, eine raffgierige Frau, die sich gegen eine Gebühr bereiterklärt hatte, Portias wenige Habseligkeiten einzulagern, bis sie entschieden hatte, was damit geschehen sollte.

Alles von Wert hatte Ivo bei seiner Abreise mitgenommen. Was zurückblieb, hatte nur ideellen Wert für

Portia, denn es war alles, was ihr von ihren Eltern geblieben war.

Als sie den Brief beendet hatte, war sie zu aufgekratzt, um zu lesen oder ein Nickerchen zu machen, obwohl sie die Nacht zuvor nur wenig geschlafen hatte. Sie schaute aus dem Fenster hinter ihrem Schreibtisch. Bis zu ihrer Musikstunde waren es noch Stunden, und es war sonnig und frisch, ein idealer Tag, um zu lernen, wie man ein Gig lenkte. Sie zog ihren Mantel an und band das breite braune Band ihrer Haube unter dem rechten Ohr zu, dann machte sie sich auf den Weg zu den Stallungen.

Nahe dem Eingang zum Stall sprach ein kräftiger älterer Mann gerade mit einem vielleicht neun- oder zehnjährigen Burschen. Der Mann lächelte, als er sie sah.

»Ich nehm an, Sie sind Mrs Stefani, nich? Wollen lernen, wie man n Gig lenkt, ja?«

»Ganz recht, wenn es keine Umstände macht. Sie müssen Mr Hawkins sein.«

»Ja. Ich bin Ben Hawkins und das ist mein Neffe John.«

»Es freut mich, Sie kennenzulernen, Mr Hawkins, John.« Portia lächelte dem Jungen zu, der errötete und die Mütze abnahm.

Hawkins wandte sich wieder seinem Neffen zu. »Na denn ab mit dir. Kümmer dich um die Hündin des Herrn und das Lütte, aber zackig.«

Der Junge spurtete los, ohne sich noch einmal umzusehen.

»Er hat 'n Händchen mit Tieren«, sagte Hawkins und legte das Geschirr beiseite, mit dem er gerade beschäftigt gewesen war. »Eine der Hündinnen hat geworfen und eins von den Lütten is zu klein und zu schwach, um die Zitze zu finden.«

»Oh, es gibt Welpen?«, fragte Portia und fand, dass sie wie ein aufgeregtes Kind klang.

Hawkins schenkte ihr ein nachsichtiges Lächeln, und Fältchen kräuselten sich um seine braunen Augen.

»Jawoll. Gehen Sie in den vorletzten Stall. Ich werd währenddessen das Gig fertigmachen.«

Portia folgte der einfachen Beschreibung und fand John, der neben einem erschöpft aussehenden Jagdhund im Stroh kniete. Er sah auf und lächelte. »Sie wolln die Welpen angucken?«

Sie kauerte sich neben ihn. »Nur, wenn ich dir nicht im Weg bin, John.«

»Würden Sie gern mal eins auf den Arm nehmen?« Er hielt ihr ein sich windendes, beinahe haarloses Bündel hin.

Portia warf einen Blick auf die Mutter. »Denkst du, es macht ihr etwas aus, wenn eine Fremde ihr Kleines anfasst?«

John prustete, als ob der Gedanke, ein Hund könnte sich an irgendetwas stören, absolut lachhaft war. »Wär auch egal, wenn's so wär. Der Herr will, dass sie sich an Menschen gewöhnen. Das hier is die Schwächste. Wenn die nicht bald trinkt, macht mein Onkel sie hin.«

»Hinmachen?«

»Ja, erlösen, nicht wahr?«

Portia hielt das kleine Tierchen fester, als sie die Bedeutung der Worte begriff.

»Du meinst, er wird sie töten, nur weil sie so klein ist?«

Der Junge wandte den Blick ab, ihre zornigen Worte waren ihm offensichtlich unangenehm.

»Ich muss was Milch und Brot holen. Die Köchin macht's extra viermal am Tag warm. Wolln Sie sie füttern?«

Portia hob das kleine Wesen höher und presste einen Kuss auf dessen knautschiges Köpfchen. »Das würde ich sehr gerne.«

John ließ Portia zurück, die nun tief im Stroh hockte. Der Geruch nach Pferden, frischer Einstreu und sauberem Hund strömte in ihre Nase. Sie summte ein italienisches Schlaflied aus ihrer Kindheit, als der kleine Hund die Augen öffnete. Schritte ertönten vor dem Stall.

»Komm schnell, John, sie hat gerade die Augen geöffnet.«

Als John nicht antwortete, sah sie auf.

Eustace Harrington stand in der Tür. Er trug hellbraune Wildlederhosen und einen schwarzen Reitfrack, offenbar wollte er ausreiten. In seinen auf Hochglanz polierten Stiefeln konnte man sich beinahe ebenso spiegeln wie in seiner dunklen Brille, die etwas anders aussah als die, die er zuvor getragen hatte. Diese hatte an den Seiten eine Lederblende, die vermutlich dazu diente, das Sonnenlicht abzuhalten. Ein hoher Hut saß verwegen geneigt auf seinem kurzen weißen Haar und vervollständigte die elegante Erscheinung. Er tippte mit der Reitpeitsche gegen den Schaft seines Stiefels, während er die Szene betrachtete.

»Ich hatte Sie für John gehalten«, erklärte Portia unnötigerweise. Ihr Herz pochte, als er näherkam.

Er deutete mit der Gerte auf den Hund. »Ist das der kränkliche?«

Portia sah dem kleinen Hündchen in die klaren blauen Augen. »Sie ist nicht kränklich. Nur klein, und etwas anders. Wollen Sie sie deswegen töten lassen?« Portia biss sich auf die Lippe. Warum konnte sie nur ihren Mund nicht halten?

Er warf seine Gerte ins Stroh, ging in die Hocke und streckte ihr seine großen Hände entgegen, die in Lederhandschuhen steckten. Sie gab ihm den Hund, und er hielt das Tierchen eine Weile sachte, während er den kleinen Körper mit vorsichtigen, geschickten Fingern untersuchte.

»Die Augen scheinen mir klar, und der Herzschlag ist solide und regelmäßig.« Er hob den Kopf, sein eigener Blick unlesbar hinter dunklen Spiegeln verborgen. »Aber sie wiegt nur halb so viel wie die anderen.« Er gab Portia den Welpen zurück. »Auch wenn sie überlebt, wird sie immer klein sein.«

»Sind das Hunde für die Hetzjagd?«, fragte Portia und gab sich Mühe, sich ihr Missfallen nicht anhören zu lassen. Sie fand derlei Gepflogenheiten barbarisch, wusste aber dass der englische Adel absolut versessen darauf war.

Sein leichtes Lächeln verriet ihr, dass sie offenbar nicht besonders erfolgreich gewesen war, ihre Missbilligung zu verbergen.

»Ich jage nicht, Signora Stefani.« Er streckte die Hand aus, um die faltige Stirn des Welpen zu glätten, und bei dieser Bewegung kam seine Hand ihrem Körper sehr nah. Portia hielt den Atem an; einen Augenblick lang hatte sie sich vorgestellt, wie sie sich ihm entgegenlehnte und mit dem Hund darum konkurrierte, von ihm gestreichelt zu werden.

Hohlkopf!

Sie zwang sich, den Blick von seinem Finger zu nehmen und hob den Kopf. Ihr eigenes erhitztes Gesicht starrte sie gleich doppelt an. Er streichelte unverdrossen weiter den Hund.

John kam angelaufen und blieb abrupt im Türrahmen stehen. »Oh! Mr Harrington, Sir.«

Eustace Harrington zog die Hand zurück, nahm seine Gerte wieder und richtete sich auf. Sein plötzliches Fehlen an ihrer Seite verursachte Portia einen leichten Schwindel, so als hätte er die gesamte Atemluft mitgenommen.

»Was hast du da, John?«

John hielt ihm eine braune Keramikschüssel hin. Sein Blick huschte zwischen Portia und seinem Dienstherrn hin und her. »Milch und Brot, Sir. Für das Kleine.«

»Aha. Fütterungszeit.« Mr Harrington neigte den Kopf. »Dann werde ich Sie mal nicht weiter stören.«

Portia atmete tief durch, als er den Stall verlassen hatte. Der Bann war gebrochen. Grundgütiger, er war attraktiv. *Zu* attraktiv. Es wäre klüger, wenn sie ihren Kontakt auf die Unterrichtsstunden und die Mahlzeiten beschränkte.

Ja, das wäre klug. Aber seit wann tust du, was klug wäre, Portia?

***

Stacy hatte der Farm der Wilsons nur einen kurzen Besuch abstatten und das Dach inspizieren wollen, doch im Anschluss hatte Mrs Wilson ihn auf ein Glas ihres hausgemachten Weins eingeladen, um die Geburt ihres Enkelsohns zu feiern.

Er mochte die Wilsons. Sie waren freundliche und gutmütige Leute, die nichts darauf gaben, wie er aussah, sondern ihn so schätzten, wie er war: als einen ausgezeichneten Verpächter.

Doch heute hatte der Besuch ihn etwas aufgewühlt. Er schob es darauf, dass er sich unpassenderweise zu seiner neuen Angestellten hingezogen fühlte oder auf einen gewissen unchristlichen Neid auf die Wilsons und ihr glückliches Heim, vielleicht war es auch beides. Stacy mochte weit wohlhabender sein als der bescheidene Bauer, aber nie würde ihn eine Frau so lieben, und er würde nicht die Freude kennen, die eigene Kinder brachten. Diese schmerzhafte Lektion hatte er bereits vor einem Jahrzehnt gelernt, jedenfalls glaubte er, dass er sie gelernt hatte. Dennoch, als er die faszinierende Musiklehrerin dort im Stroh vorgefunden hatte, war er versucht gewesen, länger in ihrer Nähe zu bleiben. Dieser tadelnde Blick ihrer braunen Augen, und wie sie das kleine Tier wie eine Löwin beschützt und an ihren üppigen Busen gedrückt hatte, beides war mehr als nur ein bisschen anziehend gewesen. Beinahe hatte er sogar so etwas wie Eifersucht auf den kleinen Hund empfunden, der das Glück gehabt hatte, sich so an sie schmiegen zu dürfen.

Stacy schnaubte; jetzt war es schon so weit gekommen, dass er schmächtige Hunde beneidete.

Einem Impuls folgend lenkte er Geist auf die Küste zu. Er hatte vorgehabt, heute bei der Wagnerei vorbeizuschauen, aber er war viel zu unruhig, um sich um Geschäftliches zu kümmern. Tagsüber ritt er nur selten zum Vergnügen aus. Er bevorzugte seine nächtlichen Ausflüge, bei denen er sich nicht mit Brille, Mantel, Schal und Hut herumschlagen musste. Die Ausritte im Mondlicht waren seine Rettung. Nur wenn er Klavier spielte, fühlte er sich ähnlich frei. Doch das hatte sich im letzten Jahr verändert, als sich eine unsichtbare Schranke zwischen ihn und die Musik herabgesenkt hatte. Ganz gleich wie viel er übte, er hatte sie nicht durchbrechen können.

Er würde sich in den kommenden Tagen immer wieder an diese Grenze erinnern müssen, der wahre Grund, warum er diese Frau eingestellt hatte. Ohne dass er es wollte, schob sich das Bild der Musiklehrerin in seine Gedanken, wie sie im Stroh hockte.

»Zur Hölle!«, fluchte er. Er presste die Schenkel zusammen und trieb Geist zum Galopp an, als ob er dem inneren Bild davonreiten könnte.

***

Stacy hatte vor der Unterrichtsstunde kaum Zeit gehabt, zu baden und sich umzuziehen. Er war geritten, bis er schweißnass gewesen war und Geist Schaum vor dem Maul gehabt hatte, in der Hoffnung so seine lüsternen Triebe unterdrücken zu können.

Signora Stefani war bereits im Musikzimmer, als er eintrat. Sie hatte den Raum mit zwei kleinen

Kerzenleuchtern erhellt. Einer stand auf dem Schreibtisch, an dem sie saß, der andere in der Nähe des Klaviers.

Als er eintrat, sah sie auf. »Willkommen, Mr Harrington. Ich bin bereit für den besten Teil der Stunde, das Spiel.«

»Ich hoffe, Sie ändern Ihre Meinung nicht, wenn Sie mich erst einmal spielen gehört haben, Signora.«

Sie lachte, und ihr Lachen war tief, warm und einladend. »Ich bin vom Wesen optimistisch. Ich habe Ihnen verschiedene Stücke herausgesucht, aber zunächst möchte ich hören, woran Sie gerade arbeiten.«

Stacy fand die Noten, die er wollte und spielte einige Tonleitern. Er zwang sich, so zu tun, als sei außer ihm niemand anwesend, schon gar keine attraktive Frau, die darüber hinaus noch eine Virtuosin am Klavier war. Er holte tief Luft und begann, ein Musikstück zu spielen, das bereits ein Teil von ihm geworden war.

Für einen kurzen Augenblick vergaß er sich vollkommen; er war nicht mehr der geisterhafte Eustace Harrington, die Missgeburt mit den violetten Augen, er war nur Klang und Empfindung. Die Musik wirkte ihren Zauber, nährte seine Seele und wirkte wie ein Verjüngungstrank.

Die Klänge vertrieben seine Sorgen und Nöte – und ja, auch seine Einsamkeit. Sie führten ihn hinauf zu einer erhabeneren Seinsform.

Doch nur allzu schnell war das Stück vorbei.

Er nahm die Finger von den Tasten und sah auf, wobei er feststellte, dass Signora Stefani neben dem Instrument stand. Ihre geröteten Wangen und glänzenden Augen sprachen Bände; sie wusste genau, was das

Klavierspiel in ihm auslöste. Es war, als hätte er ein intimes Geheimnis mit einer Fremden geteilt.

Stacy wich dem wissenden Blick aus, stattdessen schaute er auf ihren Mund. Die weiche Kurve ihrer vollen Lippen verursachte ein Ziehen in seinem Unterleib, als ob sein Körper sich anspannte, um eine Gefahr abzuwehren. Stacy runzelte bei dem bizarren Gedanken die Stirn. Welche Gefahr? Was zur Hölle war los mit ihm?

»Mr Harrington?«

Er sah auf. Sie sagte noch mehr, während er ihre Lippen anstarrte. Eine ungewohnte Hitze kroch an seinem Hals empor.

»Wie bitte, Signora?«

»Ich fragte, wie lange Sie dieses Stück einstudiert haben.«

»Vielleicht vier Monate.«

»Ich bin hocherfreut zu sehen, wie weit fortgeschritten Sie sind. Mit Ihren Fertigkeiten gibt es wenig, das Sie nicht spielen könnten.«

Wäre Stacy ein Hund gewesen, hätte seine Rute nun wild gegen den Klavierhocker geschlagen. Er war aber keiner, dafür löste ihr Lob körperliche Reaktionen an anderer Stelle aus. Er schloss die Augen, wieder einmal dankbar, dass er sich hinter den dunklen Brillengläsern verstecken konnte.

War diese bemitleidenswerte Dankbarkeit ein Resultat dessen, dass er zu viel allein war? Konnte er nun nicht mehr in der Gegenwart irgendeiner attraktiven Frau sein, ohne erregt zu werden oder mit ihr ins Bett gehen zu wollen?

Wahrlich, er musste einer der mitleiderregendsten Männer in ganz Großbritannien sein.

»Ich habe Ihnen einige Übungen herausgesucht, Mr Harrington. Würden Sie bitte mit der obersten beginnen und dann einfach von vorne nach hinten durchgehen?«

Sie war zurück an den Schreibtisch gegangen, und ihre tiefe Stimme mit dem leichten Akzent schwebte aus der Dunkelheit zu ihm.

Verflucht. Ihr Gesicht, ihre Figur, und nun auch noch ihre Stimme?

Stacy starrte auf seine Hände hinab, die auf den Tasten ruhten, und war kurz versucht, sie zu benutzen, um ein wenig Verstand in seinen Schädel zu prügeln.

Stattdessen spielte er.

Kapitel Fünf

Die zwei Stunden Unterricht fühlten sich eher an wie zwanzig Minuten. Zwar zeigte Portias Schüler nicht jenen seltenen Funken Genialität, doch er war ein außergewöhnlich talentierter Musiker, und es würde ein Vergnügen sein, ihm dabei zu helfen, seine Fertigkeiten zu vervollkommnen.

»Hawkins sagte, Sie hätten heute Ihre erste Unterweisung erhalten, was den Umgang mit dem Gig angeht. Wie war es?«

Portia blickte von ihren Notizen auf. Er war zu ihr herübergekommen und ragte nun über ihr auf. Das Licht der Kerzen auf dem Schreibtisch betonte seine scharfgeschnittenen Gesichtszüge.

»Ich fürchte, ich habe Ihren armen Stallmeister verschreckt.«

Portia hielt es allerdings nicht für nötig zu erwähnen, dass sie den Einspänner in einen seiner Rosenbüsche gelenkt hatte. Oder dass sie mit einem Rad um ein Haar Mr Hawkins Fuß zerquetscht hätte.

»Hawkins hat eine Engelsgeduld.«

»Und innere Stärke. Und Tapferkeit.«

»Ich würde mir nicht allzu große Sorgen machen, Signora. Sie sind nicht die erste, die ihn auf die Probe stellt. Er hat mich bereits als Sechsjährigen auf mein erstes Pony gesetzt.« Als er lächelte, bildete sich ein charmantes Grübchen in seiner rechten Wange.

Ein Grübchen. Portia hätte weinen mögen. Was für ein fürchterliches Pech. Sie wünschte, sie hätte ihm in die Augen sehen können; nahm er diese verfluchte Brille niemals ab?

Er verbeugte sich plötzlich, und die Geste machte Portia bewusst, dass sie ihn wieder angestarrt hatte, vermutlich sogar mit offenem Mund. *Verflixt und zugenäht!*

»Ich sehe Sie dann beim Abendessen, Signora Stefani.«

Seine elegante Figur wurde bald von der Dunkelheit hinter dem Klavier verschluckt.

Er verbrachte einen so großen Teil seines Lebens in beinahe vollkommener Dunkelheit. Wie mochte das für ihn sein?

Das geht dich nichts an, Portia Stefani.

Portia ignorierte ihre herrische innere Stimme. Sie war schon immer unersättlich neugierig gewesen, was die Menschen in ihrem Umfeld anging, auch wenn es sich nicht um umwerfende, geheimnisvolle Männer handelte. Warum sollte sie sich nicht eingestehen, dass sie ihn attraktiv fand? Es war schließlich nicht so, als ob sie vorhätte, seiner Anziehungskraft nachzugeben. Eigentlich hatte sie sogar nicht vor, überhaupt je wieder der Anziehungskraft eines Mannes zu erliegen, so lange sie lebte. Wenn sie die Erfahrung mit Ivo eines gelehrt hatte, dann, dass ihr impulsives, sinnliches Wesen nicht unbedingt das war, was anständige, gottesfürchtige Männer schätzten.

Sie sammelte ihre Notizen ein und schob sie zu einem ordentlichen Stapel auf der Ecke des Schreibtisches zusammen. Bis zum Abendessen waren es noch zwei

Stunden, also würde sie genügend Zeit haben, ihre Garderobe zu überprüfen und zu entscheiden, was sie anziehen sollte. Von ihrer Ehe waren ihr nur wenige Dinge geblieben, teure Kleidung gehörte dazu. Zu schade, dass sie den Schmuck ihrer Mutter nicht mehr hatte, um ihn zu ihren Kleidern zu tragen.

Portia verdrängte das alberne Verlangen, attraktiv auszusehen und den unklugen Grund dafür. Der Mann war ihr Arbeitgeber, kein möglicher Liebhaber. Einen wohlhabenden, gutaussehenden Mann wie Eustace Harrington interessierte es wohl kaum, was seine Musiklehrerin trug, insbesondere, wenn es sich um ein älteres, reizloses Exemplar handelte. Selbst in ihrer Jugend war ihr Aussehen nie mehr als passabel gewesen, und nun war sie fast dreißig und hatte ihre Blüte längst überschritten: sie war fast eine alte Schachtel.

Und über impulsives Handeln hinweg, besonders im Bezug auf Männer, ermahnte sie die tadelnde innere Stimme.

Portia seufzte. Ja, ja, und über Impulsivität hinweg, was Männer betrifft.

Dies war eine sehr gut bezahlte Stelle, und es war besser, sich stets bewusst zu bleiben, dass sie hier nur eine Angestellte war. Ihr Übermut, was das andere Geschlecht anging, hatte ihr noch nie genutzt, er hatte ihr nur Probleme beschert. Das letzte Mal, als sie ihren romantischen Launen nachgegeben hatte, hatte es dazu geführt, dass sie Ivo geheiratet hatte. Portia schnaubte. Und nun war sie verarmt, gedemütigt und saß in einem Land fest, das sie nicht als ihre Heimat betrachtete, auch wenn sie Halbengländerin war.

Nein, dieses Mal würde sie auf ihren Verstand hören, nicht auf ihren Körper.

Das Kleid, das Portia zu ihrem ersten Abendessen trug, war sieben oder acht Jahre alt, aber es war das vorteilhafteste, das sie besaß. Es war aus herrlicher karminroter Seide mit einer abfallenden Schulterpartie, und das Mieder war nur mit einer breiten Schärpe im selben Farbton gesäumt. Dazu trug sie ein Paar filigraner Ohrringe, die zu den wenigen Schmuckstücken gehörten, die Ivo nicht mitgenommen hatte, als er sie verlassen hatte, aus dem einzigen Grund, dass Portia sie zu dem Zeitpunkt getragen hatte.

Mr Harrington war bereits im Speisezimmer, als sie eintrat, und wie üblich musste Portia sich daran erinnern, ihn nicht anzustarren. In seiner Abendgarderobe sah er atemberaubend gut aus, das Schwarz und Weiß seiner Kleidung bildete den perfekten Hintergrund für seine blasse Schönheit.

Er nahm ihre Hand und beugte sich darüber, und seine Lippen verzogen sich zu einem einladenden Lächeln. Portia hielt den Atem an, und sie hoffte, er würde ihr *diesen* gefährlichen Blick nicht zu oft schenken.

»Guten Abend, Signora Stefani, wie elegant Sie aussehen. Sie lassen unsere ländliche Mode vollkommen verblassen.«

»Sie sehen mir nicht aus, als seien Sie ein Opfer ländlicher Mode, Mr Harrington«, entgegnete sie trocken, als er den Stuhl für sie zurückzog.

»Wir haben zwar diese lächerlich lange Tafel, jedoch übergehen wir die Konvention und pflegen nur an einem Ende zu speisen, *en famille*, wenn Sie so wollen.«

»Sprechen Sie Französisch, Mr Harrington?«

»Sie haben gerade ungefähr ein Viertel meines Vokabulars gehört.«

Portia lachte, und er schenkte ihr ein Glas Wein ein, bevor er sein eigenes füllte und Platz nahm. »Wir Engländer sind nicht besonders gut darin, Fremdsprachen zu lernen. Ich nehme an, Sie sprechen einige.«

»Natürlich spreche ich fließend Italienisch und Französisch.«

»Natürlich.«

»Ich sage natürlich, weil mein Vater an der Grenze geboren ist und Französisch seine erste Sprache war. In Paris hielt man meinen Akzent allerdings für sehr rustikal.«

Die Tür wurde geöffnet, und die größte Frau, die Portia je gesehen hatte, betrat den Raum. Als Mr Harrington sich erhob, um sie zu begrüßen, bemerkte Portia, dass die beiden etwa gleich groß waren.

»Darf ich Ihnen meine Tante vorstellen? Frances Tate. Tante Frances, das ist Signora Stefani.«

Die hochgewachsene, gertenschlanke Frau neigte den Kopf mit dem eleganten sandblonden Chignonknoten. »Sehr erfreut, Sie kennenzulernen, Signora. Mein Neffe sagte, Sie seien eine außerordentlich talentierte Pianistin. Ich freue mich sehr darauf, Sie spielen zu hören.«

Trotz des angenehmen Lächelns spürte Portia, dass die Dame alles andere als erfreut war, sie zu sehen. Vielleicht hatte sie ihr die Täuschung nicht so bereitwillig verziehen wie Mr Harrington.

»Ich spiele jederzeit gern für Sie. Spielen Sie auch?«

»Als junges Mädchen hatte ich Klavierstunden, aber ich habe es nie besonders weit gebracht.«

Mr Harrington stieß einen überraschten Laut aus. »Nanu, Tante Frances, du hast mir nie erzählt, dass du Klavierspielen gelernt hast.«

»Diese Information habe ich dir bewusst vorenthalten, Stacy. Du hättest mich genötigt, zu spielen, wenn du es gewusst hättest.« Sie wandte sich an Portia. »Mein Neffe war in seiner Jugend unerbittlich, Signora. Wenn er sich etwas in den Kopf gesetzt hatte, konnte er recht hartnäckig sein, und es gelang ihm immer, seinen Willen durchzusetzen.«

Stacy? Der Name passte besser zu ihm als Eustace, ein Name, der für einen so eleganten Mann zu schwerfällig klang.

»Ts, ts, Tante Frances, Signora Stefani wird noch glauben, ich sei ein Tyrann.«

In den Augen der älteren Frau spiegelten sich Liebe und Zuneigung. »Das bist du doch auch – allerdings ein wohlmeinender.«

Die Unterhaltung beim Abendessen reichte von Politik über lokale Belange bis hin zur Kunst, und ihr Gastgeber schien in all diesen Bereichen bestens informiert zu sein.

»Ich beziehe jede Woche eine Reihe von Zeitungen, sowohl aus London als auch vom europäischen Kontinent. Sie dürfen Sie gerne lesen, wenn Sie möchten. Dasselbe gilt natürlich für die Bücher in der Bibliothek.«

Mr Harrington machte dem Diener ein Zeichen, ihr noch etwas Wein nachzuschenken. Es war ihr zweites; sie durfte nicht so schnell trinken.

»Die Bibliothek ist der ganze Stolz meines Neffen. Sie müssen unbedingt in seinem beeindruckenden Katalog stöbern.« Miss Tates Worte waren warm, aber ihre blaugrauen Augen musterten sie scharf.

»Das würde ich sehr gerne. Ich war Mitglied einer Leihbücherei in London und fürchtete bereits, es könnte mir hier für eine Weile an Lesestoff mangeln.«

Mr Harrington winkte ab, als der Diener ihm ein Tablett mit Nachspeisen anbot, und Portia warf einen verschämten Blick auf ihre Dessertauswahl; sie hatte eine Zabaglione und einige Plätzchen genommen. Wenn sie jeden Tag so gut aß, lief sie Gefahr, bald nicht mehr in ihre Kleider zu passen.

Sie kostete von dem schaumigen Dessert und konnte sich kaum ein wohliges Stöhnen verkneifen. Die Zabaglione war so köstlich wie die in ihrer Heimat. Als sie von ihrer Nachspeise aufsah, bemerkte sie, dass Mr Harrington sie mit einem amüsierten Ausdruck musterte. Portia errötete, als ob sie bei etwas Unanständigem ertappt worden wäre.

»Welche Art Bücher lesen Sie gerne, Signora?«

»Mir gefällt alles, von Schauerromanen bis zu Reiseberichten.«

Er wandte sich an seine Tante. »Wie hieß noch der Roman, den du gerade gelesen hast, Tante Frances?«

Portia konnte einen Blick hinter seine Brillengläser erhaschen, als er sich zur Seite drehte: ein dichter Kranz langer, weißer Wimpern umrahmte seine Lider.

»Haben Sie es gelesen, Signora?«

Sie blinzelte, denn sie war zu beschäftigt gewesen, ihn anzustarren, als dass sie die Antwort seiner Tante gehört hätte.

»Ähm, ich fürchte, ich hatte noch nicht die Gelegenheit.«

»Sie erwähnten zuvor eines ihrer anderen Bücher, aber ich erinnere mich nicht, welches es war, Signora.« Sein Lächeln war spöttisch; er *wusste*, dass sie keine Ahnung hatte, wovon er sprach. Und er wusste auch, warum. Es war schrecklich unangenehm, zu wissen, dass sie nun zu den Leuten gehörte, die ihn anglotzten.

»Ich denke, es war Delphine«, warf seine Tante ein und half Portia unwissentlich, das Gesicht zu wahren.

Mr Harringtons Lächeln wurde breiter, und das gefährliche Grübchen zeigte sich erneut.

»Ach, richtig. Ja, das war es. Vielen Dank, Tante Frances.«

Portias Blick wanderte von seinem amüsierten Gesichtsausdruck zu ihrem Essen, und ihre Haut glühte. Sie würde sich nicht noch einmal erwischen lassen, wie sie ihn anstarrte.

»Ihr Englisch ist ausgezeichnet, Signora, ich kann kaum einen Akzent heraushören«, bemerkte Miss Tate.

»Mein Vater war Italiener, aber meine Mutter war Engländerin. Wie ich Mr Harrington bereits erzählte, bin ich zu Hause mehrsprachig aufgewachsen.«

»Wie lange leben Sie schon in England?«

»Ich kam vor sieben Jahren her.«

»Haben Sie Familie hier?«

Portia konnte das Gefühl nicht abschütteln, dass sie gerade einem Verhör unterzogen wurde, wenn auch einem sanften. Doch sie hatte den Eindruck, dass sie ihnen ihre Lebensgeschichte schuldete, da sie unter Vorspiegelung falscher Tatsachen hergekommen war und nun unter ihrem Dach lebte.

»Mein Vater war der Klavierlehrer der fünf Töchter des Earls of Marldon und heiratete schließlich die zweitälteste von ihnen.«

Miss Tates Augenbrauen zogen sich so hoch in die Stirn, dass sie beinahe den Ansatz ihres achtsam frisierten Haars berührten. »Sie sind Marldons Enkelin?«

Angesichts der offensichtlichen Verblüffung ihres Gegenübers musste Portia lächeln. »Ja, ganz richtig.«

»Haben Sie die Verwandtschaft Ihrer Mutter besucht, seit Sie zurück in England sind?«, fragte Mr Harrington.

»Die Familie meiner Mutter war nicht allzu erfreut darüber gewesen, dass sie durchgebrannt war und jeden Kontakt abgebrochen hatte. Als sie starb, schrieb mein Vater ihnen, erhielt aber nie eine Antwort. Bei meiner Ankunft in England hörte ich, dass mein Großvater gestorben und der Titel einem entfernten Cousin zugefallen sei. Der neue Earl hatte kein Interesse daran, unsere Verbindung anzuerkennen.« Dieser Enthüllung folgte ein angespanntes Schweigen, und sie hatte beinahe Mitgefühl mit ihren Gastgebern. Was sollte man darauf auch sagen?

Miss Tates durchdringender Blick flackerte nicht. »Ich glaube, ich kenne eine Ihrer Tanten – Cicely.«

Jetzt war es an Portia, sie anzustarren. »Ja, das ist die älteste Schwester meiner Mutter. Wie haben Sie sie kennengelernt?«

»Wir sind zusammen zur Schule gegangen, aber wir waren nicht näher miteinander bekannt.«

Mr Harrington legte den Kopf schief. »Du hast mir ja nie erzählt, dass du auf dem Internat warst, Tante.«

»Das ist lange her, Stacy, und ich war gerade einmal ein Jahr dort.«

»Welch ein Zufall. Die Welt ist doch klein«, sagte Mr Harrington.

Das war sie; Portia konnte nur hoffen, dass dies die einzige Verbindung zu ihrer Vergangenheit war, die ans Tageslicht kommen würde.

***

Auf Mr Harringtons Wunsch spielte Portia nach dem Abendessen noch etwas Bach. Sowohl er als auch seine Tante waren verschwenderisch mit ihren Komplimenten, und es war das reinste Vergnügen, ein so wunderbares Instrument zu spielen. Nie würde sie einem öffentlichen Auftritt näherkommen als an Abenden wie diesem.

Die Feststellung brach ihr nicht mehr das Herz wie zu der Zeit, als sie und Ivo noch ein Paar waren.

»Warum quälst du dich so, *cara*?«, pflegte er zu fragen, wenn er sie beim Üben antraf und seine karamellfarbenen Augen sie amüsiert und herablassend ansahen. »Reicht mein Genie nicht für uns beide?«

Nach seinem Unfall hatte es ihn weit weniger amüsiert, wenn sie übte, denn er konnte seine Hand zwar noch benutzen, aber nicht mehr spielen. Seitdem war er, wenn er sie am Klavier erwischte, nicht bloß spöttisch, sondern regelrecht bösartig geworden. Portia hatte es nicht so viel ausgemacht; er hatte sie angegriffen, weil er keine Musik mehr machen konnte. Sie konnte sich vorstellen, wie schrecklich das für einen Musiker sein musste.

Nachdem sie ihr Klavierspiel beendet hatte, zog sie sich auf ihr Zimmer zurück. Körperlich war sie erschöpft, doch ihr Geist war noch immer ganz durcheinander, also nahm sie Voltaires *Zadig* aus der kleinen Auswahl Bücher, die sie mitgebracht hatte.

Doch schon nach einer Viertelstunde wurden ihre Lider schwer, und sie legte das Buch beiseite und blies die Kerze aus.

Wie bereits in der Nacht zuvor wachte sie nach ein paar Stunden wieder auf. Dieses Mal ging sie direkt zum Fenster und zog die Vorhänge zurück. Sie musste nicht lange warten, da sah sie ihn auf dem prächtigen Pferd über seine Ländereien galoppieren, zwei Geister im Mondlicht.

Sie hielt sich verborgen, und konnte die Augen nicht von dem Mann und seinem Tier abwenden, die sich wie ein Wesen bewegten. Wie bereits in der vorigen Nacht, beendete er den Ritt unter ihrem Fenster. Portia hatte sich nicht wissentlich bewegt, und dieses Mal brannte auch keine Kerze in ihrem Zimmer, doch in dem Augenblick, als er unter ihrem Balkon vorbeiritt, sah er auf. Sie erstarrte. Er trug nicht seine Brille, und im Licht der Fackel und des Mondes konnte sie einen schwachen violetten Schimmer erkennen.

Erst als er aus ihrem Blickfeld verschwunden war, wurde ihr bewusst, dass er gelächelt hatte.

***

»Hast du heute Nacht die neugierige Musiklehrerin gesehen, Geist?« Das majestätische Pferd zuckte beim Klang von Stacys Stimme mit den Ohren. Er nahm Geist den Sattel ab und begann, das Pferd abzureiben. Stacy schnalzte mit der Zunge. »Du denkst vielleicht, sie bleibt wach, um dich zu beobachten, was?«

Der Hengst stampfte mit einem der Vorderhufe auf, und Stacy lachte leise. »Da irrst du dich, mein Freund. Ich glaube, sie bleibt auf, um *mich* anzustarren.«

Es war dieses morbide Interesse, das alle Frauen an ihm hatten. Für gewöhnlich amüsierten ihn ihre forschenden Blicke nicht, und noch nie hatte er den Wunsch verspürt, die Neugier einer Frau zu befriedigen, indem er ihr seine Augen zeigte – jedenfalls nicht seit seinem Debakel mit Penelope. Bei der Erinnerung an seine frühere Verlobte und den Abend, an dem er erfuhr, wie gut eine Frau ihren Abscheu zu verbergen wusste, wenn sie auf sein Geld aus war, legte sich seine Stirn in Falten.

Geist lehnte sich fest gegen Stacys Schulter, als er erst ein Vorderbein und dann das andere abrieb. Der Hengst machte einen tiefen, grollenden Laut.

Stacy lachte leise. »Das gefällt dir, nicht wahr, du Unersättlicher?«

Als er fertig war, streifte er Geist das Halfter über und führte ihn die lange Stallgasse entlang. Andere weiße Köpfe lugten aus den Boxen, als Stacy und Geist vorbeigingen, einer davon gehörte seiner neuesten Stute, Snezana.

Der Körper des Hengstes spannte sich an, und vor ihrem Stall blieb er kurz stehen, wieherte und stampfte mit dem Huf auf. Snezana warf den Kopf herum, zog sich aber gleich wieder in das Dunkel ihres Stalles zurück.

Stacy schnalzte mit der Zunge und tätschelte Geist. »Sie ist noch nicht bereit für dich, mein Freund.« Geist folgte ihm zögerlich und rollte seine großen dunklen Augen, als sie die stumme Stute zurückließen.

Er führte den aufgeregten Hengst zu einer großen Box auf der Ecke und beruhigte ihn. »Ich weiß, es ist schwer, zu warten. Aber sie würde dich jetzt nicht lassen. Ich verspreche dir, dass sie zur rechten Zeit zu dir kommen wird.«

Ein weiteres dunkles, ausdrucksstarkes Augenpaar flackerte in seiner Erinnerung auf, als er besänftigend über die Flanke des großen Pferdes streichelte.

Stacy war sich nicht sicher, ob seine beruhigenden Worte für den aufgekratzten Hengst gedacht waren oder für ihn selbst.

Kapitel Sechs

Portias erste Woche ging vorüber wie im Flug, und sie sah die anderen Bewohner von Whitethorn kaum außerhalb des täglichen Unterrichts und der abendlichen Mahlzeiten. Sie bekam sie sogar so selten zu Gesicht, dass sie sich fragte, ob sie ihr absichtlich aus dem Weg gingen.

Doch es war wahrscheinlicher, dass sie einfach sehr beschäftigt waren. Daisy, das Dienstmädchen, das sich am häufigsten um sie kümmerte, hatte ihr erzählt, dass Mr Harrington ein Geschäftsmann war, der nicht nur in Cornwall zu tun hatte. Und Miss Tate bewirtschaftete das große Anwesen und half darüber hinaus in der Gemeinde.

Die einzige Person im Haus, die kein Leben hatte, über das es sich zu berichten lohnte, war Portia selbst. Sie bekam Mr Harrington noch nicht einmal bei seinen Mondscheinausritten zu Gesicht, denn die hatten mit dem abnehmenden Mond ausgesetzt. Es kam ihr eigenartig vor, dass er ihre neugierige Beobachtung nie erwähnt hatte; wenngleich sie natürlich nie zugegeben hatte, dass sie ihm zusah. Es war beinahe, als teilten sie ein Geheimnis.

Bei dem albernen Gedanken musste Portia lachen. Es war ihr achter Morgen auf Whitethorn, und sie läutete nach dem Dienstmädchen. Sie war früher aufgewacht als sonst und hatte sich vorgenommen, es an diesem

Tag noch einmal mit dem Gig zu versuchen. Sie genoss ihre Spaziergänge, doch sie wollte die Umgebung etwas weiter über den Radius hinaus erkunden, den sie zu Fuß erreichen konnte.

Als sie das Frühstückszimmer erreichte, war es zum ersten Mal seit über einer Woche besetzt. »Guten Morgen, Miss Tate. Sind Sie immer so früh auf?«

»Das ist meine bevorzugte Tageszeit, Signora.« Die ältere Frau lächelte, aber ihre Pupillen waren zu winzigen Punkten verengt. Sie war immer freundlich und zuvorkommend, doch sie ließ niemals die Deckung fallen.

Portia näherte sich mit freudiger Erwartung dem beladenen Sideboard; schon seit vielen, vielen Jahren hatte sie nicht mehr so gut gegessen und so einen unersättlichen Appetit gehabt. Sie hatte es schon lange aufgegeben, sich um ihre Figur zu sorgen, die entgegen der Mode stets etwas rundlich blieb, ob sie sich nun zu Tode hungerte oder aß, was sie wollte.

»Und was sind Ihre Pläne für diesen Morgen, Signora?«, fragte Miss Tate, als Portia sich gesetzt hatte.

»Ich habe mich entschlossen, mit dem Gig in die Stadt zu fahren.« Portias Blick wanderte von dem Teller der anderen Frau, auf dem ein zur Hälfte gegessenes trockenes Stück Toast lag, zu ihrem eigenen, auf dem sich Schinken, Eier und Sardinen neben einer dicken, gebutterten Scheibe Brot türmten.

»Reiten Sie?«

»Ich fürchte, ich habe es nie gelernt.« Auf dem Tisch waren drei Töpfe mit Marmelade aufgereiht, die quasi darum bettelten, probiert zu werden. »Ich habe die Gegend zu Fuß erkundet.« Miss Tate zog die Augenbrauen hoch, entweder eine Reaktion auf Portias Worte oder auf ihren gesegneten Appetit. »Aber Mr Harrington war so freundlich, mir zu erlauben, das Gig zu benutzen.« Sie aß eine Gabel Rührei und wünschte augenblicklich, sie hätte sich mehr aufgetan: es war köstlich.

»Sie sind ein Stadtkind, Signora?«

Portia gab einen großzügigen Schuss Sahne in ihren Kaffee. »Ich bin in Rom geboren und aufgewachsen. Nach meiner Heirat begleitete ich meinen Gatten auf seinen Konzertreisen, die uns zumeist ebenfalls in große Städte führten.«

»Das klingt nach einem interessanten Leben.«

»Es hatte seine Vorzüge.« Portia nippte an ihrem Kaffee und seufzte zufrieden; er war dunkel, kräftig und aromatisch.

»Glauben Sie, Sie können sich nach einem so glamourösen Lebenswandel überhaupt an ein Leben auf dem Land gewöhnen?«

Portia lachte leise. »Ich würde es nicht als glamourös bezeichnen.« Sie verschwieg ihrem Gegenüber, dass ihr Leben eigentlich dauerhaft von Belastungen und Unsicherheit geprägt gewesen war. Stattdessen schnitt sie ein Stück ihres Pökelfleisches, während sie darüber nachdachte, was sie entgegnen sollte. »Bisher gefällt es mir hier sehr gut«, sagte sie, schob den Schinken in den Mund, kaute, schluckte und nahm einen weiteren Schluck Kaffee. »Haben Sie immer schon hier gelebt, Miss Tate?«

»Ich bin hergezogen, als mein Neffe noch ein Säugling war.« Sie senkte den Blick auf ihren Teller, wo ihre Finger dabei waren, den Rest ihres Toastbrots zu zerkrümeln. Als sie bemerkte, dass Portia sie beobachtete, wischte sie die eleganten Finger an ihrer Serviette ab und legte sie in den Schoß.

»Wo haben Sie davor gelebt?«

Das Schweigen war so ausgedehnt, dass Portia sich fragte, ob Miss Tate die Frage womöglich nicht gehört hatte.

»Ich habe nördlich von Plymouth gelebt, bei meiner Schwester und deren Mann.«

Portia wartete, erhielt jedoch keine detailliertere Auskunft, also füllte sie ihre Kaffeetasse auf und deutete auf Miss Tates fast leere Tasse.

»Nein, danke.« Ihr hochgewachsener Körper richtete sich würdevoll auf, als sie aufstand. »Ich werde im Pfarrhaus erwartet. Mr Harringtons Gewächshäuser versorgen die Kirche mit frischem Blumenschmuck.«

»Das ist großzügig.«

»Allerdings. Mein Neffe ist in vielerlei Hinsicht ein großzügiger Mann – manchmal vielleicht ein wenig zu großzügig. Seine Neigung, das Wohlergehen anderer über sein eigenes zu stellen, hat ihm bisweilen ... Unannehmlichkeiten bereitet.« Sie hielt inne, als ob sie sichergehen wollte, dass Portia diese Information bewusst aufnahm. »Ich hoffe, Sie haben einen angenehmen Morgen.«

»Vielen Dank, Miss Tate.« Portia wartete, bis sich die Tür geschlossen hatte, bevor sie sich wieder über ihr Frühstück hermachte. Nun, Frances Tate hatte sie nicht direkt gewarnt, aber sie hatte auf jeden Fall deutlich gemacht, dass sie jederzeit bereit war, sich schützend vor ihren Neffen zu stellen, sollte Portia ihre Grenzen überschreiten.

Miss Tate war höchstwahrscheinlich gewohnt, ihrem gutaussehenden, wohlhabenden Neffen verarmte Frauen vom Leib zu halten, die auf sein Vermögen aus waren.

Portia wünschte, sie hätte ihr versichern können, dass Mr Harrington von *ihr* nichts zu befürchten hatte. Sie bezweifelte jedoch, dass die zurückhaltende ältere Frau ihre Beteuerungen gern hören und ihnen Glauben schenken würde, schließlich hatte Portia bewiesen, dass sie bereit war, zu einer Lüge zu greifen, um ihre Ziele zu erreichen.

Und wessen Schuld ist das?

Portia ignorierte den Anflug eines schlechten Gewissens und beendete ihr Frühstück ohne weitere Unterbrechung. Dann holte sie ihren Hut, ihren Mantel und ihr Retikül und streifte auf ihrem Weg zu den Stallungen durch die eindrucksvollen Gärten.

Vor dem Stall traf sie auf Mr Hawkins, der dabei war, das weiße Pferd zu striegeln, das sie am Abend zuvor gesehen hatte.

»Welch ein schönes Tier.«

Hawkins lächelte stolz, als ob es sein Pferd wäre.

»Jo, Miss, das is er, nicht? Wolln Sie es noch einmal mit dem Karren probieren?«

»Wenn Sie das nach meinem katastrophalen ersten Versuch für ratsam halten.«

Hawkins lachte freundlich. »Warn ja nur ein paar Büsche, die Sie plattgefahren haben. Moment, ich ruf John, damit er Geist fertigmacht, und ich hol das Gig.«

»Darf ich ihn streicheln?«, fragte Portia, die darauf brannte, das wunderschöne Tier zu berühren.

»Ja, das wird er mögen.«

Portia blickte dem Pferd in eines seiner erstaunlich dunklen Augen. Geist sah sie ruhig an und stupste dann ihre Hand mit seinem weichen Kinn, damit sie seine samtene Nase streichelte.

Der Stallmeister kehrte schon bald mit John zurück, und als Portia sich umdrehte, um den Burschen zu begrüßen, stieß Geist ihren Arm leicht mit der Nase an.

Hawkins und John lachten.

»Bei dem können Sie nich aufhörn, Ma'am. Der ist ganz gierig nach Aufmerksamkeit.«

»Was bedeutet der Name?« Das Wort kam Portia bekannt vor, aber sie konnte sich nicht daran erinnern, wo sie es gehört hatte.

»Der Herr sagt, das is son fremdländisches Wort. Deutsch glaub ich.«

Ach, richtig. Das war es. *Geist* war das deutsche Wort für Gespenst. Genau das hatte sie gedacht, als sie ihn im Mondlicht gesehen hatte. Ein Gespenst.

»Bring ihn wieder in den Stall, John, nich auf die Weide. Der Herr wird ihn später brauchen.«

Der Bursche schnalzte mit der Zunge und führte das große Pferd in den Stall.

Hawkins wandte sich Portia zu. »Schätze, Sie sollten die ersten paar Male John mitnehmen, Ma'am.«

»Ich würde Sie ungern Ihres Helfers berauben, Mr Hawkins.«

»Ach was. Der kann bei der Gelegenheit seine Mutter und seine Schwestern besuchen.«

»Ich nehme an, in so einer kleinen Stadt kennt jeder jeden?«, fragte Portia, während Mr Hawkins eine duldsame Stute vor den kleinen Wagen spannte.

»Das stimmt wohl. Man kann keine zwei Schritte machen, ohne über Verwandte zu stolpern.«

»Das muss schön sein.«

Der alte Mann grunzte und warf ihr einen vielsagenden Blick zu, während er mit geschickten Fingern das Geschirr anlegte. »Hält einen davon ab, Unsinn zu machen.« Sein Blick ging über ihre Schulter, und er hielt kurz inne und zupfte sich seine Stirnlocke zurecht. »Guten Morgen, Herr.«

Portia wandte sich um und erblickte Mr Harrington, der für einen Ausritt gekleidet war: glänzende Stiefel, Reithosen aus dunklem Leder und ein perfekt sitzender schwarzer Frack. Anders als bei seinen nächtlichen Ausritten trug er auch die dunkle Brille sowie Lederhandschuhe und einen hohen Hut. Der einzige Farbklecks in diesem Ensemble war seine flaschengrün und gold gestreifte Weste. Er war ein perfektes Bild männlicher Schönheit. »Sie wolln Geist, Sir?«

»Das kann warten, Hawkins.« Er wandte sich Portia zu. »Wollen Sie sich mit dem Gig versuchen, Signora?«

»Nur bis nach Bude, Sir.«

Er nickte, zögerte, und sagte dann: »Vielleicht sollte ich Sie begleiten. Ich habe ohnehin geschäftlich im Inn zu tun.«

Portias blühende Fantasie produzierte Bilder davon, wie sie dicht neben diesem umwerfenden Mann auf dem engen Bock sitzen würde. »Ähm ...«

»Wenn Sie einverstanden sind«, sagte er mit einem leichten Lächeln.

»Ja, natürlich, selbstverständlich. Mr Hawkins sagte soeben, dass es besser wäre, wenn mich jemand begleitet.« *Natürlich sprach er von dem Jungen, nicht von einem Musterbeispiel männlicher Vollkommenheit.*

»Für die ersten Fahrten ist das vermutlich ratsam.«

Hawkins trat einen Schritt von Buttercup zurück. »Sie wird schon bald richtig geschickt sein mit den Zügeln, Herr.«

»Daran habe ich keine Zweifel, Hawkins.« Seine Nasenflügel blähten sich leicht. »Signora Stefani erscheint mir wie eine Frau, die in allem gut ist, an das sie Hand anlegt.«

Portia konnte zwar seine Augen nicht sehen, aber sie hätte schwören können, dass sie seinen Blick spüren konnte, und Hitze wallte in ihr auf; wenn es schon ausreichte, ihn anzusehen, um solche Gefühle in ihr auszulösen, was wäre dann erst, wenn sie neben ihm saß?

Nun, sie würde es herausfinden.

***

Stacy starrte die Frau an, der er seit Tagen aus dem Weg ging.

Was zur Hölle tue ich?

Offenbar versuchst du, ihre Gegenwart zu meiden, entgegnete die ironische Stimme in seinem Kopf.

Er half ihr auf den schmalen Bock, und als sie sich gesetzt hatte, schwang er sich selbst hinauf. Sie zwängte sich eng an das metallene Gestänge, das den Sitz umgab, dennoch pressten sich sein Schenkel, seine Seite und seine Hinterbacke gegen ihre. Es fühlte sich gut an; zu gut.

Stacy senkte den Blick und bemerkte, dass sie zu ihm aufblickte, wobei ihr Gesicht eine hübsche zartrosa Farbe angenommen hatte. »Ist es unbequem für Sie, Signora?«

»Nein, ganz und gar nicht.« Sie wandte sich eilig ab und blickte nach vorn. Und dann saß sie nur da.

Stacys Lippen zuckten. »Sie müssen Buttercup ein Zeichen geben, dass Sie losfahren wollen.«

»Oh!« Ihre zierlichen Hände umfassten die Zügel fester, und sie schnalzte mit der Zunge. Buttercup hob den Kopf, doch sie rührte sich nicht.

»Vielleicht lockern Sie die Zügel etwas, Signora.«

»Oh!«, machte sie abermals, dann lockerte sie ihren Griff so weit, dass ihr die Zügel durch die Finger glitten.

Stacys Hand schoss vor und bekam sie gerade noch rechtzeitig zu fassen, bevor sie sich im Geschirr verfangen konnten.

Buttercup, nunmehr befreit, bewegte sich langsam vorwärts.

»Ach herrje.« Die Frau verzog das Gesicht und warf ihm einen kurzen, verschämten Blick zu. »Es tut mir leid.« Ihre Gesichtsfarbe hatte sich von zartrosa zu scharlachrot gewandelt.

»Sie müssen sich nicht entschuldigen, Sie lernen schließlich noch. Hier, nehmen Sie die Zügel.«

Sie schüttelte vehement den Kopf. »Mir wäre es lieber, wenn Sie das übernähmen.«

Er hielt sie ihr weiter hin, und schließlich seufzte sie und nahm sie in die Hand, dieses Mal nicht so fest.

»Ist es so richtig?«, fragte sie, als Buttercup eine Weile weitergetrottet war.

»So ist es perfekt.«

»Ich nehme an, sie kennt den Weg, sodass ich nicht viel lenken muss.«

Stacy entschloss sich, ihr nicht zu sagen, dass man ein Pferd *führte*, nicht lenkte.

»Buttercup würde rückwärts und im Schlaf nach Bude finden.«

Mrs Stefani lachte, ein tiefes, sinnliches Lachen, das er schon ein- oder zweimal zuvor gehört hatte. Es war ein Klang, der ihm für seinen Geschmack viel zu gut gefiel.

»Ihr Pferd – Geist – ist wundervoll.«

Er zog die Augenbrauen hoch. Gab sie wohl endlich zu, dass sie ihn bei seinen Ausritten beobachtete?

»Vielen Dank«, entgegnete er.

»Sie haben ziemlich viele Pferde. Sind die nur für Ihren persönlichen Bedarf, oder züchten und verkaufen Sie sie auch?«

»Ich habe bisher nur für meine Pächter gezüchtet.«

»Aha?«

»Ja, die meisten Bauern haben keine Verwendung für Hengste, weil die meisten zu temperamentvoll sind. Ich besitze einige Zuchthengste und erlaube meinen Pächtern, sie kostenfrei zu nutzen, weil sie sich das Deckgeld oft nicht leisten könnten. In den kommenden Wochen werden Sie sehen, dass die Bauern ihre Stuten bringen.«

Sie warf ihm einen Seitenblick zu. »Das ist sehr freundlich von Ihnen.«

»Ein zufriedener Pächter ist ein produktiver Pächter. Außerdem leiste ich meinen Beitrag dazu, die Qualität des Viehbestands zu sichern, wenn ich gute Vatertiere zur Verfügung stelle.«

»Also hat Geist eine zahlreiche Nachkommenschaft?«

»Geist ist zu wertvoll, um ihn für Zugtiere zu verwenden. Er ist noch jung, und das ist seine erste Decksaison, also wird er nur meine eigenen Stuten decken. Aber nächstes Jahr werde ich ihn gegen Deckgebühr ausleihen.«

Sie schüttelte neben ihm den Kopf. »Ich verstehe das nicht. Ich dachte, Sie sagten, Ihre Pächter könnten sich das Deckgeld nicht leisten.«

»Das wären dann andere Züchter aus ganz Großbritannien.«

»Und die würden Ihre Pferde dann den ganzen Weg *hierher*bringen?« Ihre Frage klang mehr als nur ein wenig skeptisch.

»Selbstverständlich. Ich habe bereits fünfundzwanzig Züchter auf meiner Liste, sogar einige aus Schottland.«

»Das ist erstaunlich! Ich nehme an, Geist ist ein Rennpferd?«

Stacy konnte wieder dieselbe Abscheu aus ihrer Stimme heraushören, wie als sie ihn wegen der Jagdhunde gefragt hatte. »Er ist eine Weile Rennen gelaufen, aber nur lang genug, um seine Fähigkeiten auszubilden. Als er zum Kauf stand, habe ich ihn erworben.«

»Sie haben ihn gekauft, weil er Rennen gewonnen hat?«

»Zum Teil.«

»Warum lassen Sie ihn dann nicht weiter Rennen laufen?«

»Weil er zwar beeindruckende Geschwindigkeit und Ausdauer an den Tag gelegt hat, insgesamt hat er aber einen tadellosen Stammbaum, also ist er als Zuchtmaterial weit wertvoller. Außerdem ist er ein gutmütiges

Tier und für einen Hengst recht fügsam, was es leichter macht, ihn zum Decken zu verwenden.«

Der kurze Blick, den sie ihm zuwarf, war deutlich vorwurfsvoll. »Also geht es Ihnen dabei hauptsächlich ums Geschäft?«

Anstatt sich daran zu stören, gefiel Stacy ihr Feuer. »Kann ich mich nicht an ihm erfreuen *und* dabei Geld verdienen, Signora?«

»Sie können tun, was Sie wollen. Es erscheint mir nur kaltschnäuzig, ihn nur wegen seines Stammbaums zu mögen. Außerdem erscheint es mir arrogant, zu glauben, dass man diese Abstammungslinien beeinflussen sollte.«

Stacy deutete auf die Bäume zu beiden Seiten des Fahrwegs direkt vor ihnen. »Was halten Sie von diesen Bäumen?«

»Den Bäumen?«

»Ja, den Bäumen.«

Sie zuckte mit den Schultern. »Nun, es sind Bäume.«

»Sehen Sie genauer hin.«

Sie beugte sich vor, als sie vorbeifuhren. »Große Güte, sind diese großen Dinger *Knospen*?«

»Richtig. In weniger als einem Monat werden Sie mit einem überwältigenden Anblick beschenkt werden. Dieses Jahr waren die Umstände günstig und unsere Magnolien werden blühen.«

»Ich habe von Magnolien gehört. Sie sollen recht spektakulär sein.«

»Das sind sie. Und es gibt keine, die diesen beiden gleicht. Diese Magnolien wurden zu Lebzeiten meines Onkels gepflanzt. Er war ein Botaniker und hat einige der ersten Magnolien in Großbritannien erworben.

Über viele Jahre hinweg hat er daran gearbeitet, bis er ein Paar gezüchtet hatte, das in diesem Klima nicht nur überleben kann, sondern auch gedeihen.«

Sie lächelte schief. »Ich verstehe, was Sie damit sagen wollen. Aber Ihr Onkel hat es getan, um einen Baum zu züchten, der hier leben kann. Geists Nachkommen würden überleben, ganz gleich, mit welcher Stute er gepaart würde.«

»Das ist wahr. Aber Überlebensfähigkeit ist nicht der einzige Zweck einer Zuchtauswahl. Man möchte auch bestimmte Eigenschaften erhalten, andere vervollkommnen und gefährliche Mängel ausmerzen.«

»Ich fürchte, bei diesem Thema werden wir uns nicht einig, Mr Harrington. Als jemand, der wegen seiner gemischten Herkunft als Promenadenmischung bezeichnet wurde, bin ich in dieser Hinsicht voreingenommen.«

Stacy runzelte die Stirn. »Es tut mir leid, zu hören, dass sie derlei dummen Beleidigungen ausgesetzt waren, Signora. Pferde und Magnolien sind anders als Menschen, und niemand, der bei gesundem Verstand ist, kann ernsthaft eine selektive Zucht für Menschen in Betracht ziehen.«

»Der englische Adel schon.«

Ihre scharfe, temperamentvolle Replik entlockte ihm ein überraschtes Lachen.

»Touché, Signora. Touché.«

»Oh, sehen Sie doch«, sagte sie und deutete mit dem Kinn voraus. »Wir nähern uns der Stadt.«

Es wurde ihm bewusst, dass das ihre Art war, das Gespräch zu beenden.

»Würden Sie bitte für mich das Gig in den Hof des Inns lenken, damit ich nicht den armen Stallknecht überfahre?«

Stacy öffnete den Mund, um sie dazu zu bewegen, es allein zu versuchen, aber als sich ihre überwältigenden dunklen Augen flehend auf ihn richteten, konnte er nicht anders, als zu tun, worum sie gebeten hatte, und die Zügel nehmen. Weniger als eine halbe Stunde hatte er nun mit ihr verbracht, und schon fiel es ihm schwer, ihr etwas abzuschlagen.

Ja, dachte er grimmig, als ihr weicher, warmer, duftender Körper sich an ihn presste, *diese Ausfahrt in die Stadt war ein Fehler.*

Ihr feuriges Wesen und ihre Reize erwiesen sich als zu verlockend. In ihrer Gegenwart vergaß er nur allzu leicht, dass sie eine Angestellte war, und dessen musste er sich immer vor allem anderen bewusst sein: Sie war freundlich zu ihm, weil er ihr Dienstherr war, nicht mehr.

Zeit mit Mrs Stefani zu verbringen würde im besten Falle dazu führen, dass er sich in einer Schwärmerei verlor und im schlimmsten Falle zu tieferen Gefühlen. Wie er bereits vor langer Zeit gelernt hatte, würde sowohl der eine als auch der andere Pfad für ihn nur in Enttäuschung und Schmerz münden.

Kapitel Sieben

Nach ihrer viel zu anregenden Kutschfahrt mit Mr Harrington wartete Portia drei Tage, bevor sie auf sein Angebot zurückkam, die Bibliothek zu benutzen.

Sie wollte ihm nicht begegnen, das heißt, eigentlich war sie viel zu versessen auf ein neuerliches Tête-à-tête und hatte den Eindruck, dass auch er es seit ihrem kurzen Ausflug in die Stadt vermied, ihr zu begegnen.

Wie sich herausstellte, hatte ihn sein geschäftliches Anliegen an jenem Tag länger beschäftigt als geplant, sodass sie nicht mit ihm nach Whitethorn zurückgekehrt war, sondern mit einem der Stallburschen aus dem Inn. Sie hatte gemischte Gefühle deswegen. Ein Teil von ihr sehnte sich danach, seinen festen Körper eng an ihren gepresst zu spüren, und sie hätte zu gern den leichten, berauschenden Hauch seines Duftwassers eingeatmet und ihre Unterhaltung über das etwas skandalöse Thema der Fortpflanzung fortgesetzt, auch wenn es nur um Pferde gegangen war.

Doch ihn bei ihren Klavierstunden und den Abendmahlzeiten zu sehen, war bereits Verlockung genug. Sie war einfach zu sehr auf diese Stelle angewiesen, als dass sie hätte riskieren wollen, das empfindliche Gleichgewicht zwischen ihnen zu zerstören, also zwang sie sich dazu, ihren natürlichen Impulsen nicht nachzugeben.

Jetzt allerdings mangelte es ihr an Lesestoff, und sie wusste, dass Mr Harrington vormittags nur selten seine privaten Räume verließ, also machte sie sich direkt nach dem Frühstück auf den Weg.

Sie überlegte, ob sie einfach dorthin gehen und die Tür öffnen sollte, auch wenn sie wusste, dass er nicht dort war.

Er hat gesagt, du sollst die Bibliothek benutzen.

Das war richtig, er hatte es ihr mehr als einmal gesagt. Portia legte ein Ohr an die dicke Tür, aber aus dem Raum war kein Laut zu hören.

Das musste allerdings nichts heißen. Es war schließlich unwahrscheinlich, dass er in seiner Bibliothek Lärm machte.

Bevor sie der Mut verlassen konnte, klopfte sie.

Nichts.

Sie wartete noch ein Weilchen, dann öffnete sie die Tür. Im Raum herrschte pechschwarze Dunkelheit, also ließ sie die Tür offen, um etwas Licht zu haben, als sie zu den schweren Damastvorhängen hinüberging und diese öffnete.

Sofort wurde der Raum in Morgenlicht gebadet, und Portia stockte der Atem: Die Decke war mindestens sieben Meter hoch, eine meisterhafte Kassettendecke, auf der in die Jahre gekommene Vergoldung glitzernd die Sonnenstrahlen einfing und dem riesigen Raum warmen Glanz verlieh. Bis auf die nach Süden blickende Fensterfront und die ihr gegenüberliegende Wand waren alle Wände mit deckenhohen Bücherregalen bedeckt. An der freien Wand befand sich einer der größten Kamine, die sie je gesehen hatte. Ein Zwischengeschoss beherbergte noch mehr Bücher. Die Bibliothek war beeindruckend, und Portia verstand nun, warum Mr Harrington hier so viel Zeit verbrachte.

Sie brauchte einige Minuten, um zu verstehen, wie die Bibliothek organisiert war, und sie hatte eben die Abteilung gefunden, die sie suchte, als eine Stimme hinter ihr sie zusammenfahren ließ.

»Guten Morgen, Signora.«

Sie wirbelte herum und sah Eustace Harrington in der offenen Tür stehen. Er wirkte undurchschaubar wie immer, und es war ihm nicht anzusehen, was er davon hielt, sie in seinem Allerheiligsten anzutreffen.

»Ich dachte, um diese Zeit wäre die Bibliothek nicht in Gebrauch.« Ihr Tonfall war knapp, wie immer, wenn sie sich im Nachteil wähnte. »Ich werde zu einem anderen Zeitpunkt wiederkommen.«

Er deutete auf die Bücher in ihrer Hand und kam zu ihr herüber.

»Darf ich?«

Sie reichte ihm die schmalen Bände und nutzte wie gewöhnlich die Gelegenheit, ihn zu betrachten, während er die Bücher in Augenschein nahm. Und wie gewöhnlich sah er auf und erwischte sie dabei, wie sie ihn anstarrte. Er hielt das dünnere der beiden Bücher hoch.

»Haben Sie schon etwas von Paine gelesen?«

»Nur sein berühmtes Pamphlet. Wo ich herkomme, hat er viele Bewunderer.«

Er übergab ihr die zwei Bücher, und sie nahm sie in beide Hände.

»Vielen Dank. Die werden mich eine Weile beschäftigen. Ich werde dann jetzt gehen.«

Er deutete zur linken Seite des Raums. »Sie haben keine Romane, und von unseren Unterhaltungen beim

Abendessen erinnere ich mich, dass sie die mögen. Sie befinden sich hier.« Er wies zu der Abteilung, die sie soeben entdeckt, aber noch nicht genauer unter die Lupe genommen hatte. »Lassen Sie mich Ihnen die Romane heraussuchen, die meine Tante gestern Abend empfohlen hat.«

»Wenn es keine Umstände macht.«

»Es macht absolut keine Umstände, Signora.«

Portia blinzelte in das Sonnenlicht, das durchs Fenster einfiel und biss sich auf die Lippe. »Soll ich die Vorhänge schließen?«

»Das wird nicht nötig sein«, sagte er, ohne sich umzudrehen.

Die Säulen, die den Kamin flankierten, überragten Portia und wurden von marmornen Füchsen gekrönt, auf deren Köpfen der Kaminsims lastete. Sie fuhr mit dem Finger über die Schnauze eines der Tiere.

»Ihr Haus ist faszinierend. Wann wurde es erbaut?«

»Entworfen und gebaut wurde es von Inigo Jones, der es 1647 fertigstellte.«

»Es erinnert mich an eines der Gebäude von Palladio in Vincenza.«

»Den Palazzo Chiericati?«

»Sie kennen ihn?«

»Ich habe Bilder gesehen. Er ist berühmt für seine Architektur, die auf musikalischen Intervallen basiert.« Er strich mit einem seiner eleganten Finger über die roten Buchrücken, als ob er nach einem bestimmten Titel suchte.

»Ist das Haus schon lange im Besitz Ihrer Familie?«

»Es gehörte einem Großonkel, einem Junggesellen, der starb, bevor ich geboren wurde. Meine Tante hat mich hergebracht, um hier mit mir zu leben, nachdem meine Eltern bei einem Brand ums Leben kamen. Zu dem Zeitpunkt war ich bei meiner Tante, sonst wäre ich vermutlich auch in den Flammen umgekommen.«

Er brachte diese tragische Geschichte mit einer Emotionslosigkeit vor, die ihr das Herz zusammenzog.

»Das tut mir leid.«

Er sah sie mit einem amüsierten Ausdruck an. »Es ist lange her, Signora, und ich war noch nicht einmal ein Jahr alt. Ich erinnere mich nicht an die beiden.«

»Dennoch ist es eine sehr tragische Geschichte.«

Er pflückte ein Buch aus dem Regal und nahm es in die linke Hand, in der er bereits zwei andere hielt.

Portia war das zähe Schweigen körperlich unangenehm. »An einem kalten Abend muss es hier herrlich sein, wenn der Kamin brennt.« Sie konnte den Blick nicht von seinen Händen abwenden, obwohl sie sie täglich bei ihren Klavierstunden zu Gesicht bekam. Die Handrücken waren breit, die Finger lang und wohlgeformt. Sie hätten die Hände eines Konzertpianisten sein können, aber Portia wusste, dass dies nur eine romantische Fantasie ihrerseits war. Ivos Hände waren sogar recht hässlich gewesen, gedrungen mit dicken Knöcheln und beinahe quadratischen Handflächen, und doch hatten sie Musik hervorgebracht, die ausgewachsene Männer zum Weinen gebracht hatte.

Kurz flackerte ein Bild von Mr Harringtons Händen vor ihrem inneren Auge auf, wie sie in derselben Weise über ihren Körper strichen wie sie die Einbände der ledergebundenen Bücher streichelten, und sie erzitterte. Ein Kribbeln durchlief ihren ganzen Körper, und sie

wurde empfindsamer, als ob ihre Nervenenden zu nah
unter der Haut säßen.

Portia ...

Ich tue doch gar nichts, protestierte sie und kam sich
albern vor, wie sie so mit sich selbst stritt.

Mr Harrington nahm ein weiteres Buch aus dem Regal, ohne zu bemerken, in welchen Aufruhr diese unschuldigen Handlungen Portia stürzten. Erst als er vier
Bücher herausgesucht hatte, wandte er sich ihr wieder
zu. Seine Brillengläser glommen auf, als er ihr den kleinen Stapel reichte.

Sie nahm die Bücher entgegen und warf einen Blick
auf die Buchrücken, um ihr glühendes Gesicht zu verbergen.

»Gefällt es ihnen hier bisher?« Die Frage zwang sie
aufzusehen. Er deutete auf einen der Stühle, die vor
dem mächtigen Kamin standen. »Setzen Sie sich doch.
Mich interessieren Ihre Eindrücke von Cornwall. Wir
sind ein stolzes Volk und hören gern, was andere über
unser kleines Fleckchen Großbritannien denken.«

Portia konnte den Puls in ihrer Kehle spüren. Konnte
er es sehen? Warum wollte er mit ihr sprechen? Warum
benahm sie sich wie ein Volltrottel? Sie räusperte sich
und ließ sich recht unelegant in den Stuhl sinken, auf
den er gezeigt hatte.

Er nahm ihr gegenüber Platz, wobei er würdevoll und
entspannt wirkte und sie mit einem interessierten Gesichtsausdruck musterte. Portia konnte sich nicht erinnern, dass sie sich je mit jemandem unterhalten hätte,
der schwerer zu lesen war. Aber vielleicht war er das
überhaupt nicht. Vielleicht war er auch tatsächlich so
fade und emotionslos, wie es den Anschein hatte. Nein,

das konnte sie nicht glauben, nachdem sie ihn spielen gehört hatte. Sie wurde sich bewusst, dass er wartete. »Ich genieße es, draußen herumzustreunen; in London war das nicht so leicht.«

»War es in Rom leichter?« Er klang weniger höflich als ernsthaft interessiert.

»Ich kannte mich in Rom sehr gut aus und habe mich dort wohler gefühlt als in London.« Sie verschwieg ihm, wie sie in ihrer Jugend jeden Winkel der uralten Stadt allein durchstreift hatte, was eine wohlerzogene junge Engländerin niemals getan hätte.

Auch in Rom hatte man ein solches Benehmen nicht gern gesehen, aber Portias Vater war viel beschäftigt gewesen und hatte nicht viel Zeit gehabt, seine willensstarke halbwüchsige Tochter zu maßregeln.

»Haben Sie daran gedacht, nach Europa zurückzukehren, wenn der Krieg vorüber ist?«

»Mein Vater war ein Einzelkind, und wir standen seinen übrigen Verwandten nie nahe. Es gibt dort niemanden mehr für mich.« Tatsächlich war dort zu viel, aber das konnte sie ihm wohl kaum erzählen.

»Planen Sie, nach Europa zu reisen, Mr Harrington?«

»Ich reise nicht gerne.«

Portia öffnete den Mund, zögerte und schloss ihn wieder. Natürlich gelang es ihr nicht, ihn geschlossen zu halten. »Wegen ... wegen Ihres Leidens?«

Zu ihrer Überraschung lächelte er. »Das ist einer der Gründe.«

Portia war sich bewusst, dass ihr Gesicht ebenso rot war wie die Bücher in ihrer Hand. »Die Leute können schrecklich dumm und grausam sein.«

»Das ist wahr, Signora.« Er lächelte noch immer, aber sein Tonfall war kühler, und Portia hatte den Eindruck, als sei sie zurechtgewiesen worden.

Sie erhob sich, und ihr Herz pochte vor Scham.

»Ich werde Ihre Zeit nicht länger beanspruchen, Mr Harrington.«

Dieses Mal widersprach er nicht. Stattdessen ging er voraus zur Tür. »Bis heute Nachmittag, Signora.«

Portia neigte den Kopf. Es war schwer, Würde zu bewahren und nicht davonzulaufen, vor allem, weil sein Blick auf ihr ruhte, bis sie um die Ecke gebogen war.

***

Am Tag nach ihrem Besuch der großartigen Bibliothek traf Portia zum ersten Mal Mr Harringtons alte Kinderfrau, Nanny Kemble. Sie war auf einem ihrer üblichen Spaziergänge gewesen und hatte sich entschieden, den Weg durch den Wald zu nehmen, aus dem Mr Harrington in jener ersten Nacht aufgetaucht war. Der Pfad war eng, aber recht ausgetreten, ein Zeichen, dass nicht nur ihr Arbeitgeber ihn benutzte. Das Blätterdach schluckte einen Großteil des Lichts, sodass die Luft darunter kühl und feucht war.

Sie wollte gerade umkehren, als sie bemerkte, dass das Geräusch der Wellen immer deutlicher zu hören war, also ging sie weiter.

Auf der anderen Seite des kleinen Wäldchens war ein sanft abfallender Hügel, der zu einem kleinen Cottage hinabführte, das gefährlich nah an den Klippen zu liegen schien.

Nanny Kemble war in ihrem kleinen Garten beschäftigt, als Portia ihr Grundstück erreichte. Die alte Frau begrüßte Portia, als ob sie alte Freunde wären.

»Sie müssen die Klavierlehrerin sein!«

»Richtig, ich bin Portia Stefani.« Es überraschte sie nicht mehr, dass jeder in der Gegend sie kannte, nachdem sie bei ihren Ausflügen nach Bude jedes Mal ähnliche Erfahrungen gemacht hatte.

»Ich bin Nanny Kemble, das ehemalige Kindermädchen von Master Eustace. Ich hatte darauf gehofft, dass Sie mich besuchen würden.«

Portia erfuhr bald, dass Mr Harrington – oder Stacy, wie sie ihn heimlich in ihren Gedanken nannte – seinem alten Kindermädchen dieses gemütliche Cottage hatte angedeihen lassen und sie darüber hinaus auch mit Bediensteten ausgestattet hatte, die sich um ihr Wohlergehen kümmerten. Nicht nur mit seinem Geld war er großzügig, er besuchte die alte Dame auch jede Woche, ebenso wie Miss Tate.

Nanny hatte keine Nachbarn in der direkten Umgebung, und die einzigen anderen Leute, mit denen sie regelmäßig Kontakt hatte, waren die Fants, das mürrische Verwalterehepaar, das auf dem Grundstück lebte.

»Miss Tate hat sie eingestellt«, sagte Nanny, als Portia bemerkte, wie tüchtig das Paar wirkte. »Sie sind aus *dem Norden.*« Sie sagte es, als meinte sie damit, sie wären unter einem Stein hervorgekrochen. »Jedenfalls kommen sie bestimmt nicht daher, wo der Rest *ihrer* Familie lebt.«

»Frances Tates Familie?«, fragte Portia etwas überrascht. »Ich dachte, es gäbe keine weiteren Verwandten.«

Die Nanny blinzelte. »Verzeihung, meine Liebe. Sagte ich, sie hätte Familie?« Sie schüttelte den Kopf. »Miss Tate und Master Eustace sind als Einzige übrig. Es ist so schade.« Die Gedanken der alten Dame schweiften oft ab, und an einigen Tagen war es besser als an anderen. Die Frau war fast neunzig, und Stacy war ihr letzter und liebster Schützling gewesen, zu dem sie erst spät im Leben gekommen war.

Als Portia das nächste Mal den Weg durch den Wald nahm, wartete die alte Dame bereits auf sie.

»Ich habe mich seit dem Tag seiner Geburt um Master Stacy gekümmert.« Sie saßen in Nannys gemütlicher Wohnstube und tranken Tee, und die alte Frau arbeitete an einem Stück filigraner Spitze, wobei sie nicht einmal auf ihre Finger sehen musste. Sie musterte Portia mit trüben blauen Augen. »Was war er doch für ein kleiner Engel. Er hat nie geschrien oder Ärger gemacht, ganz anders als sein Bruder.«

Portia hatte der Nanny dabei geholfen, den dünnen Faden, den die Nanny zum Häkeln verwendete, aufzuwickeln und sah nun auf. »Ich dachte, Mr Harrington wäre ein Einzelkind.«

Die alte Dame runzelte die Stirn und öffnete den Mund.

Doch in diesem Augenblick kam Mrs Fant, die Haushälterin, herein. »Ich hoffe, Sie überanstrengen sich nicht, Mrs Kemble?« Die Fants waren die einzigen Leute, die sie nicht Nanny nannten.

»Wie?« Nanny wirkte erschrocken über Mrs Fants plötzliches Auftauchen.

Tatsächlich hatte Portia manchmal den Eindruck, dass die Fants an der Tür lauschten.

»Sie haben gestern nicht gut geschlafen, nicht wahr, Mrs Kemble?«, fragte Mrs Fant überlaut. Portia war sich bewusst, dass Mrs Fant die Frage eher ihretwegen gestellt hatte, um anzudeuten, dass Portias Besuch die alte Frau anstrengte und sie besser gehen sollte. Sie warf einen kurzen Blick auf die kleine Uhr, die an ihr Kleid geheftet war.

»Was für eine hübsche Uhr«, bemerkte Nanny, genau wie beim ersten Mal, als sie einander kennengelernt hatten.

Portia gab dieselbe Antwort. »Vielen Dank, Nanny. Sie gehörte meiner Mutter. Ich mache mich jetzt besser auf den Weg, wenn ich rechtzeitig für Mr Harringtons Klavierstunde zurück sein möchte.« Das war ein wenig geflunkert. Sie hatte noch mindestens eine Stunde, aber unter Mrs Fants wachsamen Augen fühlte sie sich unwohl.

»Werden Sie mich morgen wieder besuchen kommen, meine Liebe?« Hoffnung stand der Nanny ins Gesicht geschrieben.

»Aber natürlich.«

Mr Fant hatte in der Nähe des Hauses zu tun, als Portia fortging. Er sah sie nicht direkt an, aber sie konnte spüren, dass er ihr hinterherschaute. Es hatte etwas Gruseliges, wie die Fants sich auf dem Grundstück bewegten und stets alles mit misstrauischen Blicken beobachteten. Sie hätten wirklich gut in ein großes, zugiges Schloss gepasst.

Portia lächelte noch immer bei der Vorstellung von Mrs Fant als Kastellanin, als Miss Tate auf einem prächtigen weißen Pferd über den Hügelkamm geritten kam. Das Tier musste aus Mr Harringtons Zucht stammen, vermutete sie.

»Hallo, Signora Stefani. Sie sind gut zu Fuß, dass sie es so weit geschafft haben.«

Portia hätte schwören können, dass es ihr Gegenüber beunruhigte, sie in der Nähe von Nanny Kembles Haus anzutreffen.

»Ich bin gern bei Nanny Kemble.«

»Ja, sie ist eine reizende alte Dame, aber ich fürchte, ihr Verstand ist nicht mehr das, was er einmal war. Manchmal glaube ich, sie wirft alle ihre ehemaligen Schützlinge durcheinander.«

»Ja, sie hat mich einmal für eine alte Freundin und für eine verstorbene Schwester gehalten und hat von Mr Harringtons Geschwistern gesprochen.«

Miss Tate lachte kurz nervös auf, und ihr Pferd tänzelte unruhig. »Nun ja, sie ist gut versorgt; mein Neffe behandelt sie wie eine Königin.«

»Das tut er, und das ist sehr löblich.«

Miss Tate machte ein zufriedenes Gesicht. »Ich sollte weiterreiten. Selene ist heute ziemlich unruhig.«

Allerdings war nicht nur das Pferd nervös.

Portia lächelte. »Selene, Göttin des Mondes. Der Name ist perfekt.«

»Mein Neffe hat seine fantasievolle Seite. Es gibt noch Hekate und Artemis.« Sie nickte Portia zu. »Auf Wiedersehen, Signora. Ich sehe Sie dann beim Abendessen.« Sie trieb ihr Pferd zu einem leichten Galopp an.

Frances Tate war eine gute Reiterin, ebenso gut wie ihr Neffe. Elegant schwang sie sich aus dem Sattel, als sie das Cottage erreichte. Beide Fants kamen, um sie zu begrüßen, und Portia wollte sich gerade abwenden, als alle drei in ihre Richtung sahen. Sie standen unbewegt beisammen, bis sie ihnen fröhlich zuwinkte. Miss Tate winkte zurück, aber die beiden anderen blieben regungslos wie Standbilder. Portia schauderte und fürchtete sich geradezu, ihnen den Rücken zuzukehren.

Sie lachte über ihre blühende Fantasie. Wirklich, manchmal ließ sie sich einfach von ihrer Vorstellungskraft hinreißen.

***

Einige Abende später war Portia in ihrem Zimmer und las, als sie unter ihrem Balkon Stimmen hörte. Sie legte das Buch beiseite und ging zu dem Flügelfenster, das sie offengelassen hatte. Unten stand ihr Arbeitgeber. Er hatte sich nach dem Abendessen fürs Reiten umgezogen und unterhielt sich mit Hawkins, der sich umwandte und zum Stall hinüber ging. Mr Harrington schaute zu ihrem Fenster hinauf, als ob er wüsste, dass er sie dort finden würde.

»Ah, Signora Stefani. Haben wir Sie mit unserem Schwätzchen gestört?« Seine Lippen verzogen sich zu einem wissenden Lächeln, was sie daran erinnerte, dass sie einen kaschierenden und bemerkenswert hässlichen Morgenrock trug.

Ihr Gesicht brannte. »Noch ist es zu hell, ich habe noch nicht geschlafen.« Sie zog an ihrem Gürtel, obwohl der Knoten fest saß, und blickte zum Stall hinüber, wo Hawkins nun mit einem anderen Mann sprach.

95

Er bemerkte ihren fragenden Blick. »Hawkins und ich wollen Geist mit Snezana bekanntmachen, meiner neuen Stute.«

»Sie wollen die Stute heute decken?« Bei dem Wort *decken* stotterte sie ein wenig.

Seine schwer durchschaubare Miene nahm einen Ausdruck an, den sie noch nie zuvor bei ihm gesehen hatte: verschmitzt.

»Nein, Signora, ich werde sie decken *lassen*.«

Portia lachte, dankbar, dass sie etwas hatte, womit sie ihr heftiges Erröten kaschieren konnte. »Was bedeutet Snezana?«

»Schneekönigin. Da Sie auf unserem Ausflug in die Stadt Interesse an Pferden gezeigt haben, vielleicht würden Sie gern herunterkommen und zusehen.«

»Pferden bei der Paarung zusehen?«, platzte sie heraus. Hatte er den Verstand verloren?

Sein rechter Mundwinkel zog sich höher, und dieses schiefe Lächeln war überaus charmant. »Ich kann verstehen, wenn Sie das lieber nicht möchten.« Es lag deutlich so etwas wie eine Herausforderung in seinem Tonfall, und ihr Körper reagierte mit Anspannung. Portia hatte noch nie einer Herausforderung widerstehen können, eine Eigenschaft, die ihr mehr als einmal im Leben Schwierigkeiten eingebracht hatte.

»Im Stall?«, fragte sie unnötigerweise, als ob er den Pferden ein Schlafzimmer im Haus anbieten würde.

Er nickte langsam und deutlich. »Ja, im Stall, Signora Stefani. Wo ich meine Pferde halte«, fügte er mit unbewegter Miene hinzu. Er verbeugte sich, wandte sich um und schritt von dannen, bevor sie noch etwas entgegnen konnte.

Portia zog sich in ihr Zimmer zurück, damit sie sich nicht noch mehr blamieren würde, indem sie zum Beispiel in Ohnmacht fiel oder vom Balkon stürzte. Sie kaute auf ihrer Unterlippe. Sie sollte den Vorfall vergessen und einfach direkt ins Bett gehen. Ja. Mit Mr Harrington gemeinsam Tieren bei der Paarung zuzusehen, konnte zu nichts Gutem führen. Beim Gedanken an das skandalöse Angebot lachte sie heiser, und ihr gesamter Körper vibrierte; jetzt würde sie *unmöglich* einschlafen können. Ein hysterisches Kichern stieg in ihr auf, und sie musste sich die Hand auf den Mund pressen. Machte man das so auf dem Lande? Pferden beim Paaren zuzusehen? So musste es sein. Sonst hätte er ihr dieses Angebot sicher nicht gemacht. Schließlich war die Pferdezucht ein angesehenes und lukratives Geschäft.

Aber ganz gleich, wie angesehen es sein mochte oder wie normal es war, so etwas zu tun. Eines stand fest: keine zehn Pferde würden sie jetzt noch davon abhalten können, zum Stall hinüberzugehen.

Kapitel Acht

Portia hatte es zu eilig, um sich mit Korsett oder Strümpfen aufzuhalten, also schlüpfte sie nur schnell in das Kleid, das sie zuvor getragen hatte. Sie konnte darüber ihren Mantel tragen; dann konnte niemand sehen, dass sie darunter schockierend wenig anhatte. Als sie fertig war, kämmte sie ihr Haar zurück und steckte es zu einem strengen Knoten auf, um sich selbst Mut zuzusprechen.

»Mut!« Sie lachte über ihr Spiegelbild. Dieses Funkeln in ihren Augen gefiel ihr gar nicht. »Du bist ein Trottel, Portia Stefani.«

Dann bin ich eben ein Trottel. Das war ich schon immer.

Portia lief die Treppe hinunter und den Korridor entlang auf die Seitentür zu, bevor ihr einfiel, dass etwas mehr Schicklichkeit angebracht wäre. Sie musste ein Lachen zurückhalten. Schicklichkeit? Wenn man sich Pferde beim Decken ansah?

Als sie ihren Arbeitgeber vor dem Stall entdeckte, wo er mit einem Fremden sprach, blieb sie stehen; wie viele Zuschauer waren denn noch eingeladen?

Er wandte sich ihr zu, und seine blassen Augenbrauen hoben sich über den Rand seiner dunklen Brillengläser, als ob er überrascht wäre, sie zu sehen. Der Mann, mit dem er sich unterhalten hatte, sah Portia ebenfalls an, sein wettergegerbtes Gesicht ließ aber keine Verwunderung erkennen, eine Frau zu sehen. Vielleicht war es also doch nicht so ungewöhnlich.

»Das ist Felix Thompson, Signora. Er ist hier, um sich um Geist und Snezana zu kümmern.«

»Ist mir ein Vergnügen Ma'am.« Felix Thompson zupfte an seiner Stirnlocke.

»Dann mach ich mich mal an die Arbeit, Sir.« Er wandte sich um und verschwand im Stall.

Portia sah zu ihrem Dienstherrn auf. Dieses verlockende Lächeln, und wie er ihr den Arm bot, als ob er sie zum Dinner geleiten wollte.

»Wollen wir?«

Portia legte ihre Finger auf seinen Ärmel, und er führte sie vorbei an einer Reihe Pferdeboxen bis zu einem kleinen Bereich, wo bereits einige Männer mit zwei Pferden warteten, eines war ein Fuchs, das andere ein beeindruckendes weißes Pferd, das Geist erstaunlich ähnlich sah, aber zierlicher gebaut war. Die Tiere hatten ihre Köpfe zusammengesteckt, als ob sie sich in einer privaten Unterredung befänden.

Beim Geräusch ihrer Schritte wandte sich Hawkins um, grinste und lupfte den Hut.

»Nanu, guten Abend, Ma'am. Schöner Abend dafür, nicht?« Er war ein kerniger Landmann, der offensichtlich nichts an Portias Anwesenheit auszusetzen hatte.

Hawkins wandte sich an ihren Arbeitgeber. »Lancelot hat sie beruhigt, und jetzt ist sie bereit, Sir. Wenn er fertig ist, dachte ich, ich könnte ihn mitnehmen, wo Thompsons Mann mit der Stute wartet.«

Stacy nickte. »Sehr gut, Sie können Geist herausbringen, sobald Sie bereit sind.«

Hawkins ließ die beiden Männer zurück, die das wunderschöne weiße Pferd hielten und beruhigten.

»Warum hat sie eine Decke über dem Rücken und diese Abdeckungen über den Hufen?«, fragte Portia, erleichtert, dass ihre Stimme nicht zitterte.

»Die Decke soll sie schützen, wenn Geist sie bespringt und die Hufabdeckungen schützen sie beide. Das ist das erste Mal für die zwei, und sie werden höchstwahrscheinlich wild sein; Hufe können eine Menge Schaden anrichten.«

»Wer ist Lancelot?«, fragte Portia, als sie sich an das hölzerne Geländer lehnten. Als sie nach unten sah, bemerkte sie, wie eng sie beieinander waren, nah genug, dass sie den leichten Hauch seines Duftwassers schnuppern konnte. Sie sog den zitronigen, frischen Duft ein und starrte in die schwarzen Brillengläser, noch begieriger darauf, ihm aus der Nähe in die Augen sehen zu können.

»Lancelot ist ein Probierhengst.« Seine dunklen Brillengläser verliehen seinem Gesicht im Zwielicht der Scheune einen bedrohlichen Ausdruck.

»Pobierhengst?«

»Das ist ein Hengst, den man benutzt, um zu testen, ob die Stute den Deckhengst duldet. Wenn man der Stute noch etwas nachhelfen muss, benutzt man den Probierhengst nur so lange, bis sie rossig ist. Dann bringt man im letzten Moment den Deckhengst dazu, der dann die tatsächliche Belegung übernimmt.«

Als er zu Ende gesprochen hatte, spürte Portia sämtliche Nervenenden in ihrem Körper. Er selbst allerdings sah gelassen aus wie immer.

»Das erscheint mir recht … äh … h-herzlos. Also, äh, für Lancelot, meine ich.« Ihr Gesicht glühte, aber sie konnte einfach nicht den Mund halten.

Er grinste, *grinste* sie wirklich an. »Keine Sorge. Thompson hat eine seiner Stuten mitgebracht, so dass Lancelot auch noch etwas zu tun bekommt.«

Zum Glück führte Hawkins genau in diesem Augenblick den prächtigen Hengst herein, und Portia biss die Kiefer aufeinander. Sie würde keine Fragen mehr stellen, am besten gleich für den Rest ihres Lebens.

Geist stieg, als er Snezana sah, aber der Mann, der sein Halfter hielt, zog ihn wieder herunter, wo er sofort begann, wild mit den Hufen zu scharren, während seine dunklen Augen die wunderschöne Stute fest im Blick behielten.

Snezanas Schweif war mit einer langen Stoffbahn umwickelt worden, und die Aufgabe eines der Männer bestand offenbar darin, die Spitze festzuhalten. Beide Pferde waren unruhig, trippelten und tänzelten und hielten insgesamt sechs Stallknechte beschäftigt. Selbst für sie als absolute Laiin war es offensichtlich, dass die Stute bereit war, als sie sich duckte und rückwärts ging, sobald sie den Deckhengst näher zu ihr brachten.

Was dann geschah hatte Portia noch nie gesehen. Sie war in Rom groß geworden, einer Stadt, die für ihre streunenden Hunde berüchtigt war, also hatte sie schon einige Tiere bei der Paarung beobachtet. Aber das waren Hunde gewesen, dies aber waren riesige Tiere, und die Kraft, die sie bei dem Vorgang entfesselten, war beeindruckend. Obwohl die Männer ihn zurückhielten, bestieg Geist die Stute mit erschreckendem Elan. Er stemmte seinen massigen Körper auf die

Hinterbeine und ließ sich schwer auf den Rücken der Stute fallen. Sofort wurde deutlich, warum Snezanas Schwanz umwickelt worden war, als der Mann ihn vorsichtig, aber fest zur Seite zog, um dem Hengst besseren Zugang zu verschaffen.

Der Raum war von Wiehern und Schnauben erfüllt, als Geist seine kräftigen Zähne in die Decke schlug und zu stoßen begann. Portia fand es zunehmend schwerer, gleichmäßig zu atmen und hatte das Gefühl, gleich zu einer Pfütze auf dem Scheunenboden zu zerfließen, während Geist erbarmungslos in die schneeweiße Stute hineinstieß, wobei die Muskeln in seinen Hinterläufen sich anspannten und arbeiteten.

Auch wenn es ihr vorkam, als dauerte das hochnotpeinliche Schauspiel ein Jahr, konnte es wohl kaum viel länger als eine Minute gewesen sein, bis Snezana plötzlich ihren Körper zur Seite drehte und den Hengst abwarf.

Geist schüttelte die Mähne, als ihn zwei Männer zur gegenüberliegenden Seite des Raums führten, wo Hawkins ihn vorsichtig von Kopf bis zum Schweif untersuchte.

In der Zwischenzeit machte Felix Thompson irgendetwas mit den Hinterläufen der Stute, was Portia glücklicherweise nicht sehen konnte, bevor er sich an Mr Harrington wandte.

»Das ging prima, Sir. Ausgezeichnet für das erste Mal.«

Was ist mit Snezana?, hätte Portia am liebsten gefragt, verkniff sich die Frage aber lieber.

»Sie kommen morgen wieder, Felix?«

»Ja, Sir. Ich komm ein bisschen früher. Tut mir leid, dass es heute so spät geworden is, aber ...«

»Sie werden einen guten Grund gehabt haben. Gute Nacht, Felix.«

Der ältere Mann tippte sich an die Stirn und verabschiedete sich.

Hawkins wandte sich von der Stute ab, die er ebenfalls auf Verletzungen untersucht hatte. »Die sind beide tip top in Ordnung. Ich werde sie beide tüchtig abreiben lassen und den Burschen sagen, sie sollen ihnen eine Extraportion Futter geben.«

»Sehr gut, Hawkins.«

Der ältere Mann ging, und Portia senkte rasch den Blick auf Eustace Harringtons glänzende Stiefelspitzen, als er sich ihr zuwandte.

»Der Grund, warum wir erst so spät anfangen konnten, war, dass Felix' Tochter gerade ihr erstes Kind geboren hat, einen Sohn. Felix ist geblieben, um sicherzugehen, dass es ihr und dem Kind gutgeht, bevor er sich auf den Weg machen konnte. Das passt zu seiner Beschäftigung, nicht wahr?«

Portia konnte in seinem Tonfall hören, dass er lächelte, auch ohne ihn anzusehen, was sie im Augenblick einfach nicht fertigbrachte.

»Signora Stefani?«

»Ja?« Sie sah nicht auf.

»Ist alles in Ordnung, Signora?«

Sie schluckte und zwang sich, den Kopf zu heben. Sein Gesicht war ausdruckslos, aber seine Nasenflügel blähten sich leicht, als ob er etwas zurückhalten musste, höchstwahrscheinlich versuchte er, nicht zu lachen.

»Also, wie fanden Sie den ersten Versuch von Geist und Snezana?« Ja, eindeutig, er versuchte, nicht zu lachen.

»Das war …« Portia unterbrach sich. Was sollte man zu so etwas schon sagen, ohne idiotisch zu klingen?

Langsam breitete sich ein genüssliches Lächeln über sein Gesicht aus. »Ja, das *war* es.«

Das Lächeln hatte auf sie eher den Effekt, als hätte er eine Pistole auf sie gerichtet.

Portia hörte den entfernten Klang von Männerstimmen. Die Männer hatten zwei Laternen mitgenommen, aber eine zurückgelassen. Es war gerade hell genug, dass sie die feinporige Oberfläche seiner Haut und den blassen Schimmer seiner Bartstoppeln erkennen konnte. Warum erstaunte es sie, dass er Gesichtsbehaarung hatte? Er war schließlich ein Mann. Sogar nur *allzu* männlich.

Er legte den Kopf schief. »Versuchen Sie mir in die Augen zu sehen, Signora Stefani?« Bevor sie etwas entgegnen konnte, hob er eine behandschuhte Hand an das filigrane Brillengestell, nahm die Brille ab und klappte sie vorsichtig zusammen. Wie Eiszapfen über frisch gefallenem Schnee nahmen sich seine Wimpern über den Wangen aus, als er die Brille in die Tasche steckte. Und dann sah er auf.

Portia war zu überwältigt, um sich für den Laut zu schämen, der ihr entfuhr; die Augen waren nicht rot, sondern von einem durchscheinenden Violett, umrahmt von dichten weißen Wimpern, die wie Gewichte an den Lidern zu ziehen schienen.

»Wundervoll«, hauchte sie.

Seine Augen weiteten sich, als ob sie etwas Unerwartetes gesagt hätte. »Signora Stefani?«

»Ja, Mr Harrington?« Ihre Stimme war mindestens zwei Oktaven tiefer als üblich.

»Ich werde Sie jetzt küssen.«

»Ja«, sagte sie, obwohl es keine Frage gewesen war.

Seine Hände in den Glacéhandschuhen fühlten sich auf der dünnen Haut ihres Kiefers kühl und glatt an. Er hielt ihr Gesicht fest, sein Blick schwer und heiß, als er schließlich die Lippen auf ihre presste.

Portia erschauerte bei der Berührung: Er war nicht kalt wie Marmor, er war *heiß*. So heiß, dass er sich anfühlte wie offene Flammen.

Sie schlang ihre Arme um seinen Nacken, zog ihn zu sich herab und drehte den Kopf, um den Kuss zu vertiefen. Ihre Zungen trafen sich und verschlangen sich, tasteten und schmeckten, ausgehungert wie Bettler bei einem Festbankett.

Viel zu leise war die Stimme der Vernunft, die ihr riet, ihre Zunge zurückzuziehen, Abstand zwischen ihren Körper und den ihres Arbeitgebers zu bringen und schleunigst in ihr Schlafzimmer zurückzukehren, so leise, dass sie sie kaum hörte.

Sie warnte vor schrecklichen Folgen.

Sie mahnte und bettelte.

Und schließlich drohte sie.

Doch letztlich brach die Stimme der Vernunft unter der schieren Wucht des Verlangens zusammen, und Portia feierte den Sieg ihres Körpers über den Geist, indem sie sich an dem hochgewachsenen, festen Körper des Mannes rieb, um den ihre Gedanken seit Wochen immer wieder kreisten.

Er strich mit beiden Händen an ihren Seiten entlang, umfasste schließlich ihre Taille, und ein leises Lachen ließ seine Brust vibrieren. »Oh, Signora Stefani, kein Korsett.« Er küsste sie tiefer und leidenschaftlicher, als ob er sie verschlingen wollte. Er schmeckte nach Portwein und Rauch und nach Glut, und ihr konnte der Kuss nicht tief genug sein. Sie hob sich auf die Zehen und wand ihre Finger in sein dichtes weißes Haar, zog ihn näher an sich, schloss die Lippen um seine Zunge und saugte auf obszön suggestive Art daran.

Er stöhnte und schob die Hände tiefer, grub die Finger in das Fleisch ihres üppigen Hinterns und presste sie an sich. Seine kräftigen Hüften stießen vor, und er rieb seine lange, harte Erektion gegen ihren weichen Bauch.

Die geschmeidigen, rhythmischen Stöße ließen etwas in ihr aushaken, und der letzte Rest Verstand löste sich wie Rauch auf.

***

Ein heißer Blitz schoss durch seine Lenden, als sie seine Stöße nicht nur willig empfing, sondern sich an ihm rieb. Stacy strich mit den Händen über ihre runden Hinterbacken und stieß weiter gegen sie, sodass die empfindliche Haut seines Glieds schmerzhaft gegen die ledernen Reithosen scheuerte.

Logik, Selbstbeherrschung, Anstand und Hunderte anderer nuancierter Teile seines Verstands brannten nach und nach durch und ließen nur ein wildes, fieberhaftes Verlangen zurück, in ihr zu sein.

Die mahnende Stimme war kaum mehr als ein Flüstern, und er verbannte sie in den letzten Winkel seines Verstandes.

Anstatt sich zurückzuziehen und sich zu benehmen, hob er sie hoch, setzte ihren prallen Hintern auf den mittleren Balken des Zauns und drängte mit dem Knie ihre Beine auseinander. Sie spreizte die Schenkel weit und raffte mit einer Hand ihre Röcke. Die Dringlichkeit dieser Bewegung ließ ihn so hart werden, dass es schmerzte. Er riss sich die Handschuhe von den Fingern, warf sie auf den Boden und nestelte an seinem Hosenlatz.

Doch sie war schneller und riss an den Knöpfen, so dass mindestens einer mit einem Klackern zu Boden fiel und in der Dunkelheit verschwand.

Ein ersticktes Lachen entrang sich seiner Kehle.

Sie war darüber nicht beleidigt, sondern lachte ebenfalls heiser auf. »Tut mir leid«, keuchte sie, ließ aber nicht ab. Ihre kleine, warme Hand schob sich in seine Hose. Seine Hüfte zuckte so heftig, dass er Angst hatte, sie auszurenken, als sich ihre feste Faust um seinen Schaft legte.

»Na großartig. Verdammt. Zur Hölle!« Stacy war überhaupt nicht bewusst, dass er laut geflucht hatte, bis sie leise lachte. Und dann strich sie mit der angenehm rauen Spitze ihres Daumens über den Schlitz in seiner Eichel und nutzte die sich bildenden Lusttropfen, um sein Glied damit zu benetzen.

Sie massierte ihn mit fester, selbstbewusster Hand, und alle rationalen Gedanken verschwanden aus seinem Kopf. Er schob ihre Schenkel weiter auseinander und strich mit den Händen über ihre wohlgeformten Beine, ohne dass ihn Strümpfe, Strumpfhalter oder Unterhosen gestört hätten. Er wollte sich gerade hinknien und sich bedanken – und bei der Gelegenheit dort unten etwas anderes tun – aber sie hatte andere Pläne.

Mit festem Griff führte sie sein pochendes Geschlecht zwischen ihre Schenkel und schob die Hüfte vor, um ihn in sich aufzunehmen. »Jetzt!« Es war keine Bitte; es war ein Befehl.

Dieses einzige Wort ließ einen wilden Strom des Verlangens durch seinen Körper schießen, und er hatte Mühe, noch ein letztes bisschen Kontrolle zu bewahren. Er würde sich *nicht* schon nach einem Stoß in ihr ergießen wie ein übererregter Junge; er hatte seit Wochen von ihr geträumt.

Er griff zwischen ihre Beine und strich mit dem Finger über die heißen, feuchten Locken, die ihre Perle verbargen. Sie schob sich ihm entgegen und schrie auf, als er den festen kleinen Knubbel zu umkreisen begann.

»Bitte, ich will ...« Ihre Stimme war rau vor Verlangen, und sie massierte sein erregtes Glied und rieb die empfindliche Spitze an ihrer Spalte. Es war nur zu deutlich, was sie wollte.

»Langsam«, presste er zwischen den Zähnen hervor. Sein Finger reizte sie noch immer, wobei sie sich immer heftiger gegen ihn schob, bis er in sie eindrang. »Langsam.«

Doch sie hatte andere Vorstellungen.

Ihre Beine schlangen sich um seine Hüfte und drückten fest zu, zogen ihn in einer fließenden Bewegung tief in sie. Sie stöhnten beide, als ihr Innerstes ihn eng und feucht umschloss. Stacy war kurz davor, die Kontrolle zu verlieren; seine wirren, fieberhaften Gedanken waren gerade noch klar genug, um sich auf eines zu konzentrieren: Er würde sich *nicht* erschöpfen, bevor er sie zum Höhepunkt gebracht hatte – und wenn es das Letzte wäre, das er tat. Und er hatte Angst, das könnte tatsächlich eintreten.

Er zog sich langsam zurück, sein Körper zitterte bei der Kraftanstrengung, die es ihn kostete, seine Stöße unter Kontrolle zu behalten, dann ließ er sich ebenso langsam wieder in sie gleiten. Dieses Mal hielt er sie fest, bis zur Wurzel tief in ihr geborgen und genoss ihre enge Hitze.

Sie wand sich. »Stacy.«

Er lächelte, als er ihren Namen aus ihrem Mund hörte, der wie eine verzweifelte Bitte klang.

Er senkte seinen Mund auf ihren Hals und spannte die Kiefer an, sodass seine Zähne Spuren hinterließen und sie festhielten, während er sein überreiztes Geschlecht qualvoll langsam hinein- und herausgleiten ließ. Sie stöhnte, und er bedeckte ihren Hals mit Küssen und knabberte sanft daran, während er sie mit tiefen, kraftvollen Stößen bearbeitete. Das Lustgefühl war überwältigend, und er stürzte viel zu schnell auf den Abgrund zu, also zog er sich zurück und starrte auf die Stelle, an der sie vereinigt waren.

Großer Gott, welch ein überwältigender Anblick!

»Sieh uns an«, sagte er mit einer Stimme, die klang, als habe er mit Glasscherben gegurgelt.

Schweigend beobachteten sie, wie er in sie eindrang. Seine Bauchmuskeln spannten sich bei dem Anblick seines Schafts, der sich in ihrem Innern versenkte, bis nur noch der starke Kontrast von weißer Haut und lockigem schwarzem Haar zu sehen war.

Als er sich zurückzog, entrang sich ein unglaublich erotischer Laut ihrer Kehle, und sie griff mit der Hand in sein Haar und riss seinen Kopf nach oben.

Ihr Blick bohrte sich in seinen, die Augen schwarz vor Verlangen. »Fick mich, Stacy.«

Ihm stand der Mund offen. Hatte sie wirklich das gesagt, wovon er dachte, dass er es gehört hätte?

»Jetzt!«, knurrte sie.

Stacy gehorchte, ohne nachzudenken und rammte fest in sie.

»Ja!« Das Wort kam als befriedigtes Zischen über ihre Lippen, und ihre geschlossenen Lider zuckten.

Er nahm sie mit solch ungezügelter Wildheit, dass er insgeheim fürchtete, er könnte sie verletzen, aber sie presste sich ihm Stoß für Stoß entgegen, ihr Körper offenbar ebenso ausgehungert wie sein eigener. Der Höhepunkt baute sich rasch auf, und er verdoppelte seine Anstrengungen, seine Hüfte stieß schneller und tiefer. Sein Blick verschwamm, und er begann, sich innerlich aufzulösen.

Noch nicht, noch nicht, noch nicht ...

Sie stieß einen gutturalen Laut hervor, und ihr Körper spannte sich für einen unwahrscheinlich langen Moment an, bevor ihre Muskeln sich fest um ihn zogen und sie ihn so fest in die Schulter biss, dass er zusammenzuckte, während sie ihre Leidenschaft in den Stoff seines Mantels schrie.

Ihr zitternder Körper befreite ihn von den brüchigen Fesseln der Zurückhaltung, und er stieß abermals in sie, erstarrte und ergoss sich tief in ihrem Innern.

Ekstase durchflutete ihn, wirbelte und kreiselte von der Stelle, an der sie vereint waren und bewegte sich von dort in Wellen durch seinen gesamten Körper.

Doch allzu schnell folgte eine Erschöpfung, die ihn bis auf die Knochen ergriff und ihm beinahe die Beine unter dem Körper wegzog. Er strauchelte und musste sich am Geländer festhalten. Der Klang von entfernten Männerstimmen riss ihn schneller aus dieser Trägheit als ein Eimer eiskaltes Wasser, und er riss die Augen auf. *Grundgütiger!* Sie waren in einem verfluchten Stall, und überall waren Leute.

Auch ihr musste das in diesem Augenblick bewusst geworden sein, denn ihr Körper spannte sich an, und die Spannung hatte nichts mit sexuellem Vergnügen zu tun.

Ebenso wenig wie ihre Worte.

»O nein!« Die Worte waren kaum mehr als ein Flüstern, aber sie erschütterten ihn bis ins Mark.

Stacy biss die Zähne aufeinander und zog sich aus ihr zurück, dann setzte er sie auf dem Boden ab. Sie schwankte gegen ihn, lehnte ihre Stirn an seine Brust.

»Können Sie stehen?«, fragte er.

»Ja.«

»Habe ich Ihnen wehgetan?« Sein Hals war so eng, dass es anstrengend war, die Worte hervorzuwürgen.

»Nein, nein, mir geht es gut.«

Stacy wandte sich ab, und Erinnerungen an die letzten Augenblicke flackerten erschreckend klar vor seinem inneren Auge auf. Er hatte sie wie eine Hure behandelt – oder schlimmer. Er konnte sich nicht daran erinnern, eine Frau je so hart genommen zu haben. Allerdings hatte auch nie zuvor in all den Jahren eine Frau in seiner Gegenwart das Wort *ficken* benutzt, nicht dass das eine Entschuldigung für seine Brutalität gewesen wäre. Er schluckte, sein bestes Stück zuckte bei der Erinnerung an ihren obszönen Befehl.

Die folgenden Augenblicke waren genau so unangenehm wie man es von einer Situation erwartet hätte, in der man mit einer quasi Fremden in einem Pferdestall intim gewesen war. Sie zupften und glätteten ihre Kleidung. Als er so weit wie möglich wieder anständig angezogen war, setzte er seine Brille auf und wandte sich ihr zu.

Sie wartete auf ihn.

»Signora«

Sie hob die Hand, ihr Blick nicht mehr glühend, sondern streng.

»Bitte, entschuldigen Sie sich nicht. Es gehören zwei dazu, und ich bin keine errötende Jungfer.« Und doch errötete sie. »Es war ein Fehler.« Sie verzog den Mund und machte eine klägliche Miene, wobei sie überall hinsah, nur nicht ihm ins Gesicht.

»Dass ich eine Frau bin, bedeutet nicht, dass ich nicht ebenso die Verantwortung trage.« Sie lachte kurz bitter auf. »Sie haben schließlich keine unschuldige Jungfrau verdorben.« Sie biss sich auf die Unterlippe und sah ihn an. »Ich würde allerdings gerne wissen, ob es mir möglich sein wird, jetzt noch für Sie zu arbeiten nach … all dem.«

Die verbleibende Hitze in ihm entwich bei diesen Worten. Er war über eine Angestellte hergefallen, eine

Person, deren Lebensunterhalt von ihm abhing, genau das, was er sich geschworen hatte, zu vermeiden, und nun musste sie um ihre Stelle und ihre Zukunft fürchten.

»Das wird nichts zwischen uns ändern, Signora Stefani.« Er äußerte diesen Unsinn mit einer Bestimmtheit, die er nicht empfand. Wie konnten sich die Dinge *nicht* verändern? Er war in ihr gewesen, verdammt, und er wollte es wieder tun, sogar *gleich jetzt* schon wieder.

Alles hatte sich verändert.

Alles.

Er bemerkte, dass sie immer noch zu ihm aufsah, als ob sie auf etwas wartete, aber was?

Beruhige sie, du Volltrottel.

»Ich bin sicher, dass wir weiterhin miteinander arbeiten können, Ma'am.«

Ihre Augen waren verklärt, aber sie nickte, als ob seine kühlen, gestelzten Worte ihr reichten.

Er streckte den Arm aus. »Kommen Sie, ich werde Sie zum Haus zurückbringen.«

Sie legte die Finger leicht auf seinen Ärmel, sagte aber kein Wort.

Was hatte er getan?

***

Was hatte sie getan?

Nachdem ihr Arbeitgeber sie in der Eingangshalle zurückgelassen hatte, rannte Portia die Stufen hoch. Als sie ihr Zimmer erreichte, warf sie sich aufs Bett, nahm den Kopf zwischen beide Hände und zog, als wolle sie ihn abreißen und gegen einen neuen auswechseln, der nicht so versessen darauf war, sie zu ruinieren. Sie war dem armen Mann förmlich in die Hose gekrochen, beziehungsweise hatte sie ihm vom Leib gerissen.

Ivo hatte recht behalten; sie war nicht besser als eine läufige Hündin.

Fick mich, Stacy.

Portia stöhnte bei der schrecklichen Erinnerung und wünschte, sie könnte sich in einem Erdloch verkriechen und nie wieder herauskommen. Wie konnte sie nur? Hatte sie vergessen, wie schnell ihre obszöne Sprache und ihr lüsternes Verhalten den letzten Mann angewidert und erschreckt hatten, mit dem sie im Bett gewesen war? Würde sie es nie lernen?

Sie war noch eine naive und dumme Siebzehnjährige gewesen, als sie zum ersten Mal solche Worte bei Ivo benutzt hatte.

Es war ihre Hochzeitsnacht gewesen, und Portia war nicht als Jungfrau in diese Ehe gegangen. Als ob das nicht schlimm genug gewesen wäre, hatte sie die Worte benutzt, die ihr erster Geliebter sie gelehrt hatte; sie hatte Dinge gesagt und getan, die kein tugendhaftes katholisches Mädchen hätte kennen sollen. Dinge, die Benedict ihr beigebracht hatte.

Mit fünfzehn hatte sich Portia in Benedict Carruthers verliebt, einen der Schüler ihres Vaters. Er war nur drei Jahre älter gewesen als Portia, was Sündhaftigkeit anbelangte, war er ihr allerdings Jahrzehnte voraus.

Als jüngster Sohn eines englischen Earls hatte er bereits mit dreizehn seine erste Frau gehabt. Blond, blauäugig und mit glatten Wangen hatte Benedict ausgesehen wie ein Engel, war aber der Leibhaftige persönlich gewesen, besonders im Bett.

Benedict war es auch gewesen, der Portia schmutzige englische Wörter beigebracht und sie ermutigt hatte, sie großzügig zu verwenden, wenn sie sich geliebt hatten – und diese Gewohnheit war offenbar schwer abzulegen.

Benedict war fordernd und verschlagen gewesen, aber auf seine Art auch großzügig und freundlich.

»Du darfst deine sinnliche Natur nicht verbergen«, hatte er gesagt, kurz bevor er getötet wurde. »Leidenschaft ist etwas, auf das man stolz sein kann, auch wenn Männer versuchen, Frauen mit Schimpf und Schande zu belegen, wenn sie Körperlichkeit genießen.«

Benedict war Engländer gewesen, aber sein Temperament hatte dem eines Italieners in nichts nachgestanden. Dieses Temperament war dann schließlich auch sein Verderben gewesen, denn er war eine Woche vor Portias sechzehntem Geburtstag bei einer Messerstecherei getötet worden: mit einem Stilett direkt durchs Herz war er in einer Gasse zurückgelassen worden, wo er verblutet war.

Portia war am Boden zerstört und davon überzeugt gewesen, dass sie nie wieder würde lieben können. Doch dann war Ivo gekommen, ein gutaussehendes begnadetes Genie, das einige Monate später bei ihrem Vater gelernt hatte. Portia war nun ein wenig älter und wusste, dass ihre Gefühle für Ivo eher von einer Art Heldenverehrung geleitet gewesen waren; sie hatte sich von seinem Talent blenden lassen. Und als ihr Vater schließlich an einem Herzanfall gestorben war, hatte sie Angst um ihre Zukunft gehabt. Ivo war ihre Rettung gewesen. Zumindest hatte sie das geglaubt.

Ihre Ehe war von ihrer ersten Nacht an ein Desaster gewesen. Er hatte ihr nie dafür vergeben, dass sie keine Jungfrau mehr war, und er verabscheute ihre sinnliche Natur.

Das jüngste Beispiel für ihre verabscheuungswürdige sinnliche Natur hallte durch ihren Kopf: *Fick mich, Stacy.*

Portia stöhnte und drückte sich ein Kissen aufs Gesicht, als ob sie auf diese Weise die Erinnerung an das verdrängen könnte, was sie gesagt und getan hatte. Die kühle, abgehobene Fassade, die sie so sorgsam gepflegt hatte, in einem einzigen Augenblick zerstört. Nun, einige ziemlich wunderbare Augenblicke, wenn sie ehrlich war.

Wie sollte sie danach mit ihm arbeiten?

Kapitel Neun

Die Tage vergingen in einem unangenehmen Dämmern.

Portia verhielt sich ihrem Arbeitgeber gegenüber gekünstelt und überkorrekt, als ob ihn das irgendwie vergessen lassen könnte, dass sie die Beine gespreizt, ihn gekratzt, gebissen und ihm obszöne Aufforderungen entgegengeschleudert hatte, und selbst die unschuldigsten Unterhaltungen waren peinlich.

Stacy andererseits – warum sollte sie ihn nicht nach all dem in Gedanken so nennen – schien so gelassen und unerschüttert wie immer. Sein Verhalten war so normal, dass sie den Eindruck hätte gewinnen können, sich ihren erotischen Zusammenstoß nur eingebildet zu haben, wäre sie am nächsten Morgen nicht mit einigen schmerzhaften Spuren ihrer leidenschaftlichen Begegnung aufgewacht.

Ihre erste Klavierstunde war die größte Herausforderung gewesen. Portia starrte in sein Gesicht, auf seine Lippen und Hände und einfach alles an ihm, und konnte nicht aufhören, an jenen Abend zu denken. *Sieh uns an*, hatte er mit einem wilden Ausdruck in seinem wie aus Marmor gemeißelten Gesicht gesagt, während er wieder und wieder immer tiefer und fester in sie gestoßen hatte.

Portia konnte einfach nicht anders; immer, wenn sie ihn ansah, erinnerte sie sich an den Ausdruck, den er gehabt hatte, als er zum Höhepunkt gekommen war und seinen Samen in ihr vergossen hatte: seine blasse Schönheit wild, unbarmherzig und wunderbar.

Die einzigen Begegnungen fanden zu den Unterrichtsstunden und beim Abendessen statt.

Die Stunden waren geschäftsmäßig, und das gemeinsame Abendessen verbrachten sie in Anwesenheit seiner Tante mit höflichen Unterhaltungen. Wenn sie nicht im Unterricht waren, gab sie sich Mühe, zufällige Begegnungen zu vermeiden und hatte den Eindruck, dass auch er das tat.

Nachts allerdings war es vollkommen anders. Nachts hieß sie ihn in ihren Gedanken willkommen, wenn sie in ihrem großen Bett lag und ihrer Fantasie freien Lauf ließ. Nachts ritt er sie mit derselben Leidenschaft und demselben Können und Selbstbewusstsein, das er während ihres kurzen Stelldicheins an den Tag gelegt hatte.

Es verblieben nur noch wenige Tage bis zum Ende ihrer Probezeit, und Portia rechnete fest damit, dass er ihr das Monatsgehalt auszahlen und sie auf die Straße setzen würde. Er behandelte sie zwar nicht anders als vor ihrem erotischen Zusammentreffen, doch sie gingen so verkrampft miteinander um, dass sie sich nicht vorstellen konnte, dass er dieses Beschäftigungsverhältnis fortsetzen wollte.

Außerdem konnte er bei der guten Bezahlung mit Leichtigkeit jemand anderen finden, der ihm Klavierunterricht gab.

Sie war schließlich ohnehin nur hier, weil er sie für Ivo gehalten hatte, als er sie einstellte.

Am dreißigsten des Monats trat er, nachdem er sein Klavierspiel beendet hatte, an ihren Schreibtisch. Sie machte sich Notizen und schrieb Empfehlungen auf, wie er weiter üben könnte. Sie stellte die Feder zurück in die Halterung und sah auf.

»Ich bin mit meinen Fortschritten sehr zufrieden und hätte gern, dass Sie bleiben.«

Portia öffnete den Mund, brachte jedoch nichts heraus.

»Ich verstehe natürlich, wenn Sie lieber nach London zurückkehren möchten. In dem Fall werde ich Ihnen zwei Monatsgehälter auszahlen und mich um Ihre Rückreise kümmern.«

Sein Ausdruck war unbewegt und verriet keine Gefühle, aber er hätte sie doch wohl nicht gebeten, zu bleiben, wenn er sie in Wahrheit nicht dahaben *wollte.* Vielleicht *mochte* er sie sogar ein bisschen.

Ihr dummes Herz klopfte heftig bei dem Gedanken, und sie schob ihn gnadenlos beiseite. Er gab ihr eine zweite Chance, und sie sollte nicht noch einmal denselben Fehler begehen.

Portia ignorierte das spöttische Gelächter in ihrem Kopf. »Ich würde gern bleiben, Mr Harrington«, sagte sie, stolz, dass ihre Stimme dabei kaum zitterte. Sie öffnete den Mund und schloss ihn wieder.

»Ja?«, fragte er.

»Die Bitte ist mir etwas unangenehm, aber ich habe meine Angelegenheiten in London noch nicht vollständig geregelt.« Sie verzog das Gesicht. »Ich wusste nicht, ob ich in Cornwall bleiben oder gleich wieder zurückkehren würde.« Sie wussten beide, worauf sie damit anspielte.

Seine Miene war nachdenklich. »Eine Pause würde mir eigentlich sogar ganz gut passen, weil ich Reisen nach Plymouth und Barnstaple plane. Sie werden für Ihre Reise mindestens zehn Tage brauchen oder möglicherweise sogar zwei Wochen.«

»Zehn Tage werden ausreichen.« Das würde bedeuten, dass sie nur einen kurzen Aufenthalt in London hätte, aber Portia konnte einen längeren Besuch nicht rechtfertigen.

»Sollen wir den Unterricht für diese Woche noch beenden? Lässt Ihnen das genug Zeit, sich um die Reisevorbereitungen zu kümmern?«

»Ja, vielen Dank. Montag reicht vollkommen.« Portia war so erleichtert, dass es ihr schwerfiel, logisch zu denken. Sie wartete, bis sich die Tür hinter ihm geschlossen hatte, bevor sie den Kopf auf die Unterarme sinken ließ und mit den Freudentränen rang.

Gott sei Dank. Sie musste nicht gehen. Sie musste ihn nicht verlassen.

***

Ohne einen Vorschuss auf ihr Gehalt konnte Portia die Reise nach London nicht bezahlen.

Sie nahm sich vor, die unangenehme Aufgabe gleich nach dem Frühstück am folgenden Morgen hinter sich zu bringen und suchte nach Soames. Sie fand den Butler im Speisezimmer vor, wo er drei Dienstmädchen Anweisungen gab.

»Könnten Sie mir sagen, ob Mr Harrington zu sprechen ist?«

»Er ist mit seinem Verwalter in der Bibliothek.« Bevor sie etwas entgegnen konnte, runzelte er die Stirn über das Mädchen, das an den verrußten metallenen Hunden im Kamin herumschrubbte. »Nein, nein, Sally, du musst Salz dafür nehmen.« Er wandte Portia den Rücken zu. »Soll ich ihm sagen, dass Sie ihn zu sprechen wünschen?«

»Nein, stören Sie ihn nicht. Ich werde es später versuchen.«

»Ich lasse Sie wissen, sobald der Verwalter geht, Ma'am.« Der steife Butler schenkte ihr sogar ein Lächeln. Die Dienstboten in Whitethorn hatten das Verhalten ihr gegenüber verändert, als sie feststellten, dass sie ihnen nicht viel mehr Arbeit machte und sie nicht vorhatte, das Tafelsilber zu stehlen.

Portia beschloss, vor ihrer Abreise nach London Nanny einen Besuch abzustatten.

Die letzten beiden Male, als sie dort gewesen war, hatte Mrs Fant ihr gesagt, die alte Dame sei nicht wohlauf.

Als Portia den Hügelkamm über dem Cottage erreichte, sah sie, dass beide Fants in der Nähe des Schuppens auf der hinteren Seite des Hauses beschäftigt waren.

Nanny selbst war in ihrem Gärtchen auf der anderen Seite des Hauses, und Portia ging auf sie zu. Sie hatte das Gefühl, gegen die Zeit zu laufen oder zumindest gegen die Fants. Vielleicht war es nur ihre überentwickelte Fantasie, aber sie hatte den Verdacht, dass dem Ehepaar ihre Besuche nicht gefielen.

Zum Glück entdeckte Nanny sie, bevor es die Fants taten. »Signora Stefani.« Sie erhob sich schwankend.

»Bitte, Nanny, bleiben Sie doch sitzen. Wie geht es Ihnen heute?«

»Ausgesprochen gut, Signora.« Nannys blaue Augen glitzerten und ließen sie aussehen wie eine Fee aus dem Märchen.

Sie war so winzig, dass eine steife Brise sie hätte wegtragen können.

»Haben Sie sich von Ihrer Krankheit erholt?«

»Krankheit? Welche Krankheit? Ich bin mein ganzes Leben keinen einzigen Tag krank gewesen. Ich gehöre zum Landvolk, wir strotzen vor Gesundheit.«

Genau in diesem Augenblick kam Mrs Fant um die Ecke des Hauses, und Portia war sich sicher, Bestürzung und dann Unmut im Gesicht der Frau zu lesen.

»Hallo, Mrs Fant.« Portia schenkte der sauertöpfisch dreinblickenden Angestellten ein freundliches Lächeln.

»Ich habe Besuch, Mrs Fant. Bitte machen Sie mir und der Signora doch etwas Tee.«

»Sind Sie sicher, dass Ihnen das nicht zu viel wird, Mrs Kemble?«

Den Blick, den Nanny ihr zuwarf, hatte sie gewiss für besonders renitente Schützlinge vorbehalten. »Natürlich, mir geht es wunderbar.« Ihre Stimme war frostig und drückte deutliches Missfallen aus, und die Hausdame war klug genug, sich zu entfernen und Tee zu machen.

Nanny schüttelte den Kopf, bevor sie gut hörbar flüsterte: »Ich kann diese Leute nicht ausstehen.«

»Warum entlassen Sie sie nicht? Oder bitten Mr Harrington, es zu tun? Er trägt Sie auf Händen, Nanny. Er möchte, dass Sie glücklich sind.«

Es zauberte immer ein breites Lächeln auf ihr Gesicht, wenn sie Stacy erwähnte.

»Er liebt mich, nicht wahr?« Sie lächelte einen Augenblick stolz, doch dann bebten ihre Lippen. »Arme kleine Laus, wurde so jung fortgegeben.«

»Fortgegeben? Von wem?«

»Na, dem Earl natürlich; er konnte ihn nicht ausstehen.« Sie wirkte, als ob sie jederzeit in Tränen ausbrechen würde, und Portia konnte sich nicht dazu durchringen, das Thema zu vertiefen, auch wenn sie neugieriger war, als sie hätte sein sollen. Stattdessen wechselte sie das Thema.

»Erzählen Sie mir über Ihre Kindheit, Nanny. Wo sind Sie aufgewachsen?«

»In der Nähe von Thurlstone, aber das wissen Sie ja, Miss Mary. Ich kenne Sie junge Damen schließlich alle seit Ihrer Geburt. Unsere Familie hat seit der Normannenzeit für die Harringtons gearbeitet, pflegte mein Pa zu sagen.«

Bevor Portia antworten konnte, erschien Mrs Fant mit dem Teetablett. »Ich dachte, vielleicht möchten Sie etwas von dieser Kalbsfußsülze, die Lady Watley Ihnen gebracht hat, Mrs Kemble.«

Nannys verklärter Blick wurde scharf, als er auf die Frau aus Yorkshire traf, die ihr die Sülze hinhielt. Sie rümpfte verächtlich die Nase, ob nun über das Glas oder die Angestellte. »Signora Stefani wird uns einschenken, Mrs Fant. Sie können gehen.« Sie machte eine scheuchende Handbewegung.

Mrs Fant konnte einer so direkten Aufforderung wohl kaum widersprechen, aber sie sah Portia anklagend an, als ob sie sagen wollte, dass dies das Ergebnis ihres Einflusses war.

Während Portia den Tee ziehen ließ, nahm sie das Glas in die Hand.

»Was fällt dieser Frau ein, mir ihre verfluchte Kalbsfußsülze zu bringen?«

Das Gift in der Stimme der älteren Dame ließ sie aufschauen. »Wer ist Lady Watley?«

Die Augen der Nanny verengten sich zu schlitzen, so dass sie nun eher wie eine böse Fee aussah. »Sie ist nichts als eine Metze!«

Portia riss die Augen auf, aber Nanny schien es nicht zu bemerken.

»Sie hätte den besten Mann in ganz Großbritannien heiraten können und hat stattdessen diesen … diesen Ochsen genommen.«

Portia musste ihre Fantasie nicht besonders anstrengen, um zu erraten, wen Nanny wohl für den besten Mann in ganz Großbritannien hielt. »Sie meinen Mr Harrington?«

Nanny nickte heftig, Boshaftigkeit glomm in ihren Augen. »Wollte nur sein Geld.« Ihr Kinn bebte, und eine vereinzelte Träne lief ihr über die Wange. »O wie sie ihn verletzt hat. Er trägt sein Herz nicht gerade auf der Zunge, aber ich kenne ihn so gut, als wäre er mein eigener Sohn.«

Portia wollte sie geradeheraus fragen, was diese Frau getan hatte, aber Nanny blinzelte und schien zu sich zu kommen. »Ich will das nicht«, sagte sie und schaute das Glas an. »Das können die Fants haben.«

Der Rest ihrer Unterhaltung drehte sich um Nannys Garten, und weder imaginäre Earls noch Lady Watley fanden weitere Erwähnung.

Die ältere Dame war so munter, dass Portia zu lang blieb und sich sputen musste, um rechtzeitig zur Klavierstunde zurück zu sein. Sie hatte gerade das Foyer erreicht, als Soames sie ansprach.

»Mr Harrington wünscht Sie jetzt zu sehen, Signora.«

»Vielen Dank, Soames.« Portia wünschte, sie könnte zunächst auf ihr Zimmer gehen und ihr Haar in Ordnung bringen, gab sich aber mit einem kurzen Blick in den Spiegel zufrieden, bevor sie sich auf den Weg in die Bibliothek machte.

Stacy war über den Schreibtisch gebeugt, als sie eintrat. »Ah, guten Nachmittag, Signora.« Er deutete auf einen der Stühle vor dem Schreibtisch. »Nehmen Sie doch Platz.«

Auf dem wuchtigen Schreibtisch stapelten sich Papiere und Dokumente. »Ich hoffe, ich störe nicht; Ich werde nicht viel Zeit benötigen.«

»Das ist eine willkommene Störung, Signora.« Eine leichte Abgespanntheit schwang in seiner harmonischen Stimme mit.

Dieser Mann war in mir. Der Gedanke sprang sie aus dem Nichts an, und sogleich wurden Portias Knie weich und Bilder zogen vor ihrem inneren Auge vorbei. Dankbar ließ sie sich in den Stuhl sinken.

»Was kann ich für Sie tun, Signora?«

»Wäre es möglich, dass Sie mir einen Vorschuss auf mein Gehalt auszahlen?« Portia hätte schwören können, dass er erleichtert aussah, als ob er erwartet oder befürchtet hätte, dass sie etwas anderes sagen könnte. Bloß was?

»Selbstverständlich. Daran hätte ich selbst denken können, Signora.«

»Ich brauche nicht das gesamte Gehalt, vielleicht das Geld für zwei Monate?«

»Ich werde Ihnen gerne den vollen Betrag auszahlen. Ich vertraue darauf, dass Sie die versprochene Leistung erbringen werden.«

Bei dem Wort *Leistung* fühlte Portia Hitze in ihren Wangen aufsteigen, und sie wusste, dass sie wie ein Ziegelstein in einem Tageskleid aussehen musste.

Fick mich, Stacy.

Die Worte hallten in ihrem Kopf wider und verstärkten die Hitze, die sich ohnehin durch ihren Körper ausbreitete.

»Zwei Monatsgehälter sind ausreichend, Mr Harrington.« Ihre Stimme brach ein, als sie seinen Namen aussprach.

Er holte eine Geldkassette aus der Schublade und zählte eine Summe ab, von der sie annahm, dass sie zwei Monatsgehältern entsprach. Er erhob sich und umrundete den Schreibtisch, um ihr das Geld zu geben. Portia stand auf und war sich unmittelbar bewusst, wie nah dieser Vorgang sie seinem Körper brachte. Nah genug, um ihn zu riechen, nur schwach, aber deutlich genug, um ihr Verlangen nach ihm anzufachen, das jeden Tag heißer loderte.

Sie nahm das Geld aus seiner Hand, wobei sie es vorsichtig vermied, ihn zu berühren, als ob das einen gefährlichen Funkenflug verursachen könnte. »Vielen Dank.«

Er lehnte sich mit der Hüfte gegen den Schreibtisch und verschränkte die Arme. »Kann ich Ihnen irgendwie bei Ihren Reiseplänen behilflich sein?« Sein kühler, beiläufiger Ton überzeugte Portia davon, dass *er* sich nicht innerlich wand. Er war ein Mann; vermutlich hatte es für ihn gereicht, sie einmal herumgekriegt zu haben, um sie aus seinen Fantasien zu verbannen. Wenn sie überhaupt je Teil seiner Fantasien *gewesen war.*

»Vielen Dank, aber ich habe mich bereits um alles gekümmert.«

Eine schwere, unangenehme Stille hing zwischen ihnen und dehnte sich aus ... und dehnte sich.

»Haben Sie nur geschäftlich in London zu tun, oder werden Sie auch Zeit haben, sich ein wenig zu amüsieren?«

»Ich werde bei Freunden bleiben, also wird es sicherlich nicht nur geschäftlich.«

»Das freut mich, zu hören.« Er zögerte, dann sagte er: »Wie ich hörte, haben Sie heute Nachmittag Nanny besucht?«

»Ja, ich wollte sehen, ob es ihr schon besser geht, bevor ich abreise.«

»Besser?«

»Die letzten zwei Male, als ich dort war, ging es ihr nicht gut.«

Seine Augenbrauen zogen sich zusammen. »Das war mir nicht bekannt. Ich werde mit den Fants sprechen müssen.«

»Ich glaube, Nanny mag die Fants nicht besonders.«

Er lächelte. »Nun, sie sind aus Yorkshire und schon allein deswegen geografisch verdächtig. Aber Miss Tate hat sie eingestellt, und ich habe keinerlei Zweifel an ihrem Urteilsvermögen.« Er entfaltete die Arme und stieß sich vom Schreibtisch ab, womit er signalisierte, dass die Unterredung vorbei war.

»Vielen Dank für den Vorschuss.«

»Sehr gerne, Signora Stefani.« Mit einigen langen Schritten ging er zur Tür und öffnete diese für sie. »Wir sehen uns dann um vier.«

Portia nickte und verließ den Raum, ohne sich umzudrehen.

***

Stacy sah Signora Stefani nach, wie sie den Flur entlangging. Sie bewegte sich mit einer sinnlichen Eleganz, die mehr als ein bloßes Versprechen war, wie er wusste. Ihre Hüfte schwang verlockend unter dem einfachen Baumwollkleid, und er konnte nicht anders, als sich zu fragen, ob sie Strümpfe trug oder gewohnheitsmäßig ohne ging.

Über dieses Thema nachzudenken, wird zu nichts Gutem führen. Das ist richtig, aber es ist ein Thema, das mir Vergnügen bereitet. Wie dem auch sei, Stacy, nun schließ schon die Tür hinter ihr und deinen lasziven Gedanken.

Doch als er wieder am Schreibtisch Platz nahm, musste er feststellen, dass er nicht mehr in Stimmung war, die neue Parzelle Land zu begutachten, die er soeben erworben hatte, eine Angelegenheit, die ihn eben noch gefesselt hatte, bevor die Frau es unmöglich gemacht hatte, klar zu denken. Er goss sich einen Brandy ein, nahm die Brille ab und sah auf die Uhr: zwei Stunden bis zur Klavierstunde. Herrgott, war er erbärmlich, dass er sich derart auf die zwei gemeinsamen Stunden freute.

Er schob die Hand in den Nacken und massierte kraftvoll die angespannte Muskulatur, während seine Gedanken zu jener Nacht im Stall wanderten. Eigentlich waren seine Gedanken in der letzten Zeit kaum anderswo. Widerwillig wandte er die Aufmerksamkeit wieder dem eigentlichen Zweck jenes Abends zu, der nicht darin bestanden hatte, seine Angestellte zu verführen, sondern seine neueste Stute decken zu lassen. Wenigstens dieses Unterfangen war von Erfolg gekrönt gewesen, denn Snezana war trächtig, was laut Thompson nicht oft vorkam, wenn eine junge Stute zum ersten Mal gedeckt wurde.

»Grundgütiger!« Stacy setzte sich so schnell auf, dass er sich das Bein am Tisch stieß. Er jaulte auf und rieb sich das schmerzende Knie. War es möglich, dass Mrs Stefani schwanger geworden war? Wieso hatte er daran bisher nicht gedacht? Ohne zu blinzeln starrte er in den dämmrigen Raum, während seine wirbelnden Gedanken ihm wenig Brauchbares zu diesem Thema lieferten. Bisher hatte er nur mit Prostituierten geschlafen – wie erbärmlich – und die hatten ihre Mittel und Wege, ungewollte Schwangerschaften zu vermeiden. Mrs Stefani war Witwe, aber das musste nicht bedeuten, dass sie sich damit auskannte, die nötigen Vorkehrungen zu treffen. Was, wenn sie sein Kind in sich trug? Würden seine Kinder sein wie er?

Vor langer Zeit hatte seine Tante ihm erzählt, dass seine Mutter und sein Vater beide hellhäutig gewesen waren, aber nicht weiß wie er. Verflucht. Warum hatte er bis jetzt nicht daran gedacht? Er griff nach der Brandykaraffe, hielt aber inne; es war besser, seinen

Verstand beisammen zu haben, wenn er den Unterricht besuchte.

Er ließ sich zurück in den Stuhl sinken; er musste mit Signora Stefani sprechen. Das würde ein verdammt unangenehmes Gespräch werden, aber er musste sich vergewissern, dass sie sich in dieser Angelegenheit nicht alleingelassen sah.

Der bloße Gedanke an ein so peinliches Gespräch ließ ihn aufstöhnen.

Es war jetzt noch etwas früh, nicht wahr? Ihr Gespräch konnte warten, bis sie zurückkam. Höchstwahrscheinlich hätte es sich dann erledigt. Auch wenn er kein Experte war, was die menschliche Fortpflanzung anging, wusste er doch, dass es bei Pferden und anderem Vieh selten mit einem Deckakt getan war.

Der Gedanke an den Akt ließ unweigerlich ihr Bild vor seinem geistigen Auge aufflackern.

Sie hatte heute entzückend ausgesehen, und er verfluchte sich, dass er nicht so umsichtig gewesen war, die Vorhänge an einem Fenster zu öffnen, so dass er sie besser hätte sehen können. Er hatte sie seit Tagen nicht im Hellen gesehen, weil sie einander beide aus dem Weg gingen.

So umwerfend sinnlich, wie ihr Körper sich angefühlt hatte, dachte er doch noch öfter an ihre Augen: Wie konnten so dunkle, fast schwarze Augen derart vor Leidenschaft glühen?

Natürlich dachte er auch an ihren ausdrucksvollen, unwiderstehlichen Mund und ihr ungezwungenes Lächeln. Tatsächlich waren auch ihre Gefühle ungezwungen, ungehindert von dem Zwang, ihre Emotionen zügeln zu müssen wie die typischen gesetzten Engländer, anders gesagt, so wie er. Es war faszinierend, dem Wechselspiel der Emotionen in ihrem Gesicht zuzusehen. Im Laufe ihrer kurzen Unterhaltung hatte er Neugier, Scham, Verlangen, Wut, Glück, Traurigkeit und noch einige andere Gefühle ablesen können, die er nicht definieren konnte.

Wenn es um Musik ging, war ihr Gesicht sogar noch mitteilsamer. Musik verwandelte sie in ein Wesen aus purer Leidenschaft: getrieben, selbstsicher und großartig. Hatte ihr Mann diese Leidenschaft als Bedrohung empfunden? Oder hatte er dasselbe Temperament geteilt? War ihr Talent für Ivo Stefani eine Herausforderung gewesen oder etwas, das sie vereinte?

Stacy dachte nicht daran, mit ihr in Konkurrenz treten zu wollen, wenn es um die Musik ging. Er spielte recht gut, aber sie erhob die Klänge in göttliche Gefilde. Ihre Beherrschung des Klaviers war erotisch, und die Stunden waren zwei Stunden süßer Qual für ihn. Sie spielen zu hören, war Folter, aber es war der Höhepunkt seines Tages.

Er wurde hart, wenn er nur an sie dachte.

Stacy verzog das Gesicht über die unwürdige Reaktion seines Körpers. Er war ein Raubtier geworden, das es auf seine Angestellte abgesehen hatte, genau das war sie: abhängig von ihm.

Er hatte sich nicht nur zu verwerflichem Verhalten gegenüber einer Untergebenen hinreißen lassen, es war auch noch möglich, dass sie nach diesen wenigen Momenten unvorsichtiger Leidenschaft schwere Folgen zu tragen hatte. Wie würde sie sich fühlen, ein Kind zu gebären, das aussah wie er oder wenn sie gezwungen wäre, einen Mann zu heiraten, der aussah wie er?

Stacy konnte sich vorstellen, dass sie weder über das eine noch über das andere besonders glücklich wäre. Ein Augenblick der Indiskretion mit einem neuen, andersartigen Menschen war die eine Sache, den Rest des Lebens mit jemandem wie ihm verbringen müssen, war dann schon etwas ganz anderes.

Kapitel Zehn

Portia hatte während der Reise in der vollbesetzten Postkutsche mehrere Tage Zeit, darüber nachzudenken, was sie ihren Freunden über Stacy erzählen sollte, und entschied schließlich, ihnen gar nichts zu sagen. Was gab es auch zu erzählen? Sie konnte ihnen wohl kaum verraten, was sie im Stall getan hatten, und sie wollte auch nicht beichten, dass sie sich Tag und Nacht nach ihrem Arbeitgeber verzehrte. Also war es besser, nichts zu sagen.

Als sie mit der Mietdroschke beim Stadthaus ihrer Freunde ankam, wartete Serena Lombard bereits am oberen Ende der Stufen auf sie.

»Wie wundervoll, dich zu sehen, Portia!« Die kleine Französin umfing sie in einer sehr unenglischen Umarmung.

»Ich habe dich schrecklich vermisst«, murmelte Portia und drückte ihre Freundin so fest, dass diese lachen musste.

Serena drückte ihr zwei Küsse auf die Wangen, nahm dann Portias Reisetasche und führte sie in die kleine Eingangshalle. »Du siehst wunderschön aus, Liebes.«

»Sehr witzig. Ich war tagelang in einer Kutsche eingezwängt, ich sehe schrecklich aus.« Sie hängte ihren Reiseumhang auf und zog die Handschuhe aus. Danach führte Serena sie in den Wintergarten im Erdgeschoss, der auf den Garten hinausblickte.

»Der Tee ist gleich fertig«, sagte Serena.

»Wo sind die anderen?«, fragte Portia und ließ sich in einen bequemen alten Ohrensessel fallen.

Serena nahm auf dem Sofa gegenüber Platz und zog die Beine unter ihren Körper. »Du hast Honoria knapp verpasst. Sie ist gestern zum Landhaus des Viscounts Fowler aufgebrochen, und Freddie hatte eine Nachricht von ihrem aktuellen jungen Schützling, ein Notfall – irgendetwas mit einer Haube – aber sie wird heute Abend zurück sein.«

Portia verstaute die Handschuhe in ihrem Retikül und warf es auf den Beistelltisch. »Und wie geht es Oliver?«

Serenas Augen glitzerten bei der Erwähnung ihres neunjährigen Sohnes. »Er ist zu Besuch bei seinen Großeltern.«

Serenas Mann, der im Krieg gefallen war, war der jüngste Sohn des Dukes of Remington. »Er wird traurig sein, dass er dich verpasst hat. Honey auch, ich soll dich ganz herzlich von ihr grüßen.«

»Es ist schade, dass ich die beiden verpasst habe. Ich wünschte, ich hätte euch früher von meinem Besuch unterrichten können, aber ich hatte einfach keine Zeit.«

»Aha, ja. Deine neue Stelle.« Serena grinste. »Du warst verdächtig verschwiegen, was das angeht. Ich warne dich; ich werde jedes noch so kleine Detail aus dir herauskitzeln.«

Genau das hatte Portia befürchtet.

Glücklicherweise öffnete sich in diesem Moment die Tür und ein Dienstmädchen brachte ein Tablett.

»Lassen Sie mich das machen«, sagte Portia, bevor Serena, die grauenhaften Tee machte, es übernehmen konnte. »Was hast du so getrieben, seit wir das letzte Mal voneinander gehört haben? Ich habe keine Ahnung, weil du nie zurückschreibst.«

Serena verzog das Gesicht. »Ja, ich kann einfach keine Briefe schreiben. Aber ich weiß, dass Freddie dir alles erzählt, was du wissen musst, also werde ich dich nicht für etwas bezahlen lassen, was du bereits gehört hast.«

Freddies wöchentliche Briefe waren der Klebstoff, der ihren kleinen Kreis zusammenhielt. Die anderen in der Gruppe waren keine zuverlässigen Briefeschreiber, aber niemand von ihnen war schlimmer als ihr Freund Miles. Lorelei schrieb oft, aber ihre Briefe waren kurz, beinahe könnte man kurz angebunden sagen. Portia hatte den Verdacht, dass ihre Umstände nicht besonders glücklich waren und sie nicht davon schreiben wollte.

»Außerdem ist mein Leben so langweilig, dass es einfach nichts zu erzählen gibt«, behauptete Serena.

»Aber Freddie schrieb, du hast einen Auftrag bekommen, eine Totenbahre oder einen Katafalk zu entwerfen oder so etwas.«

Serena schnaubte und winkte ab. »Ach das! Ja, eine Totenbahre aus Marmor für ein Mausoleum, ein Kunstwerk, das nur wenige je zu Gesicht bekommen werden.« Sie zuckte mit den Schultern. »Aber es wird uns ernähren und Oliver mit Maschinen versorgen.«

Portia grinste. »Nimmt er immer noch alles auseinander?«

»Ja, aber wenigstens baut er es nun auch wieder zusammen.«

Portia konnte den Stolz in Serenas Stimme hören. Oliver war erst neun, aber er war clever und seinem Alter weit voraus.

»Aber du redest nur über die *Arbeit*, liebe Freundin. Was *mich* interessiert, sind die Liebe und das Leben.« Serena lächelte verschmitzt, als sie die Tasse nahm, die Portia ihr reichte.

»Warum siehst du mich so an?« Portias Tee schwappte über den Rand der Tasse und in die Untertasse. Bevor ihr Gegenüber antworten konnte, fragte sie: »Hat Freddie dich auf Trab gehalten?«

Serena schmunzelte über den ungeschickten Versuch, das Thema zu wechseln, bohrte aber nicht weiter nach. »In der Tat. Es gab für Freddie viel zu tun, und sie hat einige sehr reiche, aber nicht besonders talentierte junge Damen.«

Portia zog einen Schmollmund. Freddie, die Witwe eines Earls, hatte in der Akademie Etikette gelehrt. Nun nutzte sie ihre Fähigkeiten und ihre guten Beziehungen, um reichen jungen Damen den Eintritt in die Gesellschaft zu erleichtern.

»Freddie ist hervorragend in dem, was sie tut, aber ich glaube nicht, dass diese Arbeit besonders gut für sie ist.« Serena lächelte nicht mehr. Portia nippte an ihrem Tee. »Nein, sie ist zu sensibel fürs Geschäft.«

»Nicht wie wir«, sagte Serena mit einem Lächeln.

Die Tür öffnete sich, und die besagte Dame trat ein. Die Countess of Sedgwick war groß und schlank, und ihre silbrig blonde Schönheit erinnerte an einen Polarfuchs. Ihr hübsches Gesicht wurde noch schöner, wenn sie lächelte. »Portia, wie wundervoll, dich zu sehen. Wie war deine Reise? War es anstrengend?«

»Ich war ziemlich müde, aber nur ein Augenblick in Serenas Gesellschaft, und ich bin wieder quicklebendig.«

Serena lachte. »Dabei habe ich noch nicht einmal angefangen, dir Leben einzuhauchen, meine Liebste.« Sie warf der Countess einen wissenden Blick zu. »Und jetzt erzähle uns von deinem Arbeitgeber, mein Herz, Freddie sagt, er sei sehr, sehr interessant.«

Portia wusste genau, dass sie rot wurde, aber sie war zu müde, um sich darum zu scheren.

»Sie zieht dich nur auf, Portia«, sagte Freddie. »Ich habe ihr nur erzählt, dass dein Mr Harrington ein ziemlicher Einzelgänger und sehr reserviert ist.«

»Und vermögend«, fügte Serena hinzu, nachdem sie von einem Stück Gebäck gekostet hatte.

»Alles drei ist wahr«, gab Portia zu.

»Und?«, hakte Serena nach.

Portia zuckte mit den Schultern. »Und nichts. Er hat mir die Stelle angeboten, trotz meines unmöglichen Verhaltens, also bin ich ... zufrieden.«

Serena kniff die Augen zusammen und öffnete den Mund.

»Ich hatte gerade einen Brief von Miles«, sagte Freddie und warf Serena einen strengen Blick zu.

Die quirlige Französin verstand Freddies dezenten Hinweis, und sie sprachen nun in der nächsten Viertelstunde von abwesenden Freunden, bis Portia schließlich herzhaft gähnte.

»O du Arme«, sagte Freddie. »Was sind wir nur für schreckliche Biester, dass wir dich nach der Reise so lange wachhalten. Komm, ich bringe dich auf dein Zimmer und lasse dir etwas warme Milch bringen.«

»Das klingt himmlisch«, sagte Portia und erhob sich schwerfällig.

Serena sah sie prüfend an. »Ja, schlaf ein bisschen. Ich habe morgen früh zu tun, aber ich halte mir den Nachmittag und Abend frei, damit wir etwas Zeit miteinander verbringen können.« Das listige Lächeln ihrer Freundin ließ für Portias Seelenfrieden Böses erahnen.

***

Stacy hatte gemischte Gefühle, als er die tristen grauen Gebäude an seinem Fenster vorbeiziehen sah. Er freute sich noch immer auf ein paar Tage in Plymouth, aber dieses Mal aus ganz anderen Gründen als noch vor einem Monat. Er würde ein Bordell aufsuchen, doch dieses Mal würde er dort nicht seinen üblichen Geschäften nachgehen.

Das fragliche Bordell gehörte Katherine Charring, der Madame, die Stacys erste Geliebte gewesen war und mittlerweile seine beste Freundin. Kitty war sogar seine *einzige* Freundin, zumindest die einzige, die ihn wirklich kannte, bis auf seine Tante, seine alte Kinderfrau und einige wenige Pächter. Wie armselig war das? Seine beste Freundin war gleichzeitig seine Madame, wenn auch nicht mehr seine Geliebte.

Stacy runzelte bei diesem unbarmherzigen Gedanken die Stirn; was tat es zur Sache, dass Kitty ein Bordell betrieb? Sie war eine wundervolle Person und, mit

Ausnahme von Signora Stefani, weit bessere Gesellschaft als die meisten »ehrbaren« Frauen, die er kannte.

Seine Lippen verzogen sich zu einem Lächeln, als er an den Abend im Stall dachte; nun, vielleicht war die Signora nicht *ganz so* ehrbar. Aber sie war sehr angenehme Gesellschaft, und er genoss ihre Unterhaltungen beim Abendessen sowie die Unterhaltungen über Musik, die sie tagsüber während des Unterrichts führten. Dennoch konnte er sie kaum als eine Freundin bezeichnen. Er hatte viele Bekannte, Geschäftspartner und Angestellte. Freunde zu finden, war jedoch schwieriger.

Für Kitty hatte er einen besonderen Platz in seinem Herzen, und das würde auch immer so bleiben. Er war als junger Mann verletzt und am Boden zerstört bei ihr gelandet, nachdem Penelope ihm das Herz gebrochen hatte, und sie hatte geholfen, es zu heilen.

Auch wenn Jahre vergangen waren, bis sie ein nurmehr platonisches Verhältnis hatten, erinnerte sich Stacy noch immer an den Tag, als Kitty ihm eröffnet hatte, dass sie nicht mehr seine Geliebte sein könnte.

»Du liegst mir inzwischen zu sehr am Herzen, um nur ein Kunde zu sein.«

Sie hatte nackt neben ihm gelegen, wie bei vielen Rothaarigen war ihre Haut fast ebenso blass wie seine.

Er war zunächst enttäuscht gewesen, obwohl er nichts einzuwenden hatte. »Du hast genug von mir, was?«, hatte er sie aufgezogen.

»Sei nicht blöd. Mir wurde sogar neulich vorgeworfen, ich würde dich ganz für mich vereinnahmen.«

Stacy hatte gelacht. »Ich glaube kaum, dass deine Mädchen meinetwegen Schlange stehen.«

»Doch, das tun sie«, entgegnete Kitty recht schroff. »Ich wünschte, du würdest verstehen, dass Leute dich nicht nur wegen deiner Hautfarbe anstarren, sondern auch, weil du ein sehr gutaussehender Mann bist.«

Nach ihrem Liebesspiel war ihm noch zu wohlig, als dass er Streit gesucht hätte. »Es gelingt dir beinahe, mich zu überzeugen, meine Liebe. Sie sind eine ausgezeichnete Madame, Madame.«

Sie schlug ihm aufs Bein. »Wenn dir eine Frau mit meiner Erfahrung etwas über die Beziehungen zwischen den Geschlechtern erzählt, wäre es klug, wenn du auf sie hörst.«

Stacy hatte klugerweise sein Lachen unterdrückt, und sie hatte weitergesprochen.

»Ich habe mehr nackte Männerkörper gesehen, als mir lieb sein kann«, eröffnete sie mit ihrer üblichen Offenheit. »Ich hatte selten das Vergnügen, neben einem zu liegen, der so vollkommen gewesen wäre wie deiner. Ich erinnere mich nur an einen, wenn ich wirklich ehrlich sein soll.«

Er erinnerte sich noch immer gut an das Verlangen in ihrer Stimme, als sie dies gesagt hatte. »Für mich bist du etwas Besonderes, Stacy. Zu besonders, um für mich noch ein Kunde sein zu können.«

»Dann heirate mich, Kitty.« Es war nicht das erste Mal gewesen, dass er sie darum gebeten hatte. Er hatte keine Skrupel, eine Prostituierte zu ehelichen, und er weigerte sich, die Frau zu verachten, die mit ihm ins Bett ging.

»Du Dummkopf«, flüsterte sie, drehte ihn auf den Rücken und senkte ihren Körper über seinen. »Eines Tages werde ich dich noch schockieren und Ja sagen.«

Das war nun beinahe acht Jahre her. Stacy besuchte noch immer ihr Etablissement in Plymouth, doch er ging zu anderen Frauen, Frauen, die lieb waren und ihm Vergnügen schenkten, aber er hatte sich nie mit einer von ihnen angefreundet. Wenn er seine körperlichen Bedürfnisse befriedigt hatte, verbrachte er immer Zeit mit Kitty, um seiner Seele Nahrung zu bieten. Sie stritten über Politik, Bücher und andere Dinge, über die Freunde sich üblicherweise die Köpfe heiß diskutierten. Sie schauten sich Theaterstücke an, und einmal machten sie sogar eine einwöchige gemeinsame Reise nach London. Bloß heiraten wollte sie ihn noch immer nicht.

»Du liebst mich, Stacy. Aber du bist nicht verliebt in mich«, hatte sie gesagt, als er sie vor weniger als einem Jahr zuletzt gefragt hatte.

Stacy wusste, dass sie recht hatte, aber konnte man nicht auch ohne romantische Liebe ein gutes Leben zusammen haben? Er konnte nur annehmen, dass sie seine Heiratsanträge fortwährend ablehnte, weil ihr Herz noch immer einem anderen gehörte. Jemandem aus einer Zeit, bevor Stacy sie kennengelernt hatte, als sie noch eine Gouvernante gewesen war.

Die Räder der Kutsche trafen auf irgendein Hindernis, und der Ruck riss ihn aus seinen Gedanken; es war jetzt nicht mehr weit bis zu Kitty. Er wusste schon, dass er nicht die Dienste eines ihrer Mädchen in Anspruch nehmen wollte, ganz gleich, wie schön und willig es sein mochte. In Wahrheit verlangte ihn nach Signora Stefani: nach ihrem Humor, ihrem Körper, ihrem Feuer, ihrem Geheimnis – ihrer Musik. Keine andere Frau konnte ihm das bieten.

Zum ersten Mal verstand er, dass Kitty noch immer an diesem Mann hing, den sie vor so langer Zeit geliebt hatte, dem Mann, den sie nicht hatte haben können und nach dem sie sich noch immer sehnte.

War die Tatsache, dass Signora Stefani seine Gedanken beherrschte, ein Zeichen, dass er dabei war, sich zu verlieben? Oder waren seine Gefühle für sie nur Lust und Leidenschaft?

Er konnte ehrlich nicht entscheiden, welche der zwei Möglichkeiten ihm lieber gewesen wäre.

***

Die Fahrt zu Portias früherem Wohnsitz am nächsten Morgen weckte Erinnerungen an ihr Leben mit Ivo, Erinnerungen, die sie lieber ausradiert hätte.

Mrs Sneed, ihre Vermieterin, war eine fadendünne Frau mit scharfen schwarzen Augen und einem ungewöhnlich kleinen Mund. Ihr Ausdruck war immer verkniffen, als hätte sie gerade etwas Ranziges gerochen. Sie war misstrauisch und unangenehm gegenüber Portia geworden, nachdem Ivo sie verlassen hatte, aber heute hieß sie Portia – und ihr Geld – mit einem Lächeln willkommen.

»Werden Sie Ihrem Mann jetzt nach Rom folgen, Sinjoora?« Mit glänzenden Augen beobachtete sie, wie Portia einige Habseligkeiten in die kleine Kiste räumte, die sie mitzunehmen gedachte.

Portia überlegte, ob sie ihr von Ivo erzählen sollte, schüttelte den Gedanken jedoch ab. Warum sollte sie?

»Nein, ich unterrichte in Cornwall, unter der Adresse, die ich Ihnen in meinem letzten Brief geschickt habe.«

»Was mich daran erinnert, dass vor einigen Tagen ein Mann hier war und nach Ihnen gefragt hat. Ich habe ihm die Adresse gegeben.«

Portia sah auf. »Ein Mann? Hat er seine Karte hinterlassen?«

»Nein. Er sagte, er sei auf der Durchreise und wolle sie sehen; er sagte, er sei ein Bekannter Ihres Mannes.«

Ihr fiel das Atmen schwer, als ob ihr etwas die Brust zuschnürte. »Hat er seinen Namen genannt?«

»Hab ihn nicht danach gefragt, oder muss ich das?«, schnappte Mrs Sneed.

Portia zwang sich, ruhig zu bleiben. »Könnten Sie ihn vielleicht wenigstens beschreiben?«

Sie zuckte gleichgültig mit den Schultern. »Groß, schlecht angezogen, ein Akzent breiter als ein Pferdehintern.«

»Was für ein Akzent?«

Mrs Sneeds Ausdruck wechselte von gelangweilt zu gehässig. »Ich bin nicht ihre persönliche Sekretärin, dazu zahlen Sie mir nicht genug.«

Portia biss sich auf die Zunge. Die Frau war schrecklich und es nicht wert, einen Streit vom Zaun zu brechen. Sie richtete sich auf und warf einen prüfenden Blick auf alles, was sie verkaufen wollte: ein Klavier, ein paar Möbel aus der ehemaligen Schule und noch ein paar Kleinigkeiten. Sie hatte den Rest des Eigentums einem Mann angeboten, von dem Ivo sich Geld geliehen hatte, und er hatte es widerwillig angenommen und ihr dafür einen Teil der Schulden erlassen.

»Morgen früh werden Männer kommen und den Rest der Sachen mitnehmen.«

Die scharfen Augen der Vermieterin verengten sich. »Alles, was danach noch hier ist, gehört mir.«

Portia wandte sich ohne ein weiteres Wort vom Haus ab, sie war froh, mit dieser schrecklichen, bitteren Frau nichts mehr zu tun zu haben.

Der Rest des Tages verging mit hektischer Plackerei, und sie verbrachte den Großteil davon, die verschiedenen Leute abzuklappern, denen sie – oder besser, denen Ivo – Geld schuldete. Sie zahlte jeweils kleine Summen ab und vereinbarte, den Rest in vierteljährlichen Raten abzubezahlen. Selbst bei Stacys großzügiger Bezahlung würde es Jahre dauern, bis sie alle Schulden los war. Sie schob den deprimierenden Gedanken beiseite und sagte sich, dass sie dankbar sein konnte, überhaupt eine Stelle zu haben.

Der Rest der Reise verging nur allzu schnell. An ihrem zweiten Abend hatte sie mit Freddie und Serena zu Abend gegessen, und sie hatten noch viel zu lange geredet. Am dritten Abend war sie mit Serena allein, da Freddie Verpflichtungen bei einer ihrer Kundinnen hatte.

Portia hatte erwartet, dass sie versuchen würde, Informationen aus ihr herauszupressen, aber Serena vermied es, über ihren Arbeitgeber zu sprechen, fast so, als hätte sie Angst davor, was Portia erzählen könnte.

An ihrem letzten Abend in der Stadt gab es ein spätes Abendessen zu Hause. Portia hörte ihren Freunden zu, wie sie über das Theaterstück redeten, das sie gerade gesehen hatten, und ihre Gedanken wanderten zurück zu Stacy Harrington. Sie hatte ihn nun eine Woche nicht gesehen. Morgen würde sie London verlassen und ihre lange Reise nach Hause antreten. Nach Hause? Wann hatte sie angefangen, Whitethorn als ihr Zuhause zu betrachten? Portia runzelte die Stirn; sie machte sich etwas vor. Sie dachte nicht an Whitethorn, sie dachte an Stacy. Sie vermisste ihre Klavierstunden, ihre Unterhaltungen beim Abendessen, die kurzen Ansichten von ihm im Mondlicht. Sie sehnte sich danach, mehr von ihm zu erfahren, nicht nur von seiner körperlichen Schönheit, auch wenn die sie mehr reizte, als sie sollte, sie wollte den Mann kennenlernen, der sich hinter dieser Maske der Zurückhaltung verbarg.

Was sollte sie nur mit ihm anfangen? Es war klar, dass er die Nacht im Stall abgehakt hatte. Schließlich war es Portia gewesen, die bei dieser hitzigen Zusammenkunft den ersten Schritt gemacht hatte. Auch dahingehend konnte sie sich nichts vormachen. Sie hatte ihn gewollt und wollte ihn noch immer, und er war zu sehr Gentleman, um zu zeigen, wie sehr ihn ihre vulgären Ausdrücke und ihr schamloses Verhalten schockiert und abgestoßen hatten.

Hatte ihre katastrophale Ehe sie denn nichts gelehrt? Wann würde sie begreifen, dass Männer nicht wollten, dass Frauen ihnen nachstellten und sie wie Wild jagten? Wann würde sie begreifen, dass sie für das, was *sie* zu bieten hatte, zu Huren gingen, und anschließend eine anständige Frau heirateten?

Sie empfand glühende Scham bei dem Gedanken, aber ihr Leib glühte aus anderen Gründen: Wenn sich die Gelegenheit ergäbe, würde sie genau dasselbe mit ihm wieder tun. Mehr noch, sie würde zweifellos alles dafür tun, um *dafür zu sorgen*, dass sich die Gelegenheit ergab.

Sie seufzte. Es war sinnlos, sich darüber zu ärgern, es war höchstens anstrengend und verdrießlich.

»Warum seufzt du so schwer, Portia, meine Liebe? Denkst du daran, wie sehr du mich, meine weisen Ratschläge und meine Schlagfertigkeit vermissen wirst?«, neckte Serena.

Freddie prustete leise, aber Portia sah Serena mit einem Lächeln in die grünbraunen Augen. »Ich werde euch beide *unglaublich* vermissen.«

Serena erhob ihr Weinglas. »Ich möchte einen Toast ausbringen: Auf alte Freundschaften – die besten überhaupt.«

»Auf alte *und* neue Freundschaften«, verbesserte Freddie mit einem ernsten Blick auf Portia. Obwohl die zurückhaltende und diskrete Freundin nicht nachgebohrt hatte, wusste Portia, dass Freddie sich wegen Portias neuen Lebens in Cornwall Sorgen machte und sich fragte, wohin es führen würde.

Portia schenkte ihr ein beruhigendes Lächeln. »Auf alte und neue Freundschaften«, wiederholte sie.

Nachdem sie getrunken hatte, hielt Portia ihr Glas noch einen Augenblick länger erhoben und brachte insgeheim noch einen Toast auf jemanden aus, der nicht mit am Tisch saß, aber dennoch anwesend war.

Kapitel Elf

Zwei Wochen nach ihrer Rückkehr aus London wurde Portia klar, dass sie schwanger war. Sie war vor dem Morgengrauen aufgewacht, würgte und schwitzte und spürte eine seltsame Schwere im Becken. Nachdem sie sich zum dritten Mal übergeben hatte, kroch sie zurück ins Bett und fiel in einen unruhigen Schlaf. Als sie wieder erwachte, war es schon nach elf, und jemand klopfte an ihre Tür.

»Signora? Signora Stefani?« Es war Daisy.

»Kommen Sie herein«, rief sie matt.

Das Mädchen lugte in das dämmrige Schlafzimmer. »Sind Sie krank, Signora? Als sie nicht zum Frühstück erschienen sind, war Mr Soames in Sorge, es wäre etwas nicht in Ordnung.«

Portia hätte beinahe losgelacht. Da war in der Tat etwas ganz und gar nicht in Ordnung.

»Ich bin nur ein wenig erschöpft und habe beschlossen, etwas mehr Schlaf könnte nicht schaden. Aber ich würde mich sehr über Tee und Toast freuen, wenn es keine Umstände macht, Daisy.«

»Oh, ganz und gar nicht. Vielleicht auch ein schönes, heißes Bad, Ma'am? Das macht einen doch munter, wenn man sich nicht so richtig fühlt.«

»Das klingt wundervoll. Vielleicht in einer Stunde?« Als sich die Tür schloss, ließ Portia sich zurück aufs Bett fallen. Was für ein Schlamassel! Sie hätte ihren

Zustand zumindest geheim halten wollen. Natürlich bedeutete es nicht zwangsläufig, dass man schwanger war, wenn es einem nicht gut ging, außer vielleicht, wenn schon jemand einen Verdacht hegte. Sie lag im Bett und massierte ihren Bauch. Was zum Teufel sollte sie nur tun?

***

Stacy kam gerade aus seinem Zimmer und sah, wie Soames und Daisy vor Signora Stefanis Zimmer miteinander sprachen. »Stimmt etwas nicht, Soames?«

Das Mädchen huschte fort, und der Butler wandte sich ihm zu. »Als Signora Stefani nicht zum Frühstück erschien, habe ich mir Sorgen gemacht.«

Stacys Herz galoppierte. »Ist sie krank? Braucht sie einen Arzt?«

»Ihr ist nicht ganz wohl, und sie bat um Tee und Toast, Sir. Sie hat nicht nach einem Arzt verlangt.«

Stacy sah dem alten Mann in die plötzlich nicht mehr so gleichgültigen Augen und nickte. »Wenn Sie ihr das Essen bringen, fragen Sie, ob sie einen Arzt benötigt. Lassen Sie mich wissen, was sie sagt. Ich werde in der Bibliothek sein.«

»Sehr wohl, Sir.«

Stacy machte sich nicht die Mühe, Kerzen zu entzünden, als er in die Bibliothek kam. Er ließ sich in seinen Stuhl fallen und starrte in die Dunkelheit.

»Verflucht!«

War sie nur krank oder schwanger? Er wusste, dass es Frauen während der Schwangerschaft manchmal übel wurde. In seiner Brust hämmerte es so heftig, dass er kaum Luft bekam. Eine halbe Stunde später, als Soames hereinkam, saß er noch immer in derselben Haltung da. Der Butler sah nicht überrascht aus, seinen Herrn so im Dunkeln sitzen zu sehen.

»Signora Stefani lässt ihren Dank ausrichten, aber sie benötigt keinen Arzt, sagt sie. Sie fühle sich bereits viel besser.« Er stand abwartend in der Tür.

»Sehr gut, Soames. Das wäre dann alles.«

Soames schloss geräuschlos die Tür.

Stacy versuchte, etwas Arbeit zu erledigen und sagte sich, dass er sich albern benahm. Dennoch wurde der Papierstapel auf dem Schreibtisch nicht kleiner, und er war bereits eine Stunde vor seinem Unterricht im Musikzimmer. Er konnte kein besseres Mittel ersinnen, sich zu beruhigen, als Klavier zu spielen. Seit seiner Reise nach Plymouth war er unruhig gewesen. Er war nur drei Tage geblieben, auch wenn Kitty ihn eingeladen hatte, länger zu bleiben. Doch aus irgendeinem Grund hatte er sich nicht entspannen können. Also war er nach Hause gefahren und hatte sich mit dem neuen Musikstück beschäftigt, das er in Plymouth aufgetrieben hatte, ein Stück von Beethoven: seine 14. Sonate. Sie war tief bewegend, fesselnd, beinahe wahnsinnig. Der dritte Abschnitt, das *presto agitato* überstieg seine Fähigkeiten, und das würde vermutlich so bleiben, aber er war dennoch wild entschlossen, das Stück zu meistern.

Er hatte gerade das *adagio sostenuto* zum zigsten Mal durchgespielt, als er ihre Anwesenheit bemerkte. Er hörte auf, zu spielen, drehte sich aber nicht um.

»Guten Tag, Mr Harrington.« Ihre Stimme war gedämpft, überhaupt nicht wie ihr üblicher lebhafter
Tonfall. Er fühlte die Hitze, die ihr Körper hinter ihm
abstrahlte. »Ein wundervolles Musikstück.«

»Es fesselt mich sehr.«

»Und Sie schlagen sich recht gut damit.«

»Tja, allerdings haben sie nur den ersten Teil gehört.
Ich fürchte, der letzte übersteigt meine Fähigkeiten.«

»*Presto agitato*.« Er konnte an ihrem Tonfall hören,
dass sie lächelte.

»Würden Sie es für mich spielen, Signora Stefani?«
Seine Stimme war rau und belegt, wie die eines Man-
nes, der dringend einen Schluck Wasser benötigte.
Oder auch etwas Stärkeres.

Sie zögerte so lang, dass er schon dachte, sie hätte ihn
nicht gehört. Aber dann setzte sie sich neben ihn. Er
wollte aufstehen.

»Bleiben Sie.« Ihre Stimme war tief, aber fest. Sie
rückte näher an ihn heran, und obwohl er ihr auf der
Bank Platz ließ, berührten sich ihre Körper.

Stacy hatte noch nie jemand anderen das Stück spielen hören. Er wusste, wie es gespielt werden *sollte*, und
er konnte die Musik in seinem Kopf hören, aber er
scheiterte daran, sich seine wilde Schönheit vorzustellen.

Ihre Hände kommandierten, streichelten und flehten
schließlich, während sie die vollkommene Beherrschung des Instruments vor ihr unter Beweis stellte.
Die Musik tobte durch seinen Körper wie ein brutaler
Plünderer, der es auf seinen Seelenfrieden oder gleich
auf seine ganze Seele abgesehen hatte.

Am Ende war Stacy verschwitzt, sein Herz hämmerte, und er fühlte einen deutlichen Schwindel. Ob der Grund dafür die brachiale Gewalt der Musik oder der Druck ihres Schenkels an seinem war, konnte er nicht sagen.

Sie nahm die Finger von den Tasten und legte die Hände mit den Handflächen nach oben in den Schoß. »Ich erwarte ein Kind.«

Erst als sie die Worte ausgesprochen hatte, merkte Stacy, wie sehr ihn diese Neuigkeit erfreute, eine Neuigkeit, die für sie ganz gewiss ein großes Unglück war. Er wandte sich ihr zu.

Sie wartete und legte schließlich die Arme um seinen Nacken, und er schlang seine um ihren Körper. Er presste seine Lippen auf ihre. Der Kuss war das körperliche Äquivalent zu dem Stück, das sie soeben gespielt hatte: wild, ungezügelt und wahnsinnig. Der Kuss konnte ihm nicht tief genug sein, er konnte nicht genug von ihrem Mund bekommen, ihrem Geschmack, ihrer Hitze. Es fühlte sich an, als läge die wundervolle Nacht im Stall Jahre zurück.

Ihrer Kehle entrang sich ein kratziger Laut, und sie verschlang die Finger in seinem Haar und zog schmerzhaft fest daran, während sich ihr Mund von seinen Lippen abwärts bewegte. Sie biss ihm ins Kinn, fest.

Stacy hörte sich die Worte sagen, die er nicht hatte sagen wollen.

»Ich will dich. Jetzt.«

Sie stöhnte. »Ich musste daran denken, habe davon geträumt.« Sie nahm ihm die Brille ab und machte dasselbe Geräusch, das sie beim ersten Mal gemacht hatte, als sie einander in die Augen gesehen hatten. Es war ein

Geräusch, das er jedes Mal gehört hatte, als er sich mit der Hand Erleichterung von den Gedanken an sie verschafft hatte, wenn die auch nur wenige Stunden anhielt.

Er zog sie auf die Füße und stieß die Bank mit dem Fuß zurück, bevor er die Noten vom Klavier fegte. Sie drehte sich um, beugte sich weit vor und hielt sich an den Seiten des Instruments fest. Dann warf sie ihm über die Schulter einen Blick zu, den sie mit dem laszivsten Lächeln begleitete, das er je gesehen hatte.

Stacy schob ihre Röcke hoch. Guter Gott! Sie trug Strümpfe und Strumpfbänder und eine Chemise, die so kurz war, dass sie kaum ihren Hintern bedeckte.

»Heilige Maria!«, murmelte er. Sie versuchte, sich umzudrehen. »Bleib genau so«, befahl er und kostete den Anblick aus. »Ich glaube, du möchtest mich in den Wahnsinn treiben«, sagte er in einer anklagenden Stimme, die er überhaupt nicht kannte. Sie antwortete mit einem tiefen, sündhaften Lachen.

Sie war rosig, wohlgeformt und perfekt, ihr Hintern wie ein Pfirsich, und er konnte kaum widerstehen, hineinzubeißen.

Aber das musste warten. Jetzt brauchte er sie schnell und hart.

»Halt deine Röcke hoch.«

Sie ergriff den Stoff, beugte sich noch weiter vor und bot sich ihm dar, indem sie ihre Hüfte zurückschob.

»Verdammt«, keuchte er. Er musste sie wenigstens kurz schmecken. Er hockte sich hin und ließ seine Zunge über die Haut oberhalb ihrer schlichten weißen Strümpfe gleiten. Sie stöhnte auf und spreizte die Beine noch etwas, was ihr Geschlecht näher heranbrachte.

Stacy ließ die Zunge über die Rückseite ihres Oberschenkels gleiten und streichelte damit ihren perfekt geformten Hintern, bis er das Ende ihrer Wirbelsäule erreichte. Sie erzitterte, als sein stoßweiser Atem die feinen Härchen bewegte, und winselte, als er die Hand zwischen ihre Schenkel gleiten ließ und ihre feuchten Locken auseinanderschob. Mit dem Daumen rieb er ihre feuchte, geschwollene Knospe, und sie zuckte ihm entgegen, wobei sie etwas murmelte, das er nicht hören konnte.

Ein böser Kobold trieb ihn an. »Was hast du gesagt?«, neckte er und hörte auf, die Hand zu bewegen.

»Bitte ... bitte«, das Wort klang wie ein Zischen und sie presste sich ihm mit ungezügelter Begierde entgegen.

Er schob den Daumen in sie und massierte, bis er fand, wonach er gesucht hatte.

Sie zuckte zusammen und stieß ein sehr unanständiges Wort hervor, was er mit einem leisen Lachen quittierte. Er griff mit der anderen Hand um sie herum und streichelte sie zwischen den geschwollenen Lippen, während er sie bearbeitete, fester und tiefer stieß, während sie sich an ihm rieb.

Stacy hatte gerade einen angenehmen Rhythmus gefunden, als ihre Hüfte zuckte und sie erstarrte. Sie ließ abermals ein tiefes, animalisches Knurren hören und rief etwas in einer fremden Sprache; allerdings laut genug, dass man es bestimmt noch unten in der Küche oder sogar im Stall gehört hatte.

Ihr Höhepunkt benetzte seine Hand, und ihre Muskeln hatten noch nicht aufgehört, sich um seinen Finger zu krampfen, als sie schon rückwärts gegen ihn stieß: Sie wollte mehr.

Bei dem katzenartigen Unmutslaut, den sie von sich gab, als Stacy seine Hand zurückzog, musste er fast lachen.

Er stand auf und riss den Hosenlatz auf. »Halt die Röcke höher.« Er presste seine Erektion gegen ihren nackten Hintern und stöhnte vor Vergnügen, als er seinen Mund auf ihren Nacken senkte, ihn küsste, daran knabberte und leckte.

Als sie die Röcke bis über ihre Taille gerafft hatte, drehte er ihr Gesicht zu ihm, bis er ihr Profil sehen konnte. Er fuhr die geöffneten Lippen mit der Hand nach, die sie zum Höhepunkt gebracht hatte. Sie saugte ohne zu zögern seinen Daumen in ihren Mund, züngelte und streichelte ihn so suggestiv, dass er eine fast schmerzliche Sehnsucht verspürte, in sie einzudringen.

»Mein Gott«, flüsterte er, dann schob er die freie Hand zwischen ihre Beine und fand, was er suchte. »Sag mir, wie ich dich ficken soll«, befahl er und rieb ihre steife, sensible Perle mit dem Daumen. »Ich will hören, wie du es sagst.«

Ihr Körper erbebte bei dem vulgären Ausdruck, und Stacy führte seinen Schaft zwischen ihre gespreizten Schenkel und schob die glatte Spitze in ihre enge Öffnung, jedoch nicht weit genug, um sie zu dehnen.

»Sag es«, knurrte er und hörte auf, sie zu streicheln. Sie kippte die Hüfte noch etwas mehr und drückte sich gegen ihn.

»Hart, Stacy. Fick mich hart.«

Mit der Kraft seines Stoßes hob Stacy sie von den Füßen und sie fiel vorwärts auf das Klavier, wobei eine Hand auf den Tasten landete und den Raum mit einem Lärm erfüllte, der noch immer leiser war als das Tosen in seinem Innern. Er packte ihre beiden Handgelenke und spreizte ihre Arme, so dass sie die Seiten des Instruments ergreifen konnte.

»Bleib so.«

Dann packte er ihre Hüfte und kippte sie, hielt sie so fest und zog sich zurück. Sie fauchte, und er wusste, er hatte genau den richtigen Winkel gefunden. Als er wieder in sie eindrang, hatte er Sorge, am anderen Ende herauszukommen.

»Fester«, raunte sie.

Stacy nahm sie wie ein Wahnsinniger, sein Körper und Geist waren vollständig seiner Kontrolle entglitten.

Als sie kam, ritt er direkt nach ihr durch den Sturm der Leidenschaft, stieß bis zum Anschlag in sie und ergoss sich in ihrem Innern, wo bereits sein Kind wuchs.

Ihr gemeinsames Kind.

Es war der heftigste Orgasmus seines Lebens, eine qualvolle Verheerung, die seinen Körper durchtobte, schier endlose Wellen der Ekstase durch seinen Körper jagte und ihn schließlich schwindlig und matt zurückließ.

Vielleicht schlief er sogar einen Augenblick im Stehen ein, während er noch tief in ihr war. Ihr Körper bewegte sich leicht unter seinem, und die Realität drang wieder zu ihm durch; er drückte sie gegen das unnachgiebige, harte Holz des Klaviers.

Widerwillig zog er sich zurück und schüttelte ihre zerknautschten und zerknitterten Röcke aus, bevor er sich selbst wieder sortierte und den Hosenlatz schloss.

Sie ließ einen Seufzer der reinen Lust hören, den Kopf auf die Unterarme gelegt, die überkreuzt auf dem Klavier ruhten.

»Hmm, das war …«

»Ja, das war es«, stimmte er zu.

Sie lachte rau, stemmte sich hoch und stakte steifbeinig zu dem goldgerahmten Spiegel herüber. Stacy begab sich zu dem Sofa in der dunkelsten Ecke des Raumes. Er beobachtete, wie sie ihr Kleid glättete und an ihrem Haar nestelte, das wild aussah und durch bloßes Glätten nicht mehr zu dem ordentlichen Knoten zu bändigen war.

»Kommen Sie her, Signora Stefani.«

Bei seinem kühlen Kommandoton versteiften sich ihre Schultern, aber sie wandte sich um, und das Licht von hinten verbarg ihr Gesicht. Nicht zum ersten Mal verfluchte er die alberne Dunkelheit, die er diesem Haus aufgezwungen hatte: Er hätte viel darum gegeben, in diesem Augenblick ihren Ausdruck sehen zu können.

Als sie auf ihn zuging, entzündete Stacy zwei Kerzen neben dem Sofa.

Sie setzte sich, und er wandte sich ihr zu. »Ich muss ein unangenehmes Geständnis machen.«

Sie legte ihren Kopf schief, einen arroganten Ausdruck im Gesicht. »Ach ja?«

»Ich muss zu meiner Schande gestehen, dass ich deinen Vornamen nicht kenne.«

Ihr überraschtes Gesicht war unbezahlbar, und als sie lachte, musste auch er lächeln. »Ich heiße Portia.«

»Portia«, wiederholte er. »Das ist ein schöner Name, und er passt zu dir.« Er nahm ihre Hand. »Ich weiß, das hier«, er wedelte in einer allumfassenden Geste mit der Hand, »ist nicht unbedingt, was du erwartet hast, als du hergekommen bist, um Musik zu unterrichten, aber ich denke, darüber sind wir nun hinweg.« Er machte eine Pause, und sie rührte sich nicht. Stacy wusste nicht, ob das ein gutes oder ein schlechtes Zeichen war, aber er musste weitersprechen.

»Wir kennen uns nicht so gut, aber ich denke, uns verbindet mindestens eine Leidenschaft. Nun, eigentlich zwei.« Er grinste, und ihre Augen weiteten sich. Ihr Blick flatterte zu seinem Mund; lächelte er wirklich so selten? Er schüttelte den Gedanken ab. »Es gibt Leute, die heiraten, obwohl sie sich noch viel weniger kennen, und ich denke nicht, dass wir schlechter zueinander passen als so manches andere Paar.« Er machte eine Pause, und sie nickte langsam, ihr Ausdruck war schwer zu enträtseln.

»Portia, würdest du mir die große Ehre erweisen, meine Frau zu werden?« Er hörte, wie ihr der Atem stockte, und er fuhr eilig fort. »Ich denke, du findest mich nicht abstoßend?«

Ihre Lippen, noch geschwollen und empfindlich von ihrem Liebesspiel, kräuselten sich zu einem Lächeln. »Nein, Mr Harrington. Abstoßend ist wohl kaum ein Wort, das mir in den Sinn käme, wenn ich Sie beschreiben müsste. Sie sind vermutlich der *am wenigsten* abstoßende Mann, der mir je begegnet ist.«

Diese Offenbarung ließ das Blut in seine Lenden schießen. Schon wieder. Aber dann rutschte das Lächeln von ihrem Gesicht. »Ich habe dir nicht gesagt, dass ich schwanger bin, um einen Antrag deinerseits zu erzwingen.«

»Erzwingen ist wohl kaum ein Wort, das mir in den Sinn käme, wenn ich meine Gefühle in dieser Angelegenheit beschreiben müsste ... Portia.« Die Worte waren ein trockenes Echo ihrer eigenen. Sie öffnete den Mund, als ob sie etwas sagen wollte, schwieg aber, also fuhr er fort: »Ich weiß, wir kennen uns noch nicht gut, aber ich glaube, wir könnten gut miteinander zurechtkommen. Ich würde nie erwarten, dass du dich ganz hier auf dem Lande vergräbst, nur weil ich mich nicht gern in Gesellschaft begebe. Ich würde es verstehen, wenn du reisen möchtest. Ich werde großzügig sein, und du wärest in vielerlei Hinsicht eine unabhängige Frau.«

Ihr langes Schweigen machte ihn unruhig. Was dachte sie gerade? Hatte sie Angst? War sie angewidert? Besorgt?

»Und welchen Vorteil brächte *Ihnen* diese Ehe, Mr Harrington?«

Er blinzelte. Das konnte sie doch nicht ernst meinen, oder doch? Stacy öffnete den Mund, aber dann stellte er fest, dass er nicht die Wahrheit sagen konnte und sich so entblößen. Stattdessen lächelte er schwach und sagte: »Vielleicht bekomme ich einen Sonderpreis für die Klavierstunden?«

Sie machte ein ernstes Gesicht und schüttelte den Kopf. »Nein, ich fürchte, ich habe Ihnen bereits den günstigsten Tarif angeboten, den ich verschmerzen kann, Mr Harrington.« Sie lachte über seinen Gesichtsausdruck, und der Klang beruhigte seine angespannten Nerven.

»Sag Stacy zu mir.« Er wollte sich auf die Zunge beißen, so arrogant klang dieses Kommando.

Ihre samtigen, dunklen Augen tasteten sein Gesicht ab, als ob sie alles an ihm sehen konnte, auch die verborgenen Teile, Teile die womöglich gar nicht existierten.

»Stacy.« Sie hob die Hand, umfing seinen Kiefer und legte seine Hand über ihre, eine unschuldig intime Geste, die sein Herz zum Pochen brachte. »Ich muss dir etwas sagen, Stacy.«

Sein Herz stolperte und setzte für einen Schlag aus. »Ja?«

»Ich war schon einmal schwanger, aber ich hatte während der ersten drei Monate eine Fehlgeburt. Es ist möglich, dass du mich ohne Grund heiratest.«

Stacy schluckte das unangebrachte Lachen herunter, das in ihm aufwallte. Er wollte nicht lachen, weil sie ihm von ihrer Fehlgeburt erzählt hatte, sondern weil er befürchtet hatte, sie würde ihm ein unüberwindliches Hindernis beichten, wie zum Beispiel, dass sie schon einen Mann hatte, oder dass sie aus einer Anstalt oder einem Gefängnis ausgebrochen war.

»Ein Kind wäre wundervoll, Portia, aber ich glaube, wir finden auch andere Gründe, unsere Ehe zu genießen.«

Er konnte nur hoffen, dass die beruhigenden Worte seinen kühlen, steifen Ton weicher machten. Er ließ ihre Hand los, und sie nahm die Hand von seinem Gesicht, zögerlich, wie ihm schien.

»Ich muss auch gestehen, dass ich während meiner Schwangerschaft noch emotionaler und launischer war als gewöhnlich. Und das, so hätte mein Vater dir vermutlich versichert, wäre er noch am Leben, kann auch so schon recht heftig sein.«

»So so, unvernünftig. Ich verstehe. Nun, ich bin hiermit gewarnt. Gibt es sonst noch etwas?«, fragte er unbeschwert.

Sie schenkte ihm ein Lächeln, das gleich den Raum erhellte. »Ich stimme dir zu. Wir passen in vielerlei Hinsicht zueinander, und ich habe die Zeit mit dir sehr genossen. Ich weiß, ich sollte mir mehr Zeit lassen, damit wir einander kennenlernen können«

»Ein paar Wochen mehr würden noch keinen Skandal auslösen, wenn das Kind geboren wird.«

»Ich sagte, ich *sollte* mir mehr Zeit lassen, aber das werde ich nicht tun. Ich würde dich sehr gern heiraten … Stacy.«

Die liebenswürdige Art, in der sie seinen Antrag annahm, ließ ihn benommen und glücklich zurück. »Ich werde mein Bestes tun, dass du diese Entscheidung nie bereuen wirst, Portia.«

»Und ich werde dasselbe tun, Stacy.«

Und damit waren sie, einfach so, verlobt.

Kapitel Zwölf

Als Portia am nächsten Tag das Musikzimmer betrat, konnte sie nicht verhindern, dass die Erinnerung an die gestrige Klavierstunde zurückkehrte, und ihr Gesicht brannte.

Sie hatte Stacy nicht mehr gesehen, seit er beim gestrigen Abendessen seiner Tante von ihrem Verlöbnis erzählt hatte.

Obwohl Miss Tate angemessen reagiert und erfreut ausgesehen hatte, war Portia nicht überzeugt. Jedenfalls hatte sie nur kurz für die beiden gespielt und war dann zu Bett gegangen. Selbst wenn Miss Tate *nicht* entsetzt war, musste sie den beiden Gelegenheit lassen, unter vier Augen zu sprechen.

An diesem Morgen hatte sie allein gefrühstückt und hatte noch keinen der beiden Harringtons gesehen.

Als Portia die Tür schloss, wandte sich Stacy vom Klavier ab, wo er einige Tonleitern gespielt hatte. Er schenkte ihr ein äußerst schalkhaftes Lächeln.

»Wenn du mich so ansiehst, wirst du nie Fortschritte im Klavierspiel machen«, mahnte sie.

Er zog die blassen Brauen hoch und setzte diese undurchschaubare Miene auf, die ihr Herz zum Pochen brachte. »Vielleicht kann ich ja meine anderen Fähigkeiten verbessern, Ma'am.«

»Ich glaube, deine anderen Fähigkeiten bedürfen keiner Verbesserung.«

Das brachte ihn zum Lächeln. »Ich habe heute deine Briefe aufgegeben – bist du sicher, dass du das Datum nicht verschieben möchtest, damit deine Freunde dabei sein können?«

Portia hatte an jeden ihrer sechs Freunde einen eigenen Brief geschrieben, um ihnen die Neuigkeiten zu berichten. Sie hatte sie eingeladen, aber sie wusste, wie hart ihre Freunde arbeiten mussten. Wenn sie darum gebeten hätte, hätten sie einen Weg gefunden, um herzukommen, aber sie wollte ihre Freunde nicht anbetteln, nur damit sie sich nicht einsam vorkäme.

»Ich finde, das Datum, das wir gewählt haben, ist optimal«, entgegnete sie.

»Nun gut. Dann werde ich in zwei Tagen aufbrechen, um die Lizenz zu besorgen. Ich nehme an, dass ich bis zum Ende der Woche zurück bin. Ich spreche morgen mit dem Pfarrer. Ich kann auch mit meiner Tante über das Hochzeitsfrühstück sprechen, es sei denn ...«

»Das würde ich gerne mit ihr besprechen, wenn du einverstanden bist.«

Er schenkte ihr eines seiner rar gesäten Lächeln, und sie konnte sehen, dass ihm das gefiel. »Vielen Dank, Portia. Ich weiß deine Umsichtigkeit zu schätzen. Ich weiß, du wirst bald Herrin auf Whitethorn sein und ...«

»Wenn ich ehrlich bin, habe ich überhaupt kein Talent zur Führung eines Haushalts«, log sie. »Ich würde mich sehr freuen, wenn Miss Tate diese Rolle weiterhin übernimmt, vorausgesetzt natürlich, es macht ihr nichts aus.«

Dieser zweite Teil war *nicht* gelogen. Portia hatte kein Interesse daran, einen so großen Haushalt zu führen, und hatte den Eindruck, dass es Miss Tate sehr wichtig war. Die Frau würde immer bei ihnen leben, also war es klug, wenn sie versuchte, gut mit ihr auszukommen.

»Vielen Dank«, sagte er nur.

Die zwei Unterrichtsstunden – in denen das Klavier tatsächlich nur als Musikinstrument genutzt wurde – vergingen viel zu schnell. Als sie um waren, kam Stacy zum Schreibtisch, wo Portia ihre Notizen einsammelte.

»Wollen Sie mir einen Augenblick in der Bibliothek Gesellschaft leisten, Ma'am?«

Sein ziemlich strenger Gesichtsausdruck sorgte für ein Ziehen in ihrem Bauch, aber sie ignorierte die Schmetterlinge. »Natürlich.«

Als sie in die Bibliothek kamen, bemerkte Portia sofort, dass einer der Vorhänge nicht vorgezogen war. Das Fenster blickte nach Norden hinaus und wurde von einem großen Baum beschattet. Dennoch war der Raum heller, als er es für gewöhnlich bevorzugte. Er folgte ihrem Blick. »Ich hoffe, ein wenig mehr Licht ins Haus bringen zu können.« Die Worte waren einfach, aber es war klar, was er sagen wollte: Er tat es ihr zuliebe.

Portia nahm denselben Stuhl, in dem sie vor weniger als zwei Monaten gesessen hatte, und Stacy nahm eine hübsche hölzerne Kiste vom Schreibtisch, die er ihr reichte.

»Wie schön«, sagte sie und fuhr die kunstvollen Intarsien mit dem Finger nach.

Er lehnte sich an die vordere Kante des Schreibtischs. »Das Geschenk ist eigentlich *in* der Kiste, Portia.«

Ein kleiner Schauer lief ihr über den Rücken, als sie ihren Namen aus seinem Mund hörte. Sie biss sich auf die Lippe, ein wenig ängstlich, was sie in der Kiste finden würde. Sie hatte nichts, was sie ihm hätte schenken können.

»Du musst sie schon öffnen.« Seine Stimme klang amüsiert.

In der Kiste lag ein kostbares Kropfband aus Perlen. Sie waren groß und hatten die Farbe frischer Sahne. Dazu gab es passende Ohrringe und ein Armband. Portia hatte noch nie etwas besessen, was auch nur ein Bruchteil dessen wert gewesen wäre.

»O Mr Harrington, wie wunderschön«, sagte sie, und ihre Stimme war kaum ein Hauch. Sie berührte eine der Perlen, die sich erstaunlicherweise warm anfühlte.

Sie sah auf. Diese Großzügigkeit beschämte sie. »Wie kann ich mich für ein so wundervolles Geschenk bedanken?«

»Du kannst damit anfangen, dass du mich Stacy nennst.« Er verzog das Gesicht. »Oder Eustace, wenn es sein muss. Wie du mir danken kannst?« Seine blassen Lippen kräuselten sich zu einem Lächeln. »Ich bin sicher, da fällt mir etwas ein.«

Portias Gesicht glühte bei dem Blick, den er ihr über den Rand seiner Brille zuwarf.

»Möchtest du nicht die Brille abnehmen, Stacy?«

»Tss, tss, tss. Du weißt doch, was passiert, wenn ich das tue, Portia.«

Sie lachte. »Ich verspreche, dass ich mich dir nicht wie ein schamloses Weib an den Hals werfe.«

Er entfaltete die Arme und stützte beide Hände auf der Tischplatte auf. »Dann weiß ich nicht, warum ich es tun sollte.«

Sie erhob sich und war mit einem Schritt bei ihm. Sie stellte sich auf die Zehenspitzen, küsste ihn sanft auf den Mund und ließ sich wieder auf die Fersen herabsinken. Er sah nun nicht nur aus wie eine Statue, er stand auch da wie eine.

»Vielen Dank für den Schmuck, Stacy, er ist wunderschön.«

Er streckte die Hand aus und strich mit dem Finger an ihrem Kiefer entlang. Die federleichte Berührung löste einen Puls des Verlangens direkt in ihrer Mitte aus.

»Gerne, Portia.« Zu ihrer Enttäuschung ließ er die Hand an seine Seite sinken. »Der Schmuck gehörte meiner Mutter. Es gibt noch einige andere Stücke, die du gern tragen darfst. Wir können sie uns irgendwann ansehen, aber ich dachte, dieses Set würde besonders gut zu dem roten Kleid passen, das du gelegentlich getragen hast. Ich würde mich freuen, wenn du es heute Abend trägst.«

Die ruhig vorgebrachte Bitte verschlug ihr den Atem; für sie hatte es etwas sehr Sinnliches, wenn ein Mann bestimmte Kleidung an ihrem Körper sehen wollte.

Er drehte sich leicht weg, als müsse er etwas Abstand zwischen sie bringen, und Portia machte einen Schritt zurück, entschlossen, die Finger von seinem Körper zu lassen. Das nächste Mal, wenn sie sich liebten – oder übereinander herfielen wie ein Paar brünstige Tiere, sollte *er* den ersten Schritt machen.

»Solltest du es dir anders überlegen, was deine Freunde angeht, werde ich sehr gerne meine Reisekutsche zur Verfügung stellen, sollte sie benötigt werden.«

Bei dem Angebot blinzelte Portia. »Das ist sehr großzügig von dir.«

»Übrigens habe ich Daisy angewiesen, sich um dich zu kümmern, bis wir eine richtige Zofe anstellen können. Sie ist ein nettes Mädchen und sehr bemüht.«

Das Angebot überraschte sie. »Bisher habe ich immer für mich selbst gesorgt. Ich wüsste ehrlich gesagt nicht, wie ich eine persönliche Dienerin beschäftigt halten sollte.«

Sein Lächeln war sanft, aber streng. »Daran wirst du dich zweifellos gewöhnen.« Dabei ging er zur Tür und hielt sie auf, als ob das Thema nicht mehr zur Debatte stünde.

Zum ersten Mal wurde Portia klar, dass sie einen Mann heiratete, der seinen eigenen Kopf hatte. Er war sanft und höflich, aber, ihr wurde klar, dass seine Dienstboten ihm stets schnell und ohne Widerstand gehorchten. Sie erinnerte sich an die Worte seiner Tante vor zwei Wochen: Er war ein wohlmeinender Tyrann.

Portia war sich recht sicher, dass Miss Tate es als Scherz gemeint hatte, aber dennoch …

Sobald ihr verheiratet seid, wird er dein Herr und Meister sein.

Der Gedanke traf sie mit einiger Wucht, auch wenn er für sie nicht neu war. Schließlich war sie den Großteil ihres Erwachsenenlebens mit Ivo verheiratet gewesen. Aber sie und Ivo hatten ihre Ehe gehandhabt wie zwei streitende Kinder, und es hatte in dieser Beziehung keinen Anführer gegeben. Sie hatten ständig miteinander gerungen, und sich jeweils gegenseitig ihren Willen aufgezwungen.

Portia sah in Eustace Harringtons schönes, unbewegtes Gesicht, und ein kurzer Schauer – war es Erregung? Furcht? – jagte durch ihren Körper, als sie in seine dunklen Brillengläser blickte.

Ihr wurde bewusst, dass sie eigentlich sehr wenig über ihren baldigen Ehemann wusste.

Er nahm ihre Hand – in der anderen hielt sie das extravagante Geschenk, das er ihr gemacht hatte – und brachte sie an die Lippen. »Ich freue mich darauf, dich beim Abendessen zu sehen, mein Liebling.« Der Kuss fühlte sich auf der dünnen Haut ihres Handrückens heiß an. Er kam ihr vor wie ein Brandzeichen.

***

Als Portia sah, wie Daisy an diesem Abend ihre Haare zurechtgemacht hatte – ein glatter französischer Knoten – stimmte es sie bereits erheblich versöhnlicher, was eine eigene Zofe anging.

»Sie haben ein Wunder vollbracht, Daisy.«

Daisy lachte. »Kein Hexenwerk, wenn eine so schönes Haar hat wie Sie. Ich hab acht Schwestern, Ma’am, und wir haben alle dieses glatte Stroh. Wie ’n Mop.« Sie deutete auf ihr eigenes Haar, das zu zwei honigblonden Zöpfen geflochten war.

Portia öffnete die Kiste mit der Einlegearbeit. »Würden Sie mir helfen, die Kette anzulegen?«

»O Ma’am, sowas hab ich ja noch *nie* …!« Daisy starrte die schimmernden Perlen mit aufgerissenen Augen an.

»Mr Harrington hat sie mir als Verlobungsgeschenk gegeben. Der Schmuck gehörte offenbar seiner

Mutter.« Sie nahm den schweren Perlenstrang und legte ihn um den Hals. Der Schmuck sah edel aus zu dem tief ausgeschnittenen flammenroten Seidenkleid. Während Daisy die Schließe befestigte, legte Portia die Ohrringe an und das Armband um ihr Handgelenk.

»Liebe Güte! Sie sehen wunderschön aus.« Daisy starrte Portias Spiegelbild mit offenem Mund an, und Portia tat es ihr gleich. Noch nie hatte sie besser ausgesehen.

Aus einer Laune heraus sagte sie, »Ich würde dich gern als meine Zofe behalten, Daisy, wenn dir das gefallen würde.«

»O ja, über alles auf der Welt, Ma'am. Ich weiß, Mr Harrington sagte, es ist nur vorübergehend und so.«

»Er hat die Wahl mir überlassen, also wähle ich dich.«

»Vielen Dank, Ma'am. Das werden Sie nicht bereuen.«

Daisy summte vor sich hin und nahm Portias ziemlich traurige Garderobe in Augenschein, als Portia das Zimmer verließ.

Einer der beiden Diener, Charles, wartete am Fuß der Treppe. »Mr Harrington ist im Gelben Salon, Mrs Stefani.«

»Vielen Dank, Charles.«

Stacy saß an einem kleinen Sekretär, als sie hereinkam, und war offenbar gerade damit fertig, ein Schreiben abzustreuen. Er öffnete den Mund, aber es dauerte eine Weile, bis er sprach. »Du siehst umwerfend aus, Portia.«

Bei diesem ruhigen Lob stieg Hitze in ihre Wangen. »Vielen Dank.« Sie sah sich um. In diesem Raum war sie erst einmal gewesen, an dem Tag, als Soames sie durchs Haus geführt hatte.

»Möchtest du etwas trinken?«

Portia war eigentlich ein wenig übel, aber es kam ihr unhöflich vor, das zu sagen. »Danke, vielleicht einen Sherry – einen klitzekleinen.« Er ging zu einem Tisch, auf dem verschiedene Glaskaraffen standen, und Portia konnte nicht anders, als seine muskulösen Beine anzustarren, die in schwarzen Pantalons steckten, die wie eine zweite Haut saßen. Sie waren bisher immer angezogen gewesen, wenn sie sich geliebt hatten, und es gab für Portia noch einiges an seinem Körper zu entdecken. Beim Gedanken an den Teil, den sie gesehen *hatte*, wurde ihr Mund trocken.

Vielleicht war es doch nicht so schlecht, dass sie um einen Sherry gebeten hatte.

Als er sich umdrehte, erwischte er sie wieder einmal dabei, wie sie ihn anstarrte.

»Wer hat Whitethorn eingerichtet?«, fragte sie und lenkte den Blick lieber auf seine Hände als auf sein Gesicht, als er ihr das Glas reichte.

»Ich.« Die Kerzen hinter ihr spiegelten sich in seinen schwarzblauen Brillengläsern und ließen ihn distanziert und bedrohlich wirken.

»Du hast einen ausgezeichneten Geschmack.«

»Danke, aber bald wirst du Herrin auf Whitethorn sein, also musst du ändern, was dir nicht gefällt, wenn wir verheiratet sind.« Seine Nasenflügel blähten sich etwas, als er das Wort »verheiratet« aussprach.

Freute er sich ebenso auf ihre Hochzeitsnacht wie sie?

Portia hatte ihre Zweifel. Ivo hatte geglaubt, sie leide an Nymphomanie, was er ihr mehr als einmal tatsächlich vorgeworfen hatte. Portia hatte das Wort noch nie zuvor gehört, hatte aber raten können, was er damit meinte. Nach dem, was im Stall – und dann wieder im Musikzimmer – geschehen war, hatte sie langsam den Verdacht, Ivo könnte recht gehabt haben.

Portia merkte, dass er sie ansah, als ob er eine Antwort erwartete. »Mir fällt ehrlich nichts ein, was ich ändern würde.« Das Haus war perfekt. Er war perfekt.

»Wir haben noch nicht über eine Hochzeitsreise gesprochen. Gibt es einen Ort, an den du gern einmal reisen möchtest?«

»Du möchtest verreisen?«

Ihre Überraschung schien ihn zu amüsieren. »Ich habe nichts gegen Reisen. Es braucht nur gewisse Vorkehrungen, um es mir zu ermöglichen.«

Portia entschied, dass jetzt ein guter Zeitpunkt war, um diese Vorkehrungen zu besprechen. »Welche Art Vorkehrungen, wenn ich fragen darf?«

»Natürlich. Du musst sogar. Frag mich, was immer du willst, Portia. Du wirst schließlich bald meine Ehefrau sein.«

Bei dem Wort »Ehefrau« musste Portia schlucken.

»Es sind dieselben Vorkehrungen, die ich üblicherweise treffe. Meine Haut verbrennt sehr leicht, aber das heißt nicht, dass ich nicht nach draußen gehen kann. Es heißt nur, dass ich sie so gut es geht bedecken muss. Meine Augen sind besonders empfindlich und können schnell Schaden nehmen. Darum gehe ich so selten tagsüber nach draußen. Ich habe ein wenig Angst, dass ich mein Augenlicht einbüßen könnte«, sagte er und klang, als würde er etwas Peinliches gestehen, wie eine Angst vor Schnecken.

»Es wäre schrecklich, sein Augenlicht zu verlieren.« Das einzig Schlimmere, das Portia sich vorstellen konnte, war der Verlust des Gehörs und der Schönheit der Musik.

»Schützen die Brillengläser deine Augen?«

»Ich habe eine Brille, die noch dicker ist und an den Seiten geschlossen, so dass kein Licht hineinfällt.« Er bemerkte Portias Gesichtsausdruck und lächelte. »Ich glaube, du wirst sie hassen, wenn ich an deine Neugier wegen meiner sonderbaren Augen denke.«

»Sie sind nicht sonderbar.« Portia war überrascht, wie sehr sie das Wort störte. »Sie sind vermutlich die zwei schönsten Dinge, die ich je gesehen habe. Schaust du nie in den Spiegel?«

»Selten.« Er klang gelangweilt.

»Zweifellos geht deine Krankheit mit großen Einschränkungen einher, und ich bin sicher, dass Unwissende – von denen es bedauerlicherweise eine ganze Menge gibt – es oft unangenehm machen, in die Öffentlichkeit zu gehen. Aber viele Leute sehen dich nur an, weil du ein außergewöhnlich gutaussehender Mann bist. Ich bin sicher, das überrascht dich nicht.« Sie errötete, als sie sich an ihr kürzliches Liebesspiel erinnerte. Wie konnte er übersehen, dass sie ihn begehrte?

Er schenkte ihr ein duldsames Lächeln. »Ich dachte, wir könnten den Pfarrer und seine Frau zum Abendessen einladen, wenn ich zurück bin.«

Portia erlaubte ihm, dem Thema auszuweichen, das ihm offenbar nicht gefiel. Aber insgeheim schwor sie sich, als seine Ehefrau alles in ihrer Macht Stehende zu tun, um ihm zu zeigen, wie attraktiv sie ihn fand – sowohl seine Persönlichkeit als auch sein Äußeres.

***

Die Tage bis zur Hochzeit flogen nur so vorbei. Portia merkte, dass Stacy recht gehabt hatte, als er sagte, sie würde genug finden, mit dem sie eine Zofe beschäftigt halten könnte. Nicht nur war Daisy geschickt, was Frisuren anging, sie war auch eine Magierin im Umgang mit Nadel und Faden.

Nachdem Stacy nach Plymouth aufgebrochen war, verbrachten sie zwei Nachmittage damit, eines von Portias Kleidern in ein Brautkleid umzuändern. Sie kicherten wie kleine Mädchen und aßen zu viel Kuchen und Kekse, während Daisy winzige Blümchen auf Portias schlichtes, cremeweißes Seidenkleid stickte und es so in ein atemberaubendes Brautkleid verwandelte.

»Ich wünschte, ich hätte Mr Harringtons Diener gefragt, welche Farbe seine Weste haben wird«, sagte Daisy, als sie am Saum arbeitete.

Stacys Kammerdiener war ein großer, breitbrüstiger Mann mit einem strengen Gesicht. »Ich fürchte mich, Powell irgendetwas zu fragen«, sagte Portia.

Daisy lachte. »Ach was, der ist zahm wie ein großes Kätzchen.«

Portia lächelte ihre errötende junge Zofe an; aha ... so war das also.

Die Tür zu ihrem Wohnzimmer öffnete sich, und Frances erschien. »Ich habe Ihnen eine Überraschung mitgebracht.« Sie trat zur Seite, und hinter ihr stand Nanny.

»Was für eine erfreuliche Überraschung!« Portia sprang auf und eilte zu den beiden älteren Frauen, während Daisy rasch die verstreuten Kleider von den Stühlen klaubte.

»Wie wundervoll, dass Sie mich besuchen – sie beide.«

Nanny lächelte Daisy zu, ihre blauen Augen wirkten heute klar und scharfsichtig.

»Es ist nett, dich außerhalb der Kirche zu sehen, Daisy, aber du kommst mich ja kaum besuchen.«

»Ich arbeite jetzt, Nanny.«

Nanny sah Frances an. »Sie sollten das arme Mädchen nicht so hart schuften lassen, Miss Tate.«

»O Nanny, Daisy macht nur Witze«, sagte Frances und klang eher, als ob sie mit einem kleinen Kind spräche als mit einer über neunzigjährigen Frau.

Nannys Augen verengten sich, und Portia läutete schnell, um mehr Tee bringen zu lassen und das Thema zu wechseln, sodass mögliche Feindseligkeiten im Keim erstickt würden.

Zum ersten Mal sah Portia Frances zusammen mit Nanny, und sie gewann den Eindruck, dass Nanny die andere Frau nicht mochte. Portia merkte, dass Nanny ein schwieriger Charakter sein konnte, was den Umgang mit Leuten anging, auch wenn sie ihr gegenüber so rasch Zutrauen gefasst hatte.

Daisy schien sie zum Glück zu mögen und deren gesamte Familie sie zu kennen.

Als das Tablett mit dem Tee gebracht wurde, sprach Portia Nannys liebstes Thema an, das auch ihr am Herzen lag, wie sie bemerkte. Und Nanny gab Anekdote um Anekdote über Stacy zum Besten. Sie war gerade dabei, von Stacy und seinem ersten Pony zu erzählen, als sie plötzlich blinzelte und sich umsah.

»Wo ist mein Liebling überhaupt heute?«, fragte Nanny.

»Er ist nach Plymouth gefahren, um die Hochzeitslizenz zu holen«, erinnerte sie Portia.

»Ach ja, richtig.« Sie schüttelte den Kopf und lächelte dann.

»Bei ihm muss man vorsichtig sein. Schon immer. Er hat Sie immer im Nu um den Finger gewickelt, Miss Frances, nicht?« Sie warf der anderen Frau ein Lächeln zu, das nichts von der Boshaftigkeit ihrer früheren Blicke hatte.

»Ja, er war erstaunlich gut darin, zu bekommen, was er wollte. Zum Glück war er kein bösartiger Junge«, stimmte Frances zu. Ihr Ausdruck wurde weicher.

»Nein, er hat nichts von seinem Vater«, sagte Nanny.

Frances zuckte zusammen, und die beiden Frauen tauschten Blicke. Da war eine unangenehme Spannung zwischen ihnen.

»Stacy wird heute Abend zurück sein«, sagte Portia, um abzufedern, was auch immer da gerade vor sich ging. »Und dann kommen wir Sie beide morgen besuchen, Nanny.«

Der Name ihres Lieblings reichte, dass Nanny aufhörte, Frances böse anzusehen, und die Unterhaltung kam wieder auf das Thema der Hochzeit zurück. Der unangenehme Zwischenfall schien vergessen.

***

An jenem Abend hoffte Portia während des Abendessens die ganze Zeit, Stacys Kutsche zu hören. Das Dinner war eine gemütliche Angelegenheit nur unter Frauen gewesen, nur sie und Frances, und die Damen hatten sich in den kleineren der Salons begeben und geplaudert, bis Portia bemerkte, wie Frances den Kopf sinken ließ.

Portia schlich zur Tür, um die ältere Frau nicht zu wecken, als sie das Klappern von Rädern auf dem Pflaster hörte.

Das Geräusch weckte Frances, die wie ein Käuzchen blinzelte und sich umsah, bis sie Portia entdeckte und sagte: »Ich freue mich, dass er zu Hause ist, aber ich wünschte, er würde nicht nachts reisen.«

»Wenigstens ist Vollmond«, sagte Portia. »Ich glaube, ich werde hinausgehen, um im ...«

Die Tür flog auf und Soames stand mit wildem Blick darin. »Signora, kommen Sie schnell. Es ist Mr Harrington – man hat auf ihn *geschossen*!«

Kapitel Dreizehn

Stacy döste, als sein Kutscher Jewell ihn mit aufgeregtem Rufen weckte. Gerade hatte er einen jener seltenen Momente im Leben genossen: einen Augenblick purer Zufriedenheit.

Außer in einer Angelegenheit war seine Reise nach Plymouth erfolgreich gewesen. Er hatte die Heiratslizenz erworben und war zu seinem bevorzugten Juwelier gegangen. Er hatte nicht lange gebraucht, sich für einen großen Diamanten im Saphirschliff zu entscheiden. Der Stein war exquisit, und die Fassung schlicht, aber elegant. Er hatte dem Mann einen von Portias Handschuhen mitgebracht, den Daisy für ihn gemopst hatte, und war dann am nächsten Tag noch einmal hingegangen, um den Ring abzuholen. Auf dem Weg hinaus hatte er einige hübsche Diamanthaarnadeln entdeckt und hatte seiner Bestellung ein Dutzend hinzugefügt.

Dann war er zu Kitty gegangen und hatte ihre Häme und ihren Stolz über sich ergehen lassen, als ob sie und nicht Stacy heiraten würde.

»War es schlimm, als du ihr den Antrag gemacht hast? Hast du gestottert wie ein dummer Junge?«, neckte sie.

»Ich bin ohnmächtig geworden, Kitty. Ich glaube, das ist der einzige Grund, warum sie meinen Antrag angenommen hat. Sie hat sich zu sehr geschämt, um etwas anderes zu sagen.«

Als er ihr von Portias Schwangerschaft erzählt hatte, war sie in so lautes Freudengeschrei ausgebrochen, dass er fast taub geworden wäre.

»O Stacy, es klingt, als wäre sie eine ganz wunderbare Frau, perfekt für dich – feurig und furchtlos. Sie wird sich von deinem arroganten Blick nicht einschüchtern lassen und vor Angst in ihren Pantoffeln schlackern.«

Stacy verdrehte die Augen. »Grundgütiger, Kitty, du bist schlimm.«

Bei seinen Worten musste sie noch mehr lachen. Aber sie hörte auf, als Stacy sie zur Hochzeit einlud.

»Du hast wohl den Verstand verloren, man sollte dich in Bedlam wegschließen. Du willst eine Hure zu deiner Hochzeit einladen?«

Stacy schenkte ihr einen der unterkühlten Blicke, von denen sie gerade gesprochen hatte.

»Ich wäre dir dankbar, wenn du dich nicht so bezeichnen würdest, Kitty.«

»Der Blick zieht bei mir nicht, Euer Hochwohlgeboren. Ich weiß, was für ein zahmes Kätzchen du in Wahrheit bist.«

»Ich sehe, ich habe dir in der Vergangenheit viel zu viel durchgehen lassen.« Er warf ihr einen seiner strengsten Blicke zu.

Doch sie schüttelte nur den Kopf. »Ich kann unmöglich zu deiner Hochzeit kommen, Stacy. Das wäre nicht gerade der beste Weg in ein harmonisches Eheleben. Hast du ihr von mir erzählt? Von uns?«

»Noch nicht, aber wir hatten auch wenig Zeit, über viel mehr zu sprechen als über Hochzeitspläne. Darüber hinaus gibt es da nichts zu erzählen, außer dass du meine beste Freundin bist.«

Kitty seufzte schwer. »Da wäre allerdings die Tatsache, dass ich in einem Bordell arbeite. Und die Tatsache, dass ich deine Geliebte war.«

Stacy zuckte mit den Schultern und weigerte sich nachzugeben. »Das bist du schon seit Jahren nicht mehr.«

»Hilfe, Männer sind ja so dumm! Vertraue mir, Stacy, sie wäre nicht erfreut über meine Anwesenheit bei der Hochzeit; sie wäre beleidigt. Wenn sie so temperamentvoll ist, wie du sagst, würdest du die Hochzeitsnacht nicht überleben. Eigentlich«, sie biss sich auf die volle Unterlippe, »solltest du mich nicht mehr besuchen.«

Danach hatten sie sich ernsthaft gestritten; während des Abendessens und dann beim Tee hatte Stacy jedes Argument vorgebracht, das ihm einfiel, und nicht wenige Drohungen, um Kitty umzustimmen. Aber seine Mühe war umsonst gewesen.

Wenigstens hatte sie nachgegeben, was die Beendigung ihrer Freundschaft anging.

»Du weißt, dass ich dich weiterhin willkommen heißen werde, Stacy, aber du wirst deine Ehe aufs Spiel setzen, wenn du unsere Freundschaft weiter pflegst.«

Als er den Mund öffnete, um zu widersprechen, hatte sie ihn fest in den Arm genommen. »Mein liebster, liebster Freund. Ich freue mich so für dich. Du verdienst nichts als das Beste, und es klingt, als ob du es gefunden hast. Ich wünsche dir alles erdenkliche Glück.«

Stacy dachte auf der langen Heimfahrt in der Kutsche über ihre Worte nach.

War es eine Beleidigung für Portia, seine engste Freundin einzuladen?

Mit dieser Frage hatte er sich gut zwei Stunden herumgequält, als Jewell schrie, und ein Schuss abgefeuert wurde. Der Lärm riss ihn brutal aus seiner guten Stimmung.

Powell, sein Kammerdiener, war stets bereit und reichte ihm eine Pistole, während die Kutsche langsamer wurde.

Stacy öffnete die Luke und rief hinaus: »Was ist los?«

»Ich kann drei Männer sehen, Sir.«

»Haben Sie geladen, Baker?«, rief Stacy dem Knecht zu, der neben dem Kutscher saß.

»Ja, Sir. Und Freddy auch«, antwortete der, womit Stacys Diener gemeint war, der auf der kleinen Bank am hinteren Ende der Kutsche mitfuhr.

Stacy spähte aus dem Fenster, konnte aber kaum etwas sehen. Es war kurz nach Sonnenuntergang, und die Bäume westlich der Straße schluckten das restliche Tageslicht. Sie waren früh am Tage aufgebrochen, aber sie hatten angehalten, um einem Wagen zu helfen, der mit einem Gig zusammengeprallt war. Zwei Personen waren recht übel verletzt worden, und es hatte keine andere Möglichkeit gegeben, als sie mit Stacys Kutsche zu transportieren.

Als Resultat dieser guten Tat mussten sie nun gegen die Dunkelheit anreiten.

Stacy biss sich auf die Innenseite der Wange, als er über die Abläufe nachdachte.

Bei der relativen Dunkelheit war Stacy selbst im Vorteil, nicht jedoch seine Männer.

»Können Sie gut genug sehen, um einen Schuss abzufeuern?«, fragte Stacy seinen Fahrer.

»Das würde noch nichts nützen, Sir. Sie sind alle noch hinter uns.«

»Haben die irgendetwas getroffen?«

»Nein, Sir. Ich glaube, sie haben auf den jungen Freddy gezielt.«

Stacy fluchte. Freddy hatte absolut keine Deckung. Er holte tief Luft. »Hören Sie gut zu, wir machen Folgendes.«

***

Portia lief los, noch bevor Soames zu Ende gesprochen hatte, und hätte den alten Butler beinahe umgerannt. Stacy hing zwischen Powell und Jewell, seine Arme um deren Schultern gelegt, während seine Beine, die in Stiefeln steckten, auf dem Boden schleiften. Sein Gesicht, seine Halsbinde, sein Hemd und seine Haare waren blutverkrustet.

Sie wirbelte zu Soames herum, der ihr auf dem Fuß gefolgt war. »Schicken Sie nach einem Arzt.«

»Baker ist schon losgeritten, Ma'am.«

»Bringen Sie ihn in den Salon«, befahl sie und lief neben den Männern her.

Ausnahmsweise hatte Stacy einmal die verflixte Brille nicht auf. Seine Augen waren halb geschlossen, und auf seinen Lippen lag ein Lächeln.

»Hallo Portia!« Seine Stimme klang undeutlich und schläfrig.

»Wo wurde er getroffen?«, fragte sie.

»Am Hals und am Bein.«

Portia entließ einen Schwall der übelsten italienischen Flüche, die ihr einfielen.

Soames, Powell und Frances starrten sie mit offenen Mündern an.

Stacy lachte schwach. »Feurig und furchtlos«, murmelte er.

»Bringen Sie mehr Licht«, wies Portia Soames an, als sie den Salon erreichten. Sie machte Powell ein Zeichen. »Legen Sie ihn auf das Sofa, Jewell, und dann holen Sie eine Schüssel heißes Wasser. Powell, bringen Sie mir ein Glas Brandy. Frances, Sie müssen mir helfen.« Sie sah Daisy ängstlich im Türrahmen stehen. »Daisy, suchen Sie ein paar alte Bettlaken oder so etwas heraus, die wir als Verbände benutzen können.« Daisy und die Männer liefen hinaus, Frances ging neben Portia in die Knie und knöpfte bereits Stacys Jacke und Weste auf.

Die Männer hatten an seinem Bein einen Druckverband angelegt, aus dem es langsam heraussickerte, aber die Wunde am Hals war nur mit der blutdurchtränkten Krawatte verbunden. Portia nahm sie vorsichtig ab und sog scharf die Luft ein; die Kugel hatte offenbar keine Arterie verletzt, aber die Wunde blutete dennoch stark.

Powell erschien mit dem Brandy.

»Heben Sie seinen Kopf an«, ordnete sie an und brachte das Glas an seine Lippen, die nun genauso weiß waren wie sein übriges Gesicht. »Trink, Stacy, das wird gegen die Schmerzen helfen.«

Sie ließ einen kleinen Schluck seinen Hals hinabrinnen, hatte aber Angst, ihn mit mehr zu ersticken und gab Powell das Glas zurück, bevor sie sich an die andere

Frau wandte. »Wir müssen die Blutung stillen. Wie geschickt sind Sie mit der Nadel, Frances?«

Die schaute die Wunde an, verzog das Gesicht und schüttelte den Kopf. »Ich habe keine Angst vor Blut, aber das ... Nein, ich kann das nicht. Sind Sie sicher, dass es jetzt sein muss? Sollen wir nicht warten, bis der ...«

»Ich mache es.«

Frances Kinn zitterte. »Sind Sie sicher?«

»Ich habe in Lazaretten in London Freiwilligendienst geleistet, und ich habe viele Male zugesehen.« Obwohl sie es nie selbst gemacht hatte, aber warum sollte sie das betonen? »Wir müssen schnell machen.«

Frances presste die Lippen zu einem grimmigen Strich zusammen und nickte. »Ich hole mein Handarbeitszeug.«

Die nächste halbe Stunde war eine der schlimmsten in Portias Leben. Sie brauchten fünf Personen, um Stacy ruhigzustellen, während sie die blutende Wunde zunähte. Der Blutverlust hatte ihn geschwächt, aber er fluchte wie ein Seemann. Als sie fertig war, war seine Stimme heiser vom Schreien, aber wenigstens hatte die Blutung aufgehört.

Bei der Verletzung am Oberschenkel standen die Dinge allerdings vollkommen anders; die Kugel steckte noch im Fleisch. Sie hatte die Wunde mit sauberen Bandagen versorgt, bevor sie sich um die Halswunde gekümmert hatte, aber auch die waren von seinem Herumgezappel schon wieder durchtränkt, trotz des Druckverbands.

Portia verzog das Gesicht und sah Frances an, deren blaue Augen vom Weinen gerötet waren. »Wie lange dauert es noch, bis der Arzt hier ist?«

»Er sollte längst hier sein«, sagte Soames. »Er wohnt nur kurz hinter Bude.«

»Er muss gerade bei einem Hausbesuch sein. Es könnte Stunden dauern.« Portia biss sich die Lippe blutig. »Die Kugel muss raus. Das Gewebe schwillt immer mehr an. Es wird nur schlimmer werden.«

Frances schluckte hörbar und nickte. »Also gut. Ich werde die Wunde reinigen und vorbereiten. Portia, sehen Sie zu, dass Sie etwas von dem Brandy in ihn hineinbekommen.« Sie nahm die Schüssel mit dem frischen, heißen Wasser, die Soames ihr reichte, und begann, die Stelle zu reinigen.

Portia kniete neben dem Sofa und strich das feuchte Haar aus seiner Stirn. Seine Lider flackerten. »Stacy, kannst du einen Schluck Brandy nehmen? Wir müssen die Kugel herausbekommen. Es wäre besser, wenn du etwas davon trinkst.« Er öffnete den Mund, sie kippte das Glas und ließ die Flüssigkeit langsam hineinlaufen, bis er ausgetrunken hatte. »Kannst du noch etwas mehr trinken?« Er nickte, und sie wandte sich an Powell. »Bringen Sie die Flasche.« Während er losging, um mehr zu holen, sah sie auf den Patienten hinab. »Wie fühlst du dich?«

»Du hast das alles geplant, damit ich meine Brille abnehme«, krächzte er mit heiserer Stimme.

Portia lachte, doch es klang hysterisch. »Das sollte dir eine Lehre sein. Nächstes Mal wirst du mich nicht ärgern.«

Powell reichte ihr ein weiteres Glas, und im selben Augenblick kam Soames mit einer neuen Schüssel dampfendem Wasser – und dem Doktor an seiner Seite.

»Gott sei Dank!« Portia wischte die Tränen fort, die ihr die Wangen hinabliefen.

Der Arzt war ein ruhiger, älterer Mann, der sich von einer einfachen Pistolenkugel nicht nervös machen ließ.

Er lobte Portia für die Naht und ersetzte den Brandy durch etwas Laudanum. Innerhalb einer halben Stunde war die Kugel entfernt und Stacy in seinem Schlafzimmer, wo der Arzt und Powell sich um die delikaten Angelegenheiten kümmerten, die kein Anblick für Damen waren.

Portia bemerkte, dass jemand Tee hatte bringen lassen und nahm mit zitternden Händen eine Tasse. Für eine lange Zeit sagte niemand ein Wort. Dann schließlich war es Frances, die das Schweigen brach.

»Sie sind sehr … tatkräftig, Portia.« In ihrer Stimme schwang eine Mischung von Hochachtung, Respekt und Furcht mit.

»Nein, nur halb Italienerin.« Portia lachte, als sie sah, dass Frances verwirrt war. »In Rom gab es oft Messerstechereien. Ich war neun, als ich zum ersten Mal meinem Vater dabei zur Hand ging, ein Opfer zu versorgen. Und natürlich habe ich in den Lazaretten noch Schlimmeres gesehen.«

Die Tür öffnete sich, und der Doktor trat ein. »Nun, meine Damen, ich hoffe, Sie beschließen nicht, eine Praxis in meiner Nähe zu eröffnen, sonst werde ich noch arbeitslos.« Er lächelte Portia und Frances zu, die beide großzügig mit Stacys Blut besudelt waren. »Die Wunden sind recht oberflächlich und sollten schnell heilen. Wegen des Blutverlusts aus der Halswunde sah es zunächst schlimmer aus. Sie haben schnell und klug gehandelt, Ma'am. Ich habe Powell noch etwas Laudanum für unseren Patienten gegeben, falls es benötigt wird. Wie ich Mr Harrington und seine körperliche Verfassung kenne, wird er bereits morgen wieder auf den Beinen sein. Ich komme gleich morgen früh, um nach ihm zu sehen.«

»*Morgen?*«, wiederholte Frances. »Er soll doch wohl gewiss nicht morgen schon wieder herumlaufen.«

»Nein.« Der Arzt lachte. »Aber ich zweifle daran, dass Sie ihn davon werden abhalten können. Es wird ihm nicht schaden, sich anzuziehen und aufzusetzen, solange er nicht versucht, seine normalen Tätigkeiten wieder aufzunehmen und zu riskieren, dass die Nähte wieder aufreißen. Versuchen Sie, ihn ruhigzustellen, wenn Sie können – auch wenn es nur wenige Tage sind.«

Portia spürte, wie sich ein grimmiges, entschlossenes Lächeln über ihr Gesicht ausbreitete.

***

Portia würde sich in den kommenden Tagen noch oft an dieses Versprechen erinnern.

Der Arzt hatte recht gehabt, sowohl was Stacys Verletzungen anging als auch damit, was er über dessen körperliche Verfassung gesagt hatte. Als Portia am nächsten Morgen zum Frühstück herunterkam, war

Frances gerade aus dem Zimmer ihres Neffen zurückgekehrt.

»Wie geht es ihm?«, fragte Portia.

»Er isst und beschwert sich zu ungefähr gleichen Anteilen.«

Portia lachte. »Ich denke, das klingt vielversprechend.«

Frances machte ein frustriertes und verzweifeltes Gesicht und schüttelte den Kopf. »Er sagte, er würde im Bett bleiben, bis Doktor Gates da war.«

»Das muss reichen, nehme ich an. Hat er Ihnen erzählt, was geschehen ist?«

Ihr Ausdruck wechselte von frustriert zu wütend. »Nein, und als ich ihn gefragt habe, konnten weder er noch sein Kammerdiener aufhören, zu lachen.«

»Lachen?«

»*Lachen.*«

Was zur Hölle hatte das zu bedeuten?

»Ich habe mit Jewell gesprochen«, sagte Frances, »aber aus ihm war auch nichts herauszubekommen. Er sagte, es wäre an Mr Harrington, die Geschichte zu erzählen.«

Es blieb noch genug Zeit für Spekulationen und Legendenbildung, bis Stacy endlich alle erlöste. Zwei Tage später erzählte er die Geschichte bei einer Dinnergesellschaft, die Frances gab. Außer ihnen dreien waren noch der Pfarrer und seine Frau – Mr und Mrs Lawson – und deren Sohn Jeremy zugegen, der in der benachbarten Gemeinde Stratton als Arzt tätig war. Jeremy war in Stacys Alter, und Portia hatte sich einige Male nach der Kirche mit ihm unterhalten. Er war unverheiratet, attraktiv und sympathisch, und sie hatte den Eindruck gehabt, als sei er mehrfach kurz davor gewesen, sie zu fragen, ob er sie begleiten dürfte. Sie war erleichtert, dass es dazu nie gekommen war, sonst wäre die Situation nun unangenehm. Obwohl sie Jeremy Lawson mochte, war er eben nicht Stacy.

Portia war also nicht überrascht, dass Jeremy, der für Stacy eher ein Bekannter war als ein Freund, darauf drängte, dass er mit der Wahrheit herausrückte.

»Also wirklich, Harrington«, sagte Jeremy mit einem herausfordernden Grinsen, »wollen Sie nicht endlich nachgeben? Wir sind alle schrecklich neugierig, was geschehen ist. Im Castle ist eine ganze Seite im Buch dem Rätsel gewidmet.« Er sprach von dem Wettbuch im Castle Inn, in das alle interessanten und weniger interessanten Geschehnisse in und um Bude Eingang fanden.

Stacy sah makellos aus wie immer. Die Krawatte verbarg seine Halswunde, und seine anziehend engen Pantalons ließen den dünnen Verband an seinem Bein kaum erahnen. Er sah Portia an und lächelte, wobei er sichtlich genoss, dass alle, sie ganz besonders, aufs Äußerste gespannt waren.

Portia verschränkte die Arme. »Ich weigere mich, zu betteln.« Dafür erntete sie laute Buhrufe von den übrigen Gästen am Tisch.

»Nun gut, nun gut«, sagte sie und seufzte übertrieben tief. »Würden Sie uns *bitte* erzählen, was geschehen ist, Mr Harrington?«

»Sind Sie sicher, Mrs Stefani?« Portia kniff die Augen zusammen und Stacy lachte und hob die Hand. »Also gut, wie Sie wünschen. Wie Sie alle wissen, waren es Wegelagerer. Wir hatten vier Pistolen, sie nur drei, und wir hatten etwas, womit sie nicht gerechnet hatten.« Er lächelte verschmitzt. »Nämlich mich.«

Portia stöhnte. »Ich bin mir nicht sicher, ob ich das hören möchte.«

»Ich auch nicht«, pflichtete ihr Frances bei.

Aber Stacy war, da er einmal angefangen hatte, nicht mehr aufzuhalten. »Jewell hielt die Kutsche an und übergab seine Waffe, Baker versteckte die andere Pistole unter dem Mantel, ebenso wie Freddie. Als die Räuber verlangten, dass wir den Schlag öffnen, versuchte Jewell sie zu überreden, es besser nicht zu tun. Wir hatten Glück, dass die Sonne fast verschwunden war. »Als die drei Männer schließlich drohten, alle zu erschießen, wenn wir sie nicht einließen, riss ich den Schlag auf und sprang aus der Kutsche. Ich hatte mein Haar zerzaust, um es so wild wie möglich aussehen zu lassen, und meine Brille abgenommen. Die armen Kerle hatten keine Chance. Wir hatten nur nicht bedacht, dass sie vor Angst mit dem Finger am Abzug zucken können.« Er hob die Schultern. »Der Mann, der mir am nächsten war, schoss aus Versehen auf seinen Kumpanen, die anderen schossen auf mich.« Stacy nahm einen Schluck Wein, und seine schwarzen Brillengläser glänzten im Kerzenlicht. Zu spät bemerkte er, dass der Einzige, der zufrieden lächelte, der junge Doktor war.

»Bist du *verrückt?*«, stieß Portia hervor, als sie ihre Stimme wiedergefunden hatte.

Stacy hob die Augenbrauen. »Nein, ich glaube nicht«, sagte er milde.

»Ich muss Portia zustimmen – du *bist* verrückt.«

Es war das erste Mal, dass Portia Frances wütend sah. Vielleicht war es auch das erste Mal, dass seine Tante

Stacy ihren Ärger gezeigt hatte, denn er öffnete überrascht den Mund, als er ihr gerötetes Gesicht und ihre funkelnden Augen bemerkte.

»Das war mehr als leichtsinnig, Stacy, und wir werden später noch darüber sprechen«, versprach sie.

Portia warf dem erschrockenen Mann einen strengen Blick zu und nickte. »Ja«, sagte sie und nickte noch einmal bedrohlich langsam. »Das werden wir.«

***

Es überraschte Portia nicht, dass Stacy darauf bestand, die Hochzeit wie geplant stattfinden zu lassen.

»Es ist unnötig, alles zu verschieben. Ich habe noch einige Tage, um mich zu erholen und kann hervorragend vor einer kleinen Gruppe Leute stehen und anschließend frühstücken.«

Tatsächlich aß er gerade Frühstück, als er diese Feststellung machte. Er sah von seinem beeindruckend gehäuften Teller auf und lächelte Portia an. »Ich dachte, vielleicht könnten wir beide heute Nanny besuchen.«

Portia öffnete den Mund.

»Die Wunde am Bein sieht man kaum mehr, und die am Hals ist schon fast verschwunden.«

»Das ist eine dreiste Lüge.«

Er schenkte ihr ein verschmitztes Lächeln. »Deine Naht ist wunderbar, Portia, aber denkst du, Daisy könnte vielleicht noch ein oder zwei Verzierungen anbringen?«

Porta musste gegen ihren Willen lachen. »Ich weiß nicht, was mit Daisy ist, aber Frances würde dich sicher gern am Bett festnähen.«

Er schnitt ein Stück Schinken ab und tunkte es ins Ei, sichtlich unbeeindruckt von der anhaltenden Verärgerung seiner Tante angesichts seines draufgängerischen Verhaltens. Bevor er das Essen in den Mund schob, machte er eine Pause. »Ich würde heute gerne Nanny besuchen. Würdest du mich begleiten?«

»Solltest du denn so weit laufen?«

»Es war der gute Doktor selbst, der mir riet, zu laufen.«

Portia war sich nicht sicher, ob er damit so einen weiten Spaziergang gemeint hatte wie bis zu Nannys Cottage.

»Ich werde meinen Gehstock mitnehmen. Wirst du mich begleiten, Portia?«

Er war es *tatsächlich* gewohnt, dass die Dinge nach seiner Nase gingen.

Zum Glück würden sie viele gemeinsame Jahre haben, um das wieder geradezurücken.

Jetzt allerdings gab sie nach. »Ja, das würde ich gerne.«

Stacy betrachtete mit Stirnrunzeln ihren Teller, auf dem nur trockenes Toastbrot lag und wandte sich an den Diener. »Haben wir Erdbeeren?«

»Die Köchin hat die letzten und sagte, sie wollte damit eine Tarte fürs Abendessen machen.«

»Frag sie, ob wir eine kleine Portion haben könnten und etwas Sahne.« Als der Diener gegangen war, wandte er sich an Portia. »Du musst etwas essen.«

Sie verzog das Gesicht und warf einen Blick auf den Teller; ihr war heute Morgen wieder schlecht gewesen, und das Essen auf dem Sideboard verlockte sie überhaupt nicht.

»Die letzten Beeren sind immer die besten«, setzte er hinzu, als ob die Sache damit entschieden wäre. Portia hatte Visionen davon, wie er auf ihr saß und sie zwang, Beere für Beere zu essen. Er sah ihren Blick und hob eine Augenbraue. »Was ist los?«

»Ich glaube, Sie setzen immer Ihren Kopf durch, Mr Harrington.«

Er lächelte, weigerte sich aber, sich geschlagen zu geben. »Sollen wir nach dem Frühstück aufbrechen?«

***

Portia zog ihr Promenadenkleid und Stiefeletten an, bevor sie sich zu Stacy in die Bibliothek begab. Er wartete bereits und nahm etwas aus der Schreibtischschublade. Sie zögerte und biss sich auf die Unterlippe; er wollte ihr noch etwas schenken.

Er sah ihr Zögern und schüttelte den Kopf. »Bitte sag, dass du nicht zu diesen leidigen Leuten gehörst, die glauben, dass sie keine Geschenke verdient hätten. Kommen Sie her, *Signora Stefani.*«

»Sie müssen aufhören, mir Geschenke zu machen, *Mr Harrington.*«

»Gib mir deine Hand«, verlangte er.

»Kennst du das Wort ›bitte‹ nicht?« Er überging die Frage und löste die zwei winzigen Knöpfe an ihrem Handschuh und zog ihn Finger für Finger ab. Er trug die Brille, die er für Spaziergänge benutzte, und sie hob die freie Hand und nahm sie ab. Sie starrte seine übertrieben langen Wimpern an, und Lust pulsierte durch ihre Adern wie ein reißender Strom. Sie spürte etwas Kühles auf den Ringfinger ihrer linken Hand gleiten und blickte darauf. Ein riesiger Diamant im Saphirschliff funkelte sie an.

»O Stacy, der ist wundervoll.« Sie sah auf und bemerkte, dass er sie mit seinen umwerfenden Augen betrachtete. »Und außerdem ist er gigantisch.«

»Danke.« Sein leichtes Lächeln war mehr als frech.

Portia errötete, sie liebte diese verspielt koketten Wortwechsel noch mehr als das teure Geschenk. »Hör bitte auf, mir so wundervolle Dinge zu schenken.« sie blickte auf ihre Hand hinab und bewegte sie hin und her, wobei der Edelstein das Sonnenlicht einfing und glitzerte. »Allerdings habe ich nicht vor, den wieder herzugeben«, murmelte sie.

Stacy fasste ihr Kinn mit seiner starken, warmen Hand und zwang sie, ihn anzusehen. »Ich habe ihn nicht gekauft, weil ich dich mag, Portia. Ich habe ihn gekauft, weil ich auf einen Kuss hoffte.«

»Was für ein ungehöriges Angebot, Mr Harrington. Ich fürchte, Sie werden noch ein paar Tage auf Ihren Kuss warten müssen.«

Nun hatte sie das Vergnügen, einen vollkommen neuen Ausdruck in seinem Gesicht zu sehen, einen Ausdruck völliger Überraschung, dass ihm versagt wurde, was er wollte, und dann warf er den Kopf zurück und lachte. Sie zog ihre Hand fort und klaubte den Handschuh vom Schreibtisch, dann brachte sie sich mit zwei Schritten auf sichere Distanz zu ihm.

Als sie die beiden Knöpfe wieder geschlossen hatte, sah sie auf und stellte fest, dass er sie mit einer

Intensität betrachtete, die ihren Körper dazu brachte, sich anzuspannen.

Seine violetten Augen brannten, und sie konnte sich gerade noch zurückhalten, ihn nicht gleich anzufallen. Aber sie hatte sich vorgenommen, dass er es sein sollte, der den ersten Schritt tat, wenn es wieder ums Anfallen ging.

»Sind Sie so weit, Mr Harrington?«, fragte sie in kühlem Ton und zog eine Augenbraue hoch. Er brauchte eine kleine Lehre, wenn er erwartete, dass sie immer treu ergeben um ihn herumscharwenzeln würde. Bloß weil sie an nichts anderes mehr denken konnte als an ihn, musste sie ja noch lange nicht all ihren inneren Impulsen nachgeben. Ihm zu widerstehen, war womöglich ebenso vergnüglich. Doch daran hatte sie ihre Zweifel.

***

Stacy ging auf seinen Stock gestützt neben Portia her, als sie in den Teil des Waldes kamen, der zu Nannys Cottage auf dem Hügel führte. Sein Bein war steif und zwang ihn dazu, langsam zu gehen. In geselligem Schweigen spazierten sie nebeneinander her, während er über eine Unterhaltung nachdachte, die sie kürzlich gehabt hatten. Von der Erkenntnis getrieben, dass er wirklich sehr wenig über Portia wusste, hatte Stacy sie nach ihren Freunden gefragt, den sechs Lehrern, die in ihrem Institut gearbeitet hatten.

Dass er einen Anflug von Eifersucht verspürt hatte, als er erfahren hatte, dass einer von ihnen, Miles

Ingram, ein gutaussehender junger Lord war, hatte ihn überrascht, und das eher unangenehm. Es erinnerte ihn an Kittys Warnung, als er sie zu ihrer Hochzeit eingeladen hatte. Vielleicht hatte sie recht, dass Portia nicht erpicht darauf war, seine verflossenen Liebschaften kennenzulernen. Wie konnte er verlangen, dass sie eine solche Situation hinnahm, wenn er schon eifersüchtig wurde, wenn sie ihm nur von einem Freund erzählte?

Stacy erfuhr eine Menge neuer Dinge über sich selbst, und nicht alle davon waren angenehm. Seine besitzergreifenden Gefühle für seine Braut waren unbequem. Solche Gefühle hatten ihn bisher nie geplagt, und seine Reaktion machte ihm deutlich, wie blutleer seine Gefühle für Penelope gewesen waren.

Er sah zu, wie Portia ein Gänseblümchen pflückte, das auf einem schmalen Streifen neben dem Pfad wuchs, der von der Sonne beschienen wurde. Sie steckte das Blümchen unter das Samtband ihrer Haube und sah zu ihm auf. »Na, wie findest du das?«

»Scheußlich«, log er.

Sie lachte und ging weiter. »Ich bin so traurig, dass meine Freundin Annis nicht kommen kann.«

»Ist das deine beste Freundin?«

»Nein, das wäre vermutlich Serena. Aber Annis ist so sanftmütig und süß. Ich dachte, sie würde vielleicht gern Jeremy Lawson kennenlernen.«

»Aha, du spielst die Kupplerin?«

»Vielleicht ein bisschen.« Sie seufzte.

Insgeheim hatte Stacy allerdings den Eindruck, dass Lawson etwas verliebt in Portia war. Stacy konnte es ihm nicht verübeln; er war ebenfalls ein wenig verliebt in sie. Vielleicht etwas mehr als ein wenig.

»Lawson ist ein sympathischer und fügsamer junger Kerl. Ich bin sicher, er findet eine Frau, die wild darauf ist, ihn zu formen, wenn er denkt, dass der richtige Zeitpunkt gekommen ist.«

Sie schnalzte mit der Zunge. »Bei Ihnen klingt das so romantisch, Mr Harrington.«

Romantisch? Stacy fand, dass er das nicht war.

»Du kennst ihn besser als ich, Portia, aber ich möchte meinen, Lawson hat genug Romantik in seinem Herzen für zwei. Er braucht eine Frau, die ist wie seine Mutter. Jemand Durchtriebenen.«

»Du findest *Mrs Lawson* durchtrieben? Sie erscheint mir so … sanftmütig und blass.«

»Du solltest nicht den Fehler machen, ihr unbestimmtes Auftreten so zu deuten, als wäre sie nicht gerissen. Mrs Lawson hat den Pfarrer im Griff wie ein Feldherr. Ich möchte meinen, der Pfarrer braucht das«, setzte er schnell hinzu.

Stacy allerdings brauchte es nicht. Obwohl Mrs Lawson eine charmante Dame war, hatte sie durchaus einen bedrohlichen Schimmer im Blick. Er sah jedenfalls lieber den Blick in Portias Augen: verliebt.

»Das klingt nach Kritik, *Mr Harrington*. Mögen Sie es nicht, wenn eine Frau ehrgeizig und intelligent ist?« Es schwang Provokation in ihrer Stimme mit, was ihm ein Lächeln entlockte.

»Sie missverstehen mich mit Absicht, *Signora Stefani*. Sie wissen ganz genau, dass ich beide Eigenschaften anerkenne und schätze – aber beide sind nicht dasselbe, wie beherrschen zu wollen. Nicht, dass ich

Durchsetzungsvermögen nicht zu schätzen wüsste, aber ich erwarte es nicht von einer Partnerin.«

»Nein, von dieser Eigenschaft hast du selbst im Überfluss.«

»Da stimme ich dir zu; ist das ein Problem für dich?«

Sie spitzte die Lippen, während sie darüber nachdachte. »Ich fürchte, meinem Temperament widerstrebt es oft, Befehle zu befolgen.«

Er legte die Hand auf ihren Arm, brachte sie dazu, stehenzubleiben und wartete, bis sie ihm in die Augen sah. »Ich denke nicht, dass ich dir Befehle erteile, Portia.« Dachte sie, er wäre eine Art Tyrann?

Sie warf ihm einen etwas misstrauischen Blick zu, als ob sie nicht ganz überzeugt wäre. »Und was ist, wenn wir uns in einer Angelegenheit nicht einig sind?«

»Dann würde ich versuchen, dich zu überzeugen.«

»Und wenn ich mich nicht überzeugen lasse?«

Stacy schwieg. Was würde er tun, wenn sie ihm nicht zustimmte?

»Ich denke, es käme darauf an, wie wichtig mir die Angelegenheit ist.«

Sie nickte kurz und setzte sich wieder in Bewegung.

»Portia«, sagte er und wartete, bis sie sich ihm wieder zuwandte, bevor er fortfuhr. »Wir werden heiraten, und ich möchte dich in jeder Hinsicht glücklich machen. Ich würde dir nie meinen Willen aufzwingen. Ich würde dich nicht unglücklich machen wollen.«

Ihre schön geformten Lippen kräuselten sich zu einem Lächeln. »Das weiß ich doch, Stacy. Ich denke, ich hätte dich warnen sollen, wie stur ich sein kann, bevor du um meine Hand angehalten hast. Mein Vater sagte immer, ich würde mich nicht einmal führen lassen, wenn man mich an die Kandare nähme.«

Das konnte Stacy sich gut vorstellen. Sie hatte mehr als einmal ihr Feuer gezeigt, zum letzten Mal in der Nacht, als er angeschossen worden war, mit der Art und Weise, wie sie seine Verletzungen behandelt hatte. Er war angeschlagen gewesen, aber nicht bewusstlos, und konnte sich daran erinnern, wie sie alle herumkommandiert und seine Wunden mit beeindruckender Effizienz behandelt hatte.

Er war sehr dankbar gewesen und würde es immer sein, aber dieser stahlharte Wille in ihr hatte ihm gezeigt, dass sie ihren eigenen Kopf hatte. Stacy wusste, dass es in seinem Leben nur wenige Gelegenheiten gegeben hatte, in denen jemand ihm seinen Willen versagt hatte. Sowohl seine Tante als auch Nanny hatten ihn als Knaben schrecklich verwöhnt, zweifellos, weil sie das Gefühl hatten, ihm seine Einsamkeit mit Nachsicht versüßen zu müssen. Doch auch wenn er es mochte, dass die Dinge nach seinem Willen gingen, war er dennoch kein Ungeheuer. Oder etwa doch?

Er machte einen Schritt auf sie zu. »Es ist richtig, dass ich der Herr auf Whitethorn bin, Portia, aber du wirst sehen, dass ich die Zügel nicht sehr fest im Griff habe.« Als sie errötete und sich auf die Unterlippe biss, wusste er, dass sie an Pferde dachte und die erste Nacht, in der sie sich geliebt hatten. Allein der Gedanke an jenen Abend ließ ihn hart werden. Und dieser Blick in ihren Augen, als sie zu ihm aufsah, entflammte ihn nur noch mehr.

Doch die schwache Stimme der Vernunft hielt ihn zurück: *Du hast dich schon genug danebenbenommen.*

Noch ein paar Tage, und du kannst sie haben, wie es sich gehört. Oder auch ungehörig – wie sie will.

Stacy zügelte sein Verlangen, legte ihr die Hand auf den unteren Rücken und schob sie sanft vorwärts, bevor er doch seinen Trieben nachgeben und sie gegen den nächsten Baum gelehnt nehmen würde.

Sie gingen schweigend weiter, sein Blick auf ihre Hüfte gerichtet, die verführerisch wippte. Er riss den Blick von ihrem Hintern los und zwang seine Gedanken in eine andere Richtung.

»Ich werde dir das Reiten beibringen«, sagte er, und bemerkte erst dann, wie herrisch er sich anhörte. Sprach er immer mit so einer arroganten Bestimmtheit? Er versuchte es noch einmal. »So wärest du in der Lage, die Gegend noch weit besser erkunden zu können als zu Fuß oder im Gig.«

»Ich würde sehr gerne reiten lernen. Ist es schwer?«

»Nicht für jemanden mit so einer natürlichen Anmut wie dich.«

»Du Schmeichler«, sagte sie, doch er konnte an ihrer Stimme hören, dass ihr seine Bemerkung gefiel.

»Mit einem guten Pferd ist es leichter, und es wird mir Freude machen, das richtige Pferd für dich zu finden.« Tatsächlich reizte der Gedanke Stacy sehr, zur Abwechslung *ihr* etwas beibringen zu können.

»Das heißt, ich kann nicht auf Geist reiten?«

Er lachte.

»Sie sind unmöglich, Mr Harrington. Vielleicht hätte ich auch kichern sollen, als Sie das erste Mal für mich Klavier spielten?«

Sie zogen einander weiter mit Bemerkungen über Klaviere und Pferde auf, bis sie zu der Anhöhe kamen, die auf das Cottage hinausblickte.

»Es ist so ein hübsches Haus, Stacy. Aber wäre es dir nicht lieber, wenn Nanny näher bei dir wohnen würde? Vielleicht auf Whitethorn?« Sie nahm den Arm, den er ihr bot, und sie stiegen den sanften Hügel hinab.

»Meine Tante glaubt, dass Nanny lieber allein wohnt.«

»Ich glaube, sie möchte vor allem in deiner Nähe sein.«

»Ach ja?« Die Wärme in ihrer Stimme erschreckte ihn. Brachte sie nur zum Ausdruck, was *sie* wollte? »Wir können sie natürlich fragen, ob sie gerne wieder nach Whitethorn kommen möchte.«

Just in diesem Augenblick kam Gerald Fant aus dem kleinen Schuppen an der Seite des Hauses gestürmt. Er sah wütend aus. Seine Frau stand in der Tür, die Hände in die Hüfte gestemmt, und sah ihm nach, bevor sie Stacy und Portia bemerkte.

Sie hob eine Hand zu einem verspäteten Gruß und glättete ihre Röcke, wobei sie noch einen letzten Blick auf ihren sich entfernenden Mann warf.

Was hatte das zu bedeuten? Er schüttelte die Frage ab. Wahrscheinlich nur ein Ehestreit, etwas, das er schon bald am eigenen Leib erleben konnte, wenn es stimmte, was seine Zukünftige über ihr leidenschaftliches Wesen gesagt hatte.

»Wir wollen Nanny besuchen«, rief Portia. »Wie geht es ihr heute?«

Die ältere Frau schenkte Portia ein steifes, leicht säuerliches Lächeln und knickste in Stacys Richtung. »Sie trinkt gerade Tee. Es ist etwas windig heute, also ist sie im Wintergarten.«

Nanny Kemble erwartete sie an der Haustür und umarmte Stacy, als ob sie ihn schon ein Jahr nicht mehr gesehen hätte. Er hielt ihren zerbrechlichen Körper in einer sanften Umarmung, dann löste er sich von ihr.

»Nun, Nanny, ich schätze, Sie haben mich vermisst?«

Sie drückte seinen Arm fest mit ihrer dünnen, klauenartigen Hand. »Ich dachte, Sie wären getötet worden. Miss Frances wollte nur sagen, dass es Ihnen gutgeht und mir nicht erzählen, was geschehen ist.«

Ihr Gesicht hatte diesen bitteren Ausdruck, den es immer annahm, wenn sie den Namen seiner Tante erwähnte. Stacy hatte nie verstanden, warum sie seine Tante so wenig mochte. Besonders, weil Frances diejenige gewesen war, die sie eingestellt hatte und alles in ihrer Macht Stehende tat, dafür zu sorgen, dass sie versorgt war und es bequem hatte.

»Ich denke, sie wollte Sie nicht aufregen, Nanny. Wie Sie sehen, geht es mir gut.« Er streckte die Arme aus und drehte sich, und sie lachte.

»Es ist so schön, dass Sie gekommen sind, um mich zu besuchen, Master Stacy, auch wenn Sie eigentlich zu Hause sein und sich ausruhen sollten«, tadelte sie.

»Da würde Signora Stefani Ihnen zustimmen, Nanny.«

Die alte Dame sah Portia liebevoll an. »Mit Signora Stefani haben Sie eine gute Frau gefunden.«

»Ich weiß, Nanny. Ich bin ein Glückspilz.« Er lächelte Portia zu, und dieses freche Weib schielte kurz, sodass Nanny es nicht sah. Die verspielte Geste berührte ihn mehr, als er erwartet hätte; wie wunderbar, eine Frau zu haben, die nicht nur eine Ehepartnerin, sondern auch eine Gefährtin, Freundin und Liebhaberin war.

Er wandte sich seiner alten Kinderfrau zu, ein wenig verwirrt von dem plötzlichen Aufwallen der Gefühle. »Kommen Sie, Nanny, ich brauche nach dem anstrengenden Weg eine Stärkung. Ich bin ein Verwundeter, doch Signora Stefani trieb mich erbarmungslos vor sich her.«

Als sie saßen und ihren Tee genossen, erzählte Stacy seiner alten Kinderfrau eine entschärfte Version der Ereignisse, die zu seiner Verwundung geführt hatten. Als sie die zweite Tasse getrunken hatten, bemerkte er, dass sie müde war und ihn mit einem ihrer Schützlinge aus der Vergangenheit verwechselte, indem er etwas von seiner Schwester Mary murmelte und wie sie alle Bonbons gegessen und sich dann im Salon übergeben hatten.

»Sie ist so eine liebenswürdige Dame«, sagte Portia, als sie den Rückweg antraten. »Ich wünschte, die Ärmste wäre nicht so verwirrt.«

»So geht es mir auch, aber zumindest scheint sie nicht darunter zu leiden. Ich glaube, meistens vergisst sie diese kurzen Ausfälle sofort wieder.«

»Kanntest du die Familie, bei der sie war, bevor sie zu dir kam?«

»Ich weiß nur, dass sie kaum ein Jahr mit Mr Kemble verheiratet war, bevor der arme Mann bei einem tragischen Unfall ums Leben kam. Sie war zu der Zeit schwanger, und der Schock führte zu einer Fehlgeburt.« Er schüttelte den Kopf. »Es ist schade, dass sie nie wieder geheiratet hat. Sie ist die Art Frau, die eigene Kinder braucht.«

»Aha, welche Art Frau ist das denn, Sir?«

Er lächelte sie an. »Die liebevolle Art.«

Der Ausdruck ihrer dunklen Augen war schwer zu lesen, und sie gingen schweigend weiter, beide in ihren eigenen Gedanken versunken.

Stacy fragte sich, was sie bezüglich ihrer Schwangerschaft empfand, das Kind eines Mannes zu tragen, den sie kaum kannte. Er fragte sich, ob sie schon darüber nachgedacht hatte, dass das Kind mit derselben Krankheit geboren werden könnte. Er musste das Thema irgendwann ansprechen.

»Hast du Schmerzen im Bein?«, fragte sie und riss ihn aus seinen Gedanken.

»Nein, überhaupt nicht«, log er. »Sie müssen magische Hände haben, Signora.« Er hielt eine jener magischen Hände in seiner, als sie einen Teil des Weges beschritten, der breit genug war, dass sie nebeneinander gehen konnten.

»Nein, Doktor Gates ist derjenige mit den Zauberhänden. Wenn du dich erinnerst, habe ich die fragliche Wunde nur gereinigt und dich zum Schreien gebracht.«

»Daran erinnere ich mich nur zu gut.«

Sie schauderte.

»Ist dir kalt?«

»Nein, ich habe mich nur erinnert, wie du ausgesehen hast, als sie dich in jener Nacht nach Hause brachten.« Sie hielt abrupt inne und sah zu ihm auf. Sie ergriff mit weit aufgerissenen Augen seine Hand. »Es war beängstigend, Stacy. Überall war Blut, und du sahst aus, als hätte ein wildes Tier dich angefallen.«

Stacy zog mit dem Finger die sanfte Kurve ihres Kiefers nach, die Sorge in ihrem Blick machte es schwer, zu schlucken; sie sorgte sich um ihn, jedenfalls ein bisschen. Vielleicht würde dieses Gefühl wachsen?

»Du hast sehr geistesgegenwärtig gehandelt, Portia. Das habe ich sogar in meinem geschwächten Zustand noch gemerkt.«

Sie drückte seine Hand so fest, dass es schmerzte. »Bitte tun Sie mir das nie wieder an, Mr Harrington. Beim nächsten Mal werde ich Ihnen eine Rechnung für meine Dienste ausstellen müssen.«

»Das werde ich mir merken.« Er küsste ihre Hand, und sie gingen weiter. »Sagen Sie, Signora Stefani, wieviel *verlangen* Sie dafür, dass Sie einen Mann zum Schreien bringen?«

Sie lachte, und die Stimmung war auf dem Rest des Weges deutlich gelöster.

Kapitel Vierzehn

Der Tag ihrer Hochzeit brach an, und es war herrlich sonnig und warm. Schade war nur, dass Portia den Tag damit begonnen hatte, sich in ihren Nachttopf zu übergeben. Als sie damit fertig war, den armseligen Inhalt ihres Magens von sich zu geben, läutete sie; an ihrem Hochzeitstag wäre es gerechtfertigt, das Frühstück in ihrem Zimmer einzunehmen. Nachdem sie ein kleines Frühstück und ein heißes Bad bestellt hatte, kletterte sie zurück ins Bett.

Als das Tablett gebracht wurde, konnte sie sogar essen, was sich darauf befand. Zusätzlich zum Toastbrot gab es Tee und ein Ei, etwas Schinken und noch mehr Beeren.

Daisy grinste sie an. »Der Herr hat die Köchin angewiesen, das Essen nach seinen Vorgaben zuzubereiten, Ma'am.«

»Er ist erst zufrieden, wenn ich fett bin wie eine Taube«, grummelte Portia und stemmte sich in eine sitzende Position. »Ich habe gehört, Männer sehen gern die eine oder andere Kurve.«

»Daisy!«, schalt Portia und lachte.

Ihre Zofe war wohl in einigen Dingen zu Scherzen und Freundlichkeit aufgelegt, aber was das Frühstück anbelangte, blieb sie unerbittlich.

»Sie müssen Ihr Frühstück aufessen, Ma'am, Sie haben einen langen Tag vor sich.«

Portia schaute das Essen verdrießlich an. »Ich nehme an, das ist ein Befehl.«

»Mr Harrington will nur Ihr Bestes.«

Portia wusste, dass das die Wahrheit war. Sie gab Daisys wohlmeinendem Drängen nach und aß alles bis auf den letzten Krümel.

Danach fühlte sie sich gestärkt genug, ihr gemütliches, warmes Bett zu verlassen. Nach dem Bad war sie so entspannt, dass sie Daisy erlaubte, sie wie ein Püppchen abzutrocknen, anzukleiden und zurechtzumachen.

Daisy erlaubte ihr nicht, in den Spiegel zu sehen, bevor sie ihr Werk vollbracht hatte, und Portia lächelte zufrieden ihrem Spiegelbild entgegen. »Sie haben mit diesem Tonklumpen wunderbare Arbeit geleistet.«

»Sie sehen aus wie ein Engel, Signora.«

Portia musste über diese unwahren Worte der Zofe lachen. »Hören Sie auf, Daisy, Sie bringen mich zum Weinen, und ich möchte nicht mit einer zugeschwollenen Nase und roten Augen vor den Altar treten.«

Als Portia kurz darauf die winzige, uralte Kirche betrat, sah sie nur eine Person: Stacy. Er war so umwerfend, dass es sie beinahe schmerzte, ihn zu betrachten. Er trug seidene Kniebundhosen im selben Elfenbeinton wie ihr Kleid, eine weizenfarbene Jacke, die sich eng um seine wunderbar breiten Schultern schmiegte, und eine Weste mit winzigen gestickten Rosen, die zu jenen auf ihrem Kleid passten.

Doch das Faszinierendste an seinem Ensemble war seine Brille. Anstelle seiner üblichen schwarzblauen Gläser waren diese heute rosa getönt und saßen in einer zierlichen goldenen Fassung.

Er war atemberaubend. Als sie näherkam, sah sie, dass die Gläser durchscheinend waren und sie seine Augen sehen konnte; er trug sie nur für sie. Er zwinkerte, und sie lachte.

Von der Zeremonie bekam sie kaum etwas mit, und es kam ihr vor, als wäre bloß ein Augenblick vergangen, bevor sie gemeinsam die kleine Kirche verließen und draußen beinahe von sämtlichen Dorfbewohnern begrüßt wurden.

»Ich möchte meinen, dass die Lawsons dafür verantwortlich sind«, sagte Stacy, als sie durch einen Blütenblätterregen tauchten und zur wartenden Kutsche gingen. Er half ihr in die offene Kalesche, nahm einen kastanienbraunen Samtbeutel von seinem Diener entgegen und warf einige Hände voll Münzen in die Luft, um die Menge abzulenken, bevor er neben sie kletterte.

Er gab ihr den Beutel, und auch sie warf eine glitzernde Hand Münzen in die Luft, als die Pferde sich begleitet von einem ohrenbetäubenden Getöse in Bewegung setzten.

Stacy beugte sich nah zu ihr und musste schreien, um den Lärm zu übertönen. »Jewell, Hawkins und Baker haben diesen Streich ausgeheckt wie kleine Jungs, und ich habe es nicht übers Herz gebracht, ihnen das Vergnügen zu verderben.« Sein warmer Atem kitzelte an ihrem Ohr und ließ einen angenehmen Schauer durch ihren Körper rinnen.

Er nahm ihre Hand und hob sie an die Lippen, die sich selbst durch die Handschuhe noch heiß anfühlten.

»Hallo, Mrs Harrington. Erwähnte ich bereits, wie wundervoll Sie heute aussehen?«

»Vielen Dank, Mr Harrington. Ist die Sonne nicht zu hell dafür?« Sie deutete auf die rosa getönte Brille, die er noch immer trug. Nur die Krempe seines Huts bot etwas Schatten.

»Die kurze Fahrt werde ich überleben.«

Portia fiel plötzlich etwas ein. »Verflixt!«

»Hast du etwas vergessen?«

»Ich habe ganz vergessen, mir die Blumen anzusehen. Frances und Mrs Lawson haben sich solche Mühe gegeben, sie zu arrangieren.«

»Dem entnehme ich, dass du nur Augen für mich hattest?« Er lächelte selbstzufrieden.

»Sie sind eitel wie eine Debütantin, Mr Harrington.«

Er lachte, und der tiefe, warme Klang ließ Pfeile des Verlangens durch ihren Körper schießen. War es falsch, dass sie am liebsten das Hochzeitsfrühstück übersprungen hätte und direkt zur Hochzeitsnacht übergegangen wäre?

***

Das Hochzeitsfrühstück dauerte allerdings fast bis zum Abendessen, und als die Gäste gingen, war es wieder Zeit zu essen. Dabei leistete ihnen nur Frances Gesellschaft, und Portia war etwas peinlich berührt, weil die andere Frau sich so offensichtlich beeilte und direkt nach dem Dessert das Speisezimmer verließ.

Stacy grinste sie über den Tisch an. »Denkst du, meine Tante hat wirklich etwas so Dringendes mit Soames zu besprechen?«

»Du hättest sie nicht necken sollen, Stacy. Eine rote Bete ist nichts gegen ihre Gesichtsfarbe.«

Er erhob sich, kam um den Tisch herum und reichte ihr seine Hand, um ihr aufzuhelfen. Seine Augen hinter den rosafarbenen Brillengläsern waren dunkel. »Ich würde viel lieber *Sie* necken, Mrs Harrington.«

Sie errötete unter seinem glühenden Blick und schluckte nervös; Portia liebte seine verspielte, liebevolle Seite, aber sie hatte sich noch nicht daran gewöhnt.

»Ich werde dir in unseren Gemächern Gesellschaft leisten, sobald ich meinen Portwein getrunken habe. Sagen wir in einer Stunde.« Auf seinen Lippen lag ein leichtes, selbstzufriedenes Lächeln, ein Lächeln, dass zeigte, dass es ihn amüsierte, sie warten zu lassen.

Sie hätte sich darüber ärgern sollen, aber es steigerte nur ihr Verlangen nach ihm. Dennoch zwang sie sich dazu, seinem heißen Blick spröde und kühl zu begegnen. »Vielleicht noch eine Viertelstunde länger.«

Sie knickste tief und hörte noch, wie er lachte, als sie den Raum verließ.

Sehr zu ihrer Freude wartete in ihren Räumen ein Bad auf sie.

»Mr Harrington hat es angeordnet, Ma'am.«

Portia lächelte. Also hatte er sie doch nicht quälen wollen, sondern war nur rücksichtsvoll. Wie dekadent, nicht nur einmal, sondern gleich zweimal am Tag zu baden. Er wusste, dass sie Schmerzen hatte. Derzeit schien jeder Muskel in ihrem Körper wehzutun, und er wollte den Schmerz lindern. Die Erkenntnis löste ein eigenartiges Sehnsuchtsgefühl in ihrer Brust aus; es war schon viel zu lange her, dass sich jemand um *sie* gekümmert hatte.

Portia ließ sich von Daisy aus dem Hochzeitskleid helfen, und sie stöhnte, als sie sich in das dampfende Wasser gleiten ließ. Sie blieb darin liegen, bis das Wasser abgekühlt war und wusch nicht die Haare, weil sie es bereits am Morgen getan hatte.

Danach zog sie ein Nachthemd an, das sie sonst kaum trug. Es war aus weißem Batist und mit Spitze gesäumt, die so fein war wie Spinnweben.

Daisy bürstete Portias Haar, bis es glänzte, und legte danach die Bürste auf den Frisiertisch. »Brauchen Sie sonst noch etwas, Mrs Harrington?«

Portia lächelte, als sie das flammend rote Gesicht des Mädchens bemerkte. »Nein, Daisy, das wäre alles für heute Abend.«

Daisy knickste und huschte aus dem Zimmer.

Sie war zu nervös, um ins Bett zu gehen, also erkundete sie ihre neuen Räumlichkeiten: die Suite der Hausherrin. Die Räume waren in beruhigenden Grüntönen dekoriert mit Wandbehängen aus cremefarbener Seide und smaragdgrünen Vorhängen. Sie waren doppelt so groß wie ihre vorherige Unterkunft, und das Bett war ein wuchtiges Himmelbett, das beim Betrachten ihren gesamten Körper kribbeln ließ.

Die Verbindungstür öffnete sich, und ihr Ehemann stand in der Tür, mit einem Morgenrock aus Seide in der Farbe seiner wundervollen Augen. Er schloss die Tür hinter sich, und Portia stand wie angewurzelt da. Ihr Herz pochte, und sie atmete flach, als sie den Anblick in sich aufsog. Er hielt eine Flasche und zwei Gläser, die er wortlos hochhielt, als er auf sie zukam.

Portia deutete auf das halbvolle Glas Milch auf dem Nachttisch, und er hob die Brauen. »Das hat Frances bringen lassen. Ich fürchte, selbst beim Gedanken an Wein wird mir übel.«

Er stellte die Gläser und die Flasche auf dem Nachttisch ab. »Ich werde es mir merken. Darf ich?« Er deutete auf die Milch.

Portia lachte. »Natürlich.«

Er nahm einen Schluck und verzog das Gesicht. »Dann leiden wir gemeinsam.«

»Magst du keine Milch?«

»Nein. Noch nicht einmal als Knabe.« Er stellte das Glas wieder ab, und ihre Blicke trafen sich. Als er die Hand ausstreckte und ihre Wange berührte, zitterte sie.

»Das ist ein hübsches Nachthemd«, murmelte er und fuhr mit dem Finger ihren Kiefer entlang und den Hals abwärts, bis er den ersten Knopf ihres hohen Kragens erreichte. »Aber ich würde gern deinen Körper sehen. Alles davon.«

Ihr Atem kam stoßweise, und ihre Finger machten sich an den Knöpfen zu schaffen, noch bevor er zu Ende gesprochen hatte. Er ließ seine Hände auf ihren Schultern ruhen und beobachtete sie still. Es erregte Portia, wie sich seine Pupillen weiteten, als sie die winzigen Knöpfe öffnete.

Als sie den letzten erreicht hatte, schob er seine Hände unter ihr Nachthemd und ließ es von ihren Schultern gleiten, sodass sie nackt vor ihm stand

»Grundgütiger!« Seine Stimme war belegt, und seine Hände näherten sich ihren Brüsten.

»So wunderschön«, murmelte er und streichelte mit den Fingern die harten Spitzen. Sie fühlte einen Stoß heißen Atems und dann das sanfte Saugen seiner Lippen und Zunge, als er eine ihrer Brustwarzen in den Mund nahm.

Sie stöhnte, beugte sich zu ihm und nahm seinen Kopf zwischen ihre Hände. »Ich brauche dich«, flüsterte sie, und all ihre guten Vorsätze, dieses Mal ihn den ersten Schritt machen zu lassen, verabschiedeten sich zum Fenster hinaus.

Er ließ ein tiefes, freches Lachen hören und biss in ihre Brustwarze, bevor er den Arm unter ihren Knien hindurchschob und sie hochhob.

»Dieses Mal werden Sie mich nicht zur Eile antreiben, Mrs Harrington.« Seine Lippen kräuselten sich zu einem spöttischen Lächeln. »Ich habe vor, mir Zeit zu lassen.«

»Du solltest mich nicht hochheben, Stacy. Du wirst noch die Naht aufreißen.«

»Psst. Das war jetzt bitte das letzte Mal, dass du diese Naht erwähnt hast, ja?«

Sein weißes Gesicht war streng und unbewegt, und sie schluckte. »Ja, Stacy.«

»Solch eine gute, gehorsame Ehefrau«, lobte er.

Sie schob ihre Hand zum V-Ausschnitt seines Morgenmantels, als er sie auf dem Bett ablegte. »Zieh ihn aus«, sagte sie in Imitation seiner Worte.

Er zog kurz an dem Gürtel und der Morgenrock glitt auseinander. Portia starrte. Seine spärliche Behaarung war so hell, dass sie die Wölbungen seiner Bauch- und Brustmuskulatur nicht verbergen konnte. Selbst die beiden Verbände lenkten nicht von seiner männlichen Schönheit ab. Sie freute sich, festzustellen, dass seine

Erektion so beeindruckend war wie in ihrer Erinnerung, und sie bewegte die Hand darauf zu.

Er hielt ihr Handgelenk fest und schob sie sanft zurück aufs Bett, bevor er den Morgenrock abstreifte. Die perfekt definierten Muskeln seiner Brust und Schultern wölbten und spannten sich.

»Lehn dich zurück.«

Sie seufzte, tat aber wie geheißen und beobachtete schweigend, als er ihre Beine auseinanderschob, sich zwischen ihre Schenkel kniete und über sie beugte. Sie brannte darauf, ihn ausgiebig zu betrachten.

»Du bist ein Gott«, sagte sie, ihre Stimme tief und scharf vor Verlangen. Sein Kiefer spannte sich an, und sein dicker Schaft zuckte, Lusttropfen traten aus dem Schlitz in der prallen, glatten Eichel. Portia lächelte beim Anblick dieses köstlichen Beweises seiner Erregung; er war so kurz davor, sich zu ergießen. Es bedürfte nur weniger Berührungen ihrer Hände.

»Und du bist eine Teufelin.«

Seine Worte lenkten ihren Blick von seiner Erektion ab. Er legte eine seiner großen Hände um ihren Hals und hielt sie sanft, aber fest aufs Bett gedrückt. Diese dominierende Geste war unglaublich erotisch, und sie spreizte die Beine weiter für ihn. Seine violetten Augen waren wie zwei schwarze Seen, als er seine freie Hand über ihre Brust und zwischen ihren Brüsten entlang bewegte, ohne ihre erregten Brustwarzen zu berühren. Er hatte ein klares Ziel und hielt nicht an, bis er das dunkle Dreieck zwischen ihren Beinen erreichte. Er teilte die geschwollenen Lippen und schob einen Finger hinein. Bei der plötzlichen Invasion drückte sie den Rücken durch, wollte mehr davon.

Sein Ausdruck war eine Mischung aus wildem Besitzanspruch und Hunger, und er hielt sie ohne Mühe fest, während er tiefer in sie stieß und seine Augen ihren Anblick in sich aufsogen, wie sie sich aufbäumte, wand und sich ihm entgegendrängte.

Portia stöhnte frustriert, als er langsamer wurde und sie wieder vom Gipfel wegführte.

»Bitte, Stacy.«

Doch er behielt den regelmäßigen, vernichtenden Rhythmus bei und lächelte dabei unbarmherzig, als er noch einen zweiten Finger hinzunahm und fester und tiefer stieß. Ihr Höhepunkt baute sich so überraschend und schnell auf, dass er ihr den Atem aus der Brust presste, und sie warf den Kopf zurück, hielt die Augen fest geschlossen und gab sich dem Unausweichlichen hin.

Portia hob ihre Hüfte seiner bewegungslosen Hand entgegen. Als er sie noch immer nicht bewegte, knurrte sie und kniff die Augen noch fester zu.

»Öffne die Augen und sieh mich an, Portia.«

Sie biss die Zähne aufeinander und zwang sich, zu gehorchen.

»Ja«, murmelte er, und nahm die quälende Bewegung seiner Hand wieder auf.

»Sieh deinem Mann zu, mein Liebling. Sieh zu, wie ich dich zur Ekstase bringe.«

Seine rauen Worte entflammten sie, und ihre Empfindungen explodierten. Ihr Körper bog sich so durch, dass sie das Gefühl hatte, ihre Wirbelsäule würde in der Mitte durchbrechen.

***

Stacy genoss ihre Lust ausgiebig, wie ein Nimmersatt, der das Mark aus einem Knochen saugt. Als ihr Zittern zu einem bloßen Zucken abebbte, zog er sich aus ihrem Körper zurück.

»Nein, nicht weggehen« Ihre Hand schnellte hervor wie eine Viper und schnappte nach seinem Handgelenk.

»Psst«, murmelte er und küsste ihre verkrampften Finger. »Ich gehe nicht weg.«

Mit einem Seufzer ließ sie ihn los, und Stacy schob seine Hände unter ihren Hintern, positionierte sich vor ihrer Öffnung und stieß hart in sie, füllte sie aus, während sich die Muskeln in ihrem Innern mit den letzten Ausläufern ihres Orgasmus um ihn herum fest anspannten. Ihr opulenter Körper war erhitzt und von einem dünnen, glänzenden Schweißfilm überzogen und er war so hart, dass es schmerzte. Wie sollte er sich zurückhalten, wenn ihr Körper so verdammt verführerisch war? Er grub seine Finger ins Fleisch ihrer Hüfte und zog sich langsam zurück, bevor er erneut in sie stieß, sein Körper zitterte, als er um Kontrolle rang.

Langsam und tief. Halte eine Ewigkeit durch.

Doch seine Hüfte ignorierte ihn und stieß so heftig zu, dass sie im Bett hochgeschoben wurde.

Sie lachte heiser. »Ja, Stacy.« Ihre Muskeln um ihn herum verengten sich, und weiße Sprenkel explodierten vor seinen Augen. Ein Seufzer der Frustration und des Verlangens entrang sich seiner Kehle, und sie sah mit verhangenen Augen zu ihm auf, während sie eine Hand zwischen ihre Körper zu der Stelle schob, an der sie vereinigt waren und ihn umfassten, während er sich in ihr bewegte.

Er erschauerte und pumpte in sie hinein, seine Finger gruben sich erbarmungslos in ihr Fleisch. »Willst du mich umbringen?«

Ihre Lippen kräuselten sich zu einem kecken Lächeln, und dann entließen ihre kunstfertigen Finger ihn und schoben sich stattdessen zwischen ihre Beine. Sie reizte sich selbst mit einer geübten, beinahe rücksichtslosen Effizienz, die ihm verriet, dass sie dies nicht zum ersten Mal tat. Der Gedanke, dass sie sich all die Wochen in ihrem Zimmer am anderen Ende des Flurs selbst befriedigt hatte, ließ einen Blitzschlag des Verlangens direkt von seinem Hirn in seine Lenden fahren, und die letzten Reste seiner Willenskraft lösten sich in Wohlgefallen auf wie das letzte Flackern einer ausgebrannten Kerze.

Er hielt nichts zurück, als er so tief er konnte wieder und wieder und wieder in sie tauchte, bis seine Gedanken vollkommen weggefegt waren und das Gefühl ihn vollständig verzehrte.

***

Portia schlang ihre Arme um seinen bebenden Körper und lächelte; diese Hochzeitsnacht war vollkommen anders als ihre erste. Anstelle von Ärger und Schuldzuweisungen hatte sie Ekstase jenseits ihrer kühnsten Träume erfahren. Noch nie in ihrem ganzen Leben war sie so glücklich gewesen. Er lag schwer, verschwitzt und heiß auf ihrem Körper, und sie liebte das Gefühl.

Sie leckte seine salzige Haut unter dem Halsverband, und freute sich, zu sehen, dass seine Wunde trotz der Anstrengung nicht wieder angefangen hatte, zu bluten.

Er lachte schwach. »Du versuchst *tatsächlich*, mich umzubringen.«

»Vielleicht, aber es wird Ihnen gefallen, Mr Harrington.«

Er rollte sich langsam von ihr herunter, sodass sein erschlaffendes Glied aus ihr rutschte. So auf der Seite liegend zog er sie enger an sich, sein Gesicht nur wenige Zentimeter von ihrem entfernt. Sie sahen einander in die Augen, und sie verlor sich in seinen. Sie waren einfach zu perfekt, zu außergewöhnlich. Sie konnte nichts über *ihn* erfahren, wenn sie hineinsah; es war, als ob man Juwelen betrachtete. Was verbarg sich hinter jenen umwerfenden Augen?

Er schob mit dem Finger eine Strähne ihres feuchten Haars hinter ihr Ohr. »Ich dachte immer, deine Augen wären schwarz, auch wenn ich weiß, dass das nicht möglich ist. Sie sind samtbraun mit einem sehr hellen goldenen Ring. Ich sehe auch, dass du eine Sommersprosse neben der Nase hast. Ist das die einzige?«

»Ich habe eineinhalb Sommersprossen.«

»Hast du?« Er betrachtete sie skeptisch. »Und wo ist die halbe?«

»Die musst du suchen.«

Er beugte sich vor, um ihre Sommersprosse zu küssen, und sie strich mit der Hand an seiner Seite aufwärts. Ihre Finger gruben sich dabei in die Muskelstränge, die seine Rippen bedeckten.

»Und Sie, Mr Harrington? Haben Sie Sommersprossen?«

»Nicht eine einzige.«

»Aber dafür hast du andere ... Dinge.« Ihre Hand wanderte wieder an seiner Seite abwärts. »Dinge, die ich nicht habe.«

Er hob eine Augenbraue und drehte die Hüfte, sodass sie eines dieser Dinge erreichen konnte. Seine Augenlider flatterten und schlossen sich, und er sog zwischen aufeinandergepressten Zähnen scharf die Luft ein, als sich ihre Faust um ihn schloss.

»Anscheinend mögen Sie das alte Ding, nicht wahr, Mrs Harrington?«, fragte er mit belegter Stimme.

»M-hm. Das ist weit besser als eine Sommersprosse, Mr Harrington.«

Ein seliges Lächeln spielte auf seinen Lippen. »Portia«, er sprach ihren Namen wie einen Seufzer. »Womit habe ich eine so perfekte Frau verdient?«

Ein Schauer lief bei diesen Worten über ihren Rücken. Sie konnte nur hoffen, dass er immer so empfinden würde.

Kapitel Fünfzehn

Als Portia erwachte, war das Bett leer. Sie setzte sich auf und sah auf die Uhr, stellte fest, dass es fast zehn war und ließ sich zurück ins Kissen sinken.

Sie sollte längst auf sein, denn die Party würde um zwei beginnen. Es war Stacys Idee gewesen, am Tag nach der Hochzeit eine Feier für seine Pächter und alle, die auf dem Anwesen arbeiteten, zu veranstalten. Portia wusste, dass er sich ihretwegen Mühe gab, geselliger zu sein, und sie war dankbar.

»Wenn wir ohnehin schon eine öffentliche Feier haben, können wir auch gleich den ganzen Ort einladen.« Dieser Vorschlag hatte sie allerdings stutzen lassen. Seine Pächter kannten ihn, aber die vielen Dorfbewohner bekamen ihn nur selten zu Gesicht, außer es gab eine Angelegenheit, die vor den Magistrat gebracht werden musste.

»Bist du ganz sicher, Stacy?«

Er hatte ihr eines seiner Beinahe-Lächeln geschenkt, die sie immer ganz wild vor Lust werden ließen. Besser gesagt, eines der vielen Dinge, die sie wild werden ließen.

»Ich möchte meine neue Frau vorführen.«

»Ich fürchte, deine neue Frau hat wenig Erfahrung darin, solche Dinge zu organisieren.«

»Frances kann es organisieren.«

Portia hatte versucht, zu helfen, aber die ältere Frau war so effizient, dass Portia nur im Weg gewesen war. Also hatte sie alles ihr überlassen, doch es gab noch eine Menge Dinge, die in den letzten Minuten noch getan werden mussten.

Sie gähnte und ließ eine Hand über ihren angenehm geschundenen Körper gleiten. Trotz ihrer guten Vorsätze hatte sie ihren unersättlichen Appetit auf ihn in der vergangenen Nacht nicht zügeln können. Es war jetzt zweifellos zu spät, ihre wahre Natur vor Stacy zu verbergen. Allerdings schien es ihm nicht gerade viel auszumachen. Im Gegenteil, für einen Mann, der aussah, als wäre er aus Eis gemeißelt, brannte die unersättliche Leidenschaft beinahe ebenso stark in ihm.

Ohne es zu wollen, musste sie an Ivo denken. Er hatte sich für den weltbesten Liebhaber gehalten, so wie jeder Mann in Rom, dem sie je begegnet war, aber in Wahrheit hatte er sich nur um sich gekümmert und war zu schnell gewesen.

Seinen Mangel an Talent im Schlafzimmer hätte Portia tolerieren können, wäre nicht Benedict zuvor ihr Geliebter gewesen. Der Engländer hatte ihr beigebracht, dass Frauen die körperliche Ertüchtigung im Bett genauso genießen konnten wie Männer, und vor allem häufiger. Er hatte ihr gezeigt, wie sie sich selbst und auch ihn befriedigen konnte. Portia wurde sich nun bewusst, dass er für einen Jungen seines Alters außergewöhnlich gewesen war.

Nicht so außergewöhnlich wie Stacy, aber schließlich war ihr Ehemann ja auch kein Junge.

Portia fragte sich, wie er seine Fähigkeiten erlernt haben mochte, und die Eifersucht schnürte ihr die Brust zu. Es war besser für sie beide, wenn sie über solche Dinge nicht lange nachdachte. Ohne Zweifel hatte er Geliebte gehabt, wie es für Männer seines Standes üblich war.

Nun, wo auch immer er diese Fähigkeiten erlernt hatte, er war im Schlafzimmer genauso großzügig und rücksichtsvoll wie überall sonst auch.

Die Tür öffnete sich, und Daisy erschien mit einem Frühstückstablett.

Portia bemerkte, dass sie nichts trug außer dem Laken, das sich um ihre Hüfte geschlungen hatte und beeilte sich, sich zu bedecken.

Daisy schien es nicht zu bemerken. »Guten Morgen, Ma'am.« Sie stellte das Tablett ab, holte Portias Morgenrock und reichte ihn ihr.

»Haben alle anderen schon gefrühstückt?«, fragte Portia und schlang den Gürtel um ihre Taille.

»Mr Harrington bestand darauf, dass man Sie schlafen lässt, und er hat dieses Frühstück für Sie bestellt.«

Portia schaute auf das Tablett, das mit mehr Essen beladen war, als sie in einem Monat hätte verdrücken können.

»Wir erwarten offenbar viele Gäste?« Sie knabberte ein Stück Toast, während Daisy Portias liebstes Tageskleid herauslegte, ein Kleid in Gold und Gelb, das sie immer an eine Narzisse erinnerte.

»O ja, alle werden kommen, Ma'am. Alle sind so versessen darauf, Sie zu sehen, und Mr Harrington. Und Whitethorn.«

»Hat Mr Harrington zuvor noch nie eine Party veranstaltet?«

»Nicht, solange ich hier bin. Er hat nicht viel Wert auf Gesellschaft gelegt, seit ...« Daisy brach ab und wurde rot.

»Seit was, Daisy?«

»Ach, nichts.«

»Nun kommen Sie schon. Sie sind meine einzige Informationsquelle in Bude. Seit was?« Es war unverschämt, seine Bediensteten nach Klatsch auszuquetschen, aber Portia konnte dem Drang nicht widerstehen. Wer außer Daisy würde ihr irgendetwas erzählen?

»Na ja, seit er um Miss Reynard geworben hat, die dann Sir Stephen geheiratet hat.«

Portia unterdrückte den Anflug von Eifersucht, der sie bei dem Gedanken an Stacys ehemalige Geliebte überfiel. »Sie wohnen irgendwo zwischen Bude und Stratton, richtig?«

»Ja, Ma'am.«

»Glauben Sie, Lady Watley und Sir Stephen werden kommen?«

»Meine Mutter sagt immer, Lady Watley ist die neugierigste Frau in ganz Cornwall.«

Portia lachte über den säuerlichen Ausdruck im Gesicht der sonst stets gut gelaunten Zofe.

»Dann werden sie wohl nicht widerstehen können, nach Whitethorn zu kommen.«

»Nein, sie werden Mr Harringtons Frau sehen wollen. Jeder in der Grafschaft weiß, wer Sie sind.«

Die Nachricht ließ Portia erschauern; sie war froh, den berühmten Namen Stefani hinter sich zu lassen. Es wäre ihr sogar noch lieber gewesen, wenn die Leute vergessen hätten, dass Ivo überhaupt existierte.

Portia und Stacy unterhielten sich mit den Lawsons, als eine vornehme Kutsche auf die lange Einfahrt gerollt kam.

»Aha. Sir Stephen und Lady Watley«, sagte der Pfarrer und bestätigte Portias Verdacht. »Dann gehen wir mal und lassen Sie Ihre Gäste begrüßen.«

Portia beobachtete interessiert, wie ihr Ehemann die Frau begrüßte, die er einmal hatte heiraten wollen. Penelope Watley war das Gegenteil von Portia: zierlich, blond, blauäugig und schön. Das Ungeheuer Eifersucht, das stets in der Nähe lauerte, grollte bedrohlich, als Stacy sich über die Hand der anderen Frau beugte. Er war kühl und höflich im Umgang mit der hübschen Blondine und ihrem recht grobschlächtig aussehenden Mann, nicht anders als gegenüber allen anderen.

Sir Stephen wandte sich lange genug von ihrem Mann ab, um Portia einen Blick zuzuwerfen, der ihr eine Gänsehaut verursachte.

»Meinen Glückwunsch, Mrs Harrington«, sagte er mit einem anzüglichen Lächeln und musterte sie von oben bis unten. »Sie sehen heute Morgen aus wie das blühende Leben.«

Seine Frau lachte gekünstelt, und Portia starrte ihn nur an. *Das* war der Mann, den Lady Watley Stacy vorgezogen hatte?

Für einige Minuten betrieben sie steif und höflich Konversation, bevor weitere Gäste ankamen und der Baronet und seine Frau weitergingen.

Kurze Zeit später, als sie allein waren, sah Portia zu ihrem außerordentlich schönen Ehemann auf und lächelte. »Wie ich hörte, war Lady Watley einmal meine Konkurrenz?«

»Absolut niemand könnte Ihnen Konkurrenz machen, Mrs Harrington.« Das sagte er mit tiefer Stimme und in intimem Tonfall, aber seine dunklen Brillengläser spiegelten, und ließen ihn unerbittlich, distanziert und boshaft wirken; überhaupt nicht wie den heißen, zärtlichen Liebhaber, dessen Nähe sie gestern Nacht mehr als einmal genossen hatte. Ihr wurde bewusst, dass diese Seite von ihm, seine leidenschaftliche Seite, nur ihr vorbehalten blieb.

Hitze sammelte sich unter ihrem Nabel und zwischen den Schenkeln, und sie schüttelte verärgert den Kopf darüber, wie sehr sie ihn begehrte. »Es ist gut, dass Sie heute diese Brille tragen, Mr Harrington.«

Seine Lippen kräuselten sich zu einem leichten Lächeln, und er wollte gerade etwas sagen, als Frances sich näherte. »Ich könnte Hilfe bei der Zusammenstellung der Krocket-Mannschaften gebrauchen.«

Er küsste Portias Wange. »Die Pflicht ruft, meine Liebste.«

Auch für Portia rief die Pflicht, und sie begrüßte über die nächste halbe Stunde mindestens fünfzig Leute. Sie wurde langsam müde, als sich eine kleine Lücke in der Prozession der Gäste ergab, also huschte sie zum Seitenausgang hinaus, wo die hohen Buchsbaumhecken ihr einen Rückzugsort von dem Gewühl verschafften.

Sie hatte sich gerade auf eine steinerne Bank fallenlassen und die Augen geschlossen, als sich Stimmen näherten.

»Also, sie entspricht nicht unbedingt meinen Erwartungen«, sagte eine weibliche Stimme. Als Antwort war tiefes, maskulines Lachen zu hören. »Man kann sie gewiss nicht mit *dir* vergleichen, Penny. Und Harrington? Herrgott! Der Mann ist eine Missgeburt. Natürlich habe ich ihn schon zuvor einmal gesehen, aber nie aus dieser Nähe. Er sieht aus wie eine lebendige Statue.«

»Du hast Glück, dass seine Augen bedeckt waren, Stephen.«

Portias Blut kochte bei diesen Worten, und sie erhob sich, bereit, um die Hecke zu marschieren und ihnen beiden ordentlich die Meinung zu sagen. Doch was sie nun hörte, ließ sie innehalten.

»Ich kann immer noch nicht glauben, dass du ihn erst letzte Woche aus einem Bordell hast kommen sehen«, sagte Lady Watley, und ihre Stimme tropfte nur so vor Selbstgefälligkeit.

Portia war wie festgefroren.

»Vollkommen frech bei hellem Tageslicht«, bestätigte Sir Stephen. »Kitty Charrings Etablissement in Plymouth.«

»Ich möchte nicht wissen, woher du einen solchen Sündenpfuhl kennst, Stephen«, schalt seine Frau, und ihre Stimme wurde leiser, als sie sich entfernten.

»O Penny, du musst dir doch um so etwas keine ...«

Den Rest konnte Portia nicht mehr verstehen, aber sie hatte bereits genug gehört. Stacy hatte ein Bordell in Plymouth besucht? Sie hatte sich bereits gewundert, warum es vier Tage gedauert hatte, eine Heiratslizenz zu bekommen.

Sie schluckte mehrfach, und es fühlte sich an, als hätte sie zerstoßenes Glas heruntergewürgt.

Noch ein Mann, der Geliebte hatte, noch bevor sie verheiratet waren? Wie konnte ihr dasselbe noch einmal passieren? Wie?

***

Für den Rest des Nachmittags vermied Portia es, mit ihrem Mann allein zu sein. Sie wollte nicht in seiner Nähe sein, bis sie nicht diese tobende Wut unter Kontrolle gebracht hatte. Sie hoffte, dass sie sich nichts hatte anmerken lassen, aber später, als sie Krocket spielten, konnte sie nicht anders, als gehässige Genugtuung zu empfinden, als sie seinen Ball so fest getroffen hatte, dass er fast bis zum Waldrand rollte.

Jeremy Lawson kam zu ihr und flüsterte in ihr Ohr.

»Schon Ehekrach, meine liebe Portia?«

Portia hatte gelacht, was ihr einen fragenden Blick von ihrem Mann beschert hatte, bevor er losgegangen war, um seinen Ball zu suchen.

Als die letzten Gäste endlich überredet werden konnten, zu gehen, war es bereits dunkel und Portia erschöpft. Außerdem war sie wütender als je zuvor.

Sie hatte gerade noch einen letzten Nachzügler verabschiedet und die Tür geschlossen, als Stacy sich ihr zuwandte. »Du musst erschöpft sein, meine Liebe. Warum gehst du nicht schon hinauf ins Bett, und ich lasse die Köchin ein Tablett hochschicken? Du solltest dich heute Abend wirklich etwas ausruhen.« Er hauchte einen Kuss auf ihre Wange, und sie konnte sich gerade noch zusammenreißen, ihn nicht wegzustoßen.

Portia lächelte knapp. »Ja, ich denke, du hast recht – Ich bin tatsächlich müde. Gute Nacht, Mr Harrington.« Ohne auf eine Antwort zu warten, ließ sie ihn stehen und stürmte die Treppe hinauf in ihre Räume, wobei sie ihre Zimmertür so heftig aufriss, dass ihre Zähne klapperten und Daisy erschrocken zusammenfuhr.

»Ich werde mich selbst ausziehen.«

Ein kurzer Blick auf Portias bitterböses Gesicht reichte, und Daisy nahm Reißaus.

Portia zog sich nicht aus. Stattdessen begann sie, im Zimmer auf und ab zu gehen, wobei sie sich mehr und mehr in Rage brachte. Als sie hörte, wie sich drei Stunden später Stacys Zimmertür schloss, war sie beinahe blind vor Wut. Als sie auf der anderen Seite der Verbindungstür nichts mehr hören konnte, riss sie diese auf, ohne sich mit Anklopfen aufzuhalten.

Er lag im Bett, die Decke bis über die Taille hochgezogen, sein Oberkörper frei. Er hielt ein Buch in der Hand, und eine Lesebrille saß auf seiner perfekten Nase. Er schaute zur Tür, die an der Wand abgeprallt war, und dann zu Portia.

»Du lässt mich *ausruhen*?«, giftete Portia.

Seine Augenbrauen schossen in die Höhe, er legte das Buch zur Seite und nahm die Brille ab.

»Guten Abend, Portia.«

»*Portia*! Pah! Tu doch nicht so.« Zorn tobte in ihrem Schädel wie tosende Brecher im Ozean und ersäufte den winzigen Teil ihres Verstandes, der ihr riet, ihre Gefühle unter Kontrolle zu bringen.

»Lass mich raten, du bist wütend wegen irgendetwas.«

»Wie verdammt aufmerksam!«

Seine schönen Gesichtszüge versteinerten. »Erhebe nicht deine Stimme gegen mich.«

»Bist du in Plymouth in ein Bordell gegangen, als du dorthin gefahren bist, um unsere Hochzeitslizenz zu besorgen?«

Er zuckte zusammen, als hätte sie ihn geschlagen. »Wie bitte?« Er sprach langsam und deutlich, seine Stimme frostig.

Rücksichtslos überging Portia seinen eisigen Ton und Blick. »Vielleicht muss ich mich deutlicher ausdrücken. Wann hast du zuletzt mit einer Prostituierten geschlafen?« Sie äffte seinen Tonfall nach, indem auch sie jedes Wort betonte.

Seine Augen verengten sich zu gefährlichen roten Schlitzen. »Ich muss Sie bitten, diesen Ton bei mir zu unterlassen, Ma'am.«

»Und ich muss Sie bitten, meine Frage zu beantworten, *Sir*.«

»Das fällt mir überhaupt nicht ein.«

Eine vernichtende Woge des Zorns spülte über sie hinweg. Portia erkannte das Gefühl, obwohl es eine Weile her war, dass sie zuletzt so empfunden hatte: in ihrem letzten Streit mit Ivo. Blanke Wut hatte sie fest in ihrem eisernen Griff; sie musste etwas werfen, zerschlagen, jemanden verletzen.

Ihr Blick huschte über seinen Körper und durch den übrigen Raum. Das Zimmer war fast ganz weiß: weiße Seidenbehänge an den Wänden, eine weiße Tagesdecke, elfenbeinfarbene Teppiche auf dem dunklen Holzboden. Das Bett war ein riesiges Himmelbett aus Mahagoni, das aussah, als ob es aus einem alten Spukschloss stammte. Und wie er mit vor der Brust verschränkten Armen dalag, sah ihr Ehemann wie ein wütender, überheblicher Gott aus, der drauf und dran war, einen aufmüpfigen Menschen zu disziplinieren. Portias Blick fiel auf den Schrank neben ihr, wo eine hölzerne Statue stand. Ihre Hand bewegte sich darauf zu.

Wie der Blitz war er aus dem Bett aufgestanden und hatte ihren Arm gepackt, als ihre Finger sich um das hölzerne Wurfgeschoss schlossen.

»Nein.« Seine Stimme war wie mit Eis überzogenes Eisen. »Das wirst du nicht.« Er umklammerte ihr Handgelenk so fest, dass sie die Statue loslassen musste. Ihre rechte Handfläche schoss auf sein Gesicht zu, und wieder hatte er die Bewegung vorausgeahnt und hielt auch ihr anderes Handgelenk fest. Er sah mit feurigen violetten Augen auf sie herab, und ein Muskel in seinem angespannten Kiefer zuckte. »Was habe ich getan, dass du glaubst, ich wäre zu solch einem Verhalten fähig? Du tust mir *gewaltig* unrecht.«

Portia konnte an seinen Worten hören, dass er die Wahrheit sagte, sah es in seinen Augen, aber die Eifersucht hatte ihre brutalen Krallen in sie geschlagen und drückte unbarmherzig zu, bis sie nur noch daran denken konnte, wie er mit irgendeiner unbekannten Frau zusammen war, zwei schöne Menschen, die sich in inniger Umarmung im Bett wälzten. Ein raubtierartiger Laut entrang sich ihrer Kehle, und sie warf sich auf ihn und presste ihren Mund auf seinen.

Er erwiderte ihren Angriff mit ebensolcher Wildheit. Es war kein Kuss, es war auch kein Liebesspiel. Es war eine Schlacht: Es war das ungezügelte Verlangen, zu beherrschen, zu unterdrücken und zu verzehren.

Etwas in ihrem Innern begann, sich aufzulösen, als er seine Zunge wieder und wieder in ihren Mund schob. Portia konnte ihm nicht widerstehen und wollte es auch nicht.

Sie ließ seinen Hals los und ließ sich an seinem Körper hinab auf die Knie gleiten. Sie nahm seine lange, harte Erektion in den Mund und unterwarf ihn sich in der einzigen Weise, die sie kannte.

Er stöhnte. »Guter Gott, Portia!« Er legte die Hände auf ihren Kopf, und seine Finger krallten sich in ihre Haare.

Sie schloss die Augen und bearbeitete ihn so unablässig, dass er vollkommen vergessen musste, dass er je eine andere Frau gehabt hatte. Sie würde ihn ebenso mühelos zu ihrem Sklaven machen wie er sie.

Ihr Kopf war wie leergefegt, da war nichts mehr außer dem Drang, ihn zu besitzen und zu kontrollieren, ihn zu ihrem Eigentum zu machen.

Es hätte eine Minute oder auch eine Stunde sein können, als schließlich sein Körper zu zittern und zu erschaudern begann. Sie strengte sich noch mehr an, ließ ihn tief in ihren Hals gleiten und trieb ihn so über den Rand der Selbstkontrolle hinaus.

»Portia«, keuchte er, und versuchte, sich ihrem Mund zu entziehen.

Portia schlug seine Hand zur Seite; sie wollte ihn ganz – sie brauchte ihn ganz. Als er selbst tiefer stieß, grub sie ihre Finger in seine Hüfte und zog ihn noch tiefer, bis sie nicht weiter konnte. Jeder Muskel in seinem Körper spannte sich an, und er stieß ein von reinem animalischen Verlangen getriebenes Geräusch aus, sein Schaft schwoll an und zuckte, und schließlich entlud er sich tief in ihr.

Portia schwelgte in dem Gefühl, ihn auf diese Weise brechen zu können, ihn zu bearbeiten, bis er nichts mehr zu geben hatte. Erst dann zog sie sich zurück und ließ ihn los, sank nach vorne und schnappte nach Luft. Ihre Lungen brannten. Es dauerte eine Weile, bevor sie zu ihm aufsehen konnte.

Mit glasigem Blick schaute er auf sie herab, sein Mund leicht geöffnet, während seine Brust sich hob und senkte, als ob er gerannt wäre. Er schüttelte den Kopf, dann nahm er sie in die Arme und half ihr auf die Füße.

»Portia.«

Sie wandte sich um und weigerte sich, ihn anzusehen.

Sie hasste ihn.

Sie liebte ihn.

***

Stacy hatte das Gefühl, als wären alle rationalen Gedanken aus seinem Kopf gewichen, als er ihr auf die Füße half: Verdammte. Hölle. Sie brannte nicht nur, sie war *selbst* das Feuer.

Sie wollte ihn nicht ansehen, und eine Welle heißer Scham überrollte ihn. Er hatte sich gerade in ihren Mund ergossen, hatte so tief in sie gestoßen, dass er ihre Kehle gespürt hatte. Er kniff die Augen zu, als ob er so sein ungezügeltes Verhalten auslöschen könnte; wieder einmal hatte er sie härter genommen als je eine Prostituierte.

Er musste sich entschuldigen; er musste ihr versichern, dass dies nicht wieder geschehen würde.

Er versuchte, sich zurückzuziehen, aber sie hing an ihm. »Es tut mir leid, Portia.«

Sie hielt ihn nur fester.

»Portia, sieh mich an.« Er konnte die Erschöpfung in seiner Stimme hören. Es war eine lange Woche gewesen.

»Nein.«

Müde musste er über den trotzigen Klang lachen, griff nach ihrem Kinn und zwang sie aufzusehen. »Es tut mir leid, ich hätte niemals ...« *Herrgott, wie sollte man dieses Verhalten nennen, das er vor einem Augenblick an den Tag gelegt hatte?*

»Ich wollte es so.«

Bei der unerwarteten Antwort blinzelte er und sah den störrischen Ausdruck in ihrem Gesicht, einen Ausdruck, der ihn herausforderte zu sagen, dass er es nicht genossen hatte.

Nun, vielleicht würde er sein rüpelhaftes Verhalten ein anderes Mal ansprechen müssen. Er hielt ihren Blick. »Auch wenn ich den zweiten Teil dieses leidenschaftlichen Intermezzos sehr genossen habe, ich verstehe noch immer nicht, warum du so wütend auf mich bist.«

Sie biss die Zähne fest aufeinander, sodass er Muskeln und Sehnen unter der Haut erkennen konnte.

Stacy seufzte. »Ich weiß nicht, was du heute gehört hast, aber ich habe mit keiner Prostituierten geschlafen, als ich in Plymouth war. Seit ich dich kenne, war ich mit keiner anderen Frau zusammen. Du willst doch wohl nicht wütend über etwas sein, das ich getan habe, bevor wir uns kannten, oder?«

Überrascht zog sie die Brauen hoch.

»Portia?«, bohrte er nach, als sie noch immer nichts sagte. »Bist du wütend über Dinge, die ich getan habe, als wir uns noch nicht begegnet waren?«

»Nein.« Allerdings klang sie, als ob sie es wäre.

Stacy hätte sie erwürgen mögen. Stattdessen nahm er sie in den Arm, küsste ihr wild zerzaustes schwarzes Haar und atmete ihren vertrauten Duft ein. Brennender Lavendel. »Du bist Frau genug für mich«, murmelte er und lachte. »Mehr als genug; ich will keine andere.«

Er merkte, dass sie sich wand und ließ sie los.

Sie sah ihn mit einem verletzten und verschämten Blick an.

»Ich bin eine eifersüchtige Frau.«

Stacy konnte kaum rechtzeitig verhindern, dass er überrascht losprustete.

»Ich habe dich vor der Hochzeit gewarnt«, sagte sie. »Wenn ich an dich und eine andere Frau denke, möchte ich etwas werfen. Oder jemanden verletzen. Am liebsten dich.« Sie schenkte ihm ein gequältes Beinahe-Lächeln und stieß ihn mit ihren starken Pianistinnenhänden gegen die Brust.

»Ich habe nicht vor, mit irgendeiner anderen Frau zusammen zu sein als mit dir. Ich glaube an Treue. Ich denke, das hätte ich dir sagen sollen, aber ich dachte, du weißt es.« Er starrte sie an, nicht sicher, woher diese Leidenschaft kam oder was er sagen könnte, um sie zu beruhigen.

»Dreh dich um«, sagte er schließlich und machte sich an der lästigen Knopfleiste ihres Kleides zu schaffen.

»Warum hat Daisy dir nicht beim Entkleiden geholfen?«

»Ich war zu wütend.«

»Hm.« Er beschloss, das Thema ruhen zu lassen, bis er sie nackt und im Bett hätte, wo das Einzige, das sie ihm entgegenschleudern konnte, ihr Körper war.

Er befreite sie von Korsett und Strümpfen und legte sie unter die Decke, bevor er die Kerzen löschte und zu ihr unter das Deckbett kroch. Sie schmiegte sich an ihn, und ihr Körper fühlte sich wunderbar weich und warm an.

»Warum wolltest du mich heute Nacht nicht, Stacy?«, fragte sie und gähnte.

»Ich will dich immer, Portia. Es ist sogar recht störend, wie oft ich daran denken muss, mit dir ins Bett zu gehen.« *Und darüber hinaus peinlich.* »Aber du trägst mein Kind, und du sahst erschöpft aus. Ich wollte dich, aber ich habe versucht, ein rücksichtsvoller Ehemann zu sein und kein brünstiges Tier.«

»Ich will ein brünstiges Tier.«

»Jetzt?«

»Nein. Jetzt möchte ich schlafen. Aber ich werde dich später wollen. Später heute Nacht«, betonte sie und gähnte abermals herzhaft.

Er grinste in die Dunkelheit. »Nun gut, dem werde ich gerne nachkommen. Aber vergiss nicht, dass du es warst, die nach einem brünstigen Tier verlangt hat.«

»M-hm.«

Stacy hörte ihrem regelmäßigen Atmen zu und konnte sich erst entspannen, als sie eingeschlafen war.

Zur Hölle noch einmal. Noch nie war er jemandem wie ihr begegnet. Ein Teil von ihm war begeistert, dass sie so besitzergreifend war und so an ihm hing. Doch ein anderer Teil war verunsichert. Er hatte sich an ein wohlgeordnetes, ruhiges Leben gewöhnt. Er hatte eine solche Tiefe der Leidenschaft nicht gekannt, bevor er sie traf. Er hatte Sex immer genossen, aber er hatte sich von der Lust nie verzehren lassen. Portia verzehrte ihn.

Er streichelte ihr Haar und starrte in das dunkle Zimmer, zu erschöpft, um zu denken und zu angespannt, um zu schlafen. Sie hatte beinahe wahnsinnig ausgesehen, als sie in sein Zimmer gestürmt war, als ob sie vorhatte, ihn zu töten. Er hatte verdammtes Glück, dass sie ihre Leidenschaft lieber darauf verwandte, ihn zu befriedigen, als ihn zu erwürgen.

Stacy lachte schwach und hielt sie fest; *Gott stehe dem bei, der ihren wahren Zorn auf sich zieht.*

Kapitel Sechzehn

Am Morgen nach ihrem ersten Ehestreit schenkte Stacy Portia ein Pferd, eine zierliche schwarze Stute, die sie sofort *Dainty* nannte.

Sie umarmte ihn stürmisch und bedankte sich. »Ein schwarzes Pferd, Mr Harrington?«, neckte sie und bedeckte sein Gesicht mit Küssen.

»Wenn du so weitermachst, muss ich noch meine Brille abnehmen und mit den Wimpern klimpern, und dann wirst du nie Reiten lernen.« Er küsste sie auf die Seite der Nase, direkt auf ihre Sommersprosse.

»Ich kann bereits reiten«, murmelte sie und erinnerte ihn an das zweite Mal, als sie sich an diesem Morgen geliebt hatten.

Sein Griff wurde fester. »Mmm, Mrs Harrington.«

Sie lachte und stieß ihn weg. »Ich möchte trotzdem erst meine Unterrichtsstunde.«

Stacy grunzte und rückte sein bestes Stück zurecht.

Am Ende der ersten Woche fühlte sie sich sicher genug, um ihn auf einem seiner Ausritte zu begleiten, und am Ende der zweiten konnte sie bereits galoppieren, zumindest ein kurzes Stück.

Jetzt, einen Monat später, hatte sie sich ihren bisher längsten Ausritt vorgenommen. Stacy nahm sie mit, um das Cottage eines Pächters zu inspizieren, das am äußersten Ende seiner Ländereien lag. Sie hatten einen Picknickkorb dabei, denn Portias morgendliche

Übelkeit war kürzlich einem unersättlichen Appetit gewichen, als ihr Körper nachzuholen versuchte, was er in den Wochen der ständigen Übelkeit versäumt hatte.

In der vergangenen Woche hatten sie endlich Frances und Nanny von der Schwangerschaft erzählt – allerdings nahmen sie an, dass die beiden Frauen die Wahrheit ahnten. Wenn sie einen Verdacht hegten, so zeigte keine der beiden Frauen Missfallen daran.

Portia war erleichtert, dass sie ihren Zustand nicht mehr verbergen musste, und der heutige Ausflug war eine wunderbare Gelegenheit, das zu feiern. Doch als sie sich dem Cottage der Humbolts näherten, stellte sie fest, dass sie an ihre Grenze kam, was das Reiten anging. Stacy bemerkte ihre Erschöpfung bereits vor ihr.

»Ich hätte nie so einen langen Ritt vorschlagen sollen.«

»Es ist gut. Ich werde das schon schaffen.«

Er half ihr von Dainty herunter, und sie glitt auf eine Weise an seinem festen Körper hinab, dass er lächeln musste.

»Nicht hier«, murmelte er und gab ihr einen Klaps auf den Hintern, als auch schon Mr und Mrs Humbolt erschienen.

Stacy begrüßte das ältere Ehepaar in seiner ruhigen, würdevollen Art und lächelte die rundliche, etwas aufgeregte Frau an.

»Dürfte ich Sie bitten, meine Frau mit hineinzunehmen und sie zu nötigen, sich auszuruhen, Mrs Humbolt? Sie ist in anderen Umständen, aber möchte nicht glauben, dass ihr Ehemann sich mit diesen Dingen auch nur die Spur auskennt.«

Damit hatte er genau den richtigen Ton getroffen, und die ältere Frau plusterte sich bei seiner Bitte stolz auf. Stacy lächelte triumphierend, und Portia warf ihm einen bösen Blick zu, als sie ins Haus geführt wurde, um ein Stück Kuchen zu essen und etwas von Mrs Humbolts Stärkungstrunk zu kosten.

Zugegebenermaßen war sie dankbar, sich in der Kühle des Hauses ausruhen zu können, denn es war über den Tag sehr warm geworden. Sie verbrachte etwas über eine halbe Stunde in der angenehmen Gesellschaft der Frau, die hocherfreut war, ihr in lebhaften Einzelheiten die Tücken des Geburtsvorgangs zu schildern, da sie ihn selbst neunmal erlebt hatte. Als Stacy kam, um sie zu holen, hätte Portia schreien können.

Die beiden Männer tranken ein Glas des hausgemachten Weins, während sie über die Reparatur des Daches sprachen, und es dauerte noch eine Viertelstunde, bis Stacy sich erhob und die Humbolts bat, sich verabschieden und seine Frau nach Hause schaffen zu dürfen.

Portia knurrte frustriert, als sie dem strahlenden Paar zuwinkten und davonritten.

Stacy lachte.

»Sie sind boshaft, Mr Harrington. Ich habe eine gute halbe Stunde damit verbracht, mir die grausamsten Geschichten anzuhören, die ich je gehört habe.«

Sofort verschwand sein Lächeln. »Geburtsgeschichten? Das tut mir leid, Portia, darüber habe ich nicht nachgedacht.«

»Ach was. Ich ziehe dich doch nur auf. Ich habe allerdings wieder einen Mordshunger. Ich habe drei Stücke Teekuchen gegessen, aber ich fühle mich noch immer, als hätte ich ein Loch im Bauch. Ich werde bald so dick sein wie eine Kuh.«

Er lachte. »Es gibt eine schöne Stelle ungefähr eine halbe Stunde voraus, wenn du so lange warten kannst.«

»Gerade noch.« Doch als sie die kleine Waldlichtung sah, die Stacy für sie gefunden hatte, war sie froh, gewartet zu haben. »O Mr Harrington, wenn ich es nicht besser wüsste, würde ich glauben, Sie hätten Hintergedanken.«

Er half ihr vom Pferd, küsste sie fest auf den Mund und band den Picknickkorb los. »Ich habe Hintergedanken, Mrs Harrington. Aber Sie sollten erst etwas essen. Was ich vorhabe, braucht Energie.«

Eine Dreiviertelstunde später stellte Portia nach Atem ringend fest, dass er nicht übertrieben hatte.

»Das war wundervoll.« Sie lag auf dem Rücken und blickte in den wolkenlosen Himmel, während die letzten Wellen ihres Höhepunkts abebbten. Stacy kam langsam unter ihrem Rock hervorgekrochen, strich ihre Kleider glatt und legte sich an ihre Seite.

»Ich glaube, ich habe meine neue bevorzugte Weise gefunden, mich vor der Sonne zu schützen, Mrs Harrington«, sagte er, als er mit einem glücklichen Seufzer neben ihr auf die Decke sank.

»Ich bin eine schrecklich faule Ehefrau, Stacy. Ich kann kaum die Augen offenhalten. Wie egoistisch von mir.« Ein herzhaftes Gähnen unterbrach ihre Rede.

»Keine Sorge, mein Liebling. Ich werde heute Nacht von dir bekommen, was ich will. Mach ein Nickerchen, während ich zusammenpacke.«

***

Portia war bereits eingeschlafen, noch bevor er zu Ende gesprochen hatte. Stacy räumte den Rest ihres Picknicks in den Korb und ging zum Rande der Lichtung, um sich eine seiner Zigarren zu gönnen, weit genug entfernt, damit er sie nicht mit seinem Rauch belästigen würde.

Er hatte gerade die ersten Züge genommen, als er Gerald Fant und einen weiteren Mann sah, die sich auf der Straße näherten, die nach Bude führte. Er wollte sogleich aus dem Schatten der Bäume treten und sie begrüßen, als ihre lauten Stimmen zu ihm herüberwehten. Es klang, als hätten die beiden Männer eine Meinungsverschiedenheit, also blieb er, wo er war. Die Straße führte an Stacys Versteck am Waldrand vorbei, und bald schon konnte er die Männer genau verstehen.

»Reden Sie mit Ihrer Ladyschaft. Ich werde die Angelegenheit nicht mit jemandem wie Ihnen besprechen«, rief der Fremde. Er hatte einen überdeutlichen Akzent, möglicherweise Französisch oder Spanisch, und er gestikulierte wild und ausladend, was sein Pferd nervös machte.

»Sie werden verdammt noch einmal tun, was ich sage, oder Sie bekommen nichts«, rief Fant mit seinem eigenen breiten Akzent.

Der andere Mann stieß etwas aus, das wie ein langer Schwall Beschimpfungen klang, und Stacy erinnerte sich, dass er in der Nacht, als er angeschossen worden war, etwas Ähnliches von seiner Frau gehört hatte. Der Mann sprach Italienisch. Zumindest *fluchte* er auf Italienisch.

»Ich will die Hälfte *jetzt*«, verlangte er, außer Atem vom Schreien.

»Sie werden bezahlt, wenn die Frau weg ist, nicht eine Sekunde eher, genau wie Sie es versprochen haben. Und wenn Sie nicht beide verschwunden sind, bevor ...« Mehr konnte er nicht verstehen, denn die beiden Männer verschwanden um die Kurve.

Stacy starrte die verlassene Straße an, ein ungutes Gefühl wand sich wie eine Schlingpflanze durch seinen Körper. *Was zur Hölle hatte das alles zu bedeuten?* So, wie es sich anhörte, jedenfalls nichts Gutes. Er paffte seine Zigarre und dachte über die seltsame Szene nach, deren Zeuge er soeben geworden war. Gleich morgen früh würde er zu Nanny gehen und fragen, ob Fant den Mann mit zum Cottage genommen hatte. Wenn ja, war das der perfekte Grund, das Paar zu entlassen und Nanny zurück nach Whitethorn zu holen, wie Portia vorgeschlagen hatte.

Portia schlief noch immer, als er zur Decke zurückkehrte. Stacy hätte sie nicht auf einen solch langen Ausritt mitnehmen sollen. Er würde das Reiten bald sogar allgemein einschränken müssen. Es war für eine Frau in ihrem Zustand zu gefährlich. Sie sah so friedlich aus, und er weckte sie höchst ungern, aber sie mussten jetzt aufbrechen, wenn sie bis zum Abendessen auf Whitethorn sein wollten.

Es dauerte eine Weile, bis Portia ihre Schläfrigkeit abgeschüttelt hatte, aber er wartete gern; er wollte sichergehen, dass sie alle Sinne beisammen hatte, wenn sie im Sattel saß.

Als sie die Lichtung verließen, erinnerte sich Stacy an Fants ausländischen Gast und dachte darüber nach, ob sie ihn je bei Nanny gesehen hatte. Aber er schüttelte den Gedanken ab; schließlich hätte Portia einen Fremden gewiss erwähnt, vor allem, wenn es sich um einen Italiener handelte.

***

Gleich nach dem Essen begleitete Stacy Portia zu ihrem Zimmer. »Du musst dich ausruhen«, sagte er und läutete nach Daisy. Dieses Mal widersprach sie nicht.

»Komm heute Nacht zu mir, Stacy«, murmelte sie an seiner Brust, und schmiegte ihren weichen, sinnlichen Körper an seinen.

»Du brauchst Schlaf, Liebes.« Er streichelte ihr Haar, und konnte nicht widerstehen, die Haarnadeln herauszuziehen und die glänzenden schwarzen Locken hinabfallen zu lassen.

»M-hm. Komm trotzdem zu mir.«

Er massierte leicht ihre Schläfen, und sie schnurrte und rieb sich an ihm, sodass er hart wurde und seine guten Vorsätze zerstört wurden.

»Nun gut, ich werde bei dir schlafen. Aber glaube nicht, dass du mich verführen kannst, irgendetwas sonst zu tun.«

»M-hmm.«

Er wandte sich um, als sich die Tür öffnete. »Bringen Sie sie bitte sofort ins Bett und stellen Sie sicher, dass sie vor dem Schlafen ein Glas warme Milch trinkt.«

Daisy grinste. »Jawohl, Mr Harrington. Ich kümmere mich darum.«

241

In der Bibliothek erwartete ihn ein Stapel Post. Er hatte so viel Zeit mit seiner neuen Braut verbracht, dass er seine Geschäftsangelegenheiten vernachlässigt hatte. Heute Abend würde er so viel wie möglich davon abarbeiten, während sie schlief.

Er hatte den halben Stapel durch, als er auf einen Brief stieß, der in einer sehr dünnen, alten Handschrift verfasst war. War er vom Earl of Broughton? Stacy runzelte die Stirn, als er den Namen las. Wo hatte er den Namen zuvor gelesen? Das Schreiben war kurz und unterzeichnet mit Viscount Pendleton, also kein Earl. Der Viscount schrieb, er sei am Donnerstag in der Gegend und bat um Erlaubnis, Stacy besuchen zu dürfen. Der Brief hatte Whitethorn schon vor einigen Tagen erreicht, und morgen war bereits Donnerstag. Vielleicht würde der Mann jetzt nicht kommen, da Stacy nicht geantwortet hatte? Er hob die Schultern. Wie dem auch sei, er hatte nichts dagegen einzuwenden, ihn zu empfangen, eigentlich war er sogar etwas neugierig.

Es war bereits fast drei Uhr, als er zu Bett ging. Er zog sich selbst aus, weil er Powell zuvor weggeschickt hatte. Als er in Portias Zimmer kam, war sie damit beschäftigt, zu lesen.

»Stacy.« Sie lächelte ihn an, legte das Buch zur Seite und schlug die Decke auf, um ihn willkommen zu heißen.

Ihre offenkundige Freude, ihn zu sehen, ließ seinen gesamten Körper pulsieren. Er beugte sich vor, um die Kerze zu löschen, aber sie hielt ihn ab.

»Nein, lass sie an, bitte. Ich möchte zusehen, wie du dich ausziehst.«

Er blickte in ihr gespannt wartendes Gesicht, und das Atmen fiel ihm schwerer. Als er seinen Morgenrock ablegte, wanderte ihr Blick abwärts, ihr Mund öffnete sich, und er hörte sie einatmen, was ihn immer hart – beziehungsweise in diesem Falle noch härter – werden ließ.

Er stieg neben ihr ins Bett, und ihre warmen Arme umfingen ihn.

»Ich konnte ohne dich nicht schlafen«, murmelte sie in seinen Nacken.

»Aha? Ich mache dich also schläfrig?« Er umfasste ihren Kiefer und zog sie an sich, um sie ausdauernd zu küssen. »Seltsam, aber du hast die gegenteilige Wirkung auf mich.«

Sie schob die Hand zwischen seine Beine und er sog scharf den Atem ein. »Was habe ich Ihnen eben noch gesagt, Mrs Harrington?«, schalt er, obwohl seine Hüfte sich bewegte.

»Dass ein Schieferdach in diesem Klima das haltbarste ist?« Ihre Stimme klang gedämpft, als sie unter der Decke verschwand.

Er lachte und rang nach Luft. »Sie sind sehr ungezogen, Mrs Harrington.«

»Ja, ich weiß.«

Und dann zeigte sie ihm, wie ungezogen sie genau war.

***

Am nächsten Morgen hatten sie gerade das Frühstück beendet und Portia sammelte ihre Siebensachen zusammen, um mit dem Gig in die Stadt zu fahren.

»Bitte nimm Daisy mit, meine Liebe«, murmelte Stacy gedankenverloren, als er von seinen Papieren aufsah.

Sie lachte. »Ich brauche keine Eskorte, um in die Stadt zu fahren.«

»Gestern habe ich gemerkt, wie schnell du müde wirst. Ich hätte gerne, dass dich jemand begleitet, wenn du ausfährst, nur falls du Hilfe benötigst.«

»Ich bin nicht aus Glas.«

Er nickte amüsiert. »Trotzdem, nimm Daisy mit.«

Trotzige Zornesfalten bildeten sich in ihrem Gesicht. »Ist das ein Befehl, Stacy?«

»Muss es einer sein, Portia?« Sofort bereute er den verärgerten Tonfall. Aber er *war* verärgert, verärgert, dass sie nicht sehen wollte, dass er das nur zu ihrer eigenen Sicherheit tat.

Er unterdrückte den Ärger und versuchte es erneut. »Ich wäre beruhigter, wenn du jemandem erlauben würdest, dich zu begleiten.«

Ihr Kiefer mahlte, als ob sie auf einem Knorpel herumkaute. Schließlich nickte sie. »Nun gut.«

Stacy war ziemlich erleichtert. Er wollte zwar nicht mit ihr streiten, aber er wollte auch nicht unter der Fuchtel stehen, in ständiger Angst etwas zu sagen, das sie verärgern könnte. »Vielen Dank für dein Verständnis, Portia.«

Sie küsste ihn auf die Wange und flüsterte in sein Ohr: »Vielen Dank, dass Sie so um mein Wohlergehen besorgt sind, Mr Harrington.«

Nachdem sie gegangen war, legte Stacy die Zeitung beiseite. Er würde daran arbeiten müssen, wie er seine Wünsche anbrachte, oder sie würden ständig streiten. Man musste sie vorsichtiger anfassen, als er gedacht hatte. Der Gedanke überraschte ihn. Anfassen? Ging er so mit Menschen um, indem er sie wie Aufgaben behandelte, die man bewältigte? Er schob die Frage beiseite. Wenn er so mit ihr umging, dann nur zu ihrem Besten.

***

Portia und Daisy kehrten aus der Stadt zurück und fanden eine elegante Reisekutsche im Hof vor.

Soames öffnete die Tür, noch bevor sie die oberste Stufe erreicht hatten.

»Wem gehört denn die, Soames?«

»Viscount Pendleton, dem Erben des Earls of Broughton. Der Familienname ist Harrington, Ma'am«, fügte er hinzu, offenbar erfreut über die Verbindung seines Arbeitgebers zu einem solch illustren Besucher.

Portia war neugierig, was ein Viscount hier suchte, aber sie konnte wohl kaum uneingeladen in die Unterredung der beiden Männer hineinplatzen.

»Ich bin auf meinem Zimmer, falls Mr Harrington nach mir fragen sollte.«

Als sie ihre Räumlichkeiten erreichten, verbrachten Portia und Daisy eine halbe Stunde damit, ihre Garderobe zu durchsuchen und einige Kleidungsstücke auszusuchen, die Daisy ändern könnte, um Portias wachsendem Umfang gerecht zu werden.

Doch auch nachdem sie damit fertig waren, blieb die Tür zur Bibliothek, in der die beiden Männer miteinander sprachen, geschlossen. Also entschied Portia, zu Nanny zu gehen und ihr das Klöppelgarn zu bringen, um das sie gebeten hatte. Sie hatte gehofft, mit Stacy zum Cottage gehen zu können, aber sie wusste nicht, wann er Zeit haben würde.

Soames war nirgends zu finden, aber Daisy wusste, wo sie hinwollte, also zog Portia die Handschuhe an und schaute zum sich verdunkelnden Himmel auf. Sie überlegte, ob sie warten sollte, bis die Wolken vorbeigezogen waren, entschied aber, dass sie es noch vor dem Regen schaffen würde, wenn sie sich beeilte.

Portia lief zügig durch den dichtesten Teil des Waldes, als die ersten Regentropfen sie trafen. »Verflixt!«, murmelte sie. Stacy hatte ihr ein uraltes, verfallenes Cottage gezeigt, das nicht weit entfernt vom Weg lag, und sie raffte die Röcke und lief dorthin, wobei sie über Baumstümpfe und herabgefallene Äste stolperte. Es war doch weiter, als sie in Erinnerung hatte, und ihr Umhang war trotz des schützenden Blätterdachs nass. Einen Augenblick glaubte sie, die Stelle verwechselt zu haben, aber dann sah sie eine Steinmauer und ein Stück moosbewachsenes Dach hinter ein paar hohen Bäumen hervorblitzen. Der Regen prasselte nun heftig herunter, als sie um die Ecke des Gebäudes lief und sich unter dem Stück Dach unterstellte.

Sie hielt inne; in einer kleinen Grube rauchte ein Feuer, und Bettzeug und Kleidung hingen über einem alten Tisch in der Ecke gegenüber. Jemand wohnte hier, und der Kleidung nach zu urteilen, war es ein Mann.

Portia wollte fortlaufen und rannte in etwas hinein:
etwas Warmes, Hartes und Menschliches.

247

Kapitel Siebzehn

Stacy starrte den hochgewachsenen blonden Mann an, der ihm gegenübersaß. »Zwillingsbruder?« Er wiederholte es zum dritten Mal.

Viscount Pendleton nickte zum dritten Mal.

Stacy lachte, war allerdings nicht amüsiert. »Sie werden mich entschuldigen müssen, wenn ich ziemlich skeptisch klinge.«

Robert Harrington, der Viscount Pendleton, hob die Hand.

»Sie müssen sich nicht entschuldigen. Mir ging es nicht anders, als ich es zum ersten Mal hörte.«

Er ließ die Finger gedankenverloren durch sein dichtes blondes Haar gleiten. »Ich fürchte, ich habe das alles etwas ungeschickt angepackt. Vielleicht sollte ich noch einmal ganz vorne beginnen?«

»Das sollten Sie vielleicht. Möchten Sie etwas trinken?«

»O Gott, ja.«

Nachdem sie beide einen guten Schluck aus ihren Gläsern genommen hatten, begann Robert Harrington seine Erzählung.

»Unsere Mutter war Victoria Standish, die zweite Frau des Earls of Broughton, unseres Vaters. Die erste Frau des Earls hatte ihm drei Töchter geschenkt und starb, als die Mädchen in ihren frühen Zwanzigern waren. Exakt ein Jahr später heiratete der Earl erneut.

Unsere Mutter war jünger als die Töchter des Earls, gerade einmal siebzehn, wohingegen unser Vater dreiundfünfzig war. Ein Jahr später wurden wir beide geboren. Ich war der Erstgeborene und siebzehn Minuten später kamen Sie zur Welt. Unsere Mutter starb in jener Nacht.« Er trank sein Glas aus, und Stacy füllte ungefragt nach.

»Ich fürchte, unser Vater ist ...« Er verzog das Gesicht. »Nun, lassen wir uns sagen, er ist ein Mann mit begrenztem Verständnis. Als er Ihren ... äh ... Zustand sah, wandte er sich an die Familie unserer Mutter und konfrontierte sie deswegen. Unser Großvater, das einzige lebende Elternteil unserer Mutter, gab zu, dass er gewusst hatte, dass die Möglichkeit bestand, dass seine Tochter ein Kind mit diesem – ähm – Leiden gebären könnte.« Er nahm einen weiteren Schluck. »Er gab zu, dass sein Bruder, der als Kleinkind im Alter von einem Jahr verstorben war, ausgesehen hatte wie Sie.« Er runzelte die Stirn und starrte auf den Boden, wobei er unablässig das Glas in der Hand drehte.

Stacy konnte nicht umhin, sich zu fragen, warum der Mann so nervös war. Oder war es nur sein Anblick, der den Viscount beunruhigte wie so viele andere?

Pendleton fuhr fort. »Unser Vater war wütend. Er warf unserem Großvater vor, seinen Stammbaum sabotiert und die Abstammung der Harringtons in Gefahr gebracht zu haben und all so einen Unsinn.« Er sah Stacy gequält an. »Ich habe das erfahren, als ich unseren Großvater zur Rede stellte.« Er musste Stacys überraschten Ausdruck bemerkt haben. »Ja, er lebt noch.« Er schnaubte.

»Schließlich ist er jünger als unser Vater. Er ist ein ziemlicher Taugenichts, der seine Tochter über Spielschulden verschachert hat, von denen er in den vergangenen dreißig Jahren noch mehr angehäuft hat.« Er seufzte schwer. »Die Entscheidung unseres Vaters, Sie zu verbannen, war widerwärtig, und ich bin tiefst getroffen und wütend, dass ich nie die Gelegenheit hatte, meinen Bruder kennenzulernen, einmal ganz davon abgesehen, was er Ihnen angetan hat. Er ist jetzt alt, beinahe neunzig. Er beharrt nach wie vor darauf, dass er richtig gehandelt hat und glaubt, ich hätte nicht die Tochter eines Dukes heiraten können, wenn man von Ihrer Existenz gewusst hätte.« Verbittert verzog er den Mund. »Meine Frau ist die Tochter des Dukes of Rotherham. Mein Vater glaubt, dass diese wichtige Verbindung sein Verhalten rechtfertigt.« Sein bitterer Ton ließ erahnen, dass er anders darüber dachte.

Stacy starrte den Mann, seinen Bruder, an und wusste nicht, wo er anfangen sollte und ob er überhaupt anfangen *wollte*. Er hatte fünfunddreißig Jahre ohne einen Vater gelebt; einen Vater, der ihn abgelehnt hatte wie ein missgebildetes Kalb.

Warum sollte er sich jetzt mit ihm befassen? Er sah den Fremden an, der ihm gegenübersaß und sah aufrichtigen Schmerz in dessen Blick. Auch Robert Harrington hatte das Verhalten ihres Vaters verletzt, vielleicht nicht so sehr wie Stacy, aber dennoch hatte er gelitten.

»Sie haben nicht erzählt, wie Sie all das herausgefunden haben«, sagte Stacy.

Er hätte es nicht für möglich gehalten, aber Robert sah sogar noch unglücklicher aus. »Mein Vater hat es mir kürzlich erzählt, als er, ähm ...« Er hustete, und sein Gesicht unter der gesunden Sonnenbräune verdunkelte sich. »Es wäre vielleicht einfacher, wenn wir Frances hereinbäten.«

Stacy fühlte sich, als hätte er einen Schlag ins Gesicht erhalten. »Woher zum *Teufel* kennen Sie meine Tante?«

Robert Harrington starrte auf den Boden, als ob er alle Kraftreserven verbraucht hätte, die er mitgebracht hatte. »Rufen Sie sie einfach herein.«

Stacy knirschte mit den Zähnen, aber er läutete. Die Männer mussten nicht lange warten, und Frances erschien, als ob sie bereits darauf gewartet hätte.

»Stacy«, sie eilte auf ihn zu und hielt inne, ihr besorgter Blick flatterte zu dem zweiten Anwesenden. »Hast du ihm alles erzählt, Robert?« Sie faltete die Hände, als ob sie beten wollte und sah von Pendleton zu Stacy.

Stacy ließ ein hässliches, bellendes Lachen hören. »Was zur Hölle geht hier vor?«

Seine Tante, oder wer auch immer sie sein mochte, zuckte zusammen, ob wegen des Fluchens oder seines Tonfalls, wusste Stacy nicht, und es war ihm auch einerlei.

»Ich habe ihm noch nicht alles erzählt, Frances.«

Stacy ließ sich in den Stuhl fallen, und es war ihm gleich, dass Frances noch stand. »Woher kennt ihr einander?« Er betrachtete die Frau, von der er stets geglaubt hatte, sie sei seine einzige lebende Verwandte. »Wer zum Teufel bist du?«

Sie flog an seine Seite und sank neben seinem Stuhl nieder. »Es tut mir so leid, Stacy, so *unglaublich leid.* Ich wollte es dir schon seit Jahren erzählen, aber Vater hat es verboten. Ich habe dich nie belügen wollen.« Tränen wallten in ihren Augen auf und rollten ihre Wangen hinab, als sie seine Hand ergriff.

Stacy sprang auf die Füße und entzog sich ihrem Griff. Er war gleichermaßen verwirrt wie wütend und abgestoßen. Er deutete auf den Stuhl neben dem Viscount.

»Setz dich.« Sein Kopf fühlte sich schwer und heiß an; seine Gedanken waren vollkommen durcheinandergeraten. Wer war diese Frau? Sie war sein Leben lang das Fundament gewesen, auf dem er alles aufgebaut hatte, und sie sollte ihn fünfunddreißig Jahre lang belogen haben? *Fünfunddreißig Jahre.*

Stacy ertrug es nicht, sie anzusehen und wandte sich wieder seinem Bruder zu. »Vielleicht hätten Sie die Güte, Ihre Geschichte zu beenden, Mylord.«

Pendleton warf Frances Tate – oder wer auch immer sie war – einen Blick zu und wandte sich wieder Stacy zu. »Frances ist die älteste Tochter des Earls aus seiner ersten Ehe. Wir haben noch zwei weitere Schwestern: Mary und Constance.«

Stacys Verstand versuchte, aufzunehmen, was dieser Mann, sein Bruder, sagte. Er sah seine ... *Schwester* an, aber sie starrte auf den Teppich, während Tränen auf ihre im Schoß gefalteten Hände hinabfielen.

Und noch etwas fiel ihm ein. »Moment. Woher kennen Sie sie?« Er wirbelte herum zu seiner Tante – Schwester –, bevor Robert antworten konnte. »Du hast den Kontakt zu ihnen gehalten?« Seine Stimme zitterte vor Wut und Unglauben. Frances bedeckte ihr Gesicht und schluchzte.

»Auf Vaters Verlangen besucht sie uns mehrmals im Jahr. Ich dachte immer, sie lebt zusammen mit einer verwitweten Freundin in Cornwall.«

Stacy lachte bitter auf. »Aha. Die verwitwete Freundin, die du immer besuchst.« Sein Kopf dröhnte. Sie hatte ein Doppelleben geführt, und er hatte es nie geahnt. Er war dumm gewesen, ein bemitleidenswerter Idiot.

Frances streckte die Hand aus, als wollte sie ihn berühren, und Wut tobte wie tosende Wellen in ihm und ließ seinen Blick verschwimmen, als er begann, die Schwere ihrer Täuschung und ihres Betrugs zu begreifen.

»Ich denke, es wäre das Beste, wenn du mit Lord Pendleton fährst, wenn er uns verlässt.«

Sie erhob sich und machte einen Schritt auf ihn zu. »Stacy, ich wollte es dir sagen«

»Du hattest verdammt noch mal fünfunddreißig Jahre Zeit, um mir die Wahrheit zu sagen, Frances.« Er starrte in ihre vertrauten blaugrauen Augen, die er früher geliebt hatte, und war noch wütender und verletzter als je zuvor in seinem Leben. »Du kannst direkt anfangen zu packen.«

Sie schluchzte bemitleidenswert auf und stolperte zur Tür.

»Sie sind grausam«, sagte der Viscount, als sich die Tür hinter ihr geschlossen hatte. »Sie hat nur getan, was Vater ihr befohlen hat. Es war Frances, die mir schließlich die Wahrheit über Sie erzählt hat. Sie konnte es nicht mehr ertragen. Jetzt, da Sie verheiratet sind und bald Vater werden. Sie hat sich gequält.«

Stacy nahm die Brille ab und sah seinen Bruder an. Der Mann hörte auf zu sprechen, doch sein Mund stand noch immer offen. Stacy fühlte, wie sich ein boshaftes Lächeln auf seine Lippen stahl. Was für eine mächtige Wirkung ein einfaches Augenpaar haben konnte.

»Mein Gott!«, keuchte Pendleton.

»Oder der Teufel. Vielleicht verstehen Sie nun, warum der Earl mich verbannt hat?«

Pendleton zuckte zusammen, als hätte Stacy ihn geschlagen. Er sprang auf, sein Gesicht zu einer kalten, stolzen Maske erstarrt, die Stacy seltsam bekannt vorkam.

»Ich wusste *nichts* davon. Ich bin ebenso ein Opfer wie Sie. Ich hätte heute nicht herkommen müssen, ich wollte es.« Er schüttelte heftig den Kopf, als ob er etwas lockern wollte. »Wie ein Idiot konnte ich es kaum erwarten, meinen Bruder kennenzulernen, von dem ich nie ahnte, dass ich ihn habe.« Er schien zu bemerken, dass er noch immer das Glas in der Hand hielt und stellte es mit einem Klirren auf dem Tisch ab. »Wenn es Ihnen lieber wäre, wenn ich Sie nicht mehr belästige, werde ich gehen.«

Stacy sah zum ersten Mal sich selbst in dem Gesicht des anderen Mannes: überheblich, stolz und steif. Ein unangenehmes Ziehen schoss durch seinen Körper – Schuldgefühle? Neugier? Reue? Pendleton hatte recht: Robert Harrington war nicht der Schuldige in dieser Sache, und Stacy benahm sich wie ein Idiot.

Er musste tief wühlen, um die Kraft zu finden, die Ruhe zu bewahren, die er jetzt benötigte. »Ich entschuldige mich für meine rüden Worte und mein

Benehmen.« Stacy machte eine Pause. »Sagen Sie, Mylord, was erwarten Sie von mir?«

Pendleton runzelte verunsichert die Stirn, nahm aber wieder Platz. »Ich weiß nicht. Ich weiß nur, dass ich Sie kennenlernen wollte, als ich erfuhr, dass ich einen Bruder habe. Ich weiß, dass Ihre Frau ein Kind erwartet und ich ...« Er hielt inne und ein gequältes Zucken entstellte seine attraktiven Gesichtszüge.

»Sie sind mein Erbe; verstehen Sie? Wenn ich keinen Sohn habe, was derzeit wahrscheinlich ist, da meine Frau in den acht Jahren unserer Ehe nie schwanger wurde, dann werden *Sie* der nächste Earl sein.«

Stacy starrte ihn erschrocken an. Nein, das war ihm *nicht* klar gewesen.

Unentschlossenheit und Unsicherheit spiegelten sich kurz in den stolzen Zügen seines Bruders. »Mein ganzes Leben habe ich mir einen Bruder gewünscht. Ich liebe unsere Schwestern, aber sie sind so viel älter als ich. Als ich jung war, bin ich durch Thurlstone Castle getobt und habe mir gewünscht, ich hätte jemanden in meinem Alter gehabt, mit dem ich hätte spielen können. Mary und Constance sind ganz versessen darauf, Sie kennenzulernen. Das war auch für sie nicht einfach. Keine unserer Schwestern hat geheiratet, und das wird sich vermutlich nicht ändern.« Er lachte, aber es klang nicht glücklich. »Unser Vater ist ein harter Mann. In mancher Hinsicht hattest du Glück, weit entfernt von ihm groß zu werden. Er hat die Mädchen gebrochen, und ich glaube, er hat es auch ganz gut verstanden, mich zu brechen.« Bei diesen Worten errötete er, doch er erläuterte sie nicht weiter. »Ich habe Frances stets bewundert, weil ich glaubte, dass sie es geschafft hatte, zu fliehen. Nun sehe ich, dass er sie noch schlimmer benutzt hat als uns andere. Sie war siebenundzwanzig, als er sie mit Ihnen fortgeschickt hat. Constance erzählte mir, Frances habe darum gebettelt, diejenige sein zu dürfen, die Sie großzieht.« Er warf Stacy einen scharfen Blick zu. Sein Kiefer war angespannt. »Sie fragen, was ich will? Ich will meinen Bruder kennen. Ich will, dass Sie nach Thurlstone kommen. Ich habe unserem Vater bereits gesagt, dass ich Sie darum bitten werde.«

Stacy konnte ihn nur mit offenem Mund anstarren. Wie konnte er seinen Vater mit diesem Fremden teilen, einen Vater, der Stacy bei der Geburt weggegeben hatte? Welcher Mann tat so etwas? Ein Mann, der ihn im Mittelalter vermutlich noch brüllend über die Burgmauer geworfen hätte. Seine Lippe zuckte bei diesem melodramatischen Gedanken. Wollte man so einen Vater kennen? Er sah seinen Bruder an, der ihn mit offener Neugierde anstarrte. Nicht wegen seiner Haut oder seiner Augen, sondern weil er war, wer er war: sein Bruder – sein Zwillingsbruder – sein Fleisch und Blut.

»Mein ganzes Leben lang dachte ich, dass es nur meine Tante und mich gäbe, eine kleine, eng verbundene Familie von nur zwei Personen. Ich bin sicher, Sie können sich vorstellen, dass mein Äußeres verhindert hat, dass ich mich besonders häufig in Gesellschaft begebe. Wenn nicht meine Frau zu mir gekommen wäre, hätte ich vermutlich niemals geheiratet.« Ein reuevolles Lächeln huschte über seine Lippen. »Wir haben vor etwas über einem Monat geheiratet, aber ich verstehe jetzt schon, dass es tröstlich sein kann, seine Familie wachsen zu sehen. Ich werde mit Mrs Harrington darüber sprechen, und vielleicht werden wir Sie eines

Tages besuchen, oder Sie und Ihre Frau kommen hierher. Wer weiß?« Er hob seine Brille auf.

»Ist Mrs Harrington zu Hause? Ich würde ihr sehr gern zur Hochzeit und Ihrem zukünftigen Glück gratulieren.«

Stacy nahm seine Taschenuhr heraus. »Sie sollte aus der Stadt zurück sein.« Er läutete, und sie warteten in angespanntem Schweigen, bis Soames die Tür öffnete.

»Bitten Sie Mrs Harrington, zu uns zu kommen.«

»Sie ist nicht da, Sir.« Sein Blick wanderte zu Stacys vornehmem Gast.

»Sie ist noch nicht aus Bude zurückgekehrt? Sie ist doch bereits vor Stunden aufgebrochen.«

»Sie ist noch einmal hinausgegangen, Sir.«

»Bei dem Wetter?« Stacy sah aus dem Fenster, das er jetzt immer unbedeckt ließ. Der Himmel war bedrohlich grau, und es goss wie aus Kübeln.

»Ja, Sir, sie ist gegangen, kurz nachdem seine Lordschaft ankamen.«

»Ich hoffe, Daisy hat darauf geachtet, dass sie sich warm genug anzieht«, sagte er, als er in den Wolkenbruch hinausstarrte.

»Sie können sie fragen, Sir. Daisy kam gerade nach unten und hat Mrs Harrington gesucht.«

»Sie hat Mrs Harrington also nicht begleitet«, stellte Stacy in scharfem Ton fest.

»Äh, nein, Sir.«

Stacy schüttelte den Kopf. Er hatte sie gebeten, nicht unbegleitet auszugehen, und schon hatte sie seine Bitte missachtet. »Das wäre alles, Soames.«

»Stimmt etwas nicht?«, fragte Pendleton und rief Stacy in Erinnerung, dass er nicht allein war.

»Möglicherweise benehme ich mich wie ein überbehütender Ehemann, aber Ich wünschte, sie würde nicht einfach ohne ihre Zofe herumlaufen.«

Pendleton lächelte. »Sie sind erst kurze Zeit verheiratet. Sie werden bald feststellen, dass es keinen Sinn hat, zu versuchen, seine Frau zu lenken. Tatsächlich ist es so, dass *ich* immer häufiger derjenige bin, der gelenkt wird.«

Er lächelte, aber Stacy hatte den Eindruck, dass die Stimme des anderen Mannes etwas schneidend war. Wie mochte die Viscountess seines Bruders wohl sein?

»Wie lange sind Sie verheiratet?«

»Acht Jahre.« Er klang nicht besonders glücklich.

Es kratzte an der Tür, und Frances kam herein.

Sie warf Stacy einen leicht trotzigen Blick zu. »Ich bin nur hier, weil ich mich von Portia verabschieden wollte, und Daisy sagte, sie sei zu Nanny gegangen.« Sie hielt inne und errötete bei Stacys Blick. »Ich glaube, irgendetwas stimmt da nicht. Ich bin gerade vor einer Stunde noch aus der Richtung gekommen, und ich habe Portia nicht gesehen. Ich hätte ihr begegnen müssen, wenn sie dort entlanggegangen wäre.«

Stacys Ärger verwandelte sich in Furcht.

»Ist es ein gefährlicher Weg?«, fragte Pendleton.

Stacy schüttelte den Kopf. »Nein, aber sie ermüdet in der letzten Zeit schnell. Ich frage mich, ob sie womöglich irgendwo angehalten hat, um sich auszuruhen.«

»Vielleicht hat sie sich untergestellt und wartet das Unwetter ab?«, schlug Pendleton vor. »Ich nehme an, Sie werden sie suchen wollen. Ich kenne mich in der Gegend nicht aus, aber vier Augen sehen mehr als zwei.«

Seine Gedanken rasten wild durcheinander. »Sag Hawkins, er soll Geist und Selene satteln. Lord Pendleton und ich werden die Straße übernehmen. Baker soll den Fußpfad zu Nannys Haus abgehen. Und lass entweder Powell oder Hawkins das südliche Ende des Waldes absuchen. Sie sitzt manchmal gerne am Fluss.«

Ohne ein Wort ging Frances hinaus.

Stacy wandte sich seinem Bruder zu. »Ich bin sicher, es ist nichts, aber sie wird so schnell müde und ...« Er klang wie ein hysterischer Volltrottel.

Robert lächelte ihn aufmunternd an. »Kommen Sie, mein warmer Mantel ist in der Kutsche. Ich werde ihn holen lassen, und dann können wir aufbrechen.«

Kapitel Achtzehn

Es war schon dunkel, als sie sie fanden.

Sie hatte sich in einen großen hohlen Baum verkrochen, unweit der Straße nach Bude, weit entfernt von dem Fußpfad, der zu Nannys Haus führte.

Überraschenderweise war es Pendleton, der sie entdeckte. Ihre Laternen durchdrangen die Finsternis kaum, von dem sturzbachartigen Regen einmal ganz abgesehen. Das Unwetter setzte in der Dämmerung für etwa eine halbe Stunde aus und kam dann mit erneuter Wucht zurück. Sie hatten zwei Stunden gesucht, als Pendleton den Zipfel ihres Umhangs entdeckt hatte, ein Wunder, denn er war vom Regen dunkel und braun. Sie war nicht bei Bewusstsein und zitterte, und Stacy hielt sie in seinem Schoß, seinen Mantel um sie geschlungen, während Pendleton zurückgegangen war, um die Kutsche zu holen. Er trocknete ihr Gesicht mit seinem Taschentuch. Ihre Lippen bewegten sich, aber Stacy konnte nicht hören, was sie sagte. Er hielt sie fest, um sie mit seinem Körper zu wärmen und murmelte beruhigend in ihr Ohr.

»Sag etwas, wenn du mich hören kannst, Portia.«

Sie blieb stumm, und er lehnte sich zurück, um ihr ins Gesicht zu sehen.

Sie war blass, und ihre Haut war so kalt.

»Ivo, nein!« Die Worte waren ein raues, schwaches Krächzen, und sie schlug plötzlich die Augen auf.

»Portia, ich bin es, Stacy.« Er zog sie enger an sich.

»Stacy?« Ihre Augen waren weit geöffnet, aber nicht fokussiert.

Erleichterung brüllte in ihm, und er zwang sich, seinen erdrückenden Griff zu lockern. Wassertropfen glitzerten im Laternenlicht wie Diamanten in ihren langen schwarzen Wimpern.

»Ich habe mich vollkommen verirrt; Ich konnte nicht nach Hause finden. Ich habe den Himmel nicht sehen können.«

Sie schlotterte erbärmlich, und ihre Augenlider flatterten und schlossen sich wieder.

»Portia?« Er drückte leicht ihre Schultern. Nichts. Er brachte sein Ohr an ihren Mund. Sie atmete tief, als wäre sie vor Erschöpfung eingeschlafen. Wenn sie Whitethorn um die Zeit verlassen hatte, die Soames geschätzt hatte, dann war sie dem Regen über Stunden ausgesetzt gewesen.

Dieses verdammte sture Weibsbild. Das wäre nie passiert, wenn Daisy bei ihr gewesen wäre. Alle, die aus der Gegend stammten, kannten den Wald wie ihre Westentasche. Stacy zog sie an seine Brust und schlang seine Arme um sie, um sie zu wärmen. In Zukunft musste sie verdammt noch einmal auf ihn hören, oder sie würde das Haus gar nicht mehr verlassen.

Die Minuten vergingen quälend langsam, und er küsste ihre stolze, römische Nase, ihre Sommersprosse, die im Kontrast zu ihrer unnatürlich blassen Haut bedrohlich dunkel war. Er war sich nicht sicher, wie lange er gewartet hatte, als er die Räder der Kutsche durch das Prasseln des Regens vernahm.

»Gott sei Dank!«, flüsterte er, schloss seine Augen und küsste ihre viel zu kalten Lippen.

Der Regen auf seinen Lippen schmeckte salzig.

***

Als sie das Haus erreichten, bestand seine Tante – beziehungsweise seine Schwester, wie er sich im Geiste verbesserte – darauf, dass sie Portia wärmen mussten, während sie auf den Arzt warteten.

»Je schneller, desto besser, Stacy.«

Er ignorierte ihren tadelnden Ton, küsste seine Frau auf die blasse, klamme Stirn und überließ sie ihr widerwillig.

Als Doktor Gates erschien, war Portia trocken, lag in eine dicke Decke gehüllt im Bett und trank Tee aus einer Tasse, die Frances für sie hielt.

Als der Arzt sie untersucht hatte, wandte er sich mit besorgtem Blick an Stacy.

»Dem Kind geht es gut, aber ich würde sie gerne schröpfen.«

»Nein!« Portia fuhr hoch und saß kerzengerade, das Haar zerzaust, ihre dunklen Augen glänzten fiebrig. »Nein!«

»Schh, Portia.« Frances drückte sie sachte zurück ins Kissen. »Doktor Gates will doch nur das Beste für Sie und Ihr Baby.«

Portia achtete nicht auf sie und sah nur fragend zu Stacy.

Stacy ging zu ihr und legte ihr die Hand auf die Stirn. Sie war nun nicht mehr kalt, schien aber auch kein

Fieber zu haben. Dennoch, wenn der Doktor Schröpfen empfahl, dann hielt er es offenbar für nötig.

Er strich ihr über den süßen, gerundeten Kiefer. »Du wirst dich besser fühlen, Portia.«

Sie griff nach seinem Handgelenk, die Augen schreckgeweitet. »Bitte nicht, Stacy.«

»Schh, mein Schatz«, beruhigte er sie. »Du regst dich zu sehr auf. Doktor Gates glaubt, es wird helfen, also muss ich darauf bestehen. Ich werde bei dir bleiben.«

»Bitte, nein!« Sie schluchzte, als würde ihr Herz zerbrechen, küsste wie im Wahn seine Hand und seine Finger, bettelte beängstigend mit lallenden Worten.

Stacy sah zum Doktor auf. »Ist es wirklich notwendig?«

Der Arzt hatte die Lippen zu einem grimmigen Strich zusammengepresst. »Ja, unbedingt. Es wird helfen, ihre Hysterie zu beruhigen und ...«

»Auf die Weise haben sie meine Mutter getötet.« Portias Hände krallten sich so fest in seinen Unterarm, als ob sie ihm die Knochen zerquetschen wollte. »Sie haben sie zur Ader gelassen, bis nichts mehr da war. Bitte, ich flehe dich an. Wenn du ihn mir vom Leib hältst, werde ich tun, was auch immer du sagst. Ich verspreche, zu gehorchen, aber lass ihn mich nicht anfassen. Ich werde nie wieder mit dir streiten. Ich werde gehorchen.« Die letzten Worte waren mehr ein Stöhnen gewesen, und Tränen strömten aus ihren riesigen dunklen Augen. Die Vehemenz ihrer Worte erschreckte Stacy, und ihm fiel ein, dass sie nie erwähnt hatte, wie ihre Eltern gestorben waren. Doch was auch immer geschehen war, er erkannte, dass sie eine beinahe panische Angst vor dem Schröpfen hatte. Er küsste ihre Stirn und hielt ihr Gesicht an seines.

»Schh, Liebling, mach es nicht schlimmer. Heute Abend wird er dich nicht schröpfen. Aber wenn du morgen noch ...«

»Es wird mir wieder besser gehen, Stacy. Das verspreche ich. Ich verspreche es.«

Er streichelte ihre Wange und rang sich ein Lächeln ab. »Ich werde dich daran erinnern, dass du Gehorsamkeit geschworen hast.«

Sie schloss die Augen und ließ sich gegen ihn sinken. »Danke, Stacy. Danke. Du wirst es nicht bereuen. Ich werde brav sein, das *verspreche* ich.«

Stacy wandte sich an den Arzt. »Kein Aderlass, Doktor.«

»Das ist allerdings ein probates Mittel in solchen Fällen, Mr Harrington.«

Das wusste Stacy, und er hoffte, dass er das Richtige tat – sowohl für Portia als auch für ihr Kind. »Kommen Sie morgen früh wieder. Wenn es ihr nicht besser geht, können wir noch einmal darüber sprechen.«

»Das ist nicht ratsam«, sagte Frances. »Ich fürchte, du wirst noch bereuen, dass du ihr nachgegeben hast Bitte ...«

Stacy hörte nicht auf sie. »Ich erwarte Sie dann morgen früh«, sagte er an den Arzt gewandt.

Gates' Gesichtsausdruck verriet, dass er Stacy für einen typisch idiotischen frischgebackenen Ehemann hielt, aber er zuckte nur mit den Schultern und packte seine Instrumente wieder in die Tasche.

»Bitte begleite den Doktor zur Tür, Frances.« Stacy wollte mit seiner Frau allein sein. Er wartete, dass seine

Schwester sich vom Bett erhob, sodass er sich neben Portia setzen könnte. Als sich die Tür schloss, nahm er ihre Hand.

»Du hast mir etwas versprochen, und du kannst gleich damit anfangen, mir zu gehorchen«, schalt er leise. »Du wirst dich ausruhen, hörst du? Du wirst dieses Bett erst verlassen, wenn ich es erlaube.«

Sie lächelte mit zitternden Lippen, und es erdrückte beinahe sein Herz. »Ich werde so lange im Bett bleiben, wie du möchtest. Danke. Danke, Stacy.« Ihre Augen fielen zu, bevor sie zu Ende gesprochen hatte.

Stacy wartete, bis sie regelmäßig atmete, bevor er ihre Hand losließ und die Decken hochzog. Die Tür öffnete sich, und Daisy trat ein. »Mr Soames hat mich heraufgeschickt, um bei Mrs Harrington zu sitzen, wenn Sie sich fürs Abendessen fertigmachen möchten.«

Stacy blinzelte. Abendessen?

Das Mädchen lächelte ihn sanftmütig an. »Viscount Pendleton ist noch hier, Mr Harrington.«

Verdammt! Stacy hatte ganz vergessen, dass er ein Mitglied des Oberhauses zu Gast hatte.

Er nickte abrupt. »Wenn sie aufwacht, lassen Sie mich rufen.«

»Sehr wohl, Sir.«

Stacy öffnete die Verbindungstür zu seinem Zimmer und traf dort Powell an, der mit heißem Wasser auf ihn wartete.

Er überließ sich wie in Trance der Fürsorge seines Kammerdieners. Und als er sauber, rasiert und angekleidet war, ging er hinunter, um mit seinem Bruder und seiner Schwester zu Abend zu essen.

Portia lief durch einen scheinbar endlosen Wald. Dornen und Zweige rissen an ihrem Rock und Äste zerkratzten ihr Gesicht. Überall versuchten umgefallene Bäume, verrottende Baumstämme und versteckte Baumstümpfe, sie zu Fall zu bringen. Sie stolperte, strauchelte, und hetzte geradewegs in ein auswegloses Brombeergestrüpp.

Die Schritte hinter ihr wurden lauter und lauter, und sie drückte sich tiefer in die wuchernden, stechenden Dornen, um sich zu verstecken. Das Dornengestrüpp wurde zu Hunderten von Händen, die an ihr zogen und nach ihr griffen.

Portia! Portia, komm zurück! Du kannst dich vor mir nicht verstecken.

Portia wollte schreien, aber sie brachte keinen Laut hervor. Sie kämpfte gegen den eisernen Griff, der sie festhielt, trat und bäumte sich auf, bis sie sich losreißen konnte und die Augen aufriss. Sie schnappte nach Luft, und ihre Augen sahen allmählich wieder scharf.

Sie war nicht im Wald, sondern zurück in ihrem eigenen Bett. Sie tastete über die Bettseite neben sich und stellte fest, dass sie leer war. Wo war Stacy? Sie setzte sich auf und blinzelte in der Dunkelheit umher; er saß in dem dick gepolsterten Sessel neben dem Bett, das schwache Glimmen des Feuers tauchte ihn in warmes, rötliches Licht. Sein Kopf ruhte an der Sessellehne, seine Augen waren geschlossen, und er atmete tief. Er trug noch immer seine Abendgarderobe, hatte aber die Jacke aufgeknöpft und die Krawatte losgebunden. Sein lockeres, offenes Hemd zeigte die weiße, muskulöse Säule seines Halses; er sah aus wie ein ruhender Engel.

Sie blinzelte zur Uhr auf ihrem Nachttisch; es war drei Uhr zweiundzwanzig am Morgen, die Hexenstunde und die einsamste Stunde der Nacht. Aber sie war nicht allein; er musste eingeschlafen sein, während er über sie wachte. Er sah wunderschön aus, und sie wollte ihn – brauchte seine ruhige Kraft und seinen starken, schützenden Körper. Sie öffnete den Mund, um ihn zu wecken, als plötzlich alles über sie hereinbrach.

Ivo. Er war zurück.

Kapitel Neunzehn

Es war Ivo gewesen, der in dem alten verfallenen Cottage kampiert hatte. Ivo, der noch sehr lebendig war. Ivo, der ihretwegen zurückgekommen war.

Portia schrie, als sie sein Gesicht sah, und er packte sie mit groben, kalten Händen und presste ihr die krummen Finger seiner verletzten Hand auf den Mund.

»Schh, mia cara!« Er war nicht viel größer als Portia, aber er war drahtig und stark und hielt sie eisern fest, während er eine Reihe beruhigender italienischer Schmeicheleien hervorbrachte – was er seit Jahren nicht getan hatte. Als er spürte, dass sie sich nicht mehr wehrte, lockerte er seinen Griff. »Ich werde meine Hand von deinem Mund nehmen, wenn du versprichst, nicht zu schreien.«

Portia nickte, und er nahm die Hand weg, hielt aber immer noch mit festem Griff ihr Handgelenk gepackt. Sie starrte ihn an, bestürzt darüber, wie eingefallen und hager er aussah.

»Das Schiff, auf dem du warst, es ist mit dir und deiner F-frau untergegangen. Ich habe es in der Zeitung gelesen.« Portia sprach Italienisch, die einzige Sprache, in der sie ihren Ärger, ihre Verachtung und ihr Entsetzen angemessen ausdrücken konnte. Seine sinnlichen Lippen verzogen sich auf eine Art, die früher ihr Herz zum Klopfen gebracht hätte, aber das war eine sehr lange Zeit her. Seine Augen hatten die Farbe von Brandy, warm und betörend. Aber Portia wusste, dass sich dahinter ein Mann verbarg, für den nur eines zählte: Ivo Stefani.

»Du siehst gut aus, Portia. Sehr gut für eine trauernde Witwe.« Ihr Magen war in Aufruhr, als sein Lächeln sich zu einer unangenehmen Fratze verzog.

»Dann hast du gar nicht um mich getrauert, was? Es hat dich gefreut, dass ich nicht nur tot *gespielt* habe, sondern *wirklich* tot war? Du hast einfach weitergemacht, wie?« Er wartete nicht auf eine Antwort. »Denk dir, wie überrascht ich war, als ich nach London kam und sah, dass meine Schule geschlossen war und unser Haus leer.«

»*Deine* Schule? Das Einzige, was du dieser Schule je gegeben hast, war dein Name – und Schulden.«

Ivo umklammerte ihr Handgelenk so fest, dass sie schrie.

»Was bist du für eine Harpyie, Portia, immer wieder fängst du davon an.« Er zog sie näher heran, seine Augen dunkel vor Zorn. »Mrs Sneed war überhaupt nicht überrascht, als ich bei ihr auftauchte. Und da wusste ich, dass du den Zeitungen weder von meinem Heldentod im Krieg noch von meinem tragischen Ende auf See erzählt hast. Obwohl du dachtest, dass ich tot wäre, hat es dir nichts ausgemacht, mich am Leben zu erhalten, um meinen Namen und meinen Status zu benutzen.« Er schnalzte mit der Zunge und drückte sie auf einen Haufen moosbewachsener Steine, die einmal Teil der Wand gewesen sein mussten. Portia zog die Füße unter den Rock und vergrub ihre Hände in ihrem Mantel. Ivo saß neben ihr, seine Hand immer noch wie eine eiserne Fessel um ihr Handgelenk geschlossen.

»Es hat mich einige Mühe gekostet, deine Adresse aus Mrs Sneed herauszubekommen, ohne auszusehen wie ein Volltrottel. Ich sagte ihr, ich wäre gerade von einem Notfall in der Familie zurückgekehrt und hätte mein Gepäck bei einem Schiffsunglück verloren. Ha!« Er schlug sich auf den Schenkel, offenbar amüsierte ihn seine eigene Gerissenheit. Die Kleider, die er trug, hatten einst zu seinen besseren Stücken gehört. Nun waren die Ärmel abgewetzt und wiesen glänzende Flecken auf, die zeigten, dass der Mantel viel zu oft gewaschen und gebügelt worden war. Seine Krawatte war vergilbt und nachlässig gebunden. Und seine ehemals schönen Stiefel, die er damals bei dem meisterhaften Hoby selbst in Auftrag gegeben hatte, waren abgestoßen, ausgetreten und in einem erbärmlichen Zustand.

»Was ist geschehen, Ivo?« Portia stellte sich auf das Lügengespinst ein, das er zweifellos vor ihr ausbreiten würde. Ivo konnte nicht die Wahrheit sagen, selbst wenn es zu seinem eigenen Vorteil wäre. Sie hatte vor langer Zeit zu ihrem Bedauern feststellen müssen, dass er aus purer Freude an der Manipulation log.

»Ich könnte dich dasselbe fragen, *cara*.« Er streckte die Hand aus, um ihr Kinn festzuhalten, und sie wich zurück. Er lachte. »Ich habe gehört, du hast einen sehr reichen Mann geheiratet.« Seine Pupillen wurden eng, und sie bemerkte tiefe Falten neben seinem Mund und der Nase.

Er sah älter aus als noch vor achtzehn Monaten, aber er war noch immer gutaussehend. Portia hasste ihn. Sie wünschte, Gott möge ihr verzeihen – dass er *wirklich* tot auf dem Grunde des Ozeans läge. Alles, was er ihr je beschert hatte, waren Schmerz, Demütigung und eine Fehlgeburt gewesen.

»Was geht dich das an, Ivo? Wir waren noch nicht einmal verheiratet. Du bedeutest mir weniger als nichts. Wo ist deine *Frau*?« Ihr Körper bebte vor Zorn, aber unter dem Zorn verbarg sich Furcht. Warum war er zurückgekehrt?

Er legte seine rechte Hand über seine Brust und schaute zum Himmel. »Tja, arme Consuela! Sie ist dieses Mal tatsächlich umgekommen.«

Portia schnaubte verächtlich. »Ich nehme an, du hast als Einziger auf dem ganzen Schiff überlebt?«

Ivo feixte, es freute ihn, ihr eine Gefühlsregung zu entlocken, ganz gleich, welche. »Nicht nur ich, *gattina*. Als ich sah, woher der Wind weht – verzeih mir das unverzeihliche Wortspiel – haben ein weiterer Gentleman und ich eines der Rettungsboote genommen. Meine geliebte Consuela weigerte sich, in ein so kleines Boot zu steigen. Ich habe versucht, sie zu überzeugen, aber sie blieb stur. Sie konnte nicht schwimmen, weißt du, und dachte, sie könnte sich retten, indem sie auf dem größeren Schiff bleibt, auch wenn es dem Untergang geweiht war.« Er zuckte mit den Schultern und bewies damit dieselbe Tiefe des Gefühls für seine Frau, die er auch für Portia gehabt hatte.

»Es gab ein paar unschöne Momente zwischen mir und meinem Begleiter, aber wir hatten Glück, dass wir genügend Vorräte hatten und günstige Strömungen erreichten. Wir hatten nicht mehr viel, als wir schließlich Land entdeckten, aber es war genug, dass wir unsere wenigen Habseligkeiten an Land retten und die Fischer dort überzeugen konnten, uns Obdach zu gewähren.« Er machte eine Pause und sah sie ungläubig an. »Ich muss schon sagen, meine Liebe, dass du und ich Glück hatten, dass wir Rom zur rechten Zeit verlassen haben. Der Korse hat auf dem gesamten Kontinent ein heilloses Durcheinander angerichtet. Banditti marodieren allerorten, und es ist lebensgefährlich, irgendwohin zu reisen. Leider traf es meinen Kompagnon. Ich fürchte, er hat es nicht bis Grenoble geschafft, wo seine hübsche Witwe wohnt.« Ivos Lächeln ließ Portia das Blut in den Adern gefrieren. Wann war er so geworden? War es der Verlust seiner Hand gewesen, oder war er schon immer so skrupellos gewesen und seine wunderbare Begabung hatte es lediglich überdeckt?

»Ich blieb bei der dankbaren Witwe, bis ihr Wichtigtuer von Bruder aus Paris auftauchte und ich nicht länger bleiben konnte. Ich hatte ohnehin angefangen, dich zu vermissen, meine hübsche Portia.« Er drückte zu, seine Hand wie eine Schraubzwinge. »Es bricht mir das Herz zu erfahren, dass du nicht ebenso empfindest.«

Portia versuchte nicht, sich loszureißen. Das war es doch nur, was er wollte: einen Kampf. Er war immer aggressiv gewesen, wenn er nicht bekam, was er wollte.

»Was willst du, Ivo?«

»Ich will meine Frau zurück. Aber was muss ich erfahren? Dass du deine schönen weißen Schenkel für einen anderen gespreizt hast. Dass du schon den Bastard irgendeines anderen trägst, und dann noch einer Missgeburt, wie ich hörte.« Er lachte und packte ihre Hand, bevor sie sein Gesicht traf. »Ich werde zurückschlagen, *gattina*, und zwar zweimal so fest.«

Sie riss ihren Arm zurück. »Was willst du?«

Sein Gesicht verzog sich zu einer Grimasse, halb zornig, halb etwas anders – Eifersucht? Portia fand es schwer zu deuten. Er war vermutlich eher pikiert, dass sie nicht an einem gebrochenen Herzen dahingesiecht war, nachdem er sie verlassen hatte.

»Was würde deine reiche Missgeburt wohl sagen, wenn der Kerl wüsste, dass du bereits verheiratet bist und dass dein lang verschollener Ehemann zurückgekehrt ist?« Er drückte ihr einen Finger in den Bauch, und sie zuckte zurück. »Und dass das Kind in deinem Bauch von Gesetzes wegen *meines* ist?«

Furcht umklammerte ihre Brust, sodass sie kaum atmen konnte. Sie durfte Ivo nicht zeigen, wieviel Angst sie hatte, das wäre ihr Ende. Sie entzog sich ihm und lachte spöttisch.

»Du vergisst, dass wir nie rechtmäßig verheiratet waren, Ivo.«

»Und wie willst du das beweisen, mein Täubchen? Wir haben der Welt zehn Jahre lang ein glückliches Ehepaar vorgespielt. Wie der Zufall es so will, habe ich unsere Heiratslizenz, um es zu beweisen.«

Darüber musste sie nun lachen. »Unsere Heiratslizenz hat also rein zufällig den Schiffbruch überlebt?«

Sein selbstzufriedenes, hässliches Lächeln ließ sie frösteln. »O Liebling.« Er lachte, und es klang sogar echt. »Du denkst doch nicht, dass ich vorhatte für immer aus London wegzubleiben, oder? Ich habe Consuela nur den Gefallen getan, um sie aus England herauszuschaffen. So oder so, ich wäre zurückgekommen, also habe ich Geld und Wertgegenstände in meinem Bankschließfach in London versteckt.« Er grinste. »So ein Pech, dass du mich nicht hast für tot erklären lassen, was? Vielleicht hätte sich die Bank sonst an meine unglückliche Witwe gewandt.«

Portias Kopf dröhnte mit einer solchen Wut, dass sie nichts sagen konnte.

»In dieses Schließfach habe ich Geld, den wundervollen Schmuck deiner Mutter und ein paar wichtige Dokumente gebracht. Ich fürchte, ich musste den Schmuck verkaufen, und mir ist das Geld ausgegangen, aber ich habe noch immer meine Papiere. Also, was wird dein neuer Ehemann wohl glauben, wenn er unsere Hochzeitslizenz sieht, hm? Ich wette, du hast dich zu sehr geschämt, um ihm von Consuela zu erzählen, nicht wahr?« Er lachte über den Ausdruck in ihrem Gesicht. »Und jetzt ist es zu spät, ihm die Wahrheit zu sagen, ohne dass es wie eine billige Ausrede klänge.«

Ein eigenartiges Summen füllte ihren Kopf. Seine Lippen bewegten sich noch immer, aber Portia konnte die Worte nicht mehr hören. Sie würde ihn töten, ehe er das Kind als seines beanspruchen und ihr Leben ruinieren könnte. Sie würde ihn töten.

Er packte ihre Schultern und schüttelte sie, bis ihre Zähne klapperten.

»Hörst du mir überhaupt zu, du verrücktes Flittchen? Ich werde keinen deiner irren Wutanfälle dulden, hörst du?« Er schlug sie so fest, dass ihr Kopf nach hinten geschleudert wurde und der metallische Geschmack von Blut ihren Mund füllte. Und dann schüttelte er sie. »Ich habe es ein verfluchtes Jahrzehnt mit dir ausgehalten, dafür wirst du mich entschädigen, oder ich werde mir nehmen, was in deinem Bauch ist.«

Ihr Kopf schmerzte von dem Schlag, dem brutalen Schütteln und ihrem eigenen Zorn. Ihre Blicke trafen sich, die Luft um sie herum schien vollgesogen mit Gewalt und einem feinen, kühlen Nebel, während die Regentropfen in immer schnellerer Folge und mit immer mehr Wucht auf das altersschwache Dach über ihnen herabprasselten.

Er drückte ihre Schultern, bis sie schmerzten. »Tu, was ich dir sage, oder bezahle den Preis.«

Portias Magen rebellierte, und der Zorn versickerte langsam, bis sie sich im Innern kalt und tot fühlte. »Was muss ich tun, damit du fortgehst und niemals wiederkommst?«

Er grinste, und die Habgier in seinen Augen verursachte ihr Übelkeit. »Ich glaube, zweitausend Pfund sollten wohl ausreichen. Vielleicht werde ich zurück nach Hause gehen und mir eine kleine Villa kaufen. Zwei Jahrzehnte Unruhen haben die Preise für Land ziemlich durcheinandergewirbelt, und es gibt viele günstige Gelegenheiten.«

»*Zweitausend Pfund?*« Allein die Summe auszusprechen ließ ihr schwindlig werden.

»Bist du verrückt, Ivo? Wo soll ich das deiner Meinung nach hernehmen?«

Das Lächeln glitt von seinem Gesicht. »Indem du deinen Hurenkörper benutzt, Portia. Du wirst schon einen Weg finden.«

Über ihnen trommelte der Regen aufs Dach, und der Sprühnebel durchnässte sie. Portia wusste nicht, wie lang sie dort einander in feindseligem Schweigen gegenübergesessen hatten, als eine Stimme vom Weg her zu ihnen geweht kam.

»Stefani!«

Ivo sprang auf die Füße, packte ihren Arm und riss sie hoch.

»Du musst verschwinden. Man darf mich nicht mit dir sehen. Geh!« Er stieß sie so fest, dass sie stolperte und auf ihren Knien neben der verfallenen Steinmauer landete.

»Was fällt dir ein?« Sie warf ihm einen hasserfüllten Blick zu und rappelte sich hoch.

»Geh!«, zischte er und sah aus, als wollte er sie umbringen.

»Mit dem größten Vergnügen.« Sie begann, über einen Haufen Geröll zu steigen und hielt auf die Ecke des Gebäudes zu.

Ivo packte ihren Arm und kugelte beinahe das Gelenk aus.

»Nicht *da* entlang, *stupida*, du wirst ihm direkt in die Arme laufen! In der Richtung ist eine Straße.«

Er deutete vage auf die andere Seite des Waldes. »In einer Woche bist du mit dem Geld zurück, sonst ...«

»Zehn Tage«, krächzte sie. »In der Zeit kann ich es unmöglich auftreiben.« Es würde ihr wahrscheinlich nicht einmal in *zehn Jahren* gelingen, so viel Geld aufzutreiben, aber sie brauchte jetzt so viel Zeit wie möglich, um nachzudenken.

Er stieß einen Schwall Schimpfwörter aus. »Zehn Tage, nicht mehr.« Dann stieß er sie, und sie wäre beinahe wieder gestürzt.

Portia kannte die besagte Straße, war aber noch nie vom Wald aus hinaufgelangt. Sie warf einen Blick zurück und sah, dass Ivo sie böse anstarrte.

»Verschwinde«, sagte er.

Hinter ihm raschelte es im Unterholz, als jemand auf das halbverfallene Cottage zukam. Portia war versucht, zu warten, um zu sehen, wer es war und Ivos Pläne zu durchkreuzen, was auch immer die sein mochten. Sie standen da, starrten einander an, und sein Ausdruck wechselte von gehässig zu ängstlich. Wovor hatte er Angst?

Portia entschied, dass sie es nicht wissen wollte. Sie wandte sich um und rannte davon.

Sie stolperte blindlings durch den Regen, vielleicht etwa eine Viertelstunde, bevor sie einsehen musste, dass sie sich verirrt hatte.

Der Himmel war fast schwarz, und es war unmöglich, die Richtung mit Hilfe der Sonne zu bestimmen. Portia hätte genauso gut im Kreis gelaufen sein können und bald wieder bei Ivo und dem ominösen Fremden angelangt sein.

Der Regen fiel in dichten Fäden, und Donner rollte irgendwo in der Ferne. Sie zog den Kragen ihres durchweichten Mantels hoch und wählte eine Richtung. Als sie auf den riesigen Baum stieß, stolperte sie bereits mehr, als dass sie lief. Es war ein uraltes Ungetüm mit einer großen Höhle am unteren Ende des dicken Stamms. Darin wucherten Unkraut und Farn, aber die Höhlung war groß genug, dass sie sich hineinzwängen und sich vor dem Regen schützen konnte.

Portia war so müde und nass, dass ihr Regen, Insekten, Ivo und überhaupt alles gleichgültig waren. Sie wollte nur die Augen schließen. Als sie sie wieder öffnete, hatte sie sich in Stacys Armen wiedergefunden.

Portia hätte weinen mögen, als sie ihren Ehemann betrachtete, wie er in dem Stuhl neben ihrem Bett saß. Er war in ihrer Nähe geblieben, falls sie ihn brauchte. Sie war erschöpft gewesen, aber sie erinnerte sich an die tiefe Sorge, die aus seiner Stimme geklungen hatte, als er sie im Arm gehalten hatte. Sie hatte auch Zuneigung gehört und vielleicht sogar Liebe, oder zumindest den Keim dieses Gefühls.

Tränen liefen über ihre Wangen, und sie biss die Zähne so fest aufeinander, dass ihr Kopf schmerzte. Das war ein Fiasko, ein einziges, schreckliches Fiasko. Und es gab nur einen Ausweg: Sie musste das Geld auftreiben, ganz gleich, was sie dafür tun musste.

***

Dafür, dass er selbst sich geweigert hatte, im Bett zu bleiben, nachdem er zweimal angeschossen worden war, hatte Stacy wenig Verständnis für Portias Wunsch, das Krankenlager zu verlassen. Er drangsalierte und bedrängte sie drei volle Tage lang, bevor er ihr erlaubte, ihr Schlafzimmer zu verlassen. Nicht nur das, er weigerte sich während dieser Zeit auch, mit ihr zu schlafen.

»Ich werde bei dir schlafen, Portia, aber mehr werden wir nicht tun. Der Arzt sagt, du leidest unter extremer Erschöpfung. Du hast seine empfohlene Behandlung ausgeschlagen, also musst du dich jetzt mit *meiner* abfinden.«

Der strenge Gesichtsausdruck, mit dem er diese Anweisungen vorbrachte, ließ ihr Verlangen nach ihm wachsen.

Zugegebenermaßen ließ *alles*, was ihr Mann tat, ihr Verlangen nach ihm wachsen.

»Hörst du mir überhaupt zu, Portia?« Seine kühlen, abgehackten Worte rissen sie aus der Fantasie, die sich gerade in ihrem Kopf entspinnen wollte, wieder eine Fantasie, in der Stacy nichts anhatte.

Sie seufzte übertrieben schwer. »Ja Stacy, ich höre dir zu.«

Er trug wieder die verfluchte Brille, und versteckte damit seine Gedanken vor ihr ebenso wie seine wunderschönen Augen. Sie war sich sicher, dass er es tat, um sie zu quälen.

Sein Mundwinkel zuckte, als ob er ihre Gedanken erraten hätte. Doch seine gute Laune hielt nicht lange. »Du wirst im Bett bleiben, mindestens drei Mahlzeiten täglich essen und drei Nächte durchschlafen. Nach drei Tagen werde ich deinen Zustand neu bewerten und entsprechend entscheiden, wie es weitergeht.«

Dabei hatte er sich bedrohlich über sie gebeugt, die Arme vor der breiten, muskulösen Brust verschränkt und trug seine Reitkleidung. Ihr Blick wanderte von seinem unbewegten Gesicht über seinen eleganten, eng anliegenden Frack und zum vorderen Teil seiner Wildlederhose. Passend zum Frack war sie schwarz und saß wie angegossen um seine schmale Hüfte und die kräftigen Oberschenkel.

Ihn nur anzusehen, ließ ihr das Wasser im Munde zusammenlaufen.

»Portia?«

»Hmm?« Sie riss den Blick von seinem Körper und sah auf.

»Was hast du mir versprochen?«

Sie klimperte mit den Wimpern und hob eine Hand an die Stirn. »Ich kann mich nicht mehr erinnern.«

»Muss ich Doktor Gates rufen, damit er deinem Gedächtnis auf die Sprünge hilft?«

Portia fuhr hoch. »Das würdest du nicht tun! Du hast es versprochen, Stacy.«

Er entfaltete die Arme und wandte sich zum Gehen.

»Nein. Halt. Du bist ein Tyrann«, sagte sie, als er sich wieder umwandte.

»Ja, aber ich bin *dein* Tyrann, dank deines Versprechens. Nun komm schon, es wird nicht so schlimm werden. Ich reite aus, während du dein Bad nimmst. Wenn ich zurückkomme, werde ich dir die Zeit vertreiben. Aber erst werde ich sicherstellen, dass du alles aufisst, was auf deinem Frühstückstablett ist.«

Er blickte auf sie herab, und das gedämpfte *tapp, tapp, tapp* seines Stiefels auf dem dicken Teppich unterstrich, dass das keine leere Drohung war.

Und so ging es drei volle Tage lang.

Am zweiten Tag erklärte Stacy, warum seine Tante nicht zu Hause war und berichtete von den erschütternden Enthüllungen, die Viscount Pendleton gemacht hatte.

Portia hörte mit offenem Mund zu. »Aber das ist absolut unglaublich, Stacy! Was muss dein Vater für ein Mensch sein, dass er seinem eigenen Kind so etwas Ungeheuerliches antut?«

»Pendleton sagt, er ist unerbittlich und beharrt auf seiner eigenen Meinung. Selbst jetzt mit fast neunzig zeigt er keine Reue.«

»Warum hat er ausgerechnet jetzt deinem Bruder von dir erzählt?«

»Robert sagt, er ist erst etwas aufgetaut, seit er gehört hat, dass du ein Kind erwartest. Der Earl wollte mich nicht, aber ich bin der Erbe meines Bruders, wenn der keine eigenen Kinder zeugt. Wenn wir einen Sohn haben, wäre er der nächste in der Erbfolge. Sonst würde der Titel an irgendeinen entfernten Verwandten gehen. Den Gedanken kann der Earl offenbar nicht ertragen.«

Sie saßen schweigend da und grübelten über diese neue Wendung im Schicksal ihres ungeborenen Kindes nach.

Portia stellte fest, dass sie über so etwas im Augenblick nicht nachdenken konnte. »Möchtest du die Einladung deines Bruders annehmen und ihn besuchen?«

»Warum sollte ich mich so einem Mann aussetzen?«

»Du hast einen Bruder und zwei Schwestern, die du nie kennengelernt hast. Und was deinen Vater angeht ...« Sie machte eine wegwerfende Handbewegung. »Was kümmert dich ein verbitterter alter Knochen? Aber dein Bruder ist hergekommen und wollte dich kennenlernen, sobald er von dir erfahren hat. Vermutlich hast du eine ganze Horde anderer Verwandter. Oh!« Sie unterbrach sich plötzlich. »Heißt das, du bist *Lord Harrington*?«

Stacy lachte. »Nein, so funktioniert das nicht. Nur mein Bruder hat den Höflichkeitstitel, ich bin noch immer ein einfacher Mister.«

»Oh.« Sie zuckte mit den Schultern. »Na ja, das ist ja auch egal. Wichtig ist, dass du eine *Familie* hast, Stacy.«

»Ich habe bereits eine Familie, Portia.« Sein zärtlicher Ausdruck ließ ihr Herz anschwellen. Sie hätte weinen mögen. *Großer Gott, wie konnte sie irgendetwas tun, was sie in Gefahr brächte, diesen Mann zu verlieren?*

Die Antwort war einfach: Sie konnte es nicht. Mit einem ängstlichen Schaudern wurde ihr bewusst, dass sie alles tun würde, um Ivo von Stacy, ihrem ungeborenen Kind und ihrer Ehe fernzuhalten.

»Liebling, ist dir kalt?«

Portia sah auf und lächelte. »Alle drei deiner Schwestern haben davon gewusst?«

»Es klingt, als wären sie nicht in der Lage gewesen, sich dem Earl zu widersetzen. Frances war Ende zwanzig, als er sie mit mir fortschickte, die anderen einige Jahre jünger. Ich weiß, es wäre zu viel verlangt, zu erwarten, dass so junge Frauen sich einem solchen Mann entgegenstellen, und doch kann ich nicht anders, als etwas wütend auf Frances zu sein.«

Portia brachte seine Hand an ihre Lippen. »Du musst ihr vergeben, Stacy. Sie liebt dich so sehr, und es muss für sie eine Qual sein, dass du sie fortgeschickt hast.«

Seine Gesichtszüge verhärteten sich. »Der alte Mann klingt wie ein autoritäres Ungeheuer, das seinen Willen durchsetzt, ganz gleich, wer dabei verletzt wird.« Er biss den Kiefer zusammen, was ihn selbst autoritär erschienen ließ. »Ich verstehe, dass sie es mir als Kind verheimlicht hat, aber wie konnte Frances einfach so weitermachen?«

Portia schluckte. Ausnahmsweise war sie dankbar, dass sie ihm nicht in die Augen sehen konnte. Sein Gesicht war eine kalte, harte Maske; er hatte die Unerbittlichkeit seines Vaters geerbt, wenn auch sonst nichts. Wenn er Frances für ihre Täuschung fortgeschickt hatte, was würde er mit Portia tun, wenn er herausfand, dass sie ihn belogen hatte?

Die Antwort auf diese Frage war erschreckend klar: Er durfte es niemals erfahren.

***

Unter anderen Umständen – solchen, in denen Ivo nicht von den Toten auferstanden war und begonnen hatte, sie zu erpressen – hätte Portia es genossen, mehr Zeit mit Stacy zu verbringen und von ihm umhegt zu werden. Aber jede Stunde der erzwungenen Bettruhe war eine Qual, wenn sie nur noch daran denken konnte, wie Ivo im Wald herumstreunte und auf sein Geld wartete.

Wer war an jenem Tag zu Ivo gekommen? Wer auch immer es gewesen war, Ivo hatte einen Komplizen, vor dem er offenbar Angst hatte. Aus seiner erbärmlichen Behausung konnte sie schließen, dass er nicht viel Geld hatte. Was, wenn jemand diese improvisierte Schlafstatt entdeckte und seine Anwesenheit bekannt wurde, bevor sie das Geld auftreiben konnte?

Und dann war da noch eine andere Sorge, die sie erdrückte: das Geld. Zweitausend Pfund? Allein der Gedanke an die Summe verursachte ihr Übelkeit. Das einzige Geld, das sie besaß, waren die zweihundert Pfund, die Stacy ihr vor der Hochzeit gegeben hatte. Damals hatte sie versucht, das Geld abzulehnen. Wofür sollte sie so viel Geld benötigen? Wofür würde sie es ausgeben? Er hatte bereits ihren Schuldenberg abbezahlt, auch wenn sie sich schrecklich dafür geschämt hatte.

Portia kaute auf ihrer Unterlippe; wie konnte sie Stacy um mehr Geld bitten? Sie konnte ihn nicht nach zweitausend Pfund fragen. Ihre verzweifelten Gedanken wanderten unausweichlich zu den Perlen, die er ihr geschenkt hatte. Der Gedanke, sie zu verkaufen war unerträglich. Sie hatten seiner Mutter gehört; wie konnte sie so etwas nur in Erwägung ziehen?

Portia hatte gelernt, wie man seinen Besitz verpfändete, als Ivo sich von seinem Unfall erholte und sie Geld brauchte. Es war möglich, etwas mit der Intention zu verpfänden, dass man es später wieder auslösen würde, auch wenn sie es nie getan hatte. Vielleicht konnte sie die Juwelen zu einem Pfandleiher bringen, der sich auf ein solches Arrangement einließe? Aber wo? Wie konnte sie so etwas bewerkstelligen, wenn Stacy jede ihrer Bewegungen überwachte? Er wollte sie nicht einmal aus dem Bett aufstehen lassen, wie könnte sie da den Schmuck heimlich zu einem Pfandleiher schaffen? Und wo war überhaupt der nächste? In Stratton? In Plymouth?

Der Gedanke an Plymouth erinnerte sie daran, dass er etwas von einem Bankkonto und einem Ehevertrag gesagt hatte. Wo war das Konto, und wie viel Geld war darauf? Und wohin konnte sie gehen, um das herauszufinden? Konnte sie ihn dazu befragen, ohne Verdacht zu erregen?

Portia stöhnte und schlug mit der Faust in die Decke. Warum hatte sie nicht besser aufgepasst, als er vor der Hochzeit über diese Dinge gesprochen hatte?

Denk nach, Portia, denk nach!

Stratton oder Plymouth?

Stratton war näher, aber auch kleiner – und dort würde sie auch eher jemanden treffen, der sie kannte. Sie musste nach Plymouth, und sie musste einen Weg finden, dorthin zu gelangen. Portia lachte hysterisch auf. Wie in aller Welt sollte sie nach Plymouth kommen, ohne dass ihr Mann davon etwas bemerkte?

***

Die Gelegenheit ergab sich allerdings viel früher, als Portia gehofft hatte. Zwei Tage nachdem Stacy sie aus der strikten Bettruhe entlassen hatte, ganze fünf Tage nach ihrer Begegnung mit Ivo, erhielt Stacy eine dringende Nachricht von seinem Geschäftsführer in Barnstaple.

Stacy und Portia hatten nach dem Frühstück in der Bibliothek gesessen und Briefe geschrieben, als Soames mit der Nachricht hereinkam. »Der Bote wartet auf Antwort, Sir.«

Stacys Stirn furchte sich tiefer, während er las. Er sah zu ihr auf. »Es scheint, in Barnstaple braut sich etwas zusammen. Ich fürchte, ich muss so schnell wie möglich hin.« Er wandte sich an Soames. »Lassen Sie Hawkins die Kutsche anspannen und sagen Sie Powell, er soll für drei oder vier Nächte packen.«

»Sehr wohl, Sir.« Soames schloss die Tür hinter sich.

Stacy wandte sich wieder ihr zu. »Es tut mir leid, Liebling, aber Carew würde nicht nach mir schicken, wenn es nicht wichtig wäre.«

Portia versuchte, sich ihre Aufregung nicht anmerken zu lassen. »Natürlich musst du hin. Du musst dir um mich keine Sorgen machen. Ich werde mich schon beschäftigen, schließlich muss ich das Kinderzimmer einrichten.« Es war Stacys Idee gewesen, das

Kinderzimmer neu einzurichten, zweifellos, um ihr eine Beschäftigung zu geben, während sie unter Hausarrest stand.

»Daisy ist schon ganz wild darauf, eigenhändig alles für das Zimmer zu nähen.«

Stacy nickte geistesabwesend, er war mit den Gedanken bereits anderswo. »Wenn du dich besser fühltest, könnte ich dich mitnehmen, aber –« Er schüttelte den Gedanken ab. »Es wird nicht länger als ein paar Tage dauern. Zumindest denke ich das.« Er lächelte reuevoll. »Es tut mir leid, Portia.«

»Ich komme schon zurecht; du musst tun, was du tun musst.«

»Jetzt fürchte ich, ich muss diesen Brief zu Ende schreiben.«

Innerhalb von knapp zwei Stunden hatte Stacy gepackt, sich umgezogen und war abreisebereit.

Portia nahm seine Hand, bevor er in die Reisekutsche stieg. »Ich werde Sie vermissen, Mr Harrington.« Sie sah zu ihrem Spiegelbild in den Gläsern seiner Brille auf, und war erstaunt darüber, mit welcher Leichtigkeit sie ein unschuldiges Gesicht machte.

Er küsste ihre Handfläche, und die ungezwungene, sinnliche Geste zog ihr das Herz zusammen. »Ich werde schneller zurück sein, als du gucken kannst.«

Portia sah der Kutsche nach, als sie die Einfahrt hinunterrollte, ihre Gedanken drehten sich schneller als die Räder.

***

Whitethorn zu verlassen, stellte sich als schwieriger heraus, als sie gedacht hatte. Als Portia verkündete, dass sie und Daisy über Nacht nach Plymouth fahren würden, stieß sie auf Gegenwehr von Soames, der davor zurückschreckte, die kleinere Kutsche anspannen zu lassen.

»Hatten Sie daran gedacht, dass Bannock Sie fahren könnte, Ma'am?« Sein Gesicht war unbewegt, aber in seinen trüben blauen Augen lag Anspannung.

»Hat Bannock noch nie Mr Harringtons Kutsche gefahren?«, fragte Portia.

Soames sah gequält aus, als ob er den Verdacht hätte, dass sie versuchte, ihn in Schwierigkeiten zu bringen. »Bannock hat Mr Harrington gefahren, als Jewell vor ein paar Jahren krank war«, gab er zu, aber es klang als täte er es nicht gern.

»Dann sehe ich kein Problem.«

Die grauen Augenbrauen des Butlers waren bis fast an den Haaransatz hochgezogen, aber seine Stimme blieb ruhig. »Ich fürchte, der Herr hat die Kutschpferde mitgenommen, Ma'am.«

Sie setzte ihre überheblichste Miene auf, einen Ausdruck, für den sie seit der Nacht ihrer Ankunft auf Whitethorn, die von ihrer Täuschung und der Scham darüber getrübt gewesen war, keine Verwendung mehr gehabt hatte. »Schicken Sie Bannock zum Inn, damit er dort Pferde mietet, Soames.«

Er zögerte eine ganze Weile, dann verneigte er sich. »Sehr wohl, Ma'am.«

Daisy zeigte sich sogar noch widerspenstiger als Soames. »O Mrs Harrington, wäre es nicht besser zu warten, bis der Herr uns begleiten kann?«

»Nein. Das wäre es nicht. Wir werden Einkäufe für das Kinderzimmer tätigen. Für so etwas interessieren sich Männer nicht. Ich bezweifle, dass wir länger fort sein werden als Mr Harrington. Wir werden gleich bei Sonnenaufgang losfahren und zurücksein, bevor mein Mann aus Barnstaple zurückkehrt.« Portia bezweifelte zwar, dass sich das bewahrheiten würde und rechnete eher mit einer ordentlichen Standpauke, wenn Stacy zurückkehrte und sie nicht antraf. Aber sie hatte keine Wahl. »Bitte kümmere dich um das Packen, Daisy.«

Portia hatte es noch nicht einmal zur Tür geschafft, als Daisy sie aufhielt.

»Mr Harrington sagte, Sie sollten sich nicht anstrengen, Ma'am.«

Portia wandte sich um und sah ihre Bedienstete mit zusammengekniffenen Augen an. Daisys hübsches Gesicht errötete, und Portia schämte sich kurz dafür, dass sie das arme Mädchen in eine solche Lage brachte. Doch welche Wahl hatte sie schon?

Sie nahm den kühlen, überheblichen Ton an, den Stacy so wirkungsvoll einzusetzen wusste. »Ich bin dankbar für Mr Harringtons Sorge um meine Gesundheit. Ebenso ist mir bewusst, dass Sie wünschen, seinen Anweisungen zu entsprechen. Ich kann gewiss auch ohne Sie fahren.«

Portia fühlte sich wie ein unmenschliches Scheusal, als die dichten braunen Wimpern der jüngeren Frau über ihren sahneweißen Wangen zitterten.

»Ich komme mit, Ma'am.«

»Dann lasse ich Sie jetzt in Ruhe packen.« Sie verließ das Zimmer, eingehüllt in eine Wolke aus Scham, dass sie solch ein Ungeheuer geworden war. Sie ging direkt in die Bibliothek, um die Juwelen aus Stacys Tresor zu holen, obwohl sie erst gestern mit ihm über ihr Bankkonto gesprochen hatte.

»Ich möchte möglicherweise einige Möbel für das Kinderzimmer bestellen und brauche eventuell Geld von dem Konto, das du für mich eingerichtet hast. Ich habe vergessen, bei welcher Bank du es eröffnet hast.«

»Bei der Nelson's Bank in Plymouth. Aber das Geld ist für dich, Portia, nicht für Angelegenheiten des Haushalts. Bitte lass eventuelle Rechnungen für das Kinderzimmer oder andere Dinge, die du für das Haus erwirbst, einfach an mich schicken.« Angesichts seiner aufrichtigen Großzügigkeit fühlte sie sich wie eine intrigante Laus.

Sie hatte es nicht über sich gebracht, ihn zu fragen, wieviel Geld auf dem Konto war, also musste sie für den Fall der Fälle den Schmuck seiner Mutter mitnehmen. Falls auf dem Konto nicht genug Geld war, hoffte sie, sich den Rest beschaffen zu können, indem sie einige weniger wertvolle Stücke verpfändete und nur im Notfall auf die Perlen zurückgriff.

Im Safe lag eine Rolle Geldscheine, aber sie spürte eine instinktive Abneigung gegen den Gedanken, Geld zu stehlen. Sie schnaubte über ihre idiotischen Skrupel; war es nicht schlimmer, den Besitz seiner Mutter zu verpfänden? Portia biss sich auf die Lippe und schob den quälenden Gedanken beiseite.

Sie ließ die Schmuckkästchen zurück und kippte deren Inhalt in ihre Handarbeitstasche, denn dort würde Daisy vermutlich nicht hineinsehen.

Portia war höchst erstaunt, als sie am nächsten Morgen feststellte, dass tatsächlich eine vierspännige

Kutsche draußen wartete. Nicht nur das, Daisy hatte auch gepackt und stand parat. Noch eine Stunde, nachdem sie Whitethorn hinter sich gelassen hatten, befürchtete Portia, Stacy könnte jeden Augenblick neben der Kutsche angeprescht kommen und verlangen, dass sie den Schmuck seiner Mutter herausgab.

Daisy sah ebenso nervös aus wie Portia sich fühlte, und sie fragte sich, was Stacy dem armen Mädchen gesagt hatte. Vielleicht fürchtete es um seine Anstellung? Bei dem Gedanken fühlte sie sich wie eine selbstsüchtige Hexe. Doch sie sagte sich, dass sie keine Zofe mehr benötigen würde, wenn sie nicht Ivos Geld auftrieb. Zwar glaubte sie nicht, dass Stacy sie mit nichts als der Kleidung, die sie am Leib trug, vor die Tür setzen würde. Immerhin trug sie sein Kind unter dem Herzen. Aber auch wenn er ihr glaubte, wäre er angesichts der Hochzeitslizenz absolut machtlos. Vor dem Gesetz war ihr Baby Ivos. Portia schloss die Augen und kämpfte gegen die Welle der Übelkeit an, die sie zu überrollen drohte. Sie durfte nicht darüber nachdenken, oder sie würde sich für immer im Bett verkriechen und nie wieder hervorkommen.

Die Kutsche war modern und leicht und kam schneller voran als Portia zu hoffen gewagt hatte. Sie wechselten die Pferde in Launceston und nahmen die neue Zollstraße nach Tavistock. Der gute Zustand der Straße machte die häufigen Aufenthalte problemlos wett, und sie erreichten Plymouth um kurz nach vier.

Portia entschied, im Marlborough House abzusteigen, in dem auch Stacy immer wohnte, wie sie von Soames erfahren hatte. Sie war erschöpft von der Reise und der Sorge und bestellte sich etwas zu essen auf ihr privates Wohnzimmer.

Sie schickte Daisy los, um den Wirt nach dem Weg zu den besten Tuch- und Möbelhandlungen in Plymouth zu fragen, die sie am nächsten Morgen aufsuchen wollten. Allerdings konnte Portia wohl kaum Daisy bitten, nach den geeignetsten Orten zu fragen, an denen man Schmuck verhökern könnte, also wartete sie, bis die Dienstboten zu Bett gegangen waren und läutete dann einem der Portiers des Inns, einem dünnen, bösartig aussehenden Mann mit verschlagenem Blick. Gegen eine großzügigere Summe als so eine Information wert gewesen wäre, gab er ihr mit einem unverschämten, wissenden Grinsen die Adresse eines Pfandleihers.

Nachdem er gegangen war, fiel Portia auf ihr Bett, zu überreizt, um schlafen zu können. Sie lag stundenlang im Dunkeln, bevor sie in einen unruhigen Schlaf voller Alpträume glitt, in denen Ivo sie durch die Straßen von Plymouth verfolgte.

***

Portia verbrachte eine Stunde mit Daisy in der ersten Tuchhandlung, bevor sie ihren Plan in die Tat umsetzte. Sie hielt sich die Stirn und machte ein gequältes Gesicht.

»Ich habe wieder diese lästigen Kopfschmerzen, die ich in letzter Zeit öfter bekomme. Aber wir haben so einen weiten Weg zurückgelegt, wir können jetzt nicht aufgeben. Sie haben die Liste. Sie wissen sogar besser als ich, was wir noch benötigen. Ich werde zurück zum

Inn gehen, während Sie die Einkäufe erledigen. Vielleicht kann ich es noch einmal versuchen, nachdem ich mich eine Stunde ausgeruht habe. Sie können Baker mitnehmen, er wird Ihnen mit den Paketen helfen.«

Daisy runzelte die glatte Stirn. »O Ma'am, ich sollte Sie begleiten. Oder zumindest Baker. Ich brauche seine Hilfe nicht. Ich kann zurückkehren, nachdem Sie ...«

»Unsinn, das wäre nur Zeitverschwendung.« Sie lächelte ihr beruhigend, aber gequält zu. »Ich weiß, Mr Harrington möchte, dass Sie bei mir bleiben, wenn ich herumlaufe, aber ehrlich gesagt, ich bin von London nach Bude ebenfalls allein gereist. Ich kann während der zehn Minuten zurück zum Inn gut auf mich selbst aufpassen. Ich sehe Sie dann, wenn Sie fertig sind.« Da sie mit solcher Entschlossenheit gesprochen hatte, konnte Daisy dem nichts entgegensetzen.

Baker wies den Hackney-Fahrer an, sie zum Marlborough House zu bringen, aber sobald sie einen halben Block zurückgelegt hatten, klopfte Portia ans Dach und wies ihn an, einen Umweg zur Nelson's Bank zu machen. Die Bank befand sich in einem kastigen grauen Gebäude nicht weit vom Inn. Portia nannte dem Angestellten ihren Namen, und er brachte sie rasch in einen kleinen, aber eleganten Warteraum. Es dauerte nicht lang, bis ein schlanker Herr in einem grauen Anzug erschien, dessen Alter sie nur schwer einschätzen konnte.

»Was für eine Freude, Sie kennenzulernen, Mrs Harrington. Ich bin Reginald Nelson.«

Wie es schien, war ihr Mann ein wichtiger Kunde der Bank, und Mr Nelson war sehr bemüht, Mr Harringtons Frau zufriedenzustellen. Eine Viertelstunde verging mit Höflichkeiten, bevor Portia Mr Nelson auf den Grund ihres Besuchs lenken konnte.

»Mein Mann hat bei Ihrer Bank ein Konto für mich eingerichtet.«

Mr Nelson nickte. »Ja, sogar mehrere. Eines für den ständigen Gebrauch und eines, das treuhänderisch verwaltet wird.«

Portia hatte nichts von dem Treuhandkonto gewusst. Was hatte er ihr sonst noch geschenkt? Sie wollte ihren Kopf in die Hände stützen und vor Scham weinen, aber jetzt war nicht der richtige Zeitpunkt dafür.

»Ich würde gerne zweitausend Pfund abheben.«

Der Bänker blinzelte nicht einmal. »Natürlich, Mrs Harrington, ich werde mich gern um die Angelegenheit kümmern. Sind Sie sicher, dass Sie keinen Tee möchten?« Das fragte er bereits zum fünften Mal.

»Vielen Dank, aber ich habe es ziemlich eilig.« Er schien ihren wenig subtilen Hinweis zu begreifen und verließ den Raum.

Die Transaktion brauchte nicht lange, aber Portia sah sich gezwungen, weitere fünf Minuten darauf zu verwenden, ihm zu versichern, dass sie problemlos eine solche Summe bei sich tragen konnte und keinen Wächter brauchte, der das Geld für sie trug.

Schließlich gab er nach. »Nun gut, aber ich fürchte, ich muss mich durchsetzen, was den Hackney angeht. Ich habe meine Kutsche für Sie vorfahren lassen.«

Als sie sich endlich von dem kleinen, rührigen Mann verabschiedet hatte und in seine komfortable Kutsche geklettert war, war Portia beinahe krank vor Sorge. Eineinviertel Stunden waren vergangen, seit sie das Warenhaus verlassen hatte. Wenn Daisy und Baker zurück waren und feststellten, dass sie fort war, wäre es ziemlich unangenehm.

Sie klemmte ihr vollgestopftes Retikül unter den Arm, als die Kutsche langsamer wurde, der Diener den Schlag öffnete und ihr mit einer übertriebenen Geste hinaushalf.

Das erste, was Portia sah, als sie Marlborough House betrat, war ihr Mann.

Kapitel Zwanzig

Stacy hatte große Mühe, seine Wut nicht an dem armen Wirt seines liebsten Inns auszulassen. Er holte tief Luft und versuchte es noch einmal.

»Ich bin bereits bei der Adresse gewesen, die Ihr Portier dem Hackney-Fahrer gegeben hat, und der Angestellte dort sagte, meine Frau wäre bereits vor einer Stunde in Richtung Marlborough aufgebrochen. Ihre Zofe bestätigte das. Sind Sie *sicher*, dass sie nicht zurückgekommen ist? Vielleicht ist sie direkt wieder ausgegangen. Würde Ihr Angestellter ...«

»Stacy?«

Er wirbelte auf dem Absatz herum und sah Portia, die zu ihm aufschaute, ihre großen braunen Augen blickten sorgenvoll von ihm zum Wirt und zurück.

Die Erleichterung, die ihn beim Klang ihrer Stimme durchströmte, wandelte sich umgehend in rasende Wut.

Er versuchte mit Mühe, seinen Zorn zu unterdrücken. »Ach Mrs Harrington, da sind Sie ja.« Er sah von seiner ängstlichen Frau zu dem ebenso ängstlichen Wirt. »Wir werden uns auf unser privates Wohnzimmer zurückziehen, Mr Withers.«

»Sehr wohl, Sir, Ihre üblichen Räumlichkeiten stehen für Sie bereit, Mr Harrington.« Der ältere Mann sah nervös zwischen Portia und Stacy hin und her, offenbar befürchtete er eine eheliche Auseinandersetzung.

»Lassen Sie die Sachen meiner Frau in meine Räume bringen.« Er hielt ihr den Arm hin. »Meine Liebe?« Stacy war selbst beeindruckt von seinem kühlen, gelassenen Ton.

Als sie das Wohnzimmer erreichten, zog er Reisemantel, Hut und Handschuhe aus und warf sie auf einen Stuhl, bevor er sich an seine Frau wandte, die noch immer stumm blieb.

Sie hielt ein großes, vollgestopftes Retikül vor sich, als ob es ein Schild wäre. Als er nach ihrem Mantel griff, zuckte sie zurück. Er erstarrte, den Arm noch immer ausgestreckt. Ein Mundwinkel zuckte, und sie lächelte verlegen.

»Warum weichst du vor mir zurück, Portia?« Sein Ton war harsch und anklagend, und er versuchte, sanfter zu klingen. »Hast du etwa gedacht, ich würde dich schlagen?«

»Nein, natürlich nicht.« Sie lächelte unsicher und zog die Bänder ihrer Haube auf. Ihre Hände zitterten.

Er sah ihr gerötetes Gesicht und wusste, dass er richtig gelegen hatte.

»Großer Gott! Hat Stefani dich geschlagen?«

Sie zerrte an dem Band, welches sich rettungslos verknotet hatte. Sie zog so fest daran, dass ihre Fingerknöchel weiß wurden, und sie blickte zu Boden.

»Portia?« Stacy konnte seine eigene Stimme über das Dröhnen der Hörner in seinem Kopf kaum hören. *Jemand* hatte sie geschlagen. So wahr ihm Gott helfe, er würde herausfinden, wer es gewesen war und ihn halb totschlagen, er würde ...

Stacy bemerkte, dass er vor Wut die Hände zu Fäusten geballt hatte, und sein Herz trommelte wild und laut. Er atmete langsam aus. Sobald er sich wieder unter Kontrolle hatte, nahm er das zerknitterte Band aus ihren widerstandslosen Händen. Sie sah ihm schweigend zu, als er den Knoten löste. Die Augen wirkten riesig in ihrem blassen Gesicht. Als er die Bänder gelöst hatte, nahm er ihr die Haube ab. Danach öffnete er die Schließe ihres Mantels. Als er ihr Retikül nehmen wollte, zog sie es an die Brust, als ob sie es vor ihm schützen wollte. Er ließ es ihr und führte sie zu einem Sessel. Sie starrte mit einem seltsam leeren Blick zu ihm auf. »Bist du wütend, dass ich zum Einkaufen hergekommen bin?«

Stacy ignorierte die Frage und hockte sich neben sie, seine Hand auf ihrem Knie. »Hat er dich geschlagen?«

Sie runzelte die Stirn, und ihr Gesichtsausdruck wechselte innerhalb eines Wimpernschlags von ängstlich zu beschämt. »Welche Rolle spielt das? Du würdest mich niemals schlagen, Stacy. Das weiß ich.«

Er wusste nicht, ob das eine Aussage oder eine Frage gewesen war, und der Gedanke bereitete ihm Übelkeit. Er nahm ihre Hand in seine und hielt sie mit sanftem Druck. »Ich würde niemals eine Frau, ein Kind, einen Bediensteten oder ein Tier schlagen oder überhaupt irgendjemanden, der schwächer ist als ich – körperlich oder auch sonst.«

»Ich weiß.« Sie umfasste seinen Kiefer mit der freien Hand, und er schmiegte sich in ihre Handfläche und schloss die Augen.

»Um deine Frage zu beantworten, Portia, ja, ich war wütend, aber nur, weil ich Angst hatte. Der Weg, den du nach Plymouth genommen hast, war derselbe, auf dem ich überfallen wurde. Ihr wart zwei Frauen mit nur zwei jungen, unerfahrenen Männern zu eurem Schutz.«

Stacy hörte sie tief einatmen und öffnete die Augen. Ihrem perplexen Gesichtsausdruck entnahm er, dass sie überhaupt nicht über Wegelagerer nachgedacht hatte. Seine Wut verrauchte und hinterließ ein Gefühl der Schwäche. Er ließ ihre Hand los und erhob sich, um sich in den Sessel ihr gegenüber zu setzen.

»Es tut mir so leid, Stacy, ich habe darüber gar nicht nachgedacht.«

Ihr Gesichtsausdruck sorgte dafür, dass er sich noch schlechter fühlte. Jetzt kannte sie die qualvolle Sorge, die ihn während der schrecklichen Fahrt von Whitethorn nach Plymouth zerfressen hatte. Stacy nahm seine Brille ab und massierte seine Schläfen. Er hatte furchtbare Kopfschmerzen. Er war in einem halsbrecherischen Tempo von Barnstaple nach Whitethorn gefahren, weil er kaum abwarten konnte, nach Hause zu kommen, nur um festzustellen, dass Portia am selben Morgen nach Plymouth aufgebrochen war. Es war zu dunkel gewesen, um direkt wieder loszufahren, also hatte er bis zum Morgengrauen warten müssen. Er war auf Geist hergekommen, mit Hut, Handschuhen, Schal und Brille so vermummt, dass nichts von ihm mehr sichtbar geblieben war. Powell war nach der tollkühnen Fahrt von Barnstaple müde und gereizt, und ihn mitzuschleifen war, als hätte er einen großen Sack Steine mitgeschleppt. Selbst mit seinem widerwilligen Kammerdiener hatte er die Strecke in unglaublich kurzer Zeit geschafft. Er hatte dafür das Pferd unglaublich schinden müssen, was ihn noch zorniger gemacht hatte.

Die ganze Zeit über hatte er sich selbst gegeißelt, dass er sich wie eine Glucke aufführte. Und dann erinnerte er sich wieder einmal daran, dass er auf derselben verdammten Straße zweimal angeschossen worden war. Er spürte Hände in seinem Haar und öffnete die Augen.

»Es tut mir leid.« Sie massierte seine Schläfen und drückte dabei zielsicher den Punkt, an dem der Schmerz pochte.

Er stöhnte. »Mm, das tut gut.«

»Ich wollte dir keine Sorgen machen. Es schien mir nur ein guter Zeitpunkt, zu fahren, da du ja ohnehin fort warst.« Ihre Hände wanderten zu seinem Kiefergelenk, und er war zu glückselig, um zu sprechen, während sie seine steifen Muskeln von seinem Nacken bis über seine Schultern bearbeitete.

Sie knetete und drückte, der Druck ihrer Finger war kräftig, selbst durch die Schichten seiner Kleidung. Als sie aufhörte, war er fast eingeschlafen. Er öffnete die Augen.

Sie nahm seine Hände und zog ihn aus dem Sessel.

»Du bist zu schwer für mich.«

Er lächelte schläfrig und richtete sich auf. »Wohin bringst du mich?«, fragte er, auch wenn er genau wusste, wohin.

Sie zog ihn in das angrenzende Schlafzimmer, wo nun ihre Tasche neben seiner stand. Sie führte ihn zum Bett und stieß hart gegen seine Brust. Er fiel auf das weiche Bett und stützte sich auf seine Ellenbogen, während sie beide Türen abschloss und vor ihm stehenblieb. Sie lächelte ihn verführerisch an und begann, die Haarnadeln zu lösen, eine schwarze Augenbraue hochgezogen.

»Du bist verdorben.« Er war hart, und sein Atem rau; diese Frau war *seine* Frau, und er konnte sie haben, wann immer er wollte. Dieser Gedanke ließ ihm schwindlig werden vor Glück.

Sie zog die letzte Haarnadel heraus und schüttelte das Haar aus, bevor sie sich über ihn beugte und seine Jacke und seine Weste aufknöpfte und sich so südwärts voran arbeitete bis zum Hosenlatz seiner Wildlederhose.

Er hob ihr die Hüfte entgegen.

»Ich bin schmutzig, Liebling.«

»Ich mag dich schmutzig.« Sie umfasste seine pulsierende Erektion mit ihrer kühlen Hand und massierte ihn mit erotischer Expertise.

Irgendwo in seinem Hinterkopf – ganz weit hinten – war ihm bewusst, dass er gerade manipuliert wurde, um ihn von ihrem Streit abzulenken, aber das war ihm einerlei.

Portia hörte ebenso abrupt auf, wie sie begonnen hatte, und er blieb hart und voll Verlangen zurück. Er öffnete die Augen ein Stück. Sie hatte ihre Röcke gerafft und vorne in ihr Mieder geklemmt, kletterte nun auf das Bett und setzte sich rittlings auf ihn. Sie sah ihn direkt an, als sie ihn zu ihrer Öffnung lenkte und sich mit einer Kraft auf ihn senkte, die ihm die Luft aus den Lungen presste. Tageslicht fiel durch die Fenster, und es war heller im Zimmer als je zuvor, als sie sich geliebt hatten. Stacy konnte seine Augen nicht von ihr nehmen.

Ihr Mund war leicht geöffnet, während sie ihn ritt. »Sagen Sie mir, was Sie wollen, Mr Harrington.« Sie ließ den Kopf in den Nacken sinken, bis er nur die lange, weiße Säule ihres Halses sehen konnte. Sie schob ihre Hand an die Stelle, an der sie vereinigt waren, und umfasste das untere Ende seines Schafts mit kräftigen, warmen Fingern, während sie die Hüfte in Wellen bewegte und ihn mit jedem langsamen Stoß tiefer in sich gleiten ließ.

Er schob die Handflächen unter seinen Kopf, hob ihr sehnsuchtsvoll die Hüfte entgegen, bis er den optimalen Winkel erreicht hatte, um sie zu befriedigen, und stieß aufwärts, wenn sie auf ihn herabsank.

Sie schnappte nach Luft, und er stieß abermals, dieses Mal fester.

»Ich will, dass du mit mir kommst, Portia.«

Sie erschauerte bei seinen Worten, und ihre Muskeln spannten sich um ihn. Und dann ritt sie ihn härter, als er jemals Geist geritten hatte.

***

»Tut dein Kopf weh?«, fragte Portia.

Stacy rollte sich auf die Seite, sah sie an und wischte sich mit dem Unterarm über die Stirn. »Nicht mehr. Du bist ein Wundermittel gegen Kopfschmerzen. Aber ich werde dich nicht in Flaschen abfüllen und verkaufen.« Er hob den Vorhang ihrer Haare aus ihrem Gesicht und schlang einige Strähnen um seine Faust, sodass er ihren Kopf anheben konnte, wenn sie auf seine Brust herunterblicken wollte. »Wir waren eben im Gespräch, bevor du mich so meisterhaft abgelenkt hast.«

Sie spitzte die Lippen, rollte sich auf den Rücken und blickte verdrießlich zur Decke, als ob sie sich darauf vorbereitete wegen lateinischer Konjugation gerügt zu werden.

Stacy dachte über seine Frage und ihre verärgerte Reaktion nach. Hatte er das Recht, sie über ihre vorherige Ehe auszufragen? Hätte er es gern, wenn sie in seiner Vergangenheit herumwühlte?

Du hast ihr nie von Kitty erzählt, oder?

Er öffnete den Mund, um zu sagen, dass es ihn nichts anging, aber ihre Stimme hielt ihn ab.

»Er hat mich geschlagen, wenn wir uns gestritten haben und er wusste, er würde verlieren, was leider häufig vorkam. Er hat mich einmal eine kurze Treppe hinuntergestoßen, und kurz darauf hatte ich die Fehlgeburt.« Sie rollte sich auf die Seite, als ob sie seine Reaktion auf diese herzzerreißende Offenbarung sehen wollte. »Unsere Ehe stand unter einem schlechten Stern. Ich bin nicht intakt in sein Bett gekommen.« Sie ließ einen Finger langsam um seine Brustwarze kreisen. Wut, Entsetzen und Erregung wühlten in seinem Innern, und Stacy fühlte sich ziemlich unwohl, weil sie ihm so etwas Schreckliches erzählte, während sie ihn streichelte. Aber er konnte es nicht übers Herz bringen, sie davon abzuhalten. Er hielt den Blick fest auf ihr Gesicht gerichtet, während ihr Finger über seinen Körper tanzte und ihn ablenkte.

»Mein erster Liebhaber ist derjenige, der ...« Sie hielt inne und lächelte scheu. »Nun, er hat mir alles in Bezug auf den Bettsport beigebracht.« Sie errötete heftig, und das ließ sein Geschlecht zucken. Sie blickte hinunter auf seinen halberigierten Schaft und lächelte, bevor sie weitersprach.

»Er war ungehemmt und leidenschaftlich, und ich dachte, so wären alle Männer im Bett. In meiner Hochzeitsnacht erfuhr ich, dass das nicht so war.« Ihr Blick huschte zu seinem Gesicht. »Ich war nicht wahllos. Ich habe Benedict, meinen ersten Liebhaber, geliebt, aber er starb, und ich dachte, mein Herz würde zerbrechen. Und dann traf ich Ivo. Sein Talent hat mich umgeworfen, so wie es allen ging, die ihn spielen hörten. Er hatte mich aus all den Mädchen ausgewählt, die versuchten, seine Aufmerksamkeit zu erlangen. Nach dem Tod meines Vaters war ich einsam, und Ivos Zukunft erschien so glänzend, dass ich mich von diesem Gefühl blenden ließ, das ich für Liebe hielt. Er zeigte mir gegenüber dieselbe Leidenschaft, die er auch für das Klavierspiel zeigte, zumindest, bis er mich zur Frau nahm. Er glaubte, ich sei eine keusche Jungfrau und tat nicht mehr, als mir die Hand zu küssen, bevor wir heirateten. Als er in unserer Hochzeitsnacht erfuhr, dass es anders war, hat er mir das nie verziehen.«

Eine Schlange kroch von seinem Bauch über seine Brust und legte sich um sein Herz. Stacy kämpfte mit einer unglaublichen Eifersucht – auf zwei Tote. Bei der Vorstellung von Portia mit einem anderen Mann wollte er etwas zerschlagen oder jemanden verletzen. Eine Reaktion, die ihm fremd war und ihm nicht gefiel.

»Es war keine glückliche Ehe. Ivo nahm sich von Anfang an Geliebte und gab sich keine Mühe, es zu verbergen. Er glaubte, es sei sein Recht, weil ich ihn entehrt und getäuscht hätte. Wir stritten viel, wenige Momente stürmischer Wiederannäherung und dann stetig wachsende Entfremdung.« Ihre Hand strich über seine Brust, bis sie die Seite seiner Taille erreichte. Ihre

Finger gruben sich so fest in die Muskeln, dass es schmerzte. »Ich war noch nie so glücklich wie jetzt, Stacy. Noch nie.«

Ihre Worte sogen die Luft aus seinen Lungen, vielmehr aus dem gesamten Raum. Er sah ihr fest in die Augen, als sie ihre Hand tiefer schob.

»Ich will immer bei dir sein. Ich will dich auf mir, um mich herum, in mir.« Sie rollte sich auf den Rücken und spreizte die Schenkel für ihn wie ein Schmetterling die Flügel.

Stacy kniete sich zwischen ihre geöffneten Schenkel und ließ sich in ihren einladenden, willigen Körper gleiten. Sie war sein Himmel, und mit jedem Tag bedeutete sie ihm mehr. Er dachte an das Kind, das in ihr heranwuchs, und er stieß fester, tiefer und schneller in sie. Sie erschauerte unter ihm wieder und wieder und wieder. Und er ritt sie weiter, als wären Dämonen hinter ihm her. Wie ein Mann, der verzweifelt vor der nagenden Angst davonzulaufen versuchte, dass etwas so Gutes nicht ewig halten könnte.

***

Die Reise nach Plymouth hatte Portia zwei Dinge gezeigt. Erstens liebte sie Stacy, zweitens würde sie *alles* tun, um ihre Ehe zu beschützen.

Zunächst machte diese Erkenntnis sie zu gleichen Teilen überglücklich und zutiefst erschrocken. Er war das Wundervollste, was ihr je widerfahren war, und sie weigerte sich, ihn zu verlieren. Sie wusste, dass sie ihm viel bedeutete und dass er sie mit der Zeit vielleicht auch lieben würde. Aber das konnte nur geschehen, wenn Ivo für immer aus ihrem Leben verschwand.

Nach der Reise nach Plymouth bestand Stacy mehr denn je darauf, dass Daisy Portia begleitete, wohin auch immer sie ging. Sie konnte sich höchstens nachts davonschleichen, und es waren noch herzlich wenige Nächte, in denen sie Ivo das Geld bringen könnte, bevor er kam, um es sich zu holen.

Zwei Tage nach ihrer Rückkehr aus Plymouth täuschte sie Kopfschmerzen vor. Portia hasste es, Stacy Sorgen zu machen, aber es war die einzige Möglichkeit, die ihr einfiel, um allein sein zu können. Sie wartete bis nach dem Abendessen, als sie beide in der Bibliothek saßen und lasen.

Sie legte ihr Buch auf den Tisch neben sich, griff sich an den Kopf und massierte die Schläfen. »Ich bekomme ein wenig Kopfschmerzen.«

Er nahm die Brille ab. »Ich kenne eine Frau, die ein Wundermittel dagegen hat.« Das leicht zweideutige Lächeln verursachte ein Pochen zwischen ihren Beinen.

Gott, wie sehr sie alles an ihm liebte.

Diese Erkenntnis zerquetschte sie wie eine erbarmungslose, brutale Faust, und das gequälte Lächeln, das Portia ihm schenkte, war nicht gespielt. »Ich fürchte, auch dieses Wundermittel würde heute nicht wirken. Diese Art Kopfschmerzen hatte ich schon öfter. Ich brauche nur etwas Stille, Dunkelheit und Ruhe.«

Sein Lächeln verschwand, stattdessen sah er besorgt aus. »Kannst du etwas dagegen einnehmen?«

»Bisher hat noch nichts geholfen, und Laudanum möchte ich nicht nehmen.«

Er nahm ihre Hände in seine und hob sie an die Lippen, seine wunderschönen Augen spiegelten Besorgnis.

»Du musst dir nicht solche Sorgen machen; es ist nichts Ernstes. Morgen früh bin ich wieder wohlauf, das verspreche ich dir.«

Ja. Morgen würde alles besser sein; das musste es.

***

Kurz nach zwei Uhr zog Portia ein dunkelbraunes Kleid an, ihren warmen Mantel und schwarze Handschuhe und schlang sich einen dunklen Schal um den Kopf. Sie nahm die Tasche mit dem Geld und dem Schmuck aus ihrem Versteck in einem alten Kissenbezug und steckte eine Kerze und den Anzünder in den Beutel. Sie war in Versuchung nachzusehen, ob Stacy schlief, wollte aber nicht riskieren, ihn zu wecken. Das Haus war still wie ein Grab, als sie die Tür zum Flur öffnete.

Zunächst würde sie Ivo sein Geld bringen. Wenn die Zeit knapp wurde, könnte sie den Schmuck auch morgen noch in den Safe bringen. Portia ließ die Tasche mit dem Schmuck hinter der Tür zum Wintergarten und nahm nur das Geld und die Kerze mit.

Als sie außer Sichtweite des Hauses war, zündete sie die Kerze an.

Sie spendete genug Licht, um den Weg zu sehen, und sie konnte nur hoffen, dass es ausreichen würde, um die Stelle zu finden, wo sie querfeldein durch den Wald laufen musste.

Wie sich herausstellte, hätte sie sich keine Sorgen zu machen brauchen. Der Pfad vom Weg zum verfallenen Cottage sah aus, als sei eine Viehherde dort entlanggetrampelt. Sie fluchte leise über Ivos Dummheit. Er hätte auch gleich ein Schild mit einem Pfeil dort errichten können. Die Leute mussten so einen ausgetretenen Pfad leicht erkennen, wenn das nicht schon längst geschehen war. Portia folgte dem Weg durch den Wald und versuchte, dem Drang zu widerstehen, sich zu beeilen. Sie konnte sich gut vorstellen, in welchem Schlamassel sie steckte, wenn sie sich den Knöchel verträte.

Sie hatte das Cottage fast erreicht, als etwas ihre Schulter berührte. Sie schrie auf, zuckte zusammen und ließ den Kerzenhalter fallen.

»Schh, *cara*, ich bin es nur.« Ein kleines Licht flackerte in der Dunkelheit auf, als er seine eigene Kerze entzündete.

»*Stupido*! Warum schleichst du dich so von hinten an?«

Portia ließ sich auf die Knie fallen und tastete im Unkraut nach ihrer Kerze und dem Halter. Sie fand beides und erhob sich, wich aber zurück, als sie merkte, wie nah er ihr gekommen war.

»Ich wusste, du würdest heute Nacht kommen. Ich konnte es spüren.« Seine Stimme war schmeichelnd und selbstzufrieden, und Portia wollte ihm eine Ohrfeige geben.

»Ich habe dein Geld.«

Er kauerte sich hin, um Wachs auf einen morschen Baumstumpf zu tropfen und den Kerzenstumpf darauf festzumachen. Als er sich wieder erhob, war das Licht wesentlich gedämpfter, aber sie konnte kurz seine

Zähne aufblitzen sehen, als er sich näherte. »Ich habe viel über dich herausgefunden, seit ich in meiner kleinen Hütte hier lebe.«

Portia weigerte sich, darüber nachzudenken, was er erfahren hatte oder von wem. »Wann verschwindest du?«

»Solch eine Eile!«

Portia wünschte sich sehnlich etwas, womit sie ihn schlagen könnte.

Er lachte leise. »Sobald ich das Geld habe, werde ich meine wenigen Sachen zusammenpacken und bin fort.«

»Du wirst morgen verschwinden?«

Er schwieg eine Weile. »Ich werde morgen verschwinden«, sagte er schließlich.

Er streichelte ihre Wange mit dem Finger, sie wich zurück und schlug seine Hand weg. »Lass das.«

Wieder lachte er.

»Ich bin nicht hergekommen, um dumme Spielchen mit dir zu spielen. Das ist das einzige Geld, das du je von mir bekommen wirst. Das schwöre ich dir.«

»Beruhige dich, *cara*. Du kannst mir vertrauen. Ich werde mein Geld nehmen und für immer aus deinem Leben verschwinden.«

»Wie willst du den Wald verlassen, ohne Aufmerksamkeit zu erregen? Du hast kein Pferd.« Sie hielt inne. »Wie bist du überhaupt hergekommen?« Sie hob die Hand. »Ach was, ich will es gar nicht wissen.«

Er griff nach ihrer Hand und berührte sie leicht, bevor sie sie wegziehen konnte. »Es muss dich nicht bekümmern, mein Täubchen. Ich werde fort sein, und niemand wird etwas bemerken.« Er konnte den Anflug von Erschöpfung in seinem beruhigenden Tonfall nicht verstecken. Sein Leben im Wald konnte nicht angenehm gewesen sein. Sie nahm den Lederbeutel aus ihrer Manteltasche und drückte ihm das Bündel in die Hände. »Es ist alles drin. Du musst Geldscheine nehmen, alles andere wäre zu schwer gewesen.«

»Banknoten genügen mir vollkommen, *mia bella*.« Er machte eine Pause. »Ich denke ...« Wieder unterbrach er sich, und sie kniff die Augen zusammen und versuchte, sein Gesicht in der Dunkelheit zu erkennen; seine vollen Lippen waren seltsam flach.

»Du denkst was, Ivo?«, fragte sie und gab sich keine Mühe, ihren Überdruss zu verbergen. Sie war seiner selbst überdrüssig, seiner Täuschungen, und der Lügen, die sie ihrem Ehemann auftischen musste.

Er schüttelte den Kopf. »Ach, nichts, *cara*. Ich wollte dich nur warnen, gut auf dich achtzugeben. Die Leute sind nicht immer, was sie scheinen, und du warst schon immer viel zu vertrauensselig. Pass auf, dass dich niemand ausnutzt.«

Portia schnaubte. »Leute wie du?« Sie wandte sich ab, bevor er antworten konnte und stellte einen Fuß vor, bevor sie in der Tasche ihres Mantels nach dem Anzünder suchte. »Ich möchte dich nie wiedersehen, Ivo«, rief sie über die Schulter.

Die einzige Antwort war ein Rascheln zwischen den Bäumen. Portia seufzte und brauchte einen Augenblick, um ihre Kerze zu entzünden, bevor sie sich wieder auf den Weg durch den Wald machte. Als sie den Weg erreichte, rannte sie, bis sie außer Atem war. Sie löschte die Flamme, bevor sie den Waldrand erreichte und lief langsamer. Jetzt musste sie nur noch den Schmuck zurücklegen und der Alptraum wäre vorüber.

***

Stacy tastete im Bett neben sich nach Portia, doch das Bett war leer. Er seufzte, drehte sich auf den Rücken und blinzelte in die Dunkelheit. Es war schwer, ohne sie zu schlafen. Er warf die Decke zurück, zog seinen Morgenmantel an und ging zur Verbindungstür, um nach ihr zu sehen, sie aber nicht zu stören. Er öffnete die Tür und spähte in die Dunkelheit. Die Bettdecke war zurückgeschlagen, und Portia war nicht in ihrem Bett.

Vielleicht war sie in die Küche gegangen, um etwas zu essen, ohne die Bediensteten zu wecken. Sie hatte beim Abendessen kaum etwas angerührt. Er beschloss, sie zu suchen, um mit ihr ein spätes Nachtmahl zu veranstalten. Er lächelte, und sein Körper geriet in Wallungen bei dem Gedanken an ein kleines Dessert danach.

Er zog die Vorhänge auf, denn er zog sich lieber beim Licht der Sterne an als im Kerzenschein. Er wollte sich gerade vom Fenster abwenden, als er einen flackernden Lichtschein bemerkte: Jemand kam aus dem Wald. Stacy beugte sich näher ans Glas und kniff die Augen zusammen; er wusste, wer es war, noch bevor er ihr Gesicht sah.

Was zum Teufel machte sie da? Er starrte hinaus, ohne zu atmen, als ob das Geräusch sie aufschrecken könnte. Als sie näherkam, sah er, dass sie sich schnell und in geduckter Haltung bewegte. Sie lief um die Ecke des Hauses, und er verlor sie aus dem Blick. Sie schien zum Wintergarten gegangen zu sein, ihrem bevorzugten Eingang.

Stacy nahm seinen Morgenmantel, zog aber keine Pantoffeln an, um sich lautlos auf bloßen Füßen bewegen zu können. Er erreichte den Fuß der Treppe gerade rechtzeitig, um sie am Musikzimmer vorbeigehen und die Tür zur Bibliothek öffnen zu sehen. Sie machte sich nicht die Mühe, sie hinter sich zu schließen. Er ging zur Bibliothek und war entschlossen, sie wissen zu lassen, dass er da war, ohne sie zu Tode zu erschrecken. Aber als er hineinsah, sah er, dass sie direkt zu dem Gemälde ging, hinter dem sich der Tresor verbarg. Er blieb stehen, und etwas Saures brodelte in seinem Magen hoch, als er ihre heimlichen Aktivitäten beobachtete.

Sie öffnete den Safe mit einer Leichtigkeit, die ihm verriet, dass dies nicht das erste Mal war. Dann nahm sie das Schmuckkästchen mit den Intarsien heraus, das den Perlenschmuck enthielt, und stellte es auf den Schreibtisch. Dann öffnete sie ihre Tasche und legte etwas in das Kästchen. Sie ordnete den Inhalt, schloss die Schachtel und legte sie wieder in den Safe. Sie nahm das andere Schmuckkästchen heraus, das größere, das den übrigen Schmuck seiner Mutter enthielt und legte dort ebenfalls etwas hinein, das aussah wie der Großteil des Schmucks. Als sie fertig war, verschloss sie den Safe und hängte das Gemälde wieder an seinen Platz.

Stacy ging zurück in die Eingangshalle und wartete am Fuß der Treppe. Er ignorierte das wütende Pochen seines Herzens. Er war sicher, dass es einen guten Grund für das gab, was er eben gesehen hatte. Er war sich sicher. Sie würde ihm alles erzählen, sie würden

darüber lachen und die Nacht engumschlungen im Bett
verbringen.

Kapitel
Einundzwanzig

Portias Handflächen waren feucht, und ihr Herz klopfte so laut, dass sie fürchtete, taub zu werden.

Du hast es fast geschafft. Der Alptraum ist beinahe vorüber, erinnerte sie die Stimme in ihrem Kopf, als sie das Gemälde wieder an seinen Platz hängte und den Kopfkissenbezug in ihre Manteltasche stopfte.

Die Sorgen der vergangenen Wochen trafen sie plötzlich mit Wucht und ließen ihre Knie weich werden. Sie wollte an Stacys Schreibtisch zusammenklappen und vor Erleichterung weinen, aber sie blieb in Bewegung, schloss die Tür zur Bibliothek und ging auf die Treppe zu. Vielleicht würde sie Stacy überraschen und zu ihm ins Bett kriechen, während er schlief. Sie musste bei der Vorstellung lächeln.

Portia war so beschäftigt mit der erotischen Fantasie in ihrem Kopf, dass sie am Fuße der Treppe beinahe mit dem Mann selbst zusammenprallte.

»Stacy! Was machst du denn hier?« Es war zu dunkel, um sein Gesicht zu sehen, und nur der Umriss seiner Gestalt war im Zwielicht sichtbar.

»Das wollte ich dich auch gerade fragen. Wo warst du?« Er klang ... beunruhigt. Was hatte er gesehen?

Portia brachte die erste Lüge hervor, die ihr einfiel. »Ich hatte Hunger. Ich habe beim Abendessen nicht viel gegessen.«

»Du brauchst deinen Mantel, um in die Küche zu gehen?«

Sie biss sich auf die Unterlippe. Wie dämlich! Dämlich, dämlich, dämlich. »Ich war nach dem Essen so satt, dass ich einen kurzen Spaziergang gemacht habe. Es ist schön draußen. Du gehst doch auch gern um diese Zeit raus, nicht?« Das einzige Geräusch in der großen Eingangshalle war das Rauschen des Bluts in ihren Ohren.

Endlich sagte er wieder etwas. »Kehrst du auf dein Zimmer zurück?«

»Ich hatte gehofft, in *dein* Zimmer zurückzukehren.« Sie legte mehr als nur einen Hauch der Andeutung in ihre Stimme. Das Schweigen zog sich, bis Portias Gesicht glühte. Sein Schweigen war weit verletzender als Worte es hätten sein können. Sie öffnete ihren Mund, um ihn zu fragen, ob etwas nicht in Ordnung wäre, aber seine Stimme ließ sie innehalten.

»Ich glaube, du brauchst Ruhe. Wir wollen schließlich nicht, dass deine schrecklichen Kopfschmerzen zurückkommen.« Seine Stimme war kälter als ein Polarwind.

Portia suchte noch immer nach etwas, das sie sagen könnte, als sie einen weißen Schimmer sah, der sich über die Treppe davonbewegte. Sie lief ihm hinterher, so schnell, dass sie außer Atem war, und erreichte gerade rechtzeitig den dritten Stock, um einen Streifen weißer Seide aufleuchten zu sehen und zu hören, wie sich eine Tür schloss.

Ihre Knie gaben nach, und sie lehnte sich gegen die Wand.

Was hatte er gesehen?

***

Die fünf Tage nach ihrem Treffen im Wald zählten zu den schlimmsten in Portias Leben. Sie waren noch schlimmer als die schlechten Zeiten mit Ivo, die Male, in denen sie nicht ohne einen Gesichtsschleier das Haus hatte verlassen können, weil sie eine gewaltsame Auseinandersetzung gehabt hatten. Auch ohne dass Stacy in irgendeiner Weise Hand an sie gelegt hatte.

Er war so freundlich zu ihr, wie er es auch zu seinen Dienstboten war. Er erhob nicht die Stimme oder sagte etwas Gemeines oder Verletzendes, aber seine wohlkalkulierte Freundlichkeit schmerzte sie mehr, als ein Peitschenhieb oder ein Faustschlag es vermocht hätten. Er wusste, dass sie gelogen hatte, und er war wütend. Er hatte ihr vom ersten Tag an gesagt, dass er Lügen verabscheute. Und Portia war absolut eine Lügnerin.

Nach einem Abendessen, bei dem sie nichtssagende Höflichkeiten ausgetauscht hatten, zogen sie sich in die Bibliothek zurück, und er arbeitete an einem Projekt, während sie vorgab, zu lesen, ihn aber in Wahrheit beobachtete. Nach einigen Stunden legte er die Papiere beiseite, erhob sich und wünschte ihr höflich eine gute Nacht. Als er in jener ersten Nacht nicht zu ihr ins Bett gekommen war, überprüfte sie die Verbindungstür zu seinem Zimmer und stellte fest, dass sie abgeschlossen war.

Die Botschaft war schmerzhafter als eine Ohrfeige; sie hatte es nicht noch einmal versucht.

Am fünften Tag war sie beinahe krank vor Verzweiflung. Sie saß im Frühstückszimmer und schob ein Stück Toast auf ihrem Teller herum. Selbst ihre Klavierstunden, die sie auch nach der Hochzeit noch mit Begeisterung fortgeführt hatten, vergingen wie blutleere Interaktionen zwischen höflichen Fremden.

Portia hatte sich vorgenommen, ihm heute die Wahrheit zu sagen; sie konnte nicht so weiterleben. Außerdem wusste sie tief im Herzen, dass Ivo zurückkehren würde. Erpresser kamen immer auf ihre Geldquelle zurück; jeder Narr wusste das. Sie würde Stacy die Wahrheit sagen und ihn dazu bringen, ihr zu glauben. Irgendwann würde er ihr die Lüge verzeihen, und das nächste Mal, wenn Ivo käme, müsste er es mit ihnen beiden aufnehmen.

O ja, natürlich, genau so wird es ablaufen, spottete die trockene Stimme in ihrem Kopf.

Portia schob ihr unangetastetes Essen beiseite und erhob sich, als sich die Tür öffnete und Stacy hereinkam. Er trug seine schwarze Brille und war für einen Ausritt gekleidet.

»Ah, du hast dein Frühstück beendet, Portia?«

Sie ließ sich wieder auf den Stuhl sinken. »Ich würde gerne noch eine Tasse Kaffee trinken, wenn es dich nicht stört.« Sie wollte mit ihm sprechen, wenn er gegessen hätte. Dann würden sie in die Bibliothek gehen, und dort würde sie ihm alles erzählen.

»Ich genieße immer deine Gesellschaft, meine Liebe.« Er hatte es beiläufig gesagt, als ob er über das Wetter gesprochen hätte.

Portia wandte sich an den Diener. »Würden Sie bitte etwas frischen Kaffee bringen?«

Stacy bediente sich vom Buffet und setzte sich ans andere Ende des Tisches.

»Ich habe dich vor Stunden mit Geist ausreiten sehen.«

»Ja. Ich bin nach Bude geritten, zum Elephant and Castle.« Er schnitt ein Stück Schinken ab und hob es an den Mund. Sie sah seine Augen nicht, aber sie konnte die Schwere seines Blickes *spüren*.

»Tatsächlich?« Obwohl er sich seit ihrer Hochzeit öfter in die Öffentlichkeit gewagt hatte, ging er noch immer nicht oft in die Stadt.

Er nahm einen Bissen, kaute und schluckte, dabei wirkte er vollkommen unbewegt.

Portia hasste die Brille, gerade jetzt, denn sie wusste, dass er sie als Waffe benutzte, um sie auf Abstand zu halten.

Der Diener kam herein, und sie warteten, bis er ihnen frischen Kaffee eingeschenkt hatte.

Stacy legte sein Besteck ab. »Ich habe heute Morgen Nachricht erhalten, dass eine Leiche am Strand gefunden wurde.«

Portia hatte trinken wollen und erstarrte mitten in der Bewegung. »Eine Leiche?«

»Vielen Dank, Thomas, das wäre dann alles«, sagte Stacy. Als sich die Tür hinter dem Diener schloss, wandte sich Stacy wieder Portia zu.

»Ja, eine Leiche.«

»Wo?«, fragte sie, als ihr klar wurde, dass er diese Information nicht von sich aus preisgeben würde.

»Auf den Felsen nahe Penhallow's Bluff. Die Leute nennen es auch Liebeskummerklippe. Direkt unter Nannys Cottage.«

Portias Hand zitterte, und der Kaffee schwappte über den Rand der Tasse, verfehlte die Untertasse und hinterließ Flecken auf der schneeweißen Tischdecke. Sie starrte auf die braune Blüte und konnte den Blick nicht abwenden.

»War es jemand, der unglücklich verliebt war?«, fragte sie und sah endlich auf.

Er regte sich eine ganze Weile nicht, dann nahm er sein Besteck wieder auf und aß weiter. »Ich denke, er könnte der Geliebte einer Person gewesen sein.«

»Er?«, wiederholte sie. »Kanntest du ihn?«

»Es war ein Ausländer, niemand von hier. Er hatte nichts bei sich, das verraten könnte, wer er war.«

Portia runzelte die Stirn. »Woher weißt du, dass es ein Ausländer war, wenn er keine Papiere bei sich trug?«

»Seine Kleidung war sehr teuer und wurde im Ausland hergestellt, bis auf seine Stiefel, die Hobys Zeichen trugen. Er könnte ein umherziehender Schauspieler gewesen sein. Oder vielleicht ein Musiker.« Er zuckte mit den Schultern. »Vielleicht einer der vielen Flüchtlinge, die vom Kontinent herüberkommen, nun da der Krieg aus ist.«

Kleine Nadelstiche der Furcht schossen durch ihren Körper, prallten ab, hallten zurück und vervielfältigten sich. »Ein Schauspieler?«

Er kaute, schluckte und nahm noch einen Schluck Kaffee, bevor er antwortete. »Oder ein Musiker, wobei das nicht sehr wahrscheinlich ist. Eine seiner Hände muss irgendwann einmal schwer verletzt worden sein.«

Die Unterhaltung glich einem der Alpträume, die sie in letzter Zeit oft gehabt hatte. Die Träume, in denen sie versucht hatte, wegzulaufen, aber nicht von der Stelle gekommen war. Sie musste sich mehrfach räuspern, bevor sie weitersprechen konnte. »Wann ist er gestorben?«

»Der Arzt glaubt, er muss einige Tage im Wasser getrieben sein, bevor er wieder angespült wurde.«

In Portias Kopf brummte es wie in einem Bienenstock, in dem jemand mit einem Stock herumgestochert hatte. Einige Tage? Was bedeutete das? Vier Tage? Drei? Aber Ivo hatte versprochen, er würde am nächsten Tag verschwinden. Nun, das wären fünf Tage gewesen. War er aus irgendeinem Grund noch einen Tag geblieben? Wenn ja, wie war er von der Klippe gestürzt?

Panisch dachte sie an das Geld. Wo war das Geld? Hatte die Person, die ihn gefunden hatte, es an sich genommen? Hatte jemand es genommen, bevor er in den Tod gestürzt war? Vielleicht hatte man ihn ausgeraubt. Und was war mit der Hochzeitslizenz? War er dumm genug gewesen, sie bei sich zu tragen?

Sie sah von ihrem Teller auf und betrachtete ihren Mann, der ihr regungslos wie eine Statue gegenübersaß.

Portia senkte den Blick. Sie musste allein sein. Jetzt. Sie erhob sich und warf ihre Serviette auf den Tisch.

»Ich habe Nanny versprochen, ihr etwas Stickgarn für das Taufhäubchen mitzubringen, das sie gerade macht.«

Stacy war im Nu auf den Beinen und kam ihr an der Tür zuvor. Seine Hand legte sich auf die Türklinke, aber er öffnete nicht. »Grüß Nanny bitte von mir und sag ihr, dass ich sie später am Tag auch noch besuchen werde.« Er stand nahe genug, dass Portia die Wärme seines Körpers spüren und sein verführerisches Duftwasser riechen konnte. Sie schwankte in seine Richtung, kurz davor, sich in seine Arme zu werfen und ihm alles zu erzählen. Sie öffnete den Mund und sah ihn an.

Er hatte ein höfliches Lächeln auf dem Gesicht. Höflich und kalt.

»Das werde ich«, sagte sie.

Sie spürte, dass sein Blick sie verfolgte, als sie den Flur entlangging. Als sie ihr Zimmer erreichte, schloss sie die Tür und sank dagegen.

Guter Gott. Ivo – tot! Was würde geschehen, wenn sie herausfanden, wer der Tote war?

***

Stacy wartete, bis seine Frau aus seinem Blickfeld verschwunden war, dann schloss er die Tür zum Frühstückszimmer und nahm seinen Platz wieder ein. Sein restliches Frühstück reizte ihn nicht mehr, und er schob es beiseite.

Er nahm die Brille ab und massierte den Nasenrücken mit Daumen und Zeigefinger, bis er schmerzte. Er hatte den Köder mit der Leiche in der Hoffnung ausgeworfen, dass er sich täuschte, aber Portias Reaktion hatte keinen Zweifel gelassen: Sie hatte den Toten gekannt.

Worin zur Hölle war sie verwickelt, und warum weihte sie ihn nicht ein? Ihr nächtlicher Ausflug und die Sache mit dem Safe waren eine Sache; ein Toter auf seinem Besitz schon etwas ganz anderes. Was wollte sie so dringend verbergen?

Als der örtliche Magistrat war es Stacys Pflicht gewesen, den Toten zu untersuchen, als er gefunden wurde. Das Wasser hatte der Leiche schwer zugesetzt, aber er erkannte, dass es der Mann war, der an jenem Tag mit Fant gestritten hatte.

Er hatte dagestanden und die Leiche betrachtet, und ihm war übel geworden, nicht allein von dem Gestank. Der Tote war ein Italiener, und Stacys Frau war Halbitalienerin. Er wollte glauben, dass es Zufall war, aber die Reaktion seiner Frau an diesem Morgen bewies ihm das Gegenteil.

»Verdammt und verflucht«, murmelte er. Warum zum Henker vertraute sie ihm ihre Sorgen nicht an? Schmerz und Enttäuschung vermischten sich in seinem Bauch und drohten, ihn zu ersticken. Er erinnerte sich, dass sie ihm nie Liebe oder Zuneigung versprochen hatte, und er ein Narr war, dass er es erwartet hatte. Er rang jedes Bedauern nieder, das er wegen dieser Erkenntnis verspürte, und straffte die Schultern. Er würde heute zu Nanny gehen und sich Fant vornehmen. Wenn es ihm nicht gelang, die Wahrheit aus seiner Frau herauszubekommen, bei einem Angestellten würde es ihm ganz sicher gelingen.

***

Die Dörfler sprachen fast ausschließlich von dem rätselhaften Toten, sodass Portia bestens informiert war, ohne ihren Mann nach weiteren Informationen fragen zu müssen.

Als niemand kam, um den Toten abzuholen, verfügte Stacy, dass er in einem Armengrab bestattet werden sollte.

Täglich wartete Portia auf eine Gelegenheit, sich fortzuschleichen und Ivos bescheidenes Schlaflager aufzusuchen. Jeden Tag blieb Daisy in ihrer Nähe, als sei sie an Portias Seite festgenäht. Jeden Tag rechnete sie damit, dass jemand Ivo identifizieren und zu ihr kommen würde.

Selbst nachts konnte sie es nicht wagen, dorthin zu gehen. Auch wenn Stacy sie weiterhin mit kühler Distanz strafte, wusste Portia, dass er sie beobachtete und merken würde, wenn sie sich nachts davonstähle.

Sie wusste, dass sie über Ivos Tod traurig sein sollte, aber sie war nur wütend, dass er nach einem so ruhmvollen Beginn ein so bedauernswertes Ende gefunden hatte. Er hatte ein Talent besessen, das nur wenige Male in einer Generation vorkam. Portia trauerte um den Verlust des Musikers Ivo weit mehr als um den Mann, der Ivo gewesen war.

***

Der Kirchgang war eine der wenigen Aktivitäten, die Stacy und Portia noch gemeinsam unternahmen. Sie hatten ihre täglichen Ausritte eingestellt und verbrachten die Abende nicht mehr in einvernehmlichem Schweigen in der Bibliothek. Ihre Klavierstunden setzten sie fort, aber nur noch dreimal die Woche, und sie waren zu höflichen Interaktionen zwischen Fremden verkommen.

Die Rückfahrt von der Kirche am Sonntag war ebenso unangenehm und gezwungen, wie der Hinweg gewesen war, und Stacy starrte aus dem Fenster der Kutsche, anstatt seine Frau anzusehen, als er sagte: »Die Viscountess Pendleton hat uns eine Einladung zu einer Hausparty auf Thurlstone Castle geschickt.«

Portia betrachtete eingehend ihre gefalteten Hände, ihr Profil war angespannt, und sie antwortete nicht. Was ging ihr in diesem Augenblick durch den Kopf? Würde er es je besser wissen als jetzt?

»Würdest du gerne hinfahren?«, fragte er, als sie nicht antwortete.

Sie sah auf; ihr Gesicht war unbewegt. »Interessiert es dich, was ich möchte, Stacy?«

Halbrunde violette Schatten lagen unter ihren ausdrucksstarken Augen. Wie lange waren die schon dort? Stacy wurde bewusst, dass er sie lange nicht mehr richtig angesehen hatte, seit der Nacht, in der er sie erwischt hatte, wie sie draußen herumgeschlichen war und ihn belogen hatte; es war zu schmerzhaft, sie anzusehen, ohne sie zu berühren.

Aber jetzt sah er sie an. War es sein Verhalten, das dafür sorgte, dass sie kränklich und abgespannt aussah? Hatte er ihr das angetan? Dem Kind, das sie trug?

Stacy legte in einer eigenartig steifen Geste seine Hände über ihre. »Ja, es interessiert mich, was du möchtest.« Er wollte freundlich sein, aber seine Stimme klang noch kälter als gewöhnlich. Er seufzte, als er ihr abgewandtes Profil betrachtete. Ein Teil von ihm, der Teil, der es gewohnt war, dass man ihm gehorchte, wollte verlangen, dass sie ihm die Wahrheit sagte. Wer zum Teufel der Mann gewesen war, und was zur Hölle in jener Nacht im Wald geschehen war.

Aber da war noch ein anderer Teil von ihm, einer, der jeden Tag mehr hervortrat, und dieser Teil hatte nur eine Frage: Wollte er wirklich hören, was sie zu sagen hätte?

Die Wahrheit war, dass Stacy fürchtete, was sie zu verbergen hatte. Was würde er tun, wenn sie etwas Schreckliches getan hatte? Hatte sie den Mann gekannt? War es einer ihrer Verflossenen gewesen? War es Ivo Stefani gewesen, ihr Ehemann? Die verletzte Hand ließ diesen Schluss auf jeden Fall zu. Wer auch immer der Tote war, warum war er hergekommen? Hatte er sie erpresst? Hatte sie den Schmuck mitgenommen, um ihn zum Schweigen zu bringen und ihn dann von der Klippe gestürzt? Vielleicht hatte der Mann sie geschlagen, und sie hatte sich gewehrt. Vielleicht hatte auch jemand ihn von der Klippe gestürzt, bevor sie ihm begegnen konnte. Stacy biss die Zähne aufeinander, während die Fragen in seinem Kopf herumwirbelten. Er hatte Mr und Mrs Fant aufgesucht, um einige Antworten aus ihnen herauszuquetschen, aber Mrs Fant behauptete, ihr Mann sei auf Besuch bei Verwandten in Yorkshire. Die sauertöpfische Frau sagte, sie wisse nichts von dem Mann, den Stacy beschrieb. Hatten Fant und der Fremde nur ein Stück des Weges zusammen zurückgelegt, wie Leute es oft taten, um sich zu schützen? Stacy wollte daran glauben, aber es passte nicht recht. Die beiden Männer hatten auf eine Art gestritten, die für bloße Weggefährten zu persönlich gewesen war.

Er wusste, er hätte Portia fragen und die Sache aufklären sollen, aber er konnte es nicht. Als er sie gefragt hatte, ob sie ihn heiraten wollte, hatte er geglaubt, nur verrückt nach ihrem Körper und ihrem Talent zu sein und nach dem Kind, das sie trug. Jetzt, da er ihre Kameradschaft, ihre Freundschaft verloren hatte, war die Erkenntnis unausweichlich geworden: Er liebte sie und hatte Angst zu erfahren, was wirklich in jener Nacht geschehen war.

Stacy schnaubte; er liebte sie, aber er vertraute ihr nicht und konnte ihr nicht glauben. Was für einen Mann machte das aus ihm?

»Möchtest du die Einladung deines Bruders annehmen?« Ihre Stimme riss ihn aus seinem Selbstmitleid.

Wollte er seine Familie kennenlernen, oder wollte er nur seine Frau von dem fernhalten, was auch immer in jener Nacht an der Liebeskummerklippe geschehen sein mochte? Roberts Gesicht flackerte in seiner Erinnerung auf. »Ich würde gerne meine Schwestern kennenlernen und etwas Zeit mit meinem Bruder verbringen.«

»Was ist mit Frances? Wirst du ihr verzeihen?« Die Worte waren sanft, aber auch anklagend.

»Ich weiß es nicht.« Das war die Wahrheit. Stacy war noch immer zu wütend, um klar zu denken, was ihren Betrug anging. Außerdem war er jetzt zu sehr mit Portia beschäftigt und der Frage, was auch immer *sie* getan hatte. Grundgütiger! Was, wenn sie den Mann getötet hatte? Liebte er sie genug, um ihr einen Mord zu verzeihen? Die Antwort darauf wollte er lieber nicht kennen.

»Es wäre schön, eine Weile rauszukommen.« Die Worte waren so leise gewesen, dass Stacy sie beinahe überhört hätte. Er betrachtete ihr undurchsichtiges Profil. Konnte er flüchten? Vor allem, wenn die Ursache seiner Probleme an seiner Seite bleiben würde? Er nahm seine Hand von ihrem Arm und wandte sich wieder dem Fenster zu.

»Nun gut«, sagte er. »Wir fahren nach Thurlstone Castle.«

Kapitel
Zweiundzwanzig

Weniger als siebzig Meilen waren es bis Thurlstone, aber Stacy hatte entschieden, dass sie in Plymouth Station machen würden.

»Du wirst Ruhe brauchen«, sagte er in seinem kühlen, unversöhnlichen Ton. Sie war versucht, zu widersprechen, einfach aus Trotz, aber er hatte recht: Sie wurde in der letzten Zeit schnell müde.

Er ritt mit seinem Kammerdiener neben der Kutsche her, bedeckt mit Hut, Schal und Handschuhen und überließ es Portia und Daisy einander im Innern der Reisekutsche Gesellschaft zu leisten. Als sie Marlborough House erreichten, stellten sie fest, dass es voller Feiernder war, die gekommen waren, um einen Boxkampf anzusehen, der an diesem Abend stattfinden sollte.

»Wir haben nur das eine Zimmer, Mr Harrington. Wenn Sie wünschen, könnten wir einen oder zwei der Gentlemen anderweitig unterbringen, die ...«

»Das wird nicht nötig sein«, versicherte Stacy dem hageren Wirt. »Wir nehmen das Zimmer, das Sie haben.«

Stacy schickte die Dienstboten zu einem nahegelegenen Inn. Er zog es offensichtlich vor, sich selbst zu versorgen, als dass Powell und Daisy in einem so beengten

Raum Zeugen ihres unterkühlten Umgangs miteinander würden. Nicht dass die Dienstboten nicht ohnehin längst bemerkt hätten, dass ihre Herrschaften einander nicht mehr gegenseitig nachts in ihren Schlafzimmern besuchten. Portia legte sich auf das Bett, das sie zum ersten Mal seit Wochen wieder teilten und ruhte sich aus, während Stacy sich darum kümmerte, dass sie etwas zu essen bekämen.

Würde er heute Nacht in das Bordell gehen, von dem er behauptet hatte, dass er dort nur eine Freundin besucht hatte? Eifersucht wühlte bei dem Gedanken heiß in ihren Eingeweiden.

Sie hörte ein Geräusch und öffnete die Augen.

Stacy stand in der offenen Tür. »Es tut mir leid, mir war nicht bewusst, dass du schläfst.« Er wandte sich um und wollte gehen. Sie rappelte sich hoch und stützte sich auf den Ellenbogen auf. »Ich habe mich nur ausgeruht. Ich möchte wetten, du würdest gerne ein Bad nehmen nach dem langen Tag im Sattel.«

Er lächelte leicht, und Portia sah, dass sich durch die Anstrengung neue Falten neben seinem Mund bildeten. Wie immer trug er seine Brille; sie hatte seit Wochen seine Augen nicht gesehen. Die Erkenntnis verursachte ihr einen alten, schmerzhaften Kloß im Hals. Er hatte die perfekte Strafe für sie gefunden: Er entzog ihr jede Form des Kontakts, selbst den Blickkontakt. War er sich bewusst, dass es die beste Strafe war, die er ersinnen konnte, wenn er sie ignorierte? Sie bezweifelte es. Ihr Wesen war so anders als seines. Sie brauchte den Kontakt, das Miteinander – selbst Streit war noch besser. Er brauchte offenbar nichts; jedenfalls nicht von ihr.

Er läutete, damit sein Bad vorbereitet würde und ging dann in den kleinen Ankleideraum neben dem Schlafzimmer. Sie hörte den normalen Geräuschen des Zusammenlebens zu und dachte über ihr Leben nach. Wie viel länger würde das so gehen? Mit jedem Tag, der verging, wurde es etwas schwerer, ihm die Wahrheit zu sagen. Er war eine undurchdringliche Wand aus Eis: hart, kalt und unnachgiebig. Keine Sekunde war er ihr gegenüber aufgetaut oder hatte Zeichen erkennen lassen, dass er ihre leidenschaftlichen Nächte und die Freundschaft ihrer gemeinsamen Tage vermisste.

Es ist deine Schuld, dass ihr euch entfremdet habt, schalt die strenge Schulmeisterin in ihrem Kopf.

Sei still.

Sag ihm die Wahrheit.

Portia stöhnte und setzte sich auf; es hatte keinen Zweck, sich ausruhen zu wollen.

Eine Reihe Dienstboten ging durch das Zimmer, um die große Badewanne zu füllen, und sie beschäftigte sich mit dem Inhalt ihrer Reisetruhe, bis auch der letzte Diener seinen Eimer geleert hatte und gegangen war. Sie ließ sich mit einem Buch aufs Bett fallen, und dann bemerkte sie, dass die Tür zum Ankleidezimmer nur einen kleinen Spalt offenstand, gerade so weit, dass sie sehen konnte, wie Stacy sich auszog.

Sie ließ das Buch sinken und starrte ihn an, versuchte ihn in Gedanken zu beschwören, die geöffnete Tür nicht zu bemerken. Als er sich bückte, um seine Wildlederhose und seine Unterhose auszuziehen, fiel es ihr schwer, normal zu atmen. Er hob die Füße aus den Hosenbeinen und ließ die Kleidung auf dem Boden verstreut liegen, während er sich nach hinten beugte und reckte. Er streckte die muskulösen Arme über den Kopf, Muskelstränge und Sehnen zeichneten sich wie Stahl unter weißer Seide ab, als er die Schmerzen aus seinen Muskeln massierte. Als er sich genug gestreckt hatte, kratzte er sich gedankenverloren an einer seiner perfekten Hinterbacken und hob dann den Fuß an, um das Wasser zu testen. Er zuckte zurück, ließ den Fuß wieder sinken und sich langsam in die Wanne gleiten.

Er brauchte eine volle Minute, bis er ganz eintauchen konnte. Es war die beste Minute des ganzen vergangenen Monats, und Portia wünschte sich, sie hätte ewig angedauert. Doch nur allzu schnell konnte sie nur noch seine Schultern und seinen Kopf sehen.

Als sie aufstand, zitterte sie. Zwischen ihren Beinen war sie ebenso feucht wie am ganzen Körper. Sie knöpfte ihr Kutschenkleid auf, als wäre sie in Trance, und nahm dabei nie den Blick von dem schmalen Spalt zwischen Tür und Rahmen. Er planschte im Wasser, während er sich einseifte, und als sie Chemise und Strümpfe ausgezogen hatte, war er gerade untergetaucht. Sie wartete, bis er wieder auftauchte und sah zu, wie ihm das Wasser aus dem schneeweißen Haar rann und über seine makellose Haut perlte.

Er wandte sich um, als sie die Tür aufdrückte, und der Blick seiner durchscheinend violetten Augen tastete über ihren nackten Körper und entflammte. Sie maßen einander, tasteten einander ab, ohne einander zu berühren, suchten nach Geheimnissen, Lügen, der Wahrheit, alles außer dieser fürchterlichen Leidenschaftslosigkeit, die sich zwischen sie geschoben hatte. Sein Blick hinterließ einen brennenden Pfad auf ihrer Haut, bis ihr gesamter Körper in Flammen stand.

»Komm her.« Die Worte waren ruhig und kontrolliert, ebenso wie sein Gesichtsausdruck, so wie alles außer seinem Blick. Seine Augen verrieten seine wahren Gefühle, seine Pupillen waren riesig, schwarz und bodenlos.

Sie ging zu ihm hinüber.

»Hock dich über die Wanne.« Seine Worte waren kurz, er senkte die Lider und ließ sich gegen die hohe, schräge Rückenlehne sinken.

Sie hob ein Bein über den Rand der Wanne, und sein Blick wanderte zu den Locken zwischen ihren Beinen. Er presste die Lippen aufeinander, und seine Brust dehnte sich aus, als er einatmete. Sie senkte beide Schenkel ab, bis sie auf dem warmen Metall ruhten und hielt sich aufrecht, indem sie sich am Wannenrand hinter ihr festhielt. Dafür musste sie sich leicht zurücklehnen.

»Komm näher.«

Sie schob sich näher heran, die Bewegung ungelenk wie eine Krabbe, die man zwang, vorwärts zu laufen.

»Näher.« Das einzelne gutturale Wort ließ sie erschauern, und Portia rutschte vor, bis sie nah genug war, um die Hitze seines unregelmäßigen Atems auf der sensiblen Haut ihrer Schenkel zu spüren. Er hob die nassen Hände und teilte ihre Lippen. Seine Berührung war warm und federleicht. Als er aufsah, war das Violett nur noch ein dünner Ring um die riesigen, schwarzen Pupillen. Er rutschte tiefer ins Wasser, bevor er sich vorbeugte. Sein Blick hielt ihren, als seine Zunge ihre Knospe fand.

Sie keuchte und biss die Zähne aufeinander, um keine Befehle zu geben; oder schlimmer noch, zu betteln.

Wieder leckte er sie kurz, dieselbe zarte, neckende Berührung, die sie quälte, während er mit sanftem Druck ihre Schenkel auseinanderschob, bis ihre Hüftgelenke auf angenehme Weise schmerzten.

»Stacy, bitte.«

Er hörte auf, zu necken und begann, sie richtig zu verwöhnen. Unbeschreibliche Lustgefühle durchströmten sie und reduzierten all ihre Gedanken auf einen einzigen: Verlangen. Er saugte ihre geschwollene Perle in seinen weichen, warmen Mund und schob einen Finger in sie. Sie spannte die Muskeln an, als er die Stelle fand, die offenbar seine eigene Entdeckung war. Während er sie von innen verwöhnte, kitzelten seine Zunge und seine Lippen den ersten Höhepunkt aus ihr heraus.

Unanständige Laute und Worte kamen über ihre Lippen, und sie krallte sich an den Wannenrand, bis ihre Finger taub waren, doch er hörte nicht auf. Eine zweite Welle der Ekstase löschte das kleine bisschen Verstand aus, das ihr noch geblieben war, und ließ sie nach Luft schnappen. Ihr Kopf sank in den Nacken, und sie ließ die zitternden Arme sinken, bis ihre Ellenbogen auf dem Wannenrand ruhten und ihr Körper wollüstig vor ihm ausgestreckt lag.

Sie war von einer Wolke des Glücksgefühls eingehüllt, als er sich auf die Füße hochstemmte. Die plötzliche Bewegung ließ Wasser über den hohen Rand der Kupferwanne schwappen und über den Holzboden laufen.

Mit wenigen brüsken Bewegungen hob er sie hoch, stellte sie auf die Füße, beugte sie über die Wanne und schob ihre Knie auseinander, bevor er ihre heiße Spalte mit seinem ebenso heißen Schaft rieb. Und dann stieß er so fest in sie, dass sie ihre Hände abstützten musste, um nicht über den Rand in die Wanne zu fallen.

Er zog sich ganz aus ihr zurück und reizte ihre Öffnung mit seiner geschwollenen Glans, wickelte ihr Haar um seine Faust, sodass sich ihr Rücken durchbog, bis sie glaubte, ihr Rückgrat müsste brechen. Er hielt ihren Körper so angespannt und unbeweglich, während er nur mit der dicken Spitze seines Glieds in sie eindrang.

Diese Demonstration roher Kraft brachte ihre Muskeln dazu, sich um ihn herum anzuspannen, und er keuchte und stieß tief in sie, wobei er sie in ihrer durchgebogenen, gedehnten Haltung festhielt und ausfüllte.

»Hast du das vermisst?«, zischte er. Seine glatte Brust presste sich fest gegen ihren Rücken und sein heißer Atem streifte ihr Ohr. »Hast du meinen Schwanz in dir vermisst? Meine Finger? Meine Zunge?«, reizte er sie, bevor er mehrmals brutal in sie stieß, sodass ihr schwindlig wurde. Er hielt abermals inne, bis zur Wurzel in ihr versenkt, sein Schaft so hart, dass sie das Pulsieren in ihrem Innern spüren konnte.

»Hast du dich selbst befriedigt, Portia?« Eine Mischung aus Verlangen, Wut und Schmerz ließ seine Stimme vibrieren.

»Ja. Ich habe mich wundgestreichelt und dabei an dich gedacht.« Quälend langsam zog er sich zurück und trieb seinen Kolben mit einem erneuten heftigen Stoß in sie.

Allein seine Worte brachten Portia fast zum Höhepunkt.

»Hast du deine Finger in deinen Körper geschoben und dir vorgestellt, dass es meine wären? Kannst du dich selbst so feucht machen, wie ich es kann?« Er wartete die Antwort nicht ab, sondern ritt sie mit einer brutalen Intensität, die ihren Verstand auslöschte.

Zum ersten Mal in ihrem Liebesspiel spürte sie, dass ihm ihre Bedürfnisse gleichgültig waren, und er sie nur zu seiner eigenen Befriedigung benutzte.

Doch dieser Anflug unerwarteter egoistischer Grausamkeit steigerte ihr Verlangen nach ihm lediglich.

Nach einigen letzten heftigen und groben Stößen glitt er tief in sie, die Finger ins Fleisch ihrer Hüfte gekrallt, sein Schaft schwoll an und zuckte, als er sich tief in ihr ergoss.

Einen kurzen, betäubten Augenblick war sie vollständig, war eins mit ihm, aber er hatte noch nicht aufgehört zu zucken, als er sich bereits zurückzog und sie mit einem leeren Gefühl zurückließ.

Portias Arme zitterten, als sie sich von dem harten Wannenrand hochstemmte. Die letzten Ausläufer ihres Höhepunkts strömten noch immer wellenartig durch ihren Körper. Durch einen lusttrunkenen Schleier nahm sie wahr, wie er eines der Handtücher aufhob, sein noch immer geschwollenes Glied säuberte und das Tuch auf den Boden fallen ließ, ohne sie anzusehen.

Danach ging er hinaus und schloss die Tür mit einem entschiedenen Klicken hinter sich.

***

Portia hatte nicht viel darüber nachgedacht, wie Thurlstone Castle aussehen mochte, aber da es der Landsitz eines Earls und ein Schloss war, hatte sie angenommen, dass es beeindruckend sein würde. Nichts hatte sie auf den Anblick vorbereitet, der sich ihnen präsentierte, als die Kutsche den höchsten Punkt der Anhöhe erreicht hatte. Das Haus war eine endlose Folge von Gebäudeteilen, die sich in alle möglichen Richtungen erstreckten, und eher imposant, was die bloße Größe anging als seine elegante Architektur. Tatsächlich sah es vollkommen englisch aus und hatte mit den Schlössern auf dem Kontinent nichts gemein.

Der zentrale Gebäudeteil, ein mit Zinnen versehener Turm, dem das Gebäude seinen Namen verdankte, musste vor langer Zeit einmal der Verteidigung gedient haben. Doch der ehemals majestätische Turm war nun von Gebäuden und Anbauten umringt, und erinnerte eher an eine gedrungene Debütantin in einem Kleid mit zu vielen Volants und Rüschen.

Die Ländereien, die es umgaben, waren im Gegensatz dazu so mathematisch und akkurat angelegt wie ein römisches Militärlager.

Ein immenser Barockgarten erstreckte sich im Süden und Westen des Gebäudes, und ein schmales blaues Band führte zu einem beschaulich daliegenden Teich, der von sorgsam arrangierten Baumgruppen umgeben war.

Es lag näher am Meer als Whitethorn, und man konnte die Brandung hören und die Würze der salzigen Luft riechen. Als sie den Hügel hinabfuhren, verdeckten die altehrwürdigen Bäume zu beiden Seiten der Zufahrt den Großteil des Ausblicks. Einzig der Eingang von Thurlstone war aus dem Innern des Tunnels aus Herbstlaub noch in der Ferne zu erkennen. Das gesamte Anwesen war beeindruckend, aber Portia fand

dennoch, dass die ungeordnetere Wildnis, die Whitethorn umgab, ihrem Geschmack eher entsprach.

Es wäre ihr allerdings auch ganz gleich gewesen,
wenn es eine Bruchbude gewesen wäre. Nach ihrer hitzigen Begegnung im Inn und Stacys unterkühlter
Gleichgültigkeit wäre sie am liebsten zu Fuß nach Whitethorn zurückgelaufen.

Als sie an jenem Abend endlich aus dem Ankleidezimmer gekommen war, hatte er sie mit derselben eisigen
Höflichkeit behandelt wie schon in den letzten Wochen. Wenn sie zuvor Reue wegen ihrer Lügen empfunden hatte, waren nun eine Reihe völlig anderer Gefühle
hinzugekommen. Wenn er einen Krieg des Willens
wollte, dann würde er ihn bekommen. Letzte Nacht
würde das letzte Mal gewesen sein, dass sie ihm ihr Verlangen gezeigt hatte. Für immer.

»O sehen Sie nur, Ma'am«, unterbrach Daisy ihre giftigen Gedanken und zeigte auf einen entfernten blauen
Schimmer zwischen zwei massigen Baumstämmen.
Portia ignorierte die Aussicht und betrachtete stattdessen ihren Mann, der auf dieser Seite neben der Kutsche
her ritt. Genau in diesem Moment schaute er zum Fenster, als ob er gespürt hätte, dass jemand ihn beobachtete. Portia lächelte ihm zu und verspürte eine kindi-
sche Genugtuung, als er überrascht den Mund öffnete.
Sie wandte sich um und sah, dass Daisy sie mit zusam-
mengezogenen Brauen kritisch beobachtete. Portia ignorierte sie und starrte aus dem gegenüberliegenden
Fenster.

Die Kutsche kam vor zwei Reihen von Leuten zum
Stehen, die sich von den riesigen, metallbeschlagenen
Türen des Schlosses bis zur Mitte der Zufahrt

aufgestellt hatten. Es sah aus, als ob ihre neue Schwägerin und ihr neuer Schwager alle Dienstboten des Anwesens versammelt hätten, um sie zu begrüßen.

Viscount Pendleton selbst ließ den Tritt der Kutsche herab und öffnete den Schlag.

»Mrs Harrington!«, rief der Viscount. Er trug ein aufrichtiges Lächeln in seinem schönen Gesicht. »Willkommen auf Thurlstone.«

Prinny selbst hätte sie nicht freundlicher empfangen können. Lord Pendletons Frau wartete am oberen Ende der flachen, ausgetretenen Treppe. Beim Anblick ihres kostbaren blassgrünen Kleids fühlte Portia sich schmutzig und schäbig.

»Ich freue mich so, Sie kennenzulernen«, säuselte die Tochter einer Viscountess und eines Dukes, und ihre Lippen kräuselten sich zu einem leichten Lächeln. Ihre kühle Art passte zu ihrem eisblonden Haar. Sie freute sich nicht so sehr über ihren Besuch – oder zumindest nicht so offensichtlich – wie ihr überschwänglicher Ehemann. Sie wollte lieber als Lady Rowena angesprochen werden als mit ihrem Titel Lady Pendleton. Es schien, als zöge sie es vor, ihren Höflichkeitstitel zu verwenden, den sie als Tochter eines Dukes führte.

Die folgende halbe Stunde verging mit der Begrüßung und gegenseitigen Vorstellung. Der Einzige, den sie noch immer nicht kennengelernt hatten, war der Earl. Portia warf ihrem Mann einen Seitenblick zu, aber er schien unbewegt wie immer.

Stacy nickte Frances kurz zu, aber Portia umarmte die hochgewachsene, rappeldürre Frau und flüsterte ihr ins Ohr: »Ich habe Sie vermisst, und er auch, er ist nur zu stolz, es zu zeigen. Er wird Sie bestimmt bald zurück nach Whitethorn holen.«

Frances lächelte sie mit bebenden Lippen an und drückte sie kurz.

Stacys andere Schwestern waren wesentlich kleiner als Frances, aber alle vier Geschwister hatten dasselbe sandblonde Haar und dieselben blaugrauen Augen. Obwohl sie über die Jahre alle von Stacy gehört haben mussten, konnte keine seiner Schwestern den Blick abwenden. Portia konnte es ihnen nicht verübeln. Sie sah ihn jeden Tag und fand es noch immer schwer, irgendjemanden oder irgendetwas anderes anzusehen, wenn er in der Nähe war; selbst wenn sie ihm gerne einen Ziegelstein über den Kopf geschlagen hätte.

Als sie zu ihren Zimmern gebracht worden waren, die doppelt so groß waren wie jene in Whitethorn, war Portia erschöpft. Doch es blieb keine Zeit, sich auszuruhen. Sie hatten zugestimmt, sich zum Tee im Roten Salon einzufinden, nachdem sie sich etwas frisch gemacht hätten. Portia saß vor ihrem Frisiertisch und versuchte, nicht einzuschlafen, während Daisy ihr Haar in Ordnung brachte, als Stacy durch die Verbindungstür kam. Ihre Blicke trafen sich im Spiegel. Oder zumindest glaubte sie das, denn er trug wieder seine undurchsichtige Brille. Sie lächelte bitter. Sie konnte vielleicht dankbar sein, dass er sie nicht bei ihrer stürmischen Begegnung im Inn letzte Nacht noch schnell aufgesetzt hatte. Sie schaute ihr Spiegelbild an und war stolz, keine Anzeichen für ihre Wut oder für unanständige Gedanken entdecken zu können.

»Wenn du möchtest, sage ich ihnen, dass du dich vor dem Abendessen ausruhen möchtest, Portia.« Das

Angebot war aufmerksam, auch wenn die Art, wie er es vorbrachte, überheblich war.

»Ich bin schon ausgeruht«, log sie. »Sollen wir nach einem Diener läuten oder findest du den Weg?«

Daisy machte einen Schritt zurück, und Portia erhob sich und nahm den Arm ihres Mannes. Selbst diese leichte Berührung verursachte einen Aufruhr in ihrem Bauch.

»Ich glaube, ich kann uns an unser Ziel bringen, ohne zu riskieren, dass sie einen Suchtrupp ausschicken müssen«, sagte er und brachte damit Daisy zum Kichern.

Portia ignorierte ihn.

Das Haus war im Innern ebenso weitläufig wie es von außen den Anschein hatte. Der ursprüngliche Teil war in der Zeit der Plantagenets erbaut worden und hatte mit jedem weiteren Monarchen einen neuen Flügel erhalten. Es kam ihr vor, als wäre eine Stunde vergangen, bis sie den bezeichneten Raum erreichten, aber das mochte auch an dem unangenehmen Schweigen zwischen ihnen gelegen haben.

Portia fragte sich, wie man entschied, welchen der zahlreichen Räume und Salons man jeden Tag benutzen wollte. Wenn sie und Stacy hier gelebt hätten, würden sie einander überhaupt nicht mehr sehen.

Sie wandte sich leicht zur Seite, um das scharfgeschnittene, schöne Profil ihres Mannes zu betrachten, wünschte sich aber gleich, sie hätte es nicht getan. Es war tragisch, dass er so attraktiv war.

Stacys Geschwister waren schon versammelt, als sie eintraten. Der Earl war nicht anwesend. Existierte dieser Mann überhaupt?

Die fünf Geschwister versuchten, die gähnende Kluft zwischen ihnen mit Gesprächen über das ungewöhnlich kalte Wetter, die außergewöhnlich schlechte Ernte und den Zustand der Straßen zu überbrücken.

Während die drei Schwestern einander sehr ähnlich sahen, waren Stacy und Robert Harrington sich nur insofern ähnlich, als dass sie beide groß, gut gebaut und attraktiv waren.

Eine Eigenschaft allerdings schienen sie alle zu teilen, und das war eine gewisse Reserviertheit. Doch so reserviert sie auch waren, Portia konnte sehen, dass sie einander kennenlernen wollten.

Lady Rowena unterdessen schien sich nur für Portia zu interessieren. Die blassgrünen Augen waren so warm wie die einer Schlange, und ihr durchdringender Blick glitt über Portias Gesicht und ihre Gestalt, sodass sie sich ... bedrängt fühlte.

»Ich hörte, dass wir gratulieren dürfen«, sagte die Viscountess und schnitt Mary das Wort ab, die Stacy gerade etwas über die nahegelegenen Bishop Caverns erzählte. »Wann ist es denn so weit?«

»Im März.«

Die Harrington-Schwestern nahmen diese Information mit Nicken und leisem Raunen auf. Die Männer tranken Tee, und das Geräusch von Tassen, die auf Untertassen klapperten, erfüllte die Stille. Portia hätte beinahe losgelacht; das war schrecklich. Würden die gesamten zwei Wochen so ablaufen?

»Wie ich hörte, war Ihr verstorbener Mann der Pianist Ivo Stefani.«

Stacy ergriff das Wort, bevor sie antworten konnte. »Portia ist auch selbst eine begnadete Musikerin.«

Portia warf ihm einen erstaunten Blick zu, und versuchte angesichts des demonstrativen Stolzes ihres Ehemanns, bescheiden zu erscheinen.

»Vielleicht spielen Sie ja für uns?«, fragte Robert Harrington und schenkte ihr ein warmes, charmantes Lächeln.

Portia mochte Lord Pendleton auf Anhieb. Seine Begeisterung für Stacy war nicht vorgetäuscht, und er schien aufrichtig erfreut, seinen Bruder gefunden zu haben.

Seine Frau allerdings war zuallererst die Tochter eines Dukes, dann die Schwiegertochter eines Earls, drittens die Frau eines Viscounts, und erst zuletzt ein menschliches Wesen. Die Frau war beinahe lächerlich selbstgefällig. Ihre Kleidung war formeller und vornehmer als die ihrer übrigen drei Schwägerinnen, und es war offensichtlich, dass sie viel Zeit und Geld auf ihre Erscheinung verwendete.

Portia lächelte ihren Schwager an. »Ich würde sehr gern für Sie spielen. Spielt sonst noch jemand?«

»Vater bestand darauf, dass wir alle Unterricht nehmen, aber ich fürchte, nur Mary war die Geduld unseres armen Lehrers wert.« Frances Blick huschte zu Stacy hinüber, als ob sie erwartete, dass er sie zurechtweisen würde, weil sie es wagte in seiner Gegenwart zu sprechen.

»Spielen Sie noch immer?«, fragte Portia an Mary gerichtet.

Ihre Schwägerin errötete und lachte heiser, was besser zu einem achtzehnjährigen Mädchen gepasst hätte als zu einer Frau, die sicherlich schon über fünfzig sein musste. »Ich werde gewiss nicht vor Ihnen spielen, Mrs

Harrington und auch nicht vor ... äh ... Eustace.« Sie blickte von Frances zu Stacy, unsicher, wie sie ihren Bruder ansprechen sollte.

Wieder war es Portia, die das betretene Schweigen ausfüllte. »Stacy ist sehr gut. Vielleicht lässt er sich überreden, ebenfalls zu spielen.«

»Das muss meine Frau sagen. Sie ist schließlich meine Lehrerin.«

Die Geschwister lachten, und Stacy sah Portia an und lächelte.

Wie erstaunlich gut er darin war, so zu tun, als ob sie ein verliebtes, glückliches Paar wären. Portia hätte ihm ihre Teetasse an den Kopf werfen mögen.

»Das ist wahr. Stacy ist mein talentiertester Schüler.« Sie lächelte süffisant, um zu demonstrieren, dass auch sie zu amüsierter Raffinesse fähig war.

»Sie unterrichten noch immer Musik?« Die Viscountess hätte nicht überraschter klingen können, wenn Portia ihr eröffnet hätte, dass sie nackt durch die Straßen von Mayfair zu laufen pflegte.

»Meine Frau macht Scherze. Ich bin ihr einziger Schüler, und ein sehr anspruchsvoller.« Stacy lächelte Portia zum ersten Mal seit einem Monat ehrlich an, und seine Geschwister lachten mehr über seinen Kommentar, als verdient gewesen wäre. Dennoch, der Scherz schien die Atmosphäre gelockert zu haben, und die sieben teilten sich in kleinere, weniger steife Grüppchen. Portia unterhielt sich mit den vier Frauen, während Stacy und sein Bruder leise miteinander sprachen.

»Wie geht es mit dem Kinderzimmer voran?«, fragte Frances, und die Sehnsucht in ihrer Stimme machte

Portia noch wütender auf Stacy, weil er die Frau aus Whitethorn verbannt hatte.

»Sehr gut. Nanny hat mir geholfen, die Farben für die neuen Vorhänge und Wandbehänge auszuwählen, und Daisy hat sich die Finger wundgenäht.«

»Wie geht es Mr und Mrs Lawson? Ist Jeremys neuer Assistent bereits angekommen?«

»Es geht ihnen gut, und Jeremy ist zufrieden mit dem jungen Mann, der jetzt in seiner Praxis arbeitet.«

Rowena hatte offenbar entschieden, dass die Unterhaltung nun schon zu lange gewährt hatte, ohne dass die Hausherrin daran teilgenommen hätte.

»Sprechen Sie von einem Arzt?« Etwas an der Art, wie die Viscountess ›Arzt‹ sagte, ließ Portia die Härchen im Genick zu Berge stehen.

»Er ist auch ein Freund.«

»Ja, das ist er«, stimmte Frances zu. »Er ist der Sohn des Pfarrers.«

Die Viscountess schien amüsiert. »Aha. Der Sohn des Pfarrers.« Sie übernahm die Kontrolle über die Unterhaltung, und ab diesem Zeitpunkt drehte sie sich um das Unterhaltungsprogramm, das sie für ihren zweiwöchigen Besuch geplant hatte. Die erste Woche war der Familie vorbehalten, aber in der Woche darauf sollten noch mehr Gäste kommen. Es würde Partys unter freiem Himmel mit der örtlichen Prominenz geben, die Männer würden schießen, einen gemeinsamen Ausritt zu den Bishop Caverns unternehmen und ähnliche Aktivitäten, die für solche Hauspartys auf dem Lande üblich waren.

»Seiner Lordschaft ging es nicht gut, also haben wir schon Jahre keine solche Gesellschaft mehr auf

Thurlstone Castle gehabt – schon vor meiner Zeit hier nicht mehr«, erklärte die Viscountess mit einem eigenartigen Schimmer in ihren Augen.

Portia konnte nur vermuten, dass Stacys Rückkehr der Grund für die plötzliche Veränderung war, und sie vermutete, dass dies der Frau überhaupt nicht passte.

»Nächste Woche wird ein großer Ball stattfinden, wenn die Gäste eintreffen.«

Als sie ihrer Schwägerin dabei zuhörte, wie sie von dem Ball sprach, fiel ihr ein, dass sie überhaupt keine passende Kleidung dafür hatte.

Frances beugte sich zu ihr. »Haben Sie ein Ballkleid mitgebracht?«

»Ich habe nie eines besessen. Gibt es in der Nähe eine Modistin?« Die Gegend, durch die sie auf dem Hinweg gefahren waren, hatte ebenso abgelegen ausgesehen wie Whitethorn.

»Wir werden nach Plymouth fahren. Meine Schwestern und ich gehen dort immer zu einer Dame, die fantastische Arbeit macht.« Sie warf den anderen einen Blick zu, um sich zu versichern, dass sie nicht zuhörten und fragte dann: »Wie geht es ihm?«

Sie beide sahen den betreffenden Mann an, der gerade in ein Gespräch mit seinem Bruder vertieft war. Ein Fremder hätte die subtilen Zeichen der Anspannung übersehen können, aber Portia kannte ihn gut genug, um seine Schmallippigkeit und die Spannung in seinen Schultern zu bemerken. Er war alles andere als entspannt.

»Er ist verletzt, aber ich weiß, dass er Sie vermisst. Er wird Zeit brauchen.«

Ihre Worte waren nicht ausreichend, aber sie konnte in ihrer eigenen Lage nicht viel mehr tun. »Dieser Besuch ist in meinen Augen ein gutes Zeichen.«

»Und Sie? Ist Ihnen immer noch morgens übel?«

»Die Übelkeit ist verschwunden, dafür esse ich alles, was ich finden kann und werde sehr schnell müde.«

»Ist dies ihr erstes Kind, Mrs Harrington?« Die Stimme der Viscountess ließ sie auffahren, und Portia bemerkte, dass die forschenden grünen Augen sie wieder zu durchbohren versuchten. Warum hatte Portia das Gefühl, dass Lady Rowena bei allem, was sie sagte, auf irgendetwas Verstecktes hinauswollte?

Sie entschloss sich, auszuprobieren, welche Wirkung ungeschönte Ehrlichkeit auf das arrogante Gebaren der Adligen hätte. »Ich habe in der Vergangenheit eine Enttäuschung erlebt.«

Mary und Constance murmelten leise Plattitüden, doch die Viscountess hob nur die blonden Augenbrauen. »Ich bin sicher, dieses Mal wird es gutgehen. Schließlich ist das Leben auf dem Lande doch gewiss wesentlich gesünder als das hektische Leben, das Sie mit Ihrem ersten Ehemann geführt haben.«

Was glaubte sie, was für ein Musiker Ivo gewesen war? Dachte sie etwa, er wäre ein umherziehender Barde gewesen?

Portia hielt dem Blick aus den kühlen grünen Augen stand. »Ja, das Leben auf Whitethorn ist wundervoll und sehr beruhigend. Kommen Sie hier aus der Gegend, Mylady?«

»Mein Vater hat ein Jagdcottage zwischen Thurlstone und Plymouth. Dort bin ich Lord Pendleton zum ersten Mal begegnet.«

»Ich würde es nicht Cottage nennen«, verbesserte sie Robert, als er und Stacy sich zu der Runde gesellten. Er lächelte Portia zu und nahm neben ihr Platz. »Der Jagdsitz des Dukes ist recht komfortabel.«

Die Viscountess bedachte ihren Mann mit demselben überheblich amüsierten Blick, den sie offenbar jedem schenkte. »Pendleton hält sich dort mit meinem Vater und meinen Brüdern jedes Jahr für ein paar Wochen auf, um zu Jagen und etwas Zeit in Plymouth zu verbringen. Sie sind gern in Plymouth, nicht wahr, Mylord?«

Die Frage hatte ihrem Mann gegolten, aber ihr Blick war auf Stacy geheftet. Stacys Blick war ... nun, Portia konnte nicht sehen, was er ansah.

Pendleton schenkte seiner Frau ein höfliches Lächeln, das sich nicht in seinen Augen spiegelte. »Ich hatte dort einige der schönsten Tage meines Lebens.«

Ein unangenehmes Schweigen füllte den Raum aus, in dem die Eheleute sich anstarrten.

Was hat das nun wieder zu bedeuten?

Robert brach den Bann und wandte sich an Portia. »Wenn Sie erlauben, werde ich Ihren Ehemann einen Augenblick entführen.«

Portias Blick wanderte von seinem lächelnden Gesicht zu Stacys unlesbarem Ausdruck. »Solange Sie ihn mir zurückbringen, Mylord ...«

Harrington lachte leise, und sogar Stacys Mundwinkel zuckten.

»Sie sehen einander ähnlich, nicht wahr?«, fragte die Viscountess, als sie den beiden Männern nachsahen.

»Das ist zu erwarten, sie sind schließlich Brüder«, sagte Frances scharf, und deutete an, was Portia bereits vermutet hatte: Diese beiden Frauen waren nicht unbedingt beste Freundinnen.

Im Kontrast wirkte der Blick, mit dem sich Frances nun an Portia wandte, herzlich. »Sie müssen erschöpft sein, Portia. Möchten Sie sich vor dem Abendessen noch etwas ausruhen?«

»Das wäre wundervoll.«

»Kommen Sie, meine Liebe, sehen wir zu, dass Sie auf Ihr Zimmer kommen.« Frances nahm ihren Arm. »Bald kennen Sie sich selbst hier aus«, versprach Sie, als sie Portia eine besonders prächtige Treppe hinaufführte, an die sich Portia überhaupt nicht erinnern konnte. »Ich vermute, Sie waren es, die Stacy überzeugt hat, herzukommen.«

»Nein. Er wollte selbst gerne seine Familie kennenlernen, und ich glaube, Sie fehlen ihm sehr.« Portia drückte Frances die Hand. »Wir vermissen Sie alle. Ich fürchte, einen Haushalt zu führen, ist nicht gerade eine meiner Stärken. Ich vermisse Sie sehr, und zwar nicht nur in dieser Hinsicht.«

Frances errötete bei dem Kompliment, und hielt an einer Tür an, die Portia nicht wiedererkannte. »Nun, da sind wir, meine Liebe. Ruhen Sie sich etwas aus, und dann sehen wir uns beim Abendessen.«

Daisy war in dem großen Ankleidezimmer beschäftigt, als Portia eintrat.

»Wo wurden Sie untergebracht?«

»Wenn ich das wüsste, Ma'am. Ich fürchte, ich werde mein Zimmer niemals wiederfinden. Powell hat mich dorthin gebracht. Ohne ihn wäre ich tagelang herumgeirrt.«

Portia ließ sich aufs Bett fallen, ohne ihre Slipper auszuziehen.

»Ich bin so müde, dass ich Angst habe, das Essen zu verschlafen.«

Daisy zog ihr die Schuhe aus, hob ihre Beine aufs Bett und zog eine Decke über sie. »Keine Sorge, Ma'am. Ich werde Sie schon rechtzeitig wecken.«

Portia schloss die Augen, und befand sich binnen Sekunden in einem Traum. Er begann wie immer. Sie stand auf der Klippe vor Nanny Kembles Cottage, versuchte zu laufen und kam nicht von der Stelle. Regenwolken verdunkelten den Himmel, und ihr Kleid war vollgesogen und windgepeitscht. Sie blickte nach Westen, und da sah sie Ivos Umrisse, die sich gegen die See abhoben. Sie versuchte, zu ihm zu laufen, aber ihr Körper wollte sich nicht rühren. Er stand zu nah am Abgrund, und sie versuchte, ihn zu warnen, aber der Wind riss ihr die Worte aus dem Mund.

Ivo starrte über ihre Schulter hinweg und schüttelte den Kopf. Seine großen braunen Augen blickten traurig und mitleidsvoll, ein Blick, den sie bei ihm nicht mehr gesehen hatte, seit ihr Vater gestorben war.

Portia erinnerte sich, dass Ivo bereits tot war und sie ihn nicht retten konnte. Doch er musste fort; er musste dorthin, wo er hingehörte. Sie versuchte zu schreien, als er einen Schritt in die Luft machte und über die Klippe verschwand. Erst, als er fort war, konnte sie wieder einen Laut von sich geben.

»Nein!« Sie riss die Augen auf und schrak hoch. Sie blinzelte in rascher Folge, ihr Blick war verschwommen. Sie stand nicht auf der Klippe und sah, wie Ivo in den Tod stürzte. Sie befand sich in ihrem Bett in Thurlstone Castle.

Und sie war allein.

Kapitel
Dreiundzwanzig

An seinem dritten Tag auf Thurlstone wurde Stacy bewusst, dass er seinen Bruder wirklich mochte. Es wäre auch schwer gewesen, ihn nicht zu mögen. Robert tat alles in seiner Macht Stehende, um ihnen den Besuch angenehm und bequem zu machen. Als Stacy das Verhalten seines Bruders mit dem seines Vaters verglich, war Roberts Liebenswürdigkeit sogar noch deutlicher.

Stacy hatte nicht viel von dem Mann erwartet, der ihn gleich nach der Geburt weggegeben hatte, und das war auch gut so. Der Earl of Broughton war ein alter Mann, doch die Jahre hatten ihn nicht erweichen können. Zunächst dachte Stacy, die verdächtige Abwesenheit seines Vaters könnte ein Zeichen dafür sein, dass der Alte sich für sein Verhalten schämte; wenige Minuten in der Gesellschaft des Earls hatten diesen Gedanken schnell widerlegt.

Er bezweifelte, dass der Earl überhaupt wusste, was es bedeutete, sich zu schämen. Oder was Liebe war. Oder Freundlichkeit. Er behandelte Stacy mit derselben Geringschätzung, die er seinen anderen Kindern gegenüber zeigte. Selbst Robert, sein Erbe, schien in seinen Augen keine Aufmerksamkeit oder Zuneigung zu verdienen. Wenn er überhaupt jemanden mochte, dann bevorzugte er offensichtlich Roberts kaltherzige Ehefrau. Das überraschte Stacy nicht. Vater und Schwiegertochter waren schließlich aus demselben Holz geschnitzt: Adlige, die sich mehr um ihre gesellschaftliche Stellung sorgten als um alles andere.

Wie seine Söhne war auch der Earl of Broughton hochgewachsen und breitschultrig, oder war es zumindest einmal gewesen. Der Zahn der Zeit hatte an seiner kräftigen Gestalt genagt, und nun war er an einen Invalidenstuhl gefesselt.

Jedoch nicht einmal der Stuhl und sein klapperdünner Körper konnten seine Präsenz schmälern. Er wirkte wie ein uralter Jagdfalke, dem man eine Haube übergezogen hatte, der aber noch immer gefährlich war, wenn man seinen rasiermesserscharfen Klauen und seinem Schnabel zu nahe kam.

Seine grauen Augen waren der einzige Teil von ihm, der lebendig wirkte, und wilde Abscheu loderte darin, wann immer er Stacy ansah. Der Earl of Broughton hasste ihn. Diese Erkenntnis betrübte ihn nicht, sie verwirrte ihn. Warum hatte er Stacys Existenz offengelegt, wenn er ihn so verachtete? Diese Frage beschäftigte Stacy mehr als ihm lieb war. Er wusste, dass sein Vater ein verdorbener, hasserfüllter und verbitterter alter Mann war, dem er nichts schuldig war. Und doch war er von ihm fasziniert.

Der Earl mochte seine Kinder missachten, aber er war nicht immun gegen Portia, zumindest nicht gegen ihre Musik.

Am zweiten Abend ihres Aufenthalts spielte Portia die Beethoven-Sonate, die Stacy liebte. Als sie zu Ende gespielt hatte, war kein Auge im Raum trocken

geblieben, die kalten grauen Augen seines Vaters einge-
schlossen.

»Ich muss schon sagen!«, rief Robert und klatschte so
fest, dass seine Hände schmerzen mussten. »Sie sind
absolut brillant. Das Beste, was ich je gehört habe.«

Portia nahm das Kompliment seines Bruders – die
Worte eines Menschen, der kaum etwas von Musik verstand, mit einem duldsamen Lächeln entgegen.

Sie hatte nicht nur großartig gespielt, sie sah auch
noch zum Anbeißen aus. Sie trug das rote Kleid, das
Stacy jedes Mal entflammte. Das Rot ließ ihr Haar und
ihre Augen noch dunkler erscheinen, und ihre Haut
sah aus wie der elfenbeinfarbene Samt einer Magnoli-
enblüte. Um den eleganten Hals trug sie die Perlen seiner Mutter. Stacy sah den raubtierartigen Blick seines
Vaters auf den Juwelen ruhen und fragte sich, ob er
sich an seine vor langer Zeit verschiedene Frau erinnerte.

Er hatte an seinem ersten Tag auf Thurlstone ein Porträt seiner Mutter gesehen – ein Ganzkörperbildnis, das
kein geringerer als Gainsborough gemalt hatte. Das
Porträt war nur wenige Monate nach ihrer Heirat mit
dem Earl angefertigt worden. Es hing in der Galerie, in
lebensgroßer strahlender Schönheit direkt neben einem Porträt des Earls. Selbst ein halbes Jahrhundert alt
war Broughton ein mächtiger, beeindruckender Mann
gewesen. Mit einem schiefen, unbarmherzigen und
selbstsicheren Lächeln blickte er dem Betrachter kalt
mit zornigen grauen Augen entgegen.

Die zweite Countess of Broughton war blond und zerbrechlich gewesen mit strahlend blauen Augen und
herzzerreißend schön.

Stacy war erstaunt, wie extrem jung sie gewesen war: gerade siebzehn.

Und sie hatte das Monster geheiratet, das neben ihr hing, ihm zwei Söhne geboren und war dann gestorben.

Stacy fragte sich, ob sie gewusst hatte, dass sie Zwillinge geboren hatte. Er hoffte für sie, dass seine dämonischen Augen nicht das Letzte gewesen waren, was sie im Leben gesehen hatte.

Er schüttelte den verstörenden und sinnlosen Gedanken ab und sah zu seinem älteren Bruder hinüber, der neben ihm auf einem eleganten rotbraunen Reitpferd ritt. Sie begleiteten die Damen zu einer Einkaufstour nach Plymouth. Die Frauen fuhren in der Kutsche der Broughtons, die neben ihnen her rumpelte.

»Wir sollten sie begleiten, Stacy«, hatte Robert gestern Abend vorgeschlagen, als der Plan beim Abendessen aufkam. »Ich kenne einen Pub in Plymouth, der ein fantastisches Bier braut. Ich werde dir ein Pint spendieren, während ich dich im Darts besiege.«

Stacy lächelte, als er sich jetzt an die prahlerische Drohung seines Bruders erinnerte. Darts hatte er immer geliebt und oft mit Hawkins und den Stallknechten gespielt. Sie hatten eine Scheibe in der Scheune und spielten meistens ein oder zweimal die Woche. Stacy hatte Hawkins nur selten geschlagen, aber sein Stallmeister war schließlich auch der Pubmeister in ihrem Zipfel von Cornwall, und er hatte Stacy einiges beigebracht.

Pendleton würde noch Augen machen.

»Du hast eine Stute, die ein Fohlen von deinem Geist trägt?«, fragte Robert mit einem neidischen Blick auf den großen Hengst. Roberts Pferd war absolut passabel, aber kein Vergleich zu Geist.

»Ja, es wird ihr erstes sein.« Der Gedanke an Snezana brachte Stacy Erinnerungen an jene Nacht im Stall zurück. Er verzog das Gesicht. Gedanken an Portia und an das, was in jener Nacht zwischen ihnen vorgefallen war oder überhaupt an ihr Liebesspiel, konnte er jetzt absolut nicht gebrauchen. Er war sich nicht sicher, wie lange er die Distanz zwischen ihnen noch aushielt. Portia schien sich immer mehr von ihm zu entfernen und resoluter zu sein. Er hatte gehofft, sie würde versuchen, sich wieder anzunähern, aber er bekam langsam den Eindruck, dass er den ersten Schritt würde machen müssen, besonders nach seinem Verhalten in Plymouth. Sie war schon vorher stur gewesen, aber sein scheußliches Benehmen in jener Nacht hatte es nur schlimmer gemacht.

Stacy wusste, er sollte sie nicht dafür bewundern, dass sie sturer sein konnte als er, aber er konnte nicht anders.

»Wirst du für die Saison in die Stadt reisen?«, fragte Robert und unterbrach damit Stacys unproduktive Gedanken.

»Ich bin in der Vergangenheit nie hingereist.«

»Dann wird es Zeit. Deine Frau würde doch sicher gern die Londoner Saison erleben.«

Stacy hatte keine Ahnung, was Portia wollte. Abgesehen davon, ihn leiden zu lassen und irgendwann zu Kreuze gekrochen zu kommen.

»Portia gefällt es auf dem Land.«

»Aber sie hat fast ihr ganzes Leben in großen Städten verbracht. Sie erzählte, dass sie in vierzehn europäischen Hauptstädten gewesen ist.«

Stacy spürte einen Stich der Eifersucht, dass sie diese Information nie mit ihm geteilt hatte. Er spähte durch das Fenster der Kutsche und sah sie über irgendetwas lachen. Der Anblick ließ seine Schläfen schmerzen. Was zur Hölle machten sie bloß? Sie hatten schon einen ganzen Monat ihres Lebens damit vergeudet, einen sinnlosen Streit zu führen.

»Ich glaube, es gibt Dinge, die sie in Whitethorn halten«, sagte Stacy. »Sie hat dort Freunde gefunden und hat ein enges Verhältnis zu meiner alten Kinderfrau. Ich bezweifle, dass Portia ihr Leben in Bude zurücklassen möchte.«

»Deine Kinderfrau wohnt bei euch?«

»In einem Cottage auf meinen Ländereien. Sie stammt hier aus der Gegend, glaube ich. Ich kenne ihren Mädchennamen nicht, aber sie hat einen Mann namens Kemble geheiratet.« Der Gedanke an Nanny erinnerte ihn daran, wie sie vor Freude geweint hatte, als er ihr gesagt hatte, dass er die Wahrheit über seine Geburt kannte. Sie hatte gleich zehn Jahre jünger gewirkt. Sie hatte ihn nie täuschen wollen, aber als Angestellte hatte sie keine Wahl gehabt, als ihn anzulügen. Nicht wie Frances. Stacy biss bei dem Gedanken an seine scheinheilige Schwester die Zähne aufeinander.

»Kemble? Hm. Nein, den Namen habe ich noch nie gehört.« Robert klang wenig interessiert an der Herkunft von Stacys Kinderfrau, und das Gespräch drehte sich bald um Plymouth, und sie beide entschuldigten sich im Voraus dafür, dass sie den anderen beim Darts vernichtend schlagen würden.

***

Einige Tage nach ihrer Ankunft in Plymouth, wo Portia einen besonders hübschen Seidenstoff für ihr erstes Ballkleid gefunden hatte, gab sie schließlich einer von Lady Rowenas vielen Einladungen nach, mit ihr auszureiten. Zunächst hatte Portia einen Ausritt mit Rowena, einer ausgezeichneten Reiterin, abgelehnt, aber sie konnte sich nicht länger verweigern, nachdem die Viscountess sie erwischt hatte, wie sie mit Frances über einen Ausritt gesprochen hatte.

Sie sah noch einmal in den Spiegel, als Daisy ihr den hohen Reithut aufsetzte. Wenn sie schon nicht mit ihren Reitkünsten glänzen würde, so war wenigstens ihre Kleidung nicht zu beanstanden. Stacy hatte ihr drei verschiedene Reitausstattungen geschenkt, als sie Dainty bekommen hatte.

Das dunkle Schwarz wurde nur von einer bordeauxroten Halsbinde aufgelockert, die zum Federschmuck des Hutes passte. Portia fand, dass sie in ihrer Reitkleidung besser aussah als in ihren übrigen Kleidern, aber das konnte daran liegen, dass Stacy sie ausgewählt hatte. Es erregte sie, wenn sie darüber nachdachte, dass er Zeit und Mühe darauf verwendet hatte, Dinge auszusuchen, die ihren Körper berühren würden, auch wenn *er* es nicht mehr tun wollte.

Sie hatte gerade die Tür zu ihren Räumen geschlossen, als sie dem Mann begegnete, der ihre Gedanken nie

356

vollständig losließ. Er musste von seinem eigenen Ausritt zurückgekehrt sein. Als er sie sah, blieb er an der Tür stehen, musterte sie von oben bis unten und tippte dabei gedankenverloren mit seiner Reitpeitsche gegen seinen Stiefel.

Etwas an dieser kühlen Musterung tat ihr gut.

»Gehst du reiten?«, fragte er mit hochgezogenen Brauen.

»Wie du siehst.«

»Mit wem?«

Ihr gefiel sein Tonfall nicht, aber sie weigerte sich, ihm ihre Verärgerung zu zeigen. »Mit Lady Rowena.« Sie wandte sich zum Gehen, aber seine Stimme hielt sie zurück.

»Die Viscountess ist eine waghalsige Reiterin, Portia. Pass auf, dass du dich nicht von ihr in eine Situation bringen lässt, der du nicht gewachsen bist.«

Sie wirbelte herum. »Ich weiß deine Sorge um mein Wohlergehen zu schätzen, Stacy, von deinem Vertrauen in meine Reitkünste und meine allgemeine Intelligenz gar nicht erst zu sprechen.«

Er presste die Lippen aufeinander und hörte auf mit der Gerte zu tippen. »Muss ich dich daran erinnern, dass ich mich nicht allein um *dein* Wohlergehen sorge?«

»Ich glaube, genau das hast du gerade getan«, giftete sie. Seine Gefühllosigkeit und seine überhebliche Attitüde machten sie ebenso wütend wie das überwältigende Verlangen, das sie nach ihm verspürte, ganz gleich, wie sehr sie ihn hasste.

Mit zwei ausgreifenden Schritten war er bei ihr, nur wenige Zentimeter blieben zwischen ihnen. Sie schluckte und holte tief Luft, weigerte sich aber, einen Schritt zurück zu machen oder wegzusehen. Er roch nach Pferd, Schweiß und Leder, was lebhafte Erinnerungen an ihr erstes erotisches Zusammentreffen weckte.

»Ich müsste deine Freiheiten beschneiden, was Ausritte angeht, mein Liebling.« Sein Tonfall war sanft, aber sie hörte die Drohung, die darin lag. Etwas berührte ihr Bein, und sie sah hinab.

Er tippte leicht mit der Gerte gegen ihren Schenkel. Die Botschaft war deutlich: Er hatte die Oberhand, und sie täte gut daran, sich dessen bewusst zu bleiben.

Die unverhohlen beherrschende Geste ließ sie nach Luft schnappen, und sie schaute in sein ernstes Gesicht und spiegelte sich in seinen Augen.

Ihr Herz hämmerte und gab sich alle Mühe, ihr Verlangen nach ihm zu verraten.

»Ich würde dich nur sehr ungern provozieren, ein Verbot aufzustellen, dass ich gezwungen wäre, zu ignorieren«, sagte sie ebenso sanft, machte dann auf dem Absatz kehrt und zwang sich, lässig davonzuschlendern, wenn sie in Wahrheit am liebsten vor seinem finsteren Blick davongelaufen wäre.

Als sie beim Stall ankam, traf sie dort auf Rowena, die bereits auf einem grauen Hengst saß, der Geist an Größe, Pracht und Ungeduld in nichts nachstand. Die Frau saß auf dem Pferd, als wäre sie direkt aus dem Sattel herausgewachsen.

»Gütiger Himmel«, raunte Portia, als der große Graue mit den Hufen scharrte. »Ich hoffe, Sie haben ein etwas weniger ... sprunghaftes Pferd für mich.«

Die Viscountess lachte, und es war das erste Mal, dass Portia sie lachen sah. Es klang hell und musikalisch, doch es fehlten die Wärme und die echte Freude.

»Nein, ich glaube Frost wäre etwas zu schwierig für Sie. Ich habe Watts aufgetragen, Honey zu satteln. Sie werden sie mögen; wir geben sie auch immer den Kindern, wenn wir welche zu Besuch haben. Bitte entschuldigen Sie mich einen Augenblick.« Sie wandte sich ab und ritt zu einem der Stallknechte hinüber, bevor Portia etwas entgegnen konnte.

Das war auch gut so. Was hätte sie schon der Stichelei Ihrer Ladyschaft entgegenzusetzen? Schließlich hatte sie recht. Bestimmt konnten alle Kinder, die auf Thurlstone zu Besuch waren bereits besser reiten, als sie es je können würde.

Der Stallknecht führte ein duldsam wirkendes, honigfarbenes Pferd zu ihr.

»Das ist Honey, Ma'am. Sie ist ein braves Mädchen, nicht?« Den letzten Teil hatte er mehr an das Pferd gerichtet, das Portia einen listigen Blick zuwarf, als ob es sagen wollte: *Vielleicht bin ich das, vielleicht aber auch nicht.*

Er half Portia in den Sattel und reichte ihr die Gerte.

Lady Rowena rief ihr über die Schulter zu: »Ich dachte, wir könnten durch den kleinen Wald reiten.«

Kaum hatten sie den Stall hinter sich gelassen, als Honey sich entschied, zu testen, aus welchem Holz Portia geschnitzt war, indem sie vom Weg abwich und einen Biss aus einem Formschnitt herausrupfte, der sicherlich der ganze Stolz des Earls war.

Portia zog an den Zügeln, aber Honey kaute weiter genüsslich an ihrem Leckerbissen. »Du *Satansbraten*«, zischte sie.

Ihre Schwägerin wandte sich halb um und sah sie amüsiert an.

»Honey«, sagte sie, und musste dabei noch nicht einmal die Stimme erheben. Das verfluchte Biest ließ von dem Busch ab und trottete vorwärts.

»Widerwärtiges, abscheuliches Vieh«, murmelte Portia leise, als das Pferd an die Seite des riesigen Pferdes ihrer Schwägerin trabte.

Die Viscountess sah auf sie herab. »Keine Sorge, der Ausritt, den wir heute vorhaben, ist nicht besonders anspruchsvoll.« Ihre dünnen Lippen verzogen sich zu einem schiefen Lächeln und ihre hellen Augen blitzten auf. Sollte das Humor sein?

Rowenas graues Reitkostüm war exquisit wie auch der Rest ihrer Kleidung. Portia wäre nicht überrascht gewesen, wenn sie zu jedem Pferd eine passende Ausstattung gehabt hätte. Wie sie ritt, mit ihrer blassen Haut und ihrem hellblonden Haar, ähnelte sie einer Walküre. Portia versuchte, sie nicht zu hassen, aber diese Frau machte ihr das wahrlich nicht leicht.

»Sind Sie mit Pferden aufgewachsen, Mrs Harrington?«

»Ich bin in Rom aufgewachsen. Pferde konnten wir uns weder leisten noch hätten wir sie benötigt.« Portia konnte die Schärfe aus ihrem Tonfall nicht gänzlich zurückhalten. »Sie hingegen sind, wie ich sehe, eine Expertin. Sie sagten, Ihr Vater hat einen Jagdsitz; jagen Sie?«

»Ja, ich jage recht gerne.«

Es überraschte Portia nicht, das zu hören. »Wie oft reisen Sie dorthin?«

»Ein paarmal im Jahr.«

»Ist er hier in der Nähe?«

»Er liegt beinahe direkt landeinwärts von hier aus im Jagdgebiet nördlich von Modbury.« Die Viscountess wandte sich ab. Sie hatte offensichtlich kein Interesse an einer Unterhaltung.

Portia konnte nicht umhin, sich zu fragen, warum die Frau so sehr darauf bestanden hatte, sie auf einen Ausritt mitzuschleppen, wenn sie nicht mit ihr sprechen wollte. Zweifelsohne wollte sie Portia lediglich demütigen. Sie folgten einem schmalen Pfad, der in den nahegelegenen Wald führte. Die Bäume verschluckten sie, und das Schloss verschwand aus ihrem Blickfeld.

Die Luft war feucht und schwer, und die Geräusche wurden von dem wuchernden Grün ringsumher verschluckt. Portia merkte bald, dass der kleine Wald größer war, als er aussah. Das meiste davon lag unterhalb des Parks und war zum Fluss hin abschüssig.

»Spüren Sie es?«, fragte Lady Pendleton.

»Es spüren?«, wiederholte Portia.

»Dieser Wald ist uralt. Einige dieser Bäume sind viele Hundert Jahre alt. Viele standen hier schon lange vor den Harringtons und sie werden noch hier stehen, wenn es sie nicht mehr gibt.« Portia konnte ihr Gesicht nicht sehen, aber die Stimme vibrierte vor leiser Ehrfurcht.

Interessant. Hier war offenbar etwas, das die naserümpfende Tochter eines Dukes schätzte: Land, das Wahrzeichen des englischen Adels. Bevor Portia das

Thema weiterverfolgen konnte, sprach die Viscountess weiter.

»Wie gefällt Ihnen der Besuch auf Thurlstone bis jetzt?«

»Sehr gut, vielen Dank. Ihre Gastfreundschaft wissen mein Gatte und ich sehr zu schätzen.«

»Sie müssen dem Earl verzeihen, wenn er in seinem Verhalten sehr rigide wirkt. Ich fürchte, es fällt ihm schwer, Gefühle zu zeigen.«

Portia war versucht, darauf hinzuweisen, dass er ganz offensichtlich keine Probleme damit hatte, seine Verachtung zu zeigen, aber sie schwieg lieber.

Sie konnte sich gut vorstellen, dass diese kaltschnäuzige Frau einen derart überheblichen Habitus bewundernswert fand. Sie zeigte schließlich auch selbst keine Gefühle abgesehen von Geringschätzung.

Der Pfad verengte sich, und die Viscountess wurde langsamer. »Reiten Sie vor mir, Mrs Harrington. Der Pfad ist zu schmal, um nebeneinander zu reiten. Er ist auch ein wenig abschüssig, aber nur ein kurzes Stück.«

Die Zweige der sie umgebenden Bäume berührten sie fast, und der Pfad fiel recht steil ab. Sie ritten ein paar Minuten schweigend weiter, als der Weg sich hin und her wand und im Zickzack den steilen Abhang hinunterführte. Gerade war die Strecke wieder etwas gerader geworden, als hinter ihnen Hufgetrappel zu hören war.

Portia spannte sich an und hoffte, der Reiter würde sie sehen, bevor er sie über den Haufen ritt. Sie wagte einen kurzen Blick über die Schulter, obwohl sie einen höllischen Respekt vor dem steilen, engen Pfad vor ihnen hatte.

»Hören Sie ...«

»Hallo! Hallo, Portia!«, rief eine Stimme.

Portia seufzte erleichtert: Es war Frances, und das Hufgetrappel hörte abrupt auf.

»Frances, was machst du hier?«, fragte Rowena. Sie klang gereizt.

»Ich bin zufällig Stacy begegnet, und er sagte, du wärst mit Portia auf einen Ausritt gegangen. Ich dachte, ich schließe mich euch an, weil ich heute Morgen meinen üblichen Ausritt versäumt habe.«

Portia musste lächeln. Sie hatte also tatsächlich mit Stacy gesprochen. Wie schön für Frances! Sie wollte Frances gerade sagen, dass sie froh war, dass sie die beiden begleiten wollte, als sie ein lautes Krachen hörte und ihr der Hut vom Kopf gerissen wurde. Honey stieg und machte ein Geräusch, das sich anhörte wie ein schreiendes Baby. Und dann ging sie durch.

Kapitel
Vierundzwanzig

Portias Schreie vermischten sich mit Honeys, als ihr
die Zügel aus der Hand glitten und das Pferd losgalop-
pierte. Stimmen hallten hinter ihr, während sie versuchte, sich an der Mähne festzuhalten. Sie versuchte
nach den Zügeln zu greifen und wäre beinahe über Honeys Kopf geschleudert worden. Wie durch ein Wunder gelang es ihr, einen der Zügel zu packen. Sie zog mit
aller Kraft daran, aber das Pferd hatte die Trense fest
im Maul, und das Ziehen nützte nichts.

Der Wald flimmerte wie ein einziger grünbrauner
Fleck an ihr vorbei, und ein tiefhängender Ast riss
schmerzhaft an ihren Haaren. Sie duckte sich gerade
noch rechtzeitig, um zu bemerken, wie Honey ihre
Kraft zusammennahm, die Hinterläufe anspannte und
über etwas hinwegflog, das über dem Pfad lag. Portia
schrie als sie durch die Luft segelten. Sie wollte ihre Augen zukneifen, aber sie widerstand diesem törichten
Drang und starrte mit weit aufgerissenen und tränen-
den Augen voraus, als sie aus dem Wald herausbrachen
und ein sanft abfallendes Tal erreichten. Nicht mehr
von Hindernissen zurückgehalten, verdoppelte Honey
ihr Tempo. Etwas Nasses schlug Portia ins Gesicht und
nahm ihr auf einem Auge die Sicht. Sie krallte sich an

Honeys Mähne fest und mit der anderen Hand an dem einzelnen Zügel und blinzelte, um wieder klar zu sehen.

Eine dunkle Gestalt donnerte in ihr äußeres Sichtfeld, eine Hand schoss vor, packte Honeys Zaumzeug, zog daran und brachte das Pferd so abrupt zum Stehen, dass Portia die Arme um den Hals des Pferdes schlingen musste, um nicht über den Kopf zu segeln.

Portia vergrub ihr Gesicht in Honeys heißer, feuchter Mähne, bis eine starke Hand ihre Schulter packte und sie in eine aufrechte Position zog. Sie wischte sich über das Auge und sah Blut auf dem hellbraunen Lederhandschuh.

»Geht es Ihnen gut?« Bis auf zwei farbige Flecken über ihren hohen Wangenknochen war Frances' Gesicht kalkweiß.

»Blut.« Portia hielt die Hand hoch, als müsste sie es beweisen, damit Frances ihr glaubte.

»Es ist Honeys, sie wurde angeschossen. Die Kugel hat Ihren Hut gestreift und ihr Ohr getroffen. Deswegen ist sie durchgegangen.«

»Angeschossen?« wiederholte Portia, ihre Stimme klang eigenartig schläfrig.

Rowena kam auf ihrer anderen Seite angaloppiert. »Sind Sie verletzt, Mrs Harrington? Mir ist beinahe das Herz stehengeblieben, als ich Sie davonstürmen sah.«

Wut grub sich in Frances üblicherweise unbewegte Züge, als sie zu der Viscountess herumwirbelte. »Jemand hat auf sie geschossen, Rowena.«

Die Anklage im Tonfall der anderen Frau ließ Rowena die Röte ins Gesicht steigen.

»Vermutlich war es jemand, der Hasen oder Wildtauben jagt, ein Wilddieb. Ich denke, dieser Jemand wusste nicht einmal, dass wir da waren oder dass er jemanden getroffen hatte. Es sieht so aus, als ob Honey die Spitze ihres Ohrs eingebüßt hat.« Der Blick ihrer blassen Augen wanderte von dem Pferd zu Portia. »Sie hatten großes Glück, Mrs Harrington, die Kugel hat Ihren Kopf nur um wenige Zentimeter verfehlt.«

Portia fiel die Kinnlade herunter. Warum in Gottes Namen hielt diese Frau es offenbar für nötig diesen schrecklichen Umstand noch einmal zu erwähnen?

Frances hatte sich anscheinend dasselbe gefragt, gab einen zornigen Laut von sich und drängte ihr Pferd näher heran. »Ich werde Sie zurückbringen, Portia. Sie müssen völlig außer sich sein vor Angst, und die arme Honey braucht jemanden, der sich um ihr Ohr kümmert.« Sie wandte sich zu Rowena um und beugte sich vor, um nach Honeys Zügeln zu angeln.

Der Rückweg schien ewig zu dauern, und auf dem gesamten Weg durch den Wald hatte Portia das Gefühl, ihre Kopfhaut jucke, als ob sie auf eine weitere Kugel wartete. Sie zitterte so sehr, dass man sie vom Pferd heben musste, als sie endlich beim Haus angekommen waren.

»Tragen Sie sie zum Haus«, befahl Frances.

Portia wehrte sich gegen den Vorschlag, irgendwohin getragen zu werden.

»O nein, bitte, Frances. Ich bin absolut in der Lage, selbst zu gehen. Ich bin nur noch ein wenig wackelig, aber gleich geht es mir wieder gut.« Portia drehte sich zu dem kräftigen Stallburschen um, der sich bereits heruntergebeugt hatte, um sie auf den Arm zu heben. »Wirklich, ich komme allein zurecht.« Sie schämte sich, wie zittrig ihre Stimme klang.

»Ich werde Ihnen ein Bad bereiten lassen und dafür sorgen, dass man Ihnen sofort etwas Tee bringt«, sagte die Viscountess.

Frances sah ihr mit einem scharfen Blick hinterher, bevor sie Portias Hand nahm. »Kommen Sie, Portia, Sie werden sich nach einem schönen, heißen Bad gleich weit besser fühlen.«

***

Portia lag in der Wanne und fragte sich, ob sie je wieder zu schlottern aufhören würde, als die Tür mit solcher Kraft aufgerissen wurde, dass sie von der Wand zurückprallte.

Stacy war mit wenigen ausgreifenden Schritten bei ihr, ließ sich neben der riesigen Wanne auf die Knie fallen und nahm ihre nasse, seifige Hand.

»Großer Gott! Ich habe es gerade gehört. Geht es dir gut?«

Sein besorgter Ausdruck und die ungezügelte Angst in seiner Stimme erfreuten sie.

»Ich bin unverletzt, nur das arme Pferd hat ein Stück seines Ohrs eingebüßt.«

Stacy atmete hörbar aus, als ob er zuvor den Atem angehalten hatte. Er senkte den Kopf und nahm mit zittrigen Händen seine Brille ab. Als er sie ansah, konnte sie den Schreck in seinen faszinierenden Augen ablesen. Er drückte ihre Hand so fest, dass es schmerzte.

»Robert glaubt, dass es ein Wilderer war. In der letzten Zeit hatten sie damit viel Last. Er lässt den Wald durchkämmen.« Mit zusammengepressten Lippen

367

schüttelte er den Kopf. »Ich hätte Lady Rowena nie erlauben sollen, dir ein Pferd auszusuchen. Sie kann
deine Fähigkeiten überhaupt nicht einschätzen.« Er
runzelte die Stirn. »Aber ich kann nicht bleiben. Ich
sollte ihnen bei der Suche helfen. Ich wollte nur vorher
sicherstellen, dass es dir gutgeht.«

Nun, da der Augenblick seine Dringlichkeit verloren
hatte, wirkte er unangenehm berührt.

»Das Baby ...?«

»Ich glaube, es ist alles in Ordnung, ich spüre jedenfalls nichts.« Sie sah ihn herausfordernd an, in der
Hoffnung, die Stimmung etwas aufzulockern. »Heißt
das, dass ich jetzt nicht mehr reiten darf?«

Sein Gesichtsausdruck wurde noch arroganter. »Es
bedeutet, dass ich dich nicht mehr aus den Augen lassen werde.«

Portia blieb der Mund offen stehen. Gab er etwa *ihr*
die Schuld, weil irgendein idiotischer Wilderer auf ihr
Pferd geschossen hatte?

Zornig schaute sie zu ihm auf. »Das wird aber nicht
leicht sein, wenn die Verbindungstür abgeschlossen ist
und du auf der anderen Seite.« Portia wünschte, sie
könnte sich die Zunge abbeißen. Das Letzte, was sie
wollte war, dass er den Eindruck bekäme, dass sie ihn
im Bett vermisste, auch wenn es der Wahrheit entsprach. Gerade *weil* es der Wahrheit entsprach.

Er setzte wieder die Brille auf. »Wenn du die Tür ab-
schließt, stell dich besser darauf ein, dass sie aufgebrochen wird«, versprach er und stolzierte aus dem Raum.

Portia warf den Waschlappen nach ihm, verfehlte ihn
aber um ein gutes Stück, sodass er nur nass gegen die
Wand klatschte. »Ich war es nicht, die zuerst die Tür

abgeschlossen hat!«, rief sie, und es war ihr egal, wer es hörte.

Seine Antwort war, die Tür zuzuschlagen.

***

Obwohl alle sie drängten, sich auszuruhen, ging Portia an jenem Abend zum Dinner hinunter. Was nützte es, in ihrem Zimmer herumzuliegen, wenn sie nicht verletzt war? Außerdem war ihr nicht danach, allein zu sein. Sie gab es nur sehr ungern zu, aber die Episode hatte sie ziemlich mitgenommen.

Stacy kam in ihr Zimmer, gerade als Daisy hinausging. Keiner von ihnen sagte etwas, und der Weg zum Speisezimmer schien Stunden zu dauern. Schließlich war es Stacy, der das Schweigen brach. »Du siehst heute bezaubernd aus, Portia.« Es ärgerte sie, mit welcher Distanziertheit er dieses Kompliment vorbrachte.

»Anscheinend stehen mir lebensbedrohliche Situationen.«

Sie spürte, wie er ihr den Blick zuwandte, aber sie weigerte sich, in die beiden Spiegelbilder ihres eigenen Gesichts zu blicken.

»Bitte sag mir, dass du solche Situationen nicht zur Gewohnheit werden lässt.«

Portia blieb stehen, riss sich von seinem Arm los und wirbelte herum, um ihn anzusehen. »Ich soll dir also sagen, dass ich es nicht zur Gewohnheit werden lasse, dass man auf mich schießt?« Sie ließ ihm keine Zeit, die Frage zu beantworten.

»Hmm«, machte sie und griff sich mit Daumen und Zeigefinger ans Kinn, als ob sie ernsthaft über die Sache nachdachte.

»Nein«, sagte sie. »Nein, es tut mir leid, ich fühle mich nicht wohl dabei, das zu versprechen.« Sie wandte sich auf dem Absatz um und stolzierte den Korridor hinunter.

»Portia.«

Sie weigerte sich, stehenzubleiben.

»Portia, du gehst in die falsche Richtung. Da sind wir hergekommen.« Selbst aus sechs Metern Entfernung konnte sie noch hören, dass er das sehr witzig fand.

Sie wollte schreien und war schwer in Versuchung einfach weiterzugehen. Sie hätte es getan, aber sie wusste, sie würde nie in ihr Zimmer zurückfinden. Sie blieb stehen, zu wütend, um sich umzudrehen. Stattdessen schloss sie die Augen und zählte bis zehn. Sie spürte eine sanfte, warme Berührung an ihrem Arm.

»Komm, lass uns zum Abendessen gehen, bevor sie Männer mit Hunden und Fackeln schicken. Du musst wissen, dass ich nicht wütend auf dich bin, Portia. Ich hatte nur große Angst.« Portia spürte, wie sie schwach wurde und atmete durch, um nichts Unhöfliches zu sagen. Aber als sie ihren Mund öffnete, kam nichts heraus.

»Ja?« Seine Stimme war nah an ihrem Ohr und sein warmer Atem kitzelte sie.

Sie legte ihre Hand auf seinen Arm, und sie setzten ihren Weg fort.

»Haben sie im Wald etwas gefunden?«

»Nichts. Zweifellos hat der Wilderer den Aufruhr gehört und ist so weit wie möglich weggelaufen.«

Damit hatte Portia gerechnet. Es war vermutlich irgendein Bauer, der unter der schlechten Ernte litt und versuchte, seine hungrigen Kinder zu ernähren.

Als sie den Salon erreicht hatten, trafen sie dort die gesamte Familie versammelt vor, die auf die Ankunft der übrigen Dinnergäste wartete, und Portia fiel plötzlich wieder ein, dass dies das erste Dinner mit weiteren geladenen Gästen war. Sie verzog das Gesicht. Vielleicht hätte sie doch in ihrem Zimmer bleiben sollen.

Robert kam mit ausgestreckten Händen auf sie zu, die Stirn in Sorgenfalten gelegt. »Es tut mir so leid, dass ausgerechnet dir das passiert ist, Portia.«

Portia lachte. »Nun, ich nehme an, niemand hier hätte es gerne erlebt, Mylord.«

»Sie sind bemüht, es gelassen zu nehmen. Ihr Mann sagte bereits, dass Sie das tun würden.«

Portia warf Stacy einen überraschten Blick zu. Doch der nervtötende Kerl blieb wie immer unbewegt.

»Wie geht es Honey? Sie ist schließlich das wahre Opfer.«

»Es geht ihr gut, mal abgesehen vom Verlust ihrer Ohrspitze. Zweifellos wird ihr das unter ihresgleichen Respekt verschaffen. Ihre Tapferkeit wird in der Welt der Pferde noch in Jahrzehnten gerühmt werden.«

Portia verkniff sich ein Lächeln. »Vielleicht sollte sie sich einen Namenszusatz zulegen, der auf ihre Kampferprobtheit hinweist?«

Robert lachte. »Ja, haben sich nicht die Wikinger auf diese Weise ausgezeichnet?«

»Vielleicht wäre so etwas wie Honey Spalt-Ohr passend«, schlug Stacy mit ernster Miene vor.

Die Männer lachten, und Portia wackelte tadelnd mit dem Zeigefinger, wobei sie selbst kaum ihr Lachen unterdrücken konnte. »Ihr seid schrecklich, euch über mein tapferes Ross lustig zu machen.«

Sie erfanden weitere, ebenso irrwitzige Wikingertitel, als Constance sich ihnen näherte. Stacys Schwestern waren alle zurückhaltend, aber Constance war die schüchternste von ihnen.

»Vater lässt fragen, ob Sie zu ihm kommen möchten, Mrs Harrington.« Sie sah Stacy furchtsam an, als sie diese Botschaft überbrachte, so als ob sie Angst hatte, dass er darauf bestehen könnte, seine Frau zu begleiten.

»Würden Sie mich entschuldigen?«, sagte Portia zu Robert und Stacy.

Der Earl saß würdevoll mit dem Rücken zu seiner Familie neben dem riesigen Kamin. Er sah auf, als sich Portia näherte und deutete auf den Stuhl, den ein Diener gerade ihm gegenüber aufgestellt hatte. Sie setzte sich und konnte so nicht nur den Earl sehen, sondern auch den Rest der Familie hinter ihm. Sie betrachtete den alten Mann, und ihre Blicke trafen sich. Seine Augen hatten nicht dieselbe Farbe wie die seines Sohnes, aber sie waren schön geformt und länglich und lagen tief unter markanten Brauen. In diesen Augen lag nicht einmal ein Körnchen Sanftheit. Sie stocherten, wägten ab, und begutachteten sie fachkundig, als wäre sie ein Stück Fleisch beim Metzger. Ein verächtliches Lächeln erschien auf seinen Lippen, als ob er etwas Amüsantes entdeckt hätte.

»Ich habe Ihren Gatten einmal spielen hören.« Seine Stimme war tief und hohl, die kurzen Konsonanten wirkten elegant.

Portia lächelte etwas, entgegnete aber nichts. Sie verachtete ihn für das, was er seiner Familie angetan hatte und wie er sich Stacy gegenüber verhielt.

Er beobachtete ihr Gesicht wie ein Raubtier, das eine potenzielle Beute betrachtete, und er zuckte kurz mit einem Mundwinkel. »Sie haben sich von Ihrem heutigen Missgeschick im westlichen Wald erholt.« Es war keine Frage.

»Ich wurde nicht getroffen. Die Kugel hat das Ohr eines Ihrer Pferde gestreift. Ich vermute, sie wird den Zwischenfall nicht so schnell vergessen.«

Das entlockte ihm ein scharfes, bellendes Lachen. »Pferde sind ebenso wie die meisten Menschen dumme Viecher. Sie vergessen, was sie wollen. Sie sind eine Reitanfängerin, sagte mir Frances. Sind in Rom aufgewachsen, ja?« Irgendetwas daran schien ihn zu amüsieren.

»Ja. Mein Vater war Italiener, aber meine Mutter Engländerin. Sie haben sich kennengelernt, als mein Vater hier in England Musik unterrichtete.«

Sein Lächeln wurde spöttischer. »Er hat also eine seiner Schülerinnen geheiratet, was?«

»Ja. Er heiratete die Tochter des Earls of Marldon.« Portia hasste sich dafür, dass sie den Namen ihres einflussreichen Verwandten fallenließ und versuchte, bei diesem hochmütigen Mann damit Eindruck zu schinden.

Diese Offenbarung brachte den Earl abermals zum Lachen, doch dieses Mal war es mehr ein Grölen, das in einem Hustenanfall endete.

Constance erschien sofort mit gespitzten Lippen, als hätte sie jemand an einer Schnur herbeigezogen.

»Vater?«

Er wedelte mit der Hand über seine Schulter und machte sich nicht einmal die Mühe, sich umzudrehen.

»Geh weg! Hör mit dieser Gluckerei auf!« Die Worte spie er aus, während er nach Luft schnappte. Er wandte sich an Portia, sein Atem gepresst und seine Miene noch einmal so giftig.

»Marldon hatte nur *Mädchen* und kaum zwei Pence, um sie auf sie aufzuteilen.« Er feixte über den Gedanken an den anderen Adligen, der zu viele Töchter hatte und verarmt war. »Er lebt nicht mehr. Ich habe gehört, dass der neue Earl nicht halb so ein Idiot ist wie der alte.« Er sah ihre Miene, und Eifer zeigte sich in seinem Gesicht. »Haben Sie den neuen Earl besucht, als Sie nach England zurückkehrten und haben ihn mit Ihrem berühmten Ehemann beeindruckt?« Die Vorstellung schien ihn zu reizen.

»Ich kenne den neuen Earl nicht.«

Dieses Mal lachte er richtig. »Der neue Sprössling wollte also nichts mit Ihnen zu tun haben, wie?«

Portia wollte seine zutreffende Interpretation der Situation weder bestätigen noch verneinen, doch wie sich herausstellte brauchte er sie nicht, um das Gespräch fortzuführen.

»Tja, Sie haben es ja auch ohne deren Hilfe ganz gut getroffen, was? Ihr neuer Gatte hat schließlich auch ein ganz ordentliches Vermögen angehäuft.« Portia hörte von Stolz gehärtete aristokratische Verachtung heraus. Portia lächelte leicht; als ob *er* irgendeinen Anteil an Stacys Erfolg gehabt hätte.

Wieder schien er sie so leicht lesen zu können wie ein Kassenbuch.

»Für seinen Erfolg kann ich mich nicht rühmen und will es auch gar nicht. Außer natürlich für den Teil von mir, den zu erben er das Glück hatte.« Er ließ wieder sein raues, hustendes Gelächter hören. Dieses Mal war seine Tochter klug genug, sich fernzuhalten. Als er aufgehört hatte zu husten, fixierte er Portia mit seinem gnadenlosen Blick. »Sie werden nach dem Dinner für meine Gäste spielen.« Es war keine Bitte. Er kaute auf der Innenseite seiner Wange, womit er zum ersten Mal äußerlich Emotionen zeigte, auch wenn Portia nicht wusste, welche.

Er starrte sie an wie ein Magistrat, der über eine Schwerverbrecherin zu Gericht saß. »Ich bin der Meinung, dass Ihr Klavierspiel Stefanis in den Schatten stellt.« Er machte den Eindruck, als bereute er seine Worte gleich wieder, denn sein Ausdruck wirkte gequält.

Portia wurde bewusst, dass sie als Reaktion auf sein widerwilliges Lob unwillkürlich eine Augenbraue hochgezogen hatte.

Er bemerkte es und schnaubte.

»Ich danke Ihnen, Mylord.« Portia versuchte gar nicht erst, sich den amüsiert ironischen Ton zu verkneifen.

Just in diesem Augenblick wurden die ersten Gäste gemeldet, und der Earl of Broughton wandte sich mit seinem Stuhl von ihr ab.

Die Unterredung war beendet.

*** *** ***

Stacy konnte den Blick nicht vom Gesicht seiner Frau abwenden, während sie mit seinem Vater sprach. Für gewöhnlich war es ausdrucksstark, aber jetzt konnte er nichts daraus ablesen. Er vermutete, dass sie so aussah, wenn sie mit einem Fremden sprach, einem Fremden, den sie nicht besonders mochte.

Dabei fiel ihm auf, dass sie ihm gegenüber nie einen solchen Ausdruck gezeigt hatte. Wenn sie mit Stacy sprach, zeigte sie ihre Gefühle: Ärger, Wut, Leidenschaft, Lust, Zuneigung, Sorge und Schmerz. Jetzt verstand er, dass ihre Offenheit ihm gegenüber ein Geschenk war. Es war auch ein Geschenk, mit dem er besonders schlecht umgehen konnte. Er hatte nie eine ähnliche Leidenschaft erfahren oder empfunden. Bis jetzt.

»Keine Sorge, Stacy, Ihre Frau wird schon mit ihm fertig«, sagte Robert leise. Keiner von beiden konnte sich von dem ungewohnten Anblick abwenden, ihren Vater bei einem persönlichen Gespräch mit jemandem zu erleben. Stacy sah seinen Bruder an und bemerkte eine Falte zwischen den freundlichen blaugrauen Augen, als ob er seine eigenen Worte nicht ganz glauben mochte.

»Ich habe vollstes Vertrauen in sie«, sagte Stacy. Und das hatte er. Sein Problem war nie ein Mangel an Respekt oder Bewunderung für Portia gewesen. Er wünschte bloß, er könnte ihr auch anderweitig vertrauen.

***

Portia war zwischen einem der örtlichen Gutsbesitzer und einem recht gutaussehenden verwitweten Baron platziert worden. Sie unterhielt sich lebhaft mit beiden Männern und genoss die angenehme Abwechslung nach dem unangenehmen Verhör durch den Earl. Stacy saß am anderen Ende der langen Tafel zwischen zwei errötenden jungen Damen. Während der Mahlzeit beobachtete Portia, wie sich ihre anfängliche ängstliche Ehrfurcht vor dem bleichen Gott zwischen ihnen wandelte und sie schon bald um seine Aufmerksamkeit und sein seltenes Lächeln buhlten. Ihr Ehemann sah großartig aus. Er trug eine Weste, die sie noch nicht kannte, elfenbeinfarbene Seide bestickt mit violetten Rosen im Farbton seiner Augen. Er trug seine dunkle Brille, was bei den Damen offenbar eine beinahe lähmende Überdrehtheit auslöste. Portia betrachtete sein elegantes, scharf geschnittenes Profil, als er den Kopf beugte, um mit einer von ihnen zu sprechen, und sie merkte, dass sie die Zähne aufeinanderbiss. Sie senkte den Blick und ließ den Tisch hinter ihren Wimpern verschwinden. Die einzige Person, die sie ansah, war ihr Schwiegervater, der sie mit schadenfrohem Spott beobachtete.

Portia warf dem extrem unangenehmen alten Mann einen bösen Blick zu und richtete ihre Aufmerksamkeit dann wieder auf ihr Essen.

Als der letzte Gang abgedeckt worden war, überließen die Damen die Herren ihrem Portwein und zogen sich in den großen Salon zurück, der an das Musikzimmer grenzte.

Die Viscountess lauerte neben ihr, bevor sie sich setzen konnte. »Ich nehme an, Sie haben sich schon wieder genug erholt, um heute Abend für unsere Gäste zu spielen, Mrs Harrington?«

Portia hatte die Frau bereits mindestens ein halbes Dutzend Mal gebeten, sie beim Vornamen zu nennen. »Natürlich, Mylady. Hatten Sie an etwas Bestimmtes gedacht?«

»Ich bin sicher, in derlei Dingen ist Ihr Geschmack meinem weit überlegen.« Der Blick der Viscountess flackerte über ihr dunkelblaues Kleid, als ob sie zu sagen versuchte, dass Portias Geschmack wenigstens in einer Weise überlegen sein musste. Portia hätte beinahe applaudiert. Sie war wirklich eine Virtuosin, wenn es darum ging, jemanden zu beleidigen und ihm dabei ins Gesicht zu lächeln.

»Die meisten der Hausgäste kommen wohl morgen an?«, fragte Portia in der Hoffnung, die harmlose Frage könnte die Frau dazu bringen, ihre allzeit bereiten Krallen einzufahren.

»Ja. Wir werden in den kommenden Tagen ein volles Haus haben.« Sie lachte humorlos. »Na ja, nicht ganz voll. Thurlstone hat viele Räume, die nicht mehr bewohnbar sind, fürchte ich.«

Das Geständnis überraschte sie. Das Schloss sah nämlich gut gepflegt aus, und die hochmütige Tochter eines Dukes war nicht gerade die Art Frau, die zugegeben hätte, dass das Anwesen nicht perfekt war oder das Geld gefehlt hätte, es in diesen Zustand zu versetzen.

»Ich würde das Haus gern besichtigen.«

Die dünnen Lippen ihrer Schwägerin kräuselten sich zu einem nachsichtigen Lächeln. »Vielleicht kann ich Sie morgen herumführen?«

Zuerst der Ausritt und dann das? Vielleicht versuchte die Frau tatsächlich, nett zu sein und wusste bloß nicht, wie man das anstellte.

»Das wäre sehr freundlich, wenn Sie nicht zu beschäftigt sind, sich auf die Gäste vorzubereiten.«

»Dafür habe ich Dienstboten, Mrs Harrington.« Ihr Ton war sanft, doch die Botschaft klar: Wenn Sie nicht so ein pöbelhafter Schandfleck wären, wüssten Sie das.

Portia hätte über diese verblüffende Herabsetzung beinahe gelacht.

Frances näherte sich ihnen mit den beiden jungen Damen, die beim Dinner mit Stacy geflirtet hatten.

»Portia, ich möchte Sie mit Lady Elizabeth bekanntmachen, der Tochter des Dukes of Beaconridge und Miss Jennings, Sir Jerome Stauntons Tochter. Lady Elizabeth ist gerade zu Besuch bei Miss Jennings.«

Sie alle knicksten.

»Wir freuen uns alle so, dass Sie heute Abend für uns spielen werden, Mrs Harrington«, schwärmte Lady Elizabeth, und ihre sanften braunen Augen leuchteten vor Bewunderung. Anscheinend gab es hier wohl eine Tochter eines Dukes, die keine demonstrative Verachtung für Normalsterbliche an den Tag legte.

»Spielen Sie auch, Lady Elizabeth?«, fragte Portia erwartungsgemäß und fand sich damit ab, dass sie die nächsten zehn Minuten mit einer Unterhaltung verbringen würde, die sich mit der Lebhaftigkeit eines Karpfens fortbewegte.

»Ich liebe es, Klavier zu spielen! Mein Klavierlehrer sagt, ich sei seine vielversprechendste Schülerin.«

Das konnte sich Portia vorstellen. Sie hatte oft ebenso gelogen, besonders nachdem Ivo sie verlassen hatte und die Zahl ihrer Schüler zu schrumpfen begann. Portias Erfahrung nach verhielt sich das musikalische Talent ihrer Schüler oft umgekehrt proportional zu deren Vermögen.

»Vielleicht werden Sie heute für uns spielen?«, fragte Portia und wusste, dass sie die richtige Saite angeschlagen hatte, als Lady Elizabeth ihr ein bezauberndes Lächeln schenkte.

Portia konnte sich nicht erinnern, wie es sich anfühlte bei einer so harmlosen Unterhaltung zu erröten. Wenn man einmal einen Mann angefleht hatte, dass er einen ficken sollte, erschienen im Vergleich die meisten Gespräche doch recht zahm. Ihre Mundwinkel zuckten bei dem Gedanken.

»O das könnte ich nicht«, wehrte Lady Elizabeth bescheiden ab und sah die Viscountess erwartungsvoll an.

»Das müssen Sie, meine Liebe. Sie könnten doch vor Mrs Harrington etwas spielen, um uns zu unterhalten.« Damit legte sie auf ihre nicht besonders subtile Weise nahe, dass es eine Katastrophe wäre, *nach* Portia zu spielen. Lady Elizabeths nachdenkliches Stirnrunzeln ließ sie aussehen wie ein Kätzchen, das man gerade getreten hatte.

Rowena wandte sich Miss Jennings zu. »Und Sie, Miss Jennings?«

Im Gegensatz zu ihrer Freundin war Miss Jennings nicht so töricht. »Ich habe mir leider vor Kurzem das Handgelenk verletzt.«

»Ach ja? War das an dem Tag, als ich Sie auf Thunder reiten sah?«

Miss Jennings errötete. »Ja, ich weiß, das hätte ich nicht tun sollen, aber Jonathan hat mich herausgefordert.

Rowena lachte, und es klang beinahe aufrichtig. »Sie sollten sich nie von einem Bruder zu Dummheiten verleiten lassen, meine Liebe.«

Miss Jenkins' eher schlichte Gesichtszüge verzogen sich zu einer verschämten Grimasse. »Ich weiß, aber er ärgert mich immer so fürchterlich.« Sie hielt inne, und ihr Ausdruck wurde ernster. »Dabei fällt mir ein, gleich nachdem wir Sie trafen, sind wir im Wald einem ziemlich bedrohlich aussehenden Mann begegnet. Haben Sie ihn auch gesehen?«

»Bedrohlich?«

»Nun ja, ein kräftiger Kerl mit einem taumelnden Gang. Er ist in Ihre Richtung gegangen.«

»Das muss zweifellos wieder ein Eindringling gewesen sein, der sich auf der Suche nach der alten Feuersteinmine im Wald verirrt hat.«

»O ja, wir erwischen auch immer welche, die auf unserem Land herumstreunen. Vater glaubt, die alten Minen sollten besser nicht in den Reiseführern erwähnt werden. Er findet, dass es die falschen Leute anzieht.«

Portia fand es schwer, nicht über die Vorstellung zu lachen, dass reiseführerbegeisterte Besucher »die falschen Leute« sein sollten.

Die Männer betraten den Salon, und Lady Elizabeth und zwei andere Damen wurden gebeten zu spielen. Stacy lehnte natürlich ab, als seine Schwägerin ihn bat, ebenfalls zu spielen. Portia wusste, dass ihn nicht die Sorge abhielt, sein Vater könnte ihn verspotten, sondern dass er nur für Menschen zu spielen pflegte, die er mochte.

Die Diener öffneten die Türen zum Musikzimmer, und die Gäste gruppierten sich auf den diversen Sofas und Sesseln. Portia fand sich neben ihrem Schwager auf dem kleinen Sofa hinten im Raum wieder. Stacy saß zwischen Miss Jennings und einer Frau, die nur ihre Mutter sein konnte. Beide Frauen lächelten nervös und zufrieden. Ihre Hinterteile berührten kaum das Sofa, als ob sie die Aufregung abhielte, sich zu setzen. Stacy wandte sich in ihre Richtung, doch seine Miene veränderte sich nicht. Dennoch konnte Portia seine Gedanken beinahe hören.

»Stacy sieht resigniert aus«, sagte Lord Pendleton.

»Sie haben schnell gelernt, ihn zu lesen, Mylord. Die meisten Leute finden es schwer, hinter seine Fassade zu schauen.«

»Ja, er sieht ein wenig wie eine Marmorstatue aus, nicht wahr?«

Portia war versucht, ihm zu verraten, dass er sich manchmal auch wie eine benahm.

Stattdessen sagte sie: »Der Eindruck täuscht, Mylord. Er ist ausgesprochen warmherzig und großzügig, obwohl er, wie wohl die meisten Männer, es nicht gerne hört, wenn er so beschrieben wird.«

Der Viscount lachte. »Sie haben uns Männer absolut durchschaut, ich verstehe.«

Portia antwortete nicht, weil das Klavierspiel begonnen hatte. Sie hörten schweigend eine Weile zu, bevor Pendleton sich zu ihr beugte und flüsterte: »Bereitet es Ihnen Schmerzen, Mrs Harrington?«

Das tat es, aber Portia war nicht unhöflich genug, das zu sagen. »Haben Sie Sorge, ich könnte aufspringen und ihr mit dem Lineal über die Fingerknöchel schlagen, Mylord?«

Er lachte leise. »Ich hatte eher Befürchtungen, Sie könnten eine Art Gehörblutung erleiden.«

»Sie sind ungnädig, Mylord. Außerdem sind meine Trommelfelle abgehärtet wie das Gewissen eines Schwerenöters.«

Er musste sein Lachen unterdrücken, sodass sein ganzer Körper bebte, und er brauchte eine Weile, bis er wieder sprechen konnte. »Nennen Sie mich doch bitte Robert. Ich habe das Gefühl, Sie zu kennen, nach allem, was Stacy über Sie erzählt hat.«

Portias Blick wanderte zu ihrem Ehemann. Obwohl sie seine Augen nicht sehen konnte, spürte sie, dass er sie ebenfalls ansah.

»Es wäre mir eine Ehre, Robert. Dann müssen Sie mich Portia nennen.«

»Der Name passt perfekt zu Ihnen, Portia.«

Portia fragte sich, warum ein so angenehmer und liebenswürdiger Mann wie Robert eine so eiskalte Frau geheiratet hatte. Und dann verwarf sie den törichten Gedanken. Natürlich hatte sein Vater für ihn entschieden. Es war offensichtlich, dass der Earl Rowena für die perfekte Zuchtstute hielt, wobei sie sich fragte, was er wohl davon hielt, dass sein Sohn noch immer kinderlos war.

War das der Grund, dass sie es nicht ertragen konnten, das Bett miteinander zu teilen?

Portia konnte sich nicht daran erinnern, die beiden auch nur ein einziges Mal miteinander sprechen gesehen zu haben. Es wirkte nicht wie eine glückliche Ehe, aber ihre war es schließlich auch nicht.

Sie hörte noch dem Rest von Lady Elizabeths technisch gutem, aber uninspirierten Vortrag in respektvollem Schweigen zu. Die zwei Frauen, die nach ihr spielten, waren recht ähnlich begabt. Keine hätte ein Publikum zu Tränen rühren können, weder vor Freude noch vor Qual.

Rowena erhob sich. »Wir werden eine kleine Pause machen, bevor Mrs Harrington uns unterhält.«

»Was werden Sie spielen, Portia?«, fragte Robert und beugte sich auf dem Sofa nah zu ihr.

»Was soll ich Ihrer Meinung nach spielen, Robert?«, entgegnete sie in ähnlich kokettem Ton.

»Welche Noten haben Sie mitgebracht? Hängt die Entscheidung nicht davon ab?«

Seine Naivität war charmant. Portia hätte zwölf Stunden mit geschlossenen Augen spielen können. Jeder Musiker, der etwas taugte, hätte das gekonnt. »Ich kann ein paar Stücke auswendig. Was gefällt Ihnen?«

»Bach?«, schlug er mit einem hoffnungsvollen Lächeln vor.

»Ich glaube, ich kann Ihrem Wunsch nachkommen.«

Stacy näherte sich und reichte ihr ein Glas. »Ich dachte, du könntest vielleicht eine Erfrischung gebrauchen.«

Portia nahm das Glas Limonade. »Danke.«

Er wandte sich an seinen Bruder. »Entschuldige, alter Knabe, ich hätte dir einen Brandy mitbringen sollen.«

Robert grinste. »Ich möchte nichts, das meine Sinne betäuben würde. Ich möchte vollkommen aufmerksam sein, wenn Portia spielt. Sie hat mir erlaubt, die Musik auszuwählen.«

Stacy hob die Brauen, als er hörte, wie sein Bruder ihren Taufnamen benutzte.

Portia spürte eine seltsame Anspannung zwischen den beiden Männern, als ob sie nach einem gesamten Leben ohne brüderliche Rivalitäten nun versuchten, alles nachzuholen. Sie hatte gehört, wie sie einander wegen des Dartsspiels aufgezogen hatten, das sie in Plymouth in irgendeinem Pub ausgetragen hatten. Es war spielerisch gewesen, aber unter dem Spaß lag auch echte Rivalität verborgen.

Ein Diener schob den Rollstuhl ihres Schwiegervaters hinein, stellte ihn nicht weit von ihnen ab, und Portia merkte, dass er bei den vorangegangenen Musikdarbietungen nicht im Raum gewesen war. Der Mann war wirklich widerwärtig und gab sich keine Mühe, es zu verbergen. Er starrte zu ihr herüber und lächelte sie spöttisch an, als ob er ihre Gedanken gehört hätte.

Portia ignorierte ihn und wandte sich den anderen Gästen zu, die alle ihre Sitze einnahmen und erwartungsvoll dreinblickten. Sie reichte Stacy ihr Glas und erhob sich. Sie hatte nie Lampenfieber gehabt, wohingegen Ivo vor manchen Auftritten vor Nervosität so krank wurde, dass es fraglich war, ob er würde auftreten können. Natürlich hatte er vor Monarchen in ganz Europa gespielt, nicht in Salons von Familien.

Portia besah sich ihr kleines Publikum. »Jemand hat sich Bach gewünscht.«

Sie setzte sich ans Klavier, streckte die Hände, schloss die Augen und spielte.

***

Stacy konnte kaum lange genug den Blick von seiner Frau nehmen, um die Gesichter im Raum zu betrachten. Sein Bruder war vollkommen gebannt, und Stacy konnte es ihm nicht verübeln, vor allem angesichts des Eisklotzes, den er geheiratet hatte.

Der vertrocknete Alte im Rollstuhl saß mit geschlossenen Augen und einem glückseligen Ausdruck auf seinem hageren, vom Alter gezeichneten Gesicht. Das Zitat von der Musik, der »ein Zauber inneliegt, der die wilde Brust besänftigt«, fiel ihm ein. Nicht dass der alte Bastard es verdient hätte: weder körperlich noch spirituell noch emotional. Er schämte sich plötzlich für seine lieblosen Gedanken, und Stacy unterdrückte sie gewaltsam. Der Earl of Broughton verdiente kein Mitleid und wollte gewiss auch keines.

Er wandte sich von dem verbitterten Alten ab und dem Klavier zu, und das übliche Durcheinander der Gefühle befiel ihn, als er seine Frau betrachtete: Bewunderung, Stolz, Frustration, Besitzanspruch, Lust, Verlangen, Reue und so weiter und so weiter.

Portia sah großartig aus. Sie trug heute Dunkelblau, und die Farbe erschuf wieder eine ganz andere Version von ihr. Rot verwandelte sie in eine menschliche Flamme, doch dieser dunkle Blauton machte sie zu

Präzision und Grazie. Ihre Arme waren zierlich, aber stark und entlockten dem Instrument vor ihr Klänge von überragender Schönheit. Er sog die sanfte Kurve ihrer Schultern in sich auf, ihren eleganten Hals, ihre ausgeprägte Nase, die danach verlangte, geküsst zu werden. Stacys Körper erhitzte sich, und sein Blick verschwamm, wie immer wurde er hart, wenn er sie nur ansah.

Heute Nacht würde er diesen Unsinn zwischen ihnen beenden. Die Tür zwischen ihren Zimmern würde nicht länger verschlossen bleiben. Er spürte einen Blick auf sich ruhen und wandte sich um. Sein Vater starrte ihn an. Es war vielleicht das erste Mal, dass er dem Mann direkt ins Gesicht blickte. Die Boshaftigkeit, die er darin sah, raubte ihm den Atem. Dieser Mann, sein Vater, hasste ihn.

Zum ersten Mal wurde es Stacy vollkommen klar: Es würde nie auch nur eine zaghafte Annäherung zwischen Vater und Sohn geben; es würde keine Entschuldigung dafür geben, dass er ihn weggeschickt hatte; er hatte nur unnachgiebige Verachtung für ihn übrig. Dieser Mann hatte sein eigenes Kind ausgemustert, so wie andere Leute Müll entsorgten. Wie hatte Stacy erwarten können, dass er von so einem Menschen etwas anderes zu erwarten hatte als Geringschätzung?

Er musste über diesen törichten Gedanken lächeln und sah, wie sein Vater zurückschreckte, als ob es ihn überraschte, dass so eine Missgeburt zum Lachen fähig wäre.

Als Portias letzte Noten verklangen, war der Applaus ohrenbetäubend für ein so kleines Publikum. Selbst der Earl hob für einige Sekunden die Hände.

»Sie ist *großartig*!« Robert sprang auf die Füße, seine Augen sprühten vor Bewunderung.

Stacy lächelte seinen älteren Bruder an, noch ein Mann, der Portias Zauber verfallen war. Na ja, dachte er und erhob sich ebenfalls, wer konnte es dem Mann verübeln, einen so ausgezeichneten Geschmack zu haben?

Kapitel
Fünfundzwanzig

Portia hatte Daisy gerade ihre Ohrringe zum Aufräumen gegeben, als sich die Verbindungstür zu Stacys Zimmer öffnete und ihr Ehemann eintrat. Er hatte sich noch nicht entkleidet, da sie erst Minuten zuvor aus dem Salon zurückgekehrt waren.

»Würden Sie uns bitte entschuldigen, Daisy?«

Daisy knickste eilig und ging hinaus.

Stacy deutete auf die Tür, durch die er gekommen war. »Möchtest du zu mir ins Wohnzimmer kommen, Portia?«

Im eleganten Wohnzimmer seiner Suite brannte ein Feuer, und Portia nahm sich den Stuhl, der am nächsten am Kamin stand; sie fror immer.

Stacy ging, um einen Drink einzuschenken. »Möchtest du einen Brandy? Oder soll ich dir etwas anderes bringen lassen – Milch?«

»Heute nicht.«

Er nahm ihr gegenüber Platz und streckte seine langen Beine aus. Ihr Blick wurde vom Spiel der Muskeln unter seiner eng anliegenden Hose angezogen, und es juckte sie in den Fingern, ihn zu berühren.

Er nahm einen Schluck und stellte sein Glas ab. »Ich würde unseren Streit gern beenden, Portia. Ich weiß, du kanntest den Italiener, der in Bude gestorben ist. Welche Verbindung hattest du zu ihm?«

***

Sie öffnete den Mund, und Stacy konnte erkennen, dass er sie überrumpelt hatte. Seine Direktheit hatte sogar ihn selbst überrascht. Sie errötete in einem Farbton, der nur allzu deutlich zeigte, dass sie schuldig war.

»Es war Ivo.«

Er schnaubte und schloss kurz die Augen, bevor er sich ihr wieder zuwandte.

»Warum hast du mir das nicht vorher erzählt?« All die Wut und die Angst, die er seit Wochen zurückgehalten hatte, brachen sich nun Bahn.

Doch anstatt zerknirscht dreinzublicken, funkelte Portia ihn an.

»Weil ich mich geschämt habe, Stacy. Darum.«

»Geschämt, dass dein Mann noch lebte?« Beschämt war nicht der Ausdruck, den er benutzt hätte. Entsetzt oder fassungslos hätte er verstehen können, sogar überglücklich, auch wenn es ihm nicht gefallen hätte. Aber beschämt?

»Ich habe mich geschämt, dass er *nicht* mein Mann war!«

Stacy merkte, dass sein Mund offenstand und schloss ihn.

»Ich kann sehen, was du denkst«, sagte sie anklagend.

»Das ist ja eine ganz wunderbare Fähigkeit, die du besitzt, Portia. Aber denkst du manchmal auch, dass du meine Gedanken falsch lesen könntest?« Stacy interessierte sich nicht für ihre Antwort. »Würdest du mir bitte die Ehre erweisen, mir zu erklären, was geschehen ist, bevor du mich verurteilst?« Er war kurz davor, sie zurück in ihr Zimmer zu bringen und die verdammte Tür wieder abzuschließen.

Einen Augenblick lang dachte er, sie könnte dasselbe tun, natürlich erst, nachdem sie ihm irgendetwas an den Kopf geworfen hätte, aber sie seufzte.

»Die Erklärung ist einfach, wenn auch abstoßend. Ivo war verheiratet, bevor wir einander kennenlernten. Ich wusste es nicht, bis seine erste Frau, seine rechtmäßige Frau, nach England kam, um ihn zu finden. Ivo behauptete, er hätte sie für tot gehalten, sonst hätte er mich nie geheiratet.« Sie schnaubte. »Mir war es gleich, was er wusste oder wann er es wusste. Das einzig Wichtige war, dass es mein Ruin gewesen wäre, wenn es öffentlich bekannt würde. Also gab ich ihm das bisschen Geld, das ich angespart hatte, und er versprach, seinen Namen zu ändern, unauffällig zu verschwinden und nie, nie wieder nach England zu kommen. Wir hatten uns geeinigt, dass ich einige Monate warte und dann behaupten würde, er sei im Krieg gefallen. Ich wusste, wie sehr die Nachricht von seinem Tod der Schule schaden würde, also hatte ich es nicht eilig. Und dann, ein paar Wochen, nach seiner Abreise, las ich über den Schiffsuntergang. Die Zeitung führte die Namen der Toten auf und der Name, den Ivo angenommen hatte, war darunter. Ein Teil von mir konnte es nicht glauben, aber da war es schwarz auf weiß.«

Sie glättete den Rock in ihrem Schoß mit einer abrupten Bewegung. »Ich habe mir nicht die Mühe gemacht, die Geschichte zu verbreiten. Die Zeitungen hätten sich darauf gestürzt wie Enten auf Brotkrumen, und die Schule, die ohnehin schon schlecht dastand, wäre zusammengebrochen. Ich weiß, ich hätte die Wahrheit sagen sollen, als ich die Schule schloss, aber es war kaum meine oberste Priorität.« Sie riss ihren Blick von der Vergangenheit und sah ihn an, und ihre cremefarbenen Wangen färbten sich. »Ich habe es dir nie erzählt, aber ich besaß weniger als zwei Pfund, als ich nach Whitethorn kam. Ich war wirklich verzweifelt.«

Sie presste ihre vollen Lippen zu einem grimmigen Strich zusammen, doch dann fuhr sie fort.

»Ivo tauchte kurz nach unserer Hochzeit plötzlich in Whitethorn auf. Er behauptete, seine Frau sei bei dem Schiffsuntergang umgekommen.« Portia zuckte mit den Schultern. »Vielleicht war das wahr, vielleicht auch nicht. Wer weiß? Er sagte, er würde dir sagen, dass wir noch verheiratet wären und dass du mir niemals glauben würdest, weil er unsere Heiratslizenz hätte.« Ihr Blick flatterte durch den Raum, als ob sie nach Worten suchte. »Auch ohne einen solch vernichtenden Beweis hatte ich meine Zweifel, ob du mir glauben würdest. Schließlich waren du und ich gerade erst dabei, einander kennenzulernen.« Sie atmete aus, ließ den Kopf in den Nacken sinken und betrachtete die Decke.

Stacy betrachtete die Säule ihres Halses, und sein Herz sehnte sich nach ihr. Er musste sich zusammenreißen, sie nicht gleich in die Arme zu nehmen. Doch er wollte den Rest der Geschichte hören, auch wenn er sich davor fürchtete.

»Ich konnte das Risiko nicht eingehen, dass du ihm Glauben schenken könntest, also habe ich ihm das Geld gegeben, und er versprach, zu verschwinden. Ich wusste, er würde vermutlich zurückkommen, aber ich hoffte, dass bis dahin unsere Ehe ... fester geworden wäre. Ich habe den Schmuck mit nach Plymouth genommen, falls auf dem Konto, das du für mich eingerichtet hast, nicht genug Geld wäre.« Sie lächelte schwach. »Ich fürchte, ich habe nicht zugehört, als wir über den Ehevertrag und die großzügige Summe sprachen, die du mir darin hast zukommen lassen.« Ihr Lächeln verschwand. »In jener Nacht, als ich Ivo die zweitausend Pfund bezahlt habe, brachte ich den Schmuck zurück in den Tresor.«

Stacy atmete scharf ein, als er die Summe hörte, hielt für eine Weile die Luft an und ließ sie dann langsam entweichen. Portia fuhr fort. »Wer auch immer Ivos Leiche gefunden hat, muss das Geld genommen haben. Oder vielleicht hat er es jemandem gezeigt und wurde deswegen umgebracht. Ich weiß es nicht. Zweitausend Pfund sind genug Geld, um jemanden in Versuchung zu führen.«

»Ist das ... alles?«

Ihr Blick wurde wieder scharf, und sie hob eine ihrer schön geformten Brauen. »Fragst du etwa, ob ich noch *mehr* Nicht-Ehemänner habe, von denen ich dir nichts erzählt habe? Oder willst du wissen, ob ich ihn von der Klippe gestürzt habe?« Sie erhob sich und sank neben seinem Stuhl elegant auf die Knie. »Ich sollte nicht darüber scherzen; es ist nicht zum Lachen. Es tut mir so leid, dass ich es dir nicht gesagt habe. Zuerst hatte ich Angst und habe dir törichte Lügen erzählt. Und dann war ich verletzt und wütend, weil du dich mir gegenüber so kaltschnäuzig verhalten hast, und mein Temperament hat die Kontrolle übernommen.« Sie nahm seine Hand. »Ich hatte mich beruhigt und wollte dir alles gestehen, als Ivo tot aufgefunden wurde. In Anbetracht dessen, was du in jener Nacht gesehen haben musstest, befürchtete ich erst recht, du müsstest das Schlimmste annehmen.« Sie drückte seine Hand. »Ich hätte alles beichten sollen, auch wenn ich mich geschämt habe. Aber mein Temperament ...« Sie hob die Schultern. Ihr Gesichtsausdruck zeigte Resignation.

Stacy sah auf ihr glänzendes dunkles Haar hinab, ihre warmen braunen Augen und ihren vollen pinkfarbenen Mund, und der Anblick erregte ihn wie immer, wenn sie in der Nähe war.

»Es tut mir leid, dass ich dich getäuscht habe, aber Ivo war ein solch geschickter Lügner, ich dachte einfach ...« Sie biss sich auf die volle Unterlippe. »Ich schwöre, ich werde keine Geheimnisse mehr vor dir haben.« Sie schob ihre Hand von seinem Knie aufwärts über seinen Oberschenkel. Dabei hielt sie seinen Blick, eine Augenbraue hochgezogen, als ob sie ihn herausforderte, sie aufzuhalten. »Vergibst du mir?«

»Natürlich vergebe ich dir. Ich wünschte nur, du hättest mir vertraut. Ich schulde dir auch eine Entschuldigung für mein stures, kindisches Benehmen, vor allem für mein Verhalten im Inn. Verzeihst du mir?«

Sie lachte leise. »Den Teil verzeihe ich.«

Stacy wusste, dass diese Diskussion noch lange nicht vorbei war, aber er war ein verliebter Narr und machtlos, ihre hinterlistige, suchende Hand aufzuhalten, die nach ihm griff.

***

Stacy ließ sich nach einer besonders beeindruckenden Demonstration seiner sexuellen Fähigkeiten neben sie sinken, sein Haar war feucht und kringelte sich um sein Gesicht, seine Brust war schweißglänzend.

»Was hältst du von meinem Bruder und seiner Frau?«, fragte er, und seine Brust hob und senkte sich.

Portia betrachtete seine Brustwarzen; etwas an ihrer Winzigkeit war unwiderstehlich. Sie senkte ihren Mund darüber und saugte einen Augenblick daran, während sein Körper sich anspannte und sie über seine Frage nachdachte.

Stacy stöhnte. »Ich bin ein alter Mann, Liebling. Ich brauche etwas Regenerationszeit.«

Sie ließ widerwillig von seiner harten Knospe ab und legte ihr Kinn auf seine Brust. »Dein Bruder ist reizend. Warmherzig, gutaussehend, witzig, intelligent ...«

»Danke, das reicht schon«, unterbrach er sie und unterstrich seine Worte mit einem kurzen, festen Klaps auf ihren nackten Hintern.

»Du hast mich ja nicht ausreden lassen, mein eifersüchtiger Mann.« Sie wackelte mit dem Po gegen die Hand, die nun darauflag. »Ich wollte gerade sagen, dass er meinem eigenen männlichen Harrington trotz allem nicht das Wasser reichen kann.«

»Schon besser«, grummelte er.

»Bist du froh, dass wir hergekommen sind?«

»Ja, das bin ich. Es gefällt mir, Robert und meine Schwestern kennenzulernen, obwohl das nicht einfach ist, so reserviert wie sie sind.«

Portia musste darüber schmunzeln, wenn sie an die ebenso reservierte Art ihres Mannes dachte. »Und

Frances? Hast du ihr vergeben?« Sie spürte, wie er sich bei dieser Frage anspannte, und nicht auf gute Art.

»Ich versuche es, Portia.«

Sie ließ das Thema ruhen.

Er neigte das Kinn herunter, bis sich ihre Blicke trafen. »Und du? Bist du froh, dass wir hergekommen sind?«

»Das bin ich. Ich mag deinen Bruder und deine Schwestern sehr. Wenngleich dein Vater ...« Sie unterbrach sich.

»Ja, wir sollten uns darauf einigen, nicht über meinen Vater zu sprechen.«

Portia wusste, dass es feige war, aber sie war dankbar, das Thema vorerst unberührt zu lassen.

»Und Lady Pendleton?«, fragte Stacy.

»Hm, die Viscountess ... Ich glaube, sie versucht, entgegenkommend und gastfreundlich zu sein, aber ich denke, die Erfahrung ist neu für sie. Ich kann nur vermuten, dass es in ihrem Leben als Tochter eines Dukes nicht genug Gelegenheit gab, den freundlichen Umgang mit Normalsterblichen zu üben.«

»Das fasst unsere stolze Schwägerin vermutlich recht gut zusammen. Ich glaube, Robert und seine Frau sind einander nicht besonders zugetan, manchmal kommt es mir vor, als könnte es sogar über Abneigung hinausgehen.«

Portia hätte sogar gesagt, dass sie einander hassten, verkniff sich aber, es auszusprechen. »Ich glaube, das ist im Adel nicht unüblich. Wenn du unter der Fuchtel deines Vaters aufgewachsen wärst, wärst du vermutlich auch mit einer angemesseneren Frau verheiratet.« Sie zog mit einem einzelnen Finger eine Spur von seiner Brustwarze zu der verlockenden Linie aus weißem Haar, das über seine festen Bauchmuskeln zu seinem schlummernden Glied abwärts lief. Sie strich mit dem Finger über die erstaunlich weiche Haut der Spitze und es sprang ihrer Hand entgegen, sodass sie lachen musste.

Er griff in ihr Haar, schlang eine Strähne davon um seine Hand und zwang sie, ihn anzusehen. »Und was für eine Frau sind Sie, Mrs Harrington? Ich wette, Sie waren als kleines Mädchen eine von denen, die Spaß daran hatten, die Jungen zu necken. Nicht wahr? Haben Sie vor ihren Augen Süßigkeiten genascht, ohne zu teilen? Haben ihnen Küsse versprochen und sind dann davongelaufen? Ja, ich wette, dass ihnen ein solch diabolisches und durch und durch weibliches Verhalten gefallen hat.«

Sie sah ihn mit großen, unschuldigen Augen an. »Ich war das ideale Kind. In jeder Hinsicht perfekt.«

»So wie Sie auch die perfekte Ehefrau sind?« Er lachte, und sie kniff ihn ins Kinn.

Und dann senkte sie ihren Mund auf seinen rasch anschwellenden Schaft und zeigte ihm wieder einmal, wie ideal und perfekt sie wirklich war.

***

Als Portia am nächsten Morgen erwachte, war sie allein im Bett. Sie hatte auch Schmerzen an Stellen, von denen sie nicht geahnt hatte, dass sie schmerzen konnten. Sie waren wie zwei ausgehungerte Schiffbrüchige gewesen, die zufällig auf ein Festmahl gestoßen waren.

Sie hatten sich jedes letzte Quäntchen Ekstase aus ihren Körpern gezogen und hatten dann einen Nachschlag genommen und noch einen. Zwischen wilden und zärtlichen Ausbrüchen der Leidenschaft hatten sie sich unterhalten wie nie zuvor, keiner von ihnen hatte viel geschlafen, während sie eifrig bemüht waren, die verlorene Zeit wieder aufzuholen.

Portia ließ den Abend lächelnd vor ihrem inneren Auge Revue passieren, als Daisy das Zimmer betrat. Der Zustand des Schlafzimmers sprach Bände, und Daisy lächelte breit; nun, wenigstens die Bediensteten waren wieder glücklich.

»Mr Harrington sagte, ich solle Sie schlafen lassen, Ma'am. Soll ich Ihnen das Frühstück aufs Zimmer bringen?«

Portia warf einen Blick auf die Uhr neben dem Bett und sah, dass es beinahe elf war. Sie war um ein Uhr mit Rowena für die Hausführung verabredet.

»Ich sollte besser aufstehen. Wissen Sie, wo Mr Harrington hingegangen ist?« Sie zog den Morgenmantel an, den ihr die Zofe hinhielt und setzte sich an den Frisiertisch, sodass Daisy ihr Haar entwirren konnte, bevor sie badete.

»Powell sagte, der Herr sei vor einiger Zeit mit seiner Lordschaft hinausgegangen.«

Daisy begann, den langen, schmerzhaften Prozess, die Knoten auszukämmen. Ihr Haar war recht dick, und Portia hatte es bis vor Kurzem gehasst, bis Stacy offenbar nicht widerstehen konnte, damit zu spielen und Strähnen davon um einige seiner Körperteile zu wickeln.

»Ich denke, ich werde das neue burgunderfarbene Kleid anziehen, Daisy. Haben Sie gehört, wer heute kommen wird?« Portia hatte genug Zeit zwischen dem Aufenthaltsraum der Bediensteten und den oberen Etagen verschiedener herrschaftlicher Häuser zugebracht, um zu wissen, dass das Dienstpersonal meistens besser darüber informiert war, wer kam und ging, als der Hausherr oder die Hausherrin.

Daisy nahm die Haarnadeln heraus, die sie mit den Zähnen festgehalten hatte und legte sie auf die glänzende Oberfläche des Frisiertisches.

»Neun Paare und vier einzelne Personen, glaube ich.« Sie senkte die Stimme, sodass sie kaum mehr als ein Flüstern war. »Es gibt wohl ziemliche Sorgen wegen Lady und Lord Kenwich. Sie hatten bei ihrem letzten Besuch hier einen fürchterlichen Streit und haben sich mit allem beworfen, was auf dem Teetablett stand.«

Portia lachte. »Großer Gott! Ein leidenschaftliches Paar also?«

»Schon, aber die Leidenschaft haben sie nicht füreinander.« Daisys Augenbrauen berührten beinahe ihren Haaransatz.

Es war kurz nach zwölf, bis Daisy sie angekleidet hatte und sie präsentabel war. Als Portia das Frühstückszimmer betrat, fand sie dort nur Rowena beim Essen.

»Guten Morgen, Mylady.« Portia lächelte ihre Schwägerin an und wandte sich dann an einen der zahlreichen Diener. »Könnte ich bitte ein Glas Milch bekommen?«

»Milch?«, wiederholte Rowena mit einem schockierten Gesichtsausdruck, als der Diener gegangen war, als hätte Portia Schnee-Eier und eine Magnumflasche Champagner bestellt. Wie zu erwarten nippte die Viscountess schwarzen Tee und aß trockenes Toastbrot. Zweifellos war das ihre Methode, ihre schlanke Figur zu behalten. »Ich glaube nicht, dass ich je eine erwachsene Person habe Milch trinken sehen.«

»Mein Gatte ist ein kleiner Tyrann und findet, dass die richtige Ernährung für eine Frau in meinem Zustand Milch umfasst. Viel Milch.«

Die Viscountess runzelte die Stirn und entschied sich, diesen Hinweis zu ignorieren. »Sind Sie bereit, sich heute Thurlstone anzusehen?«

»Ich freue mich darauf. Frances sagte, Sie kennen sich sehr gut aus, was das Schloss angeht. Sind Sie in einem ähnlichen Haus aufgewachsen?«

»Es gibt kein Haus, das Thurlstone ähnelt.« Ihr Ton hatte etwas seltsam Intensives, beinahe Kämpferisches. »Der Landsitz meines Vaters ist Bent Park, unweit von Chelmsford. Es ist ein Tudor-Gebäude.« Sie stellte ihre leere Tasse ab und machte dem Diener ein Zeichen, sie abzuräumen, bevor sie sich erhob. »Ich fürchte, ich muss Sie jetzt verlassen. Treffen wir uns dann um eins auf der langen Galerie?«

Portia beobachtete, wie sich ihre steife Gestalt entfernte und war dankbar, dass die Frau gegangen war. Ganz gleich, welches Thema sie anfing, die Viscountess blieb stets angespannt und feindselig. Sie empfand aufrichtiges Mitgefühl für ihren Schwager und vor allem die drei Schwestern, deren Wohlergehen von Lady Pendleton abhängen würde, wenn diese Hausherrin auf Thurlstone würde.

Portia ließ sich mit dem Frühstück Zeit und las die Zeitung. Als sie mit dem Essen fertig war, musste sie sich bereits auf den Weg zur langen Galerie machen, wo sie die Porträts lang verstorbener Harringtons betrachtete, während sie wartete. Der Raum war darauf ausgelegt, Besucher und Nachkommen gleichermaßen zu beeindrucken. Die Sonne fiel durch das Buntglas der riesigen Sprossenfenster ein, die gerade genug Licht hineinließen, um den Raum zu erhellen, aber nicht genug, um die kostbaren Gemälde zu beschädigen, die jeden Zentimeter der holzgetäfelten Wände bedeckten. Portia war in Rom aufgewachsen, wo weit prächtigere Gebäude als dieses ein gewohnter Anblick gewesen waren, als die Ahnen der Harringtons sich noch blau angemalt und mit Stöcken bekriegt hatten. Dennoch war es eine Sache, eine solche Opulenz im öffentlichen Raum zu sehen und eine völlig andere, festzustellen, dass man in diese Welt eingeheiratet hatte. Portia betrachtete gerade interessiert ein Paar junger Mädchen, die nach der Mode des frühen siebzehnten Jahrhunderts gekleidet waren, als sie hinter sich Schritte hörte.

Sie wandte sich um und entdeckte Frances. Sie lächelte ihre Schwägerin freundlich an. »Was für eine angenehme Überraschung.« Portia deutete auf die zwei identisch aussehenden Mädchen. »Wissen Sie, wer diese jungen Damen sind?«

»Das sind die Zwillingsschwestern von Charles Harrington, dem fünften Earl. Ich glaube, ihre Namen waren Constance und Faith, zwei typische Familiennamen. Sie haben nie geheiratet«, setzte sie hinzu. »Ich werde Ihnen ein Buch meines Großonkels James Harrington heraussuchen, in dem er die

Familiengeschichte festgehalten hat.« Sie lächelte freundlich. »Er lebte noch und wohnte hier, als ich ein kleines Mädchen war. Er hat nie geheiratet und sein gesamtes Leben im Ostflügel verbracht. Nach seinem Tod fanden wir Hunderte Bündel Kanzleipapier, all die Bücher, an denen er in seinem Leben gearbeitet und die er nie jemandem gezeigt hatte. Ich habe sein Buch über die Familienporträts binden lassen.« Rote Flecken zeigten sich auf ihren blassen Wangen, als schämte sie sich für ihre Begeisterung für das Thema. »Ich kam her, um zu sehen, ob Sie zur Sommerlaube gehen möchten. Es ist vielleicht nicht das beste Jahr dafür, aber es wird schon schönes Blattwerk geben.«

»Könnten wir etwas später gehen? Ich bin in ein paar Minuten mit Lady Rowena verabredet. Sie wollte mir eine Führung geben.«

Frances Mund wurde bei der Erwähnung ihrer Schwägerin schmal. »Ich nehme an, Sie haben bisher nur den Flügel gesehen, in dem Sie untergebracht sind und diesen Anbau?«

»Wann wurde der Anbau gemacht?« Portia blickte zu der hohen Decke und den reichgeschnitzten Balken hinauf.

»Späte Gotik, ich glaube 1537. Der älteste Teil des Gebäudes stammt aus dem elften Jahrhundert, und dann gibt es Ruinen, die sich bis hinunter zur Klippe direkt am Meer erstrecken. Diese Ansammlung verfallenen Mauerwerks ist alles, was von der sächsischen Festung geblieben ist.«

Das Geräusch von Händeklatschen ließ Portia zusammenfahren.

»Brava, Frances.« Rowenas Stimme hallte vom anderen Ende der Galerie zu ihnen herüber. »Du bist *wirklich* eine Expertin, was dieses Haus und die Harrington Familie angeht. Du kennst vermutlich alle Familiengeheimnisse.« Rowena lächelte spöttisch, als sie sich an Portia wandte. »Sind Sie bereit für Ihre Führung, Mrs Harrington?« Der scharfe Blick ihrer grünen Augen ließ Portia bereuen, dass sie versprochen hatte, mehr Zeit als absolut nötig in ihrer Gegenwart zu verbringen.

Sie warf Frances einen Blick zu; deren Gesicht sah aus wie in Stein gemeißelt. »Treffen wir uns dann nach der Führung, Frances?«

»Ich glaube, ich folge einfach«, Frances hatte zwar mit Portia gesprochen, doch ihr Blick war dabei auf Rowena gefallen. »Es ist schon eine Weile her, seit ich mir den alten Nordflügel angesehen habe. Vielleicht kann Rowena *mir* ja noch etwas über das Schloss beibringen, da sie ja an seinem Erhalt arbeitet.«

Rowena neigte den Kopf. »Wie du willst.«

Nach einer Stunde, die Rowena sie durch Thurlstone geführt hatte, war Portia froh, ein so ausgiebiges Frühstück genossen zu haben. Das weitläufige Gebäude bestand aus endlosen Gängen und dunklen Korridoren, von denen viele nach Moder und Verfall rochen.

»Ich habe den Überblick über die Räume verloren«, sagte sie, als sie sich eine dritte Reihe von Prunkgemächern ansahen. Diese waren 1559 für ganze zwei Wochen von Königin Elisabeth bewohnt worden, und ihr angeblicher Liebhaber, Robert Dudley, war nur zwei Türen weiter untergebracht gewesen.

»Uns fehlen nur etwa dreißig Zimmer zu einem Kalenderhaus«, sagte Frances und begutachtete mit gerunzelter Stirn die Ecke eines verrottenden Wandteppichs, der hinter dem Bett hing, in dem einst Elisabeth geruht hatte.

»Ein Kalenderhaus?«

»Ja, wie Knole House in Kent oder der Familiensitz der Dukes of Plimpton, Whitcomb House. Das sind Häuser, die für jeden Tag des Jahres ein Zimmer haben.«

»Ich fühle mich als wäre ich durch ebenso viele gelaufen«, sagte Portia leise. Sie wünschte, sie würden die Prunkgemächer hinter sich lassen. Sie waren verfallen und deprimierend und weckten Erinnerungen an bessere Tage.

Wir können die Führung in der Sängergalerie beenden. Von dort aus kommen wir durch den Ostflügel bequem zurück zum Hauptgebäude«, sagte Rowena über ihre Schulter, als sie die beiden durch einen besonders muffigen Flur führte, der sich zu einer spektakulären Rotunde von der Größe eines Ballsaals hin öffnete.

»Wie wundervoll«, hauchte Portia. Der runde Raum hatte einen Fußboden mit einem schwindelerregend verschlungenen Schwarzweißmuster und einen reich verzierten Balkon, der auf etwa drei Vierteln des Weges bis zur Decke um die Wände herum verlief. Eine enormes Rosettenfenster erhellte den Raum wie ein strahlender Kerzenleuchter. Sie konnte sich die Szene gut vorstellen: Die Sänger standen in einem Halbkreis auf dem Balkon und spielten für ihre reichen, mächtigen Mäzene hier unten. Die Gäste tanzten Reigen und Voltas, während die Musiker ihr sündiges Treiben und ihre Machenschaften aus der Ferne beobachteten.

»O nein, schau dir das an, Frances!« Erregung pulsierte in der Stimme der Viscountess, als sie eines der Flügelfenster untersuchte, das auf den Irrgarten hinausblickte. Portia erkannte, dass einige Scheiben zerbrochen waren. Während die beiden Frauen die Fenster begutachteten, stieg Portia zur Sängergalerie hoch, um sie sich anzusehen. Als sie die schmale, wackelige Treppe hinaufstieg, dachte sie daran, dass es ein beschwerlicher Weg für jene gewesen sein musste, die schwere Instrumente hier herauftragen mussten. Als sie den Balkon erreichte, sah sie die Überreste einst spektakulärer Wandteppiche an den Wänden, die Lagernischen in der Steinmauer verdeckten. Damals hatte es noch keine Klaviere gegeben, aber vielleicht gab es dort noch ein Cembalo oder ein Virginal. Sie war erst fünf oder sechs Schritte gegangen, als ein markerschütternder Schrei sie zum Stehen brachte.

Kapitel
Sechsundzwanzig

»Halt Portia! Der Teil des Balkons ist extrem instabil.«

Portia erstarrte, ihr Herz blieb beinahe stehen.

Frances fuhr zu Rowena herum. »Was ist mit der Absperrung passiert, die ich Thompson letztes Jahr habe errichten lassen?« Sie schien nicht auf Rowenas Antwort warten zu wollen und lief zur Treppe. »Bleiben Sie, wo Sie sind und bewegen Sie sich nicht. Der Geländerpfosten neben Ihnen ist morsch, fassen Sie ihn nicht an. Wenn Sie nach unten schauen, werden Sie sehen, dass unter Ihren Füßen einige der Latten zerbrochen sind.«

Portia sah nach unten und wünschte, sie hätte es nicht getan. Es war nicht weit bis zum Boden, doch ihr wurde schwindelig, als sie die Leere unter ihren Füßen sah. Wie hatte sie das übersehen können? Es gab Dutzende Lücken, einige mehrere Zentimeter breit, wo das dekorative Parkett zersplittert und weggebrochen war und den Blick auf die darunterliegenden geschwärzten Balken oder ins Nichts freigab.

»Können Sie den Bereich dort neben der Wand erreichen?«, Frances zeigte auf die Stelle, die sie meinte; sie war die Treppe heraufgestiegen und einige Schritte unter dem Balkon stehengeblieben.

Das Stück Boden direkt vor Portia sah am schlimmsten aus, aber etwas dahinter sah es stabil aus, also nickte sie. »Wenn ich einen sehr großen Schritt mache, kann ich ihn erreichen.«

Frances hob die Hand, um sie aufzuhalten. »Nein, tun Sie das nicht.« Sie schaute nach unten zu Rowena. »Hol Thompson und sag ihm, er soll die längste Leiter und ein ausreichend langes Seil mitbringen und zwei Diener – die größten. Schnell, Rowena!« Sie wandte sich wieder an Portia. »Bleiben Sie so ruhig, wie Sie können, sie wird bald zurück sein, und dann holen wir Sie mit der Leiter herunter.«

Sie hörten, wie Rowenas Schritte sich entfernten und dann nichts mehr.

Portia hätte sich nicht bewegen können, wenn sie es gewollt hätte; ihr Körper war steif vor Angst. Bei einem Sturz würde sie selbst sich möglicherweise nur ein paar Knochen brechen, aber ihr Kind konnte dabei sterben.

Sie schluckte und atmete langsam aus.

»Erzählen Sie mir etwas, um mich abzulenken, Frances. Erzählen Sie mir, wie es war, hier aufzuwachsen.«

»Unsere Mutter war wundervoll. Sie war verrückt nach Pferden, und so saßen wir im Sattel fast noch ehe wir laufen gelernt haben. So war meine Mutter aufgewachsen, und sie geriet oft mit unserem Vater in Streit, weil sie uns ohne einen Stallburschen auf dem Gelände umherreiten ließ.« Frances lächelte. »Sie war die Einzige, die sich je mit ihm angelegt hat.«

Obwohl die Angst sie fest im Griff hatte, schmerzte es Portia, wie ausgezehrt Frances aussah.

»Ich hatte nie eine Saison.« Sie lachte kurz humorlos auf. »Wer würde denn eine Frau von meiner Größe lange genug ansehen? Sie starren nur. Als ich also die Gelegenheit bekam, mich um Stacy zu kümmern, habe ich meine Chance ergriffen, ein Kind großzuziehen. Manchmal war es nicht einfach, und es brach mir das Herz, wenn andere Kinder ihn mieden oder hänselten. Er war immer stark und fröhlich, aber ich wusste, dass er litt. Ich habe mir Sorgen gemacht, dass diese Seite von ihm endgültig starb, als er zufällig hörte, wie diese fürchterliche Penelope ihn eine Missgeburt schimpfte, als sie ihn vor ihren Freunden verspottete.«

Ein seltsamer Ausdruck flackerte über ihr Gesicht. »Was mein Vater getan hat, war falsch. Mehr als falsch, es war kriminell, aber ich möchte, dass Sie verstehen, dass keine von uns eine Wahl hatte. Constance und Mary hätten eine Chance bekommen sollen, Ehemänner zu finden, aber sie wurden hier gebraucht, um Robert großzuziehen.« Sie hob die Schultern und zuckte unter der alten, schweren Last zusammen. »Ich werde meinem Vater nie verzeihen, dass er seinen eigenen Sohn verstoßen hat, jedoch kann ich mein Leben mit Stacy nicht bereuen. Er ist mein Bruder, aber ich liebe ihn wie einen eigenen Sohn.«

Portia begann, die Liebe, die Frances für Stacy empfand, zu verstehen. Hier, fast fünf Meter über einem Marmorfußboden kreisten ihre Gedanken nur um eines: das Leben zu retten, das in ihr heranwuchs.

»Er liebt Sie auch, Frances. Ich bin sicher, er wird ...«

Ein tiefes, unheilvolles Ächzen vibrierte durch die verrotteten Bodenbretter unter ihr, und sie schrie auf und griff reflexartig nach der Brüstung.

»Portia! Nein!«

Das Gerüst unter ihr zitterte fast träge, und das stakkatoartige Knacken von brechendem Holz erfüllte die Luft. Die Ferse ihres rechten Fußes kippte nach hinten, Portia taumelte, und das Geländer brach wie ein trockener Zweig, als das Parkett unter ihrem einen Fuß verschwand.

Als sie sich später ins Gedächtnis zu rufen versuchte, was

geschehen war, konnte Portia sich nicht erinnern, dass Frances nach ihrem Arm gegriffen hatte. Die ältere Frau musste wie der Blitz die morsche Treppe hinaufgestürzt sein, als der Balkon unter Portias Füßen sich auflöste.

Wie Stahlbänder hielten Frances' Arme sie fest, und zusammen rutschten und fielen sie durch bröckelnde Stufen, bevor sie auf der dritten Stufe plötzlich zum Stehen kamen. Der plötzliche Aufprall war hart, und Portia biss sich auf die Zunge. Blut lief in ihren Mund.

Über ihnen kreischte der Balkon wie ein ungezogenes Kind und riss schließlich mit der bedächtigen Langsamkeit eines Riesen von der Wand ab.

Portia presste ihren Körper gegen die Wand, rutschte aber noch ein paar Stufen hinunter, als sich die Treppe von der Wand löste. Frances versuchte, sie aufrecht zu halten, aber sie rutschten beide aus und taumelten wie Betrunkene, als Stufe um Stufe unter ihnen zusammenkrachte.

Mit einem weiteren heftigen Schlag trafen Portias Füße auf Marmor, Frances fiel rückwärts und zog Portia auf sich.

Auf das ohrenbetäubende Kreischen von sich verbiegendem Holz, das den Raum erfüllte, folgte ein Moment unheilvoller Stille, in dem der Balkon fast anmutig wippte.

Und dann krachten vierhundert Jahre altes Holz, Steine und Metall auf unnachgiebigen Marmor. Putz, Staub und pulverisiertes Holz stoben vom Boden auf wie ein schmutziger Schneesturm. Ein widerstandsfähiger Geländerpfosten schlug auf dem Boden auf, prallte dort ab, flog durch die Luft und schlug kaum einen halben Meter von ihrem Kopf gegen die Wand, sodass Splitter und Putz umherflogen.

Portia und Frances schrien und schlangen die Arme um ihre Köpfe, während Trümmer um sie herumflogen wie Artilleriegeschosse.

Es wurde beinahe ebenso plötzlich still wie der Lärm begonnen hatte, und Portia zwang sich, die Augen zu öffnen. Eine dichte Wolke feinen Pulvers vernebelte den Raum, klebte in ihren Wimpern und verstopfte ihre Nase. Sie schlug eine Hand vor den Mund und fächelte sich mit der anderen Luft zu, als ob das den Nebel vertreiben könnte.

»Portia? Frances?«

Das war Stacys Stimme, oder zumindest glaubte Portia, dass sie es war. In ihrem Kopf hallte es so laut, dass es ein Wunder war, dass sie überhaupt noch hören konnte.

»Hier sind wir«, rief Frances mit rauer Stimme.

»Bleibt, wo ihr seid. Ich komme zu euch.«

Es kam ihr wie ein Jahr vor, dabei dauerte es wahrscheinlich nur eine Minute, bis der Staub vor ihr sich bewegte und sich das geliebte, blasse Gesicht daraus hervorschälte.

Er ließ sich neben ihr fallen, Portia brach endgültig zusammen und schluchzte seinen Namen. »Stacy!«

Er schlang die Arme so fest um sie, dass er ein Quieken aus ihrer Lunge presste. Sie hielten einander noch immer fest, als die Männer kamen, die Rowena geholt hatte, und begannen, Fenster und Türen zu öffnen, um den erstickenden Staub zu vertreiben.

Sie hatte sich einige Blutergüsse zugezogen und zitterte so heftig, dass sie kaum stehen konnte, im Großen und Ganzen aber schien Portia unversehrt.

Stacy ließ sie ihren zitternden Körper an seinen schmiegen und strich über ihr Haar.

»Schh, Liebling, alles wird gut. Ich habe dich.«

»Frances«, begann Portia, und brannte darauf, ihrem Mann zu erzählen, wie seine Schwester das Leben ihres Kindes gerettet hatte.

»Ich bin hier, Portia.«

Portia löste sich gerade so weit von Stacy, dass sie Frances Schulter packen und sie zu sich und Stacy herüberziehen konnte. Und dann fielen sich alle drei zitternd in die Arme und schluchzten vor Erleichterung.

***

Portia beschloss, an diesem Abend das Essen in ihrem Schlafzimmer einzunehmen, allerdings hätte Stacy auch nichts anderes erlaubt. Und Robert, der beinahe ebenso schlimm war wie sein Bruder, bestand darauf, den hiesigen Arzt zu rufen, um nach Portia zu sehen.

»Es geht Ihnen bemerkenswert gut, Mrs Harrington, und Ihrem Baby auch. Aber es kann nie schaden, sich auszuruhen, besonders nicht einer Frau in Ihrem Zustand.«

»Wie lange sollte sie im Bett bleiben?« Stacy hatte die Arme vor der Brust verschränkt.

Der Arzt blickte von Stacy zu Portia und runzelte die Stirn, unsicher, wem von beiden er es recht machen sollte.

»Sie ist körperlich unversehrt und sehr gesund. Solange sie keine Anzeichen eines Schocks zeigt, denke ich, dass sie nach einer guten Nachtruhe wieder wohlauf sein wird.«

Portia konnte sehen, dass ihr Mann von diesem Ratschlag nicht begeistert war. »Ich möchte trotzdem, dass Sie morgen noch einmal hereinschauen.«

»Aber Stacy –« Sie konnte seine Augen nicht sehen, aber sein Kiefer spannte sich an, und sein Ausdruck war erbarmungslos. Portia klappte den Mund zu.

»Ich finde, das ist eine ausgezeichnete Idee«, stimmte der Arzt nervös zu.

»Ich danke Ihnen, Doktor.« Stacy begleitete ihn zur Tür und schloss sie hinter ihm. Als er sich umdrehte, schüttelte er den Kopf.

»Verdammt noch mal, Portia!«

Portia hob die Augenbrauen wegen seiner Ausdrucksweise, die normalerweise gentlemanlike und angemessen war – es sei denn, sie waren im Bett. Stacy strich sich mit den Händen durch sein zerzaustes Haar, was eine Staubwolke aufwirbelte. Er nahm seine schmutzige Brille ab und warf sie auf den Nachttisch. Dann packte er Portias Schultern und beugte sich mit wildem

Ausdruck über sie. »Willst du mich ins Irrenhaus bringen?«

Portia starrte ihn verwundert an. »Du denkst doch wohl nicht, dass ich die Sängergalerie deiner Familie absichtlich zerstört habe?«

Er lachte schwach. »Nein, aber ich glaube langsam, dass Sie verflucht sind, Mrs Harrington.«

»Da bist du nicht der Einzige«, entgegnete sie. Als sie seinen gequält wirkenden Blick sah, ließ sie sich erweichen. Sie hob seine Hand an ihre Lippen, küsste seine staubige Handfläche und legte sie an ihre Wange. Sie schmiegte sich in die kräftige Wärme, schloss die Augen und genoss die Berührung.

»Vielleicht sollte ich im Bett bleiben, bis das Baby geboren ist. Du könntest bei mir bleiben und mich aus gefährlichen Situationen heraushalten.«

»Dann würde dir bloß körperliche Erschöpfung drohen.« Er beugte sich hinunter und küsste sie innig. »Einer von uns sollte beim Abendessen erscheinen, und ich nehme an, das werde wohl ich sein. Ich gehe jetzt besser und nehme ein Bad. Ich wage zu behaupten, dass ich ein halbes Dutzend Mal baden müsste, bis ich sauber bin.« Er klatschte auf seine Wildlederhose und eine graue Wolke stob auf. »Daisy kümmert sich um dein Abendessen und wird sich zu dir setzen; versuch, in der Zwischenzeit nichts Gefährliches zu tun.«

»Pah!« Portia warf ein Kissen nach ihm, als er zur Verbindungstür ging. Nachdem er gegangen war, seufzte sie schläfrig. Sie bezweifelte, dass sie wach bleiben konnte, bis das Essen gebracht würde.

***

Erstaunlicherweise schlief Portia bis zum nächsten Morgen durch und erwachte erst kurz bevor Stacy kam, um ihr zu sagen, dass er mit Robert einen frühen Ausritt machen würde.

»Ich glaube, es hat mir viel besser gefallen, als du jeden Tag bis zehn Uhr geschlafen hast und um Mitternacht ausgegangen bist«, brummte sie.

»Mmmm.« Er küsste ihre Wange, griff unter die Decke und streichelte das Erste, was er dort fand, was zufällig eine ihrer Brüste war. Seine Hand fühlte sich himmlisch an, und Portia war plötzlich hellwach. Sie reckte sich ihm entgegen.

Er lachte. »Du brauchst deine Ruhe, und ich brauche nach dem gestrigen Tag einen guten, harten Ritt. *Auf Geist!"*, spezifizierte er, als er ihren begierigen Ausdruck sah.

Portia öffnete den Mund, um zu argumentieren, aber es kam nur ein Gähnen heraus.

Er hob die Augenbrauen. »Siehst du?« Er kniff ihr in die Brustwarze und verschwand.

Als Portia das nächste Mal aufwachte, fand sie eine Tasse mit heißer Schokolade neben ihrem Bett und Daisy, die das Einfüllen ihres Bades überwachte. Portia nahm einen Schluck Schokolade und ging in das schöne marmorne Badezimmer.

»Sie haben meine Gedanken gelesen, Daisy.«

»Nein, Ma'am. Mr Harrington hat das Bad angeordnet – und auch die Schokolade. Er sagte, ich solle dafür sorgen, dass sie bis Mittag ins Frühstückszimmer kommen.« Sie lächelte Portia kurz zu, als ob sie es charmant fand, wenn ein Ehemann seine Frau herumkommandierte. Dieses Mal empfand Portia allerdings ebenso. Sie hatte befürchtet, er würde versuchen, sie für den Rest ihres Besuchs ins Bett zu verbannen.

Als sie das Frühstückszimmer betrat, waren dort mindestens ein Dutzend Leute versammelt, darunter auch Stacy. Er erhob sich und führte sie zu einem freien Sitz, während Lord Pendleton sie allen Gästen vorstellte, die am vergangenen Tag angekommen waren, während Portia im Schlafzimmer gelegen hatte.

Sie sagte das Passende, lächelte und versicherte allen, dass es ihr gutging. Sie hätte allerdings gern erst einen Kaffee getrunken, bevor sie alle Fragen beantwortete und die Gäste kennenlernte, aber das sollte offenbar nicht sein.

Eine Sache an der versammelten Gruppe erstaunte sie sehr: Niemanden schien es zu verwundern, dass ein voll ausgewachsener Sohn und seine Frau plötzlich aus dem Nichts auf Thurlstone aufgetaucht waren. Wenn sie es seltsam fanden, dann ließen sie es sich aus Höflichkeit nicht anmerken.

Sie hatte gerade ihre erste Tasse Kaffee ergattert und einen großen, wohltuenden Schluck genommen, als Rowena den Raum betrat. Ihr Blick suchte den Tisch ab und blieb bei Portia hängen. Portia stöhnte innerlich auf; was denn nun wieder?

»Wie geht es Ihnen heute Morgen, Mrs Harrington?«

In ihrem beunruhigenden Blick lag Sorge, doch der Ausdruck darin war hart wie Achat, dem ihre Augen so ähnelten.

»Mir geht es gut, Mylady.« Sie beschloss, das Thema zu wechseln. »Lord Pendleton hat uns gerade über Ihre

Pläne für unser Unterhaltungsprogramm informiert.« Portia wandte sich wieder an Robert.

»Wir haben für unseren Besuch des Musiktempels auf dem benachbarten Anwesen, Hillcombe Park, ein Mittagessen im Freien geplant.«

»O Lord Pendleton, wie verrucht«, neckte ihn eine Dame namens Miss Creasy. Sie gehörte zu den Neuankömmlingen, ein hübsches Mädchen mit honigblondem Haar, das aus seinem Interesse für Robert kein Geheimnis machte.

Doch Robert lächelte nur kühl und wandte sich an Portia. »Miss Creasy bezieht sich natürlich auf die Geschichte von Hillcombe Park. Einer der früheren Herren auf Hillcombe war eng mit dem berüchtigten Sir Francis Dashwood befreundet, dem Gründer des Hellfire Clubs. Lord Bishop hat ein Denkmal an Dashwood auf seinem Anwesen errichtet.«

Danach wurde die Unterhaltung lauter, weil alle darum wetteiferten, ihr Wissen über die geheimen Aktivitäten des Clubs wie Orgien und satanische Rituale anzubringen. Ein Teller mit Schinken und Eiern stand plötzlich wundersamerweise vor Portia. Sie sah auf und entdeckte ihren Mann mit herausfordernd hochgezogenen Augenbrauen.

»Vielen Dank, Stacy.«

Er schenkte ihr dieses leichte, sinnliche Lächeln, das sie um den Verstand brachte, und sie schmerzhaft daran erinnerte, wie dankbar sie war, dass sie ihre Differenzen beseitigt hatten. Nie wieder, schwor sie sich. Nie wieder würde sie zulassen, dass sich ihr schreckliches Temperament zwischen sie stellte.

Stacy beugte sich näher zu ihr, als sie einen Bissen zum Mund führte. »Vielleicht ist das ein Appetit von dir, den ich tatsächlich stillen kann.«

Portia hätte sich beinahe verschluckt und musste einen Schluck Kaffee nehmen. Sie sah auf und bemerkte, dass Robert ihr intimes Geplänkel mit einem Ausdruck von Neid und Sehnsucht beobachtete. Portia schoss Rowena einen Blick zu; die kühle Blonde beobachtete ihren Mann mit einem spöttischen Lächeln.

Portia fühlte sich wie eine Schauspielerin in einer französischen Farce.

Der junge Mann an Portias anderer Seite fragte sie etwas, und sie wandte sich von dem verstörenden Bild ab, das ihr Schwager und ihre Schwägerin abgaben.

***

Die Gruppe, die sich zum Picknick versammelt hatte, war laut, fröhlich und viel größer, als Portia erwartet hatte. Viele der Hausgäste hatten auf ihren Zimmern gefrühstückt und kamen erst nach und nach hinunter zum Portikus, wo Kutschen auf diejenigen warteten, die nicht zum Picknickplatz laufen wollten.

Stacy und Portia waren gerade in eine hitzige Diskussion über ihre Anwesenheit in einer der Kutschen verwickelt, als er mitten im Satz innehielt und etwas über ihre Schulter hinweg anstarrte, wobei ihm die Kinnlade herunterfiel. »Kitty?« Seine Stimme war schrill und unnatürlich.

Portia drehte sich um und erblickte einer der schönsten Frauen, die sie je gesehen hatte.

»Stacy?«

Sie standen entrückt da, als gäbe es nur sie beide. Stacy erwachte zuerst aus seinem Schock und drehte sich zu Portia um, als hätte er sich erst erinnert, dass sie da war. Seine blassen Wangen färbten sich tiefrot. »Portia ...«, begann er, lachte leise und wandte sich dann wieder der anderen Frau zu. »Portia, das ist Mrs Katherine Charring. Kitty, das ist meine Frau, Mrs Harrington.«

Es kostete die Frau offensichtlich Mühe, ihren Blick von Stacy loszureißen. Sie schenkte Portia ein nervöses Lächeln. »Es ist mir ein Vergnügen, Sie kennenzulernen.«

»Gleichfalls.« Mehr konnte sie nicht zwischen steifen Lippen hervorpressen. Es wäre aber auch nicht weiter aufgefallen, wenn sie gar nichts gesagt hätte, denn die schöne Frau und ihr Mann hatten nur Augen füreinander. Die Frau sah Stacy mit offener Zuneigung an, als wäre er ihr Held. Und Stacy? Nun, er sah die schöne Fremde an, als könne er nicht genug bekommen.

Das vertraute schrillende Gefühl der Eifersucht ließ ihr die Hitze in den Kopf steigen, und sie wusste, dass sie fortmusste, und zwar sofort. Sie brauchte etwas Zeit allein, um sich zu beruhigen. Also setzte sie ein gezwungenes Lächeln auf. »Wenn Sie mich entschuldigen, ich glaube, ich werde mal nachsehen, ob noch Platz in einer der Kutschen ist.«

Ihre Worte rüttelten Stacy wach. »Warte, Portia –«

Robert kam um die Ecke des Hauses und konnte gerade noch rechtzeitig anhalten, um einen Zusammenstoß zu vermeiden. Er grinste Portia an und beruhigte sie mit seinen Händen auf ihren Schultern. »Ah, die

Frau, die ich gesucht habe. Ihre Kutsche wartet auf Sie, Madam.« Er blickte hinüber, wo Stacy mit seiner schönen, geheimnisvollen Freundin stand, und plötzlich wich jede Farbe aus seinem Gesicht. Er taumelte rückwärts und tastete blindlings nach der Wand. Einen Moment lang dachte Portia, er würde tatsächlich in Ohnmacht fallen.

Mrs Charring klammerte sich an Stacy, der so leicht und selbstverständlich einen Arm um ihre schlanke Taille legte, dass sich Portia die Nackenhaare aufstellten. »Ist alles in Ordnung, Kitty?«

Kitty. Ja, die Frau hatte tatsächlich etwas von einem Kätzchen mit ihrer langen Oberlippe, die sie allerdings jetzt vor Schreck zusammenpresste. Portia fand es offensichtlich, dass *nicht* alles in Ordnung war.

Aber sie schien sich wieder zu besinnen und blinzelte schnell, während sie von Stacy wegtrat.

»Ja, ja, natürlich, mir geht es gut.« Sie sah zu Stacy auf. Etwas – Portia wusste nicht, was – passierte zwischen den beiden. Schließlich wandte sich Stacy an seinen Bruder.

»Das ist Katherine Charring, Robert. Sie stammt aus Plymouth. Kitty, das ist mein Bruder, Viscount Pendleton.«

Mrs Charrings perfekte, korallenrote Lippen waren geöffnet, aber kein Laut kam heraus. Wieder einmal schwankte sie bedrohlich. Wieder umfing Stacy sie mit dem Arm, aber dieses Mal ließ er ihn dort.

Robert machte einen Schritt vorwärts, sein Gesicht war nun wieder seine übliche Maske charmanter Höflichkeit. »Mrs Charring, was für eine Freude, Sie kennenzulernen.«

»Lord Pendleton«, murmelte sie.

Portia konnte den Blick nicht von dem Trio abwenden, die anscheinend allesamt vergessen hatten, dass sie existierte, so fasziniert waren sie voneinander.

Was zum Teufel ging hier vor sich?

Kapitel Siebenundzwanzig

Portia warf einen Seitenblick auf das angespannte Profil ihres Schwagers.

»Vielen Dank, dass Sie mich selbst fahren, es tut mir leid, dass Sie auf diese Weise einen wunderbaren Spaziergang verpassen.«

Er schnalzte leise mit der Zunge und die lebhaften Braunen liefen voran. »Ich bin schon Hunderte Male dort entlangspaziert, aber ich hatte noch nie die Gelegenheit, meine charmante Schwägerin zu kutschieren.«

»Was sind Sie doch für ein süßholzraspelnder kleiner Teufel, Mylord.«

»Sie müssen mich Robert nennen, sonst kann ich nicht Portia sagen«, erinnerte er sie. »Und ich liebe den Klang Ihres Namens auf meiner süßholzraspelnden Zunge.« Er lächelte ihr auf die ihm eigene charmante Weise zu und ließ seine Maske nicht sinken.

»Ist es weit?«, fragte Portia. Vielleicht konnte sie die bizarre Szene, die sie soeben erlebt hatte, besser vergessen, wenn sie plauderte. Zuletzt hatte sie Stacy gesehen, wie er mit etwas Abstand hinter den anderen ging und sich dabei nah zu der wunderschönen Katherine Charring beugte.

»Zu Fuß ist es nicht weit, aber wir werden eine etwas längere Strecke nehmen, die schöner ist als der direktere Weg.«

Portia suchte nach etwas, das sie sagen könnte, irgendwelche Höflichkeiten, aber ihr fiel nichts ein. Stattdessen beobachtete sie ihn dabei, wie er mit kompetenten Händen in eleganten Lederhandschuhen die Zügel führte.

»Wie gefällt Ihnen Thurlstone bisher, Portia?«

»Es ist faszinierend und überwältigend.« Ebenso wie seine Bewohner, von einigen der Gäste ganz zu schweigen.

»Es tut mir schrecklich leid, dass Sie auf Ihrer kurzen Reise mehrfach so knapp einer Gefahr entgangen sind. Ich hoffe, es wird Sie nicht davon abhalten, uns noch einmal zu besuchen?«

Sie wusste, dass Robert von der verirrten Kugel und dem einstürzenden Balkon sprach, doch die einzige Gefahr, an die sie derzeit denken konnte, hatte rote Haare und grüne Augen. Sie versuchte, die heftige Eifersucht hinunterzuschlucken, die drohte, sie zu ersticken.

»Portia?«

Robert sah auf sie herab und runzelte die Stirn. »Geht es Ihnen nicht gut?«

Hysterisches Gelächter gesellte sich zu rasender Eifersucht, und es erforderte jedes letzte Quäntchen Selbstkontrolle, damit sie nicht vollständig durchdrehte. Stattdessen lächelte sie. »Ich bin nur etwas müde.« Portia suchte noch immer verzweifelt nach etwas, das sie sagen konnte, als Robert schließlich das Wort ergriff.

»Kennen Sie Mrs Charring schon lange?«

»Ich habe sie nur einen Augenblick vor Ihnen kennengelernt.«

Seine Hände fassten die Zügel fester. »Ach so, ich verstehe. Ich dachte, Stacy schiene sie zu kennen.«

»Ja, das tut er.«

Ein Muskel in seinem Kiefer zuckte. »Wissen Sie, woher sie sich kennen?«

»Nein, das weiß ich nicht. Aber offenbar muss Lady Pendleton sie eingeladen haben, also muss sie sie wohl kennen.«

Seine Lippen kräuselten sich zu einem Lächeln, das ihr einen Schauer über den Rücken jagte.

»O ja, meine Frau kennt sie ganz bestimmt.«

Portia wartete darauf, dass er mehr sagen würde, aber er schwieg ärgerlicherweise, und sie wechselte das unbequeme Thema. »Wird es schwer sein, Handwerker zu finden, die in der Lage sind, die Sängergalerie zu reparieren?«, fragte sie und konzentrierte das Gespräch für den Rest der Fahrt auf das sichere Thema des Erhalts eines geschichtsträchtigen Gebäudes.

Als sie die Auffahrt nach Hillcombe Park erreichten, sahen sie schon einige andere Kutschen dort auf dem Grün. Robert übergab die Pferde einem Stallburschen und hob Portia hinunter.

»Von hier aus geht es nur noch zu Fuß weiter, fürchte ich. Sind Sie dem gewachsen?«

»Ich bin bereit für einen Spaziergang. Außerdem muss ich zu meiner Schande gestehen, dass ich schon wieder hungrig bin.«

»Es ist Ihr Glückstag, denn uns erwartet ein Festmahl.« Er führte sie zu einem schmalen Weg mit Stufen. »Der See hat die Form eines Schwans. Noch eine

Hommage an West Wycombe Park in Buckinghamshire«, erklärte er.

»Und die Besitzer haben nichts dagegen, dass wir ihr Land betreten?«

»Wir haben stets eine gute Nachbarschaft gepflegt, auch wenn wir in der letzten Zeit nur selten Kontakt hatten, da sich die Familie kaum hier aufhält. Der neue Lord Bishop ist etwa in meinem Alter, und wir kennen uns ein wenig aus Eton. Mein Vater stammt aus derselben Generation wie sein Großvater, und die beiden sind einige Male aneinandergeraten. Dennoch haben wir einander stets Zugang zu unserem jeweiligen Besitz gewährt.«

Der Park war absolut spektakulär, wenn auch recht verwahrlost. Sie folgten dem Pfad in einvernehmlichem Schweigen. Dabei kamen sie an einem kleinen Spiegelteich mit steinernen Bänken und riesigen Goldfischen vorbei, und an einer antik aussehenden Grotte.

Als Portia einen Kommentar über das Gebäude machte, lachte Robert leise. »Sie ist vermutlich nicht viel älter als ich, aber der letzte Lord Bishop war ein Experte, was antike Nachbauten anging.«

Der Pfad schlängelte sich durch ein kleines Tal, und auf der anderen Seite lag das Ufer eines pittoresken Sees. Gäste spazierten in der Nähe eines großzügigen Pavillons umher, der mit bequem aussehenden Stühlen, bunten Sonnensegeln und genug Essen bestückt war, dass ein Zehnfaches an Gästen hätte satt werden können. Portia konnte ihren Mann nirgends sehen. Und auch nicht Katherine Charring.

Elend und Wut tobten in ihr, aber sie rang sie nieder.

Du hast versprochen, nachzudenken, bevor du zu emotional wirst, erinnerte sie ihre herrische innere Stimme.

Das habe ich ihm versprochen, aber er macht es mir nicht gerade einfach, es zu halten.

Erinnere dich daran, als du dich das letzte Mal zum Narren gemacht hast. Das ist erst ein paar Wochen her.

Portia biss die Zähne aufeinander. *Ich versuche es ja.* Und das tat sie; sie konnte sich nicht daran erinnern, wann sie ihr Temperament je so gezügelt hatte. Aber er verdiente den Vertrauensvorschuss.

»Beschaffen wir Ihnen etwas zu essen, bevor Sie mir vor Hunger umkommen«, neckte Robert und riss sie aus ihren ärgerlichen Gedanken.

»Haben Sie sich ausgeruht, Mrs Harrington, oder hat mein Mann Sie überfordert?«

Portia wandte sich um und sah Rowena, die sich von hinten genähert hatte. Sie lächelte listig. »Ich bin ausgeruht, vielen Dank. Was für ein hübsches Arrangement.« Nicht dass Portia gerade Sinn dafür gehabt hätte.

»Sie müssen von der Leberpastete kosten und unseren eigenen Schinken, er ist hauchdünn geschnitten. So etwas Feines bekommen Sie nicht einmal in den Vauxhall Gardens.«

Ein junges Paar näherte sich ihnen. »Wo sollen wir das Krocket aufbauen, Mylady?«

»Ich überlasse Sie der Obhut meines Gatten.« Rowena warf Portia einen lauernden Blick zu, bevor sie sich dem jungen Mann zuwandte.

Portia seufzte erleichtert; sie war jetzt wirklich nicht in Stimmung, sich mit Rowenas undurchsichtigen, stichelnden Kommentaren auseinanderzusetzen.

Robert sah seiner sich entfernenden Frau mit kühlem, nachdenklichem Blick hinterher. Dann wandte er sich lächelnd an Portia. »Warum setzen Sie sich nicht einfach, und ich bediene Sie?«

Portia wehrte sich nicht, und er ließ sie auf einem Stuhl unter einem der gestreiften Sonnensegel Platz nehmen. Ihre Gedanken rasten, bis er kurze Zeit später mit einem gut gefüllten Teller zurückkehrte.

Portia lachte. »Ich hoffe, Sie haben vor, das mit mir zu teilen.«

»Heben Sie mir etwas auf. Ich werde gleich zurück sein. Ich werde Stacy suchen und ihm sagen, dass Sie angekommen sind.« Er ging, ohne ihre Reaktion abzuwarten.

Das war vielleicht gut so, denn Portia wollte nicht über ihren Mann nachdenken und über das, was er tat oder mit wem er es tat. Stattdessen machte sie sich über den gehäuften Teller her und beobachtete, wie Rowena die jungen Gäste herumkommandierte wie ein Feldmarschall mit schlecht ausgebildeten Truppen. Sie aß sich durch den Berg an Köstlichkeiten und hatte gerade ein Stück sahnigen, goldenen Käse verputzt, als Rowena zurückkehrte.

»Hat der Schinken Ihnen geschmeckt?«

»Er hat mir ein bisschen zu gut geschmeckt.« Sie deutete auf ihren leeren Teller. Rowena sah sich um. »Wohin ist Robert verschwunden?«

»Er wollte Stacy suchen.«

»Aha. Er hätte mich fragen sollen. Ich sah Ihren Mann gerade mit Mrs Charring in Richtung der gotischen Kapelle gehen. Sie scheinen sehr eng befreundet zu sein.«

Portia brannte darauf, die Viscountess zu fragen, wer die schöne Katherine Charring war, und warum Rowena sie eingeladen hatte, aber aus irgendeinem Grund hatte sie das Gefühl, dass es der Frau nicht gefallen würde.

Also wandte sie sich von dem forschenden Blick ihrer Schwägerin ab und den Krocketspielern zu. Sie spürte mehr als dass sie es sah, dass Rowena sich entfernte.

Ihre Lider wurden schwer und schon bald gab sie dem körperlichen Bedürfnis nach Ruhe nach und schloss die Augen. Die Stimmen verschwammen zu einem Summen, und sie glitt in die Art traumlosen Schlummer, den sie seit ihrer Kindheit nicht mehr genossen hatte. Ihre Glieder waren bleischwer, und sie konnte sie nicht bewegen, aber ihr Geist war seltsam leicht und schwebte direkt über ihrem Körper. Sie sank gerade tiefer in den Schlaf, als ein hoher weiblicher Schrei sie wachrüttelte.

Ihr schläfriger Verstand brauchte eine Weile, um Realität und Traum zu unterscheiden. Wolken verdeckten die Sonne, und Portia konnte nicht sagen, wie lange sie geschlafen hatte. Es konnte nicht allzu lang gewesen sein, denn die Krocketspieler hatten ihr Spiel noch nicht beendet. Sie erhob sich aus dem bequemen Stuhl und ging zum Buffet, wo ein Diener stand, um zu servieren.

»Wissen Sie, wie spät es ist?«

»Es ist halb drei, Ma'am.«

Sie hatte also nicht mehr als dreißig Minuten geschlafen. Sie suchte die Menge ab, die um sie herumwuselte, konnte jedoch weder Robert und Rowena noch Stacy oder Mrs Charring entdecken.

»Haben Sie Lord Pendleton gesehen?«, fragte sie den Diener.

»Ich glaube, er ging in Richtung der Kapelle.«

Also dahin, wo Stacy und Kitty laut Rowena hingegangen waren. »Wie weit ist es dorthin?«

»Man geht etwa eine Viertelstunde.«

»Falls jemand nach mir fragen sollte, ich gehe zur Kapelle.«

»Selbstverständlich, Mrs Harrington.«

Als Portia auf das Wäldchen zuging, fragte sie sich, warum sie Stacy und der schönen Rothaarigen hinterherging. Sie wusste, was Rowena mit ihrem listigen Lächeln anzudeuten versucht hatte, und sie konnte nicht anders, als sich zu fragen, warum Stacy ihr nicht einfach erzählt hatte, woher er Mrs Charring kannte.

Du hast ihm gerade versprochen, keine voreiligen Schlüsse zu ziehen, schalt ihre vernünftige Seite abermals.

Ich ziehe keine voreiligen Schlüsse, das muss ich gar nicht, sie drängen sich mir förmlich auf. Außerdem habe ich nicht die Kontrolle über mein Temperament verloren.

Während sie sich so mit ihrer inneren Stimme stritt, trat sie in den Schatten der Bäume. Sie folgte etwa fünf oder zehn Minuten dem Weg, bis sie zu einer großen Lichtung kam. Am gegenüberliegenden Ende war eine kleine, verzierte gotische Kirche, die aussah, als wüchse sie direkt aus dem Hügel dahinter. Die Luft war schwer und unbewegt, und Trümmer lagen auf dem Hof vor der Kapelle herum.

Unkraut hatte sich befleißigt, jede Ritze, jeden Riss und Spalt zwischen den Steinen auszufüllen und aufzureißen. Irgendwann musste die Kapelle Flügeltüren gehabt haben, aber beide waren verschwunden, und jemand hatte sogar die Angeln aus der Steinwand herausgerissen. Die gezackte Türöffnung glich einem Maul mit scharfen, abgebrochenen Zähnen und hinter den Ziegelsteinen lag ein tintenschwarzer Schlund.

Nichts hätte Portia verlocken können, in die flüssige Schwärze hineinzutauchen. Nichts außer der Stimme ihres Mannes.

»Schh, Liebling, weine nicht.« Stacy musste sich in einiger Entfernung im Innern der alten Kapelle befinden, denn er war kaum zu verstehen.

Portia öffnete den Mund, um zu rufen, doch sie erstarrte, als eine Stimme antwortete. »Es tut mir so leid, Stacy. Es ist einfach nur – nur schrecklich.«

»Selten ist etwas so schlimm, wie es zunächst scheint, meine liebste Kitty.« Seine Stimme war zärtlich, und die Zuneigung brannte wie Säure in Portias Herzen. Sie wusste, sie sollte in die andere Richtung fortlaufen, so schnell sie ihre Beine trügen, aber stattdessen machte sie einen weiteren Schritt in die Dunkelheit.

»Was soll ich nur tun?« Schmerz vibrierte in Katherine Charrings Stimme.

»Uns fällt schon etwas ein.«

Portias Fuß trat in der Finsternis auf ein Stück zerbrochenen Mauerwerks, und sie stolperte und ruderte mit den Armen. Sie stieß sich die Fingerknöchel an der rauen Wand, aber konnte sich abfangen.

»Was war das?« Mrs Charrings Stimme war plötzlich sehr laut.

»Vielleicht nur irgendein Tier«, beruhigte Stacy sie.

Wenn du wüsstest.

Portia blieb, wo sie war, denn sie wollte weder riskieren, entdeckt zu werden noch sich zu verletzen, indem sie weiter hineinging. Außerdem konnte sie von ihrem derzeitigen Standpunkt mehr als genug hören.

Ein zartes Schniefen schwebte durch die Dunkelheit. »Ich dachte, ich hätte meine Liebe überwunden und mich mit meinem Leben abgefunden, aber jetzt muss ich erkennen, dass ich mich nur selbst belogen habe.«

»Mein armer Liebling. Komm her.« Es war dieselbe tröstende Stimme, die er oft Portia gegenüber verwendete, und die lange Pause konnte nur bedeuten, dass sie einander umarmten. Und vielleicht küssten.

Sie schluckte so schwer, dass sie erstaunt war, dass sie es nicht gehört hatten.

Sie sind abgelenkt; sie hören nur einander.

Portia schloss die Augen, als ob sie so die Stimme in ihrem Kopf zum Schweigen bringen könnte.

»Jetzt können wir nichts tun, fürchte ich. Du weißt, dass eine Scheidung nicht in Frage kommt?«

Scheidung? Er wollte eine Scheidung? Das Rauschen in ihren Ohren war so laut, dass Portia kaum das leise Weinen hören konnte.

»O Stacy, ich dachte, ich wäre über all das hinweg, aber herzukommen bricht mir nur erneut das Herz.« Ihr leises Weinen erfüllte die Luft, und es dauerte lang, bis die Frau sich wieder unter Kontrolle hatte und fortfuhr.

»Ich weiß, ich habe dir gesagt, dass ich nicht mehr verliebt bin, aber ich habe gelogen, Stacy.«

»Schh, Liebling. Gott, ich wünschte, du hättest mir all das schon vor langer Zeit erzählt. Wenn du heute aufbrechen möchtest, werde ich dich zurück nach Plymouth bringen. Aber ich will Portia die Wahrheit sagen, bevor ich ...«

»Nein! Bitte nicht, Stacy. Ich möchte nicht, dass sie alles weiß. Es ist schließlich nicht so, als könnten wir es ändern. Ich möchte, dass niemand davon weiß.«

Portia schmeckte das Salz ihrer eigenen Tränen und wischte sich hastig mit dem Handrücken über die Augen. Sie taumelte rückwärts, blind vor Schmerz, während sie zuhörte, wie ihr Mann eine Frau tröstete, die offensichtlich zu spät festgestellt hatte, dass sie ihn liebte.

Als sie über die Lichtung davonlief, fragte sie sich, ob man tatsächlich das eigene Herz brechen hören konnte.

***

Portia hörte erst auf zu rennen, als sie aus dem Wald heraus war. Sie ließ sich atemlos gegen einen Felsen am Wegesrand fallen und drückte gegen ihre pochenden Schläfen, als ob sie damit die schrecklichen Gedanken verdrängen könnte.

Stacy hatte sie nur geheiratet, weil sie schwanger war, und jetzt hatte diese Frau – eine Frau, die ihm offensichtlich viel bedeutete – beschlossen, dass sie ihn wollte. Portia zuckte zusammen, als sie sich an die

Verzweiflung in seiner Stimme erinnerte, als er die Geliebte getröstet hatte.

Schmerz, Angst und Eifersucht tobten in ihr, und Galle stieg ihr in die Kehle. Sie bedeckte ihren Mund – sie konnte sich jetzt nicht übergeben; es würde nur unerwünschte Aufmerksamkeit auf sie ziehen. Sie grub die Fingernägel in die Handflächen, damit der Schmerz sie ablenkte. Als sie die Hände wieder öffnete, sah sie blutige Halbmonde. Sie starrte noch immer auf ihre Handflächen, als sie ihren Namen hörte und aufblickte.

Robert kam aus der Richtung der heimlichen Geliebten zu ihr herüber. Großer Gott! Hatte er …

»Sind Sie spazieren gewesen, Portia?« Sein Blick flatterte in die Richtung, aus der sie gerade gekommen war, und Portia wusste sofort, dass auch er die Liebenden gehört hatte. Das Lächeln, das er ihr schenkte, war angespannt und starr, und Falten der Anstrengung zogen sich um seine Augen. Mitleid lag in seinem Blick.

»Ja, nur kurz«, entgegnete Portia und kämpfte gegen den übermächtigen Drang an fortzulaufen und einfach nur zu laufen und zu laufen. »Die Viscountess hat Sie gesucht«, sagte sie geistesabwesend.

»Ja, sie hat mich gefunden.« Er blickte über ihre Schulter und sein Gesicht spannte sich an. »Ah, da kommen Stacy und Mrs Charring.« Die falsche Fröhlichkeit in seiner Stimme war schlimmer als ein Messer in ihrer Brust.

Portia suchte tief in ihrem Innern nach der Kraft, ihm gegenüberzutreten. Sie sagte sich, dass dies nicht das Schlimmste war, was sie durchgemacht hatte. Wenn sie die Fehlgeburt überlebt hatte, die Ivo mit seinen

Fäusten ausgelöst hatte, konnte sie auch das hier überstehen, ebenso wie ihr Kind.

Stacy lächelte und wirkte beinahe, als wäre er froh, sie zu sehen.

Mrs Charring blickte von Portia zu Robert. Es war ihrem hübschen Gesicht nicht anzusehen, dass sie noch vor einem Augenblick geweint hatte.

»Haben Sie die Kapelle gefunden?«, fragte Robert.

»Ja, das haben wir. Es ist ein faszinierendes kleines Gebäude.«

Niemand schien zu wissen, was er sagen sollte, und ein unangenehmes Schweigen senkte sich über sie.

»Wollen wir zum Pavillon zurückgehen?«, schlug Robert schließlich vor.

Als sie aus dem Wald herauskamen, konnten sie alle vier nebeneinander gehen.

Stacy legte seine Hand auf Portias Arm, und sie sah ihn an.

»Wie fühlst du dich, meine Liebe?« Sein Ausdruck war sanft, und er streckte die Hand aus, um eine lose Haarsträhne hinter ihr Ohr zu streichen. Portia musste sich zusammennehmen, nicht zurückzuzucken. Sie schoss Mrs Charring einen Blick zu. Was musste die vom Verhalten ihres Geliebten denken?

Doch die andere Frau starrte nur mit ausdruckslosem Gesicht in die Ferne.

Portia ließ sich einen Schritt zurückfallen und unterbrach die Berührung seiner Hand.

»Ich habe gegessen, ein Nickerchen gemacht und bin sogar spazieren gegangen.«

»Ist das alles? Hast du nicht Krocket gespielt?«, fragte Stacy scherzhaft. »Oder hast du auf den richtigen Spielpartner gewartet?«

Die Leichtigkeit, mit der er ihr etwas vorspielte, widerte Portia an; wer hätte gedacht, dass er zu einer solchen Doppelzüngigkeit fähig war? »Ich muss wohl heute auf das Krocket verzichten.«

Sofort war er besorgt. »Bist du müde? Möchtest du nach Thurlstone zurückkehren? Du hast noch einen langen Abend vor dir.« Er sah seinen Bruder an. »Ich bin sicher, Robert würde es nichts ausmachen, wenn ich seinen Zweispänner nehme, um dich nach Hause zu bringen.«

Robert, der Kitty Charring angestarrt hatte, riss seinen Blick von der schönen Frau los, was ihn offensichtlich Mühe kostete.

»Natürlich. Bains kann im Handumdrehen einspannen.«

Das Letzte, was Portia wollte, war allein mit Stacy zurück zum Schloss zu fahren. Das wäre eine Katastrophe; sie brauchte Zeit, um ihr Temperament unter Kontrolle zu bringen.

»Es ist nicht nötig, dass du so eilig wieder zurückfährst, bevor du noch Gelegenheit hattest, etwas zu essen. Und du solltest beim nächsten Spiel mitmachen. Sie brauchen dringend frisches Blut. Ich werde mich unter dem Sonnensegel ausruhen und eine Weile zusehen.« Portia entfernte sich eilig und steuerte denselben Stuhl an, auf dem sie zuvor gesessen hatte. Nur drehte sie ihn dieses Mal vom Buffet weg. Sie wollte weder das Essen noch ihren Ehemann ansehen. Doch Stacy folgte ihr und stellte einen Stuhl neben ihren. Er setzte sich, als Lady Elizabeth und zwei weitere Frauen sich näherten.

»Spielen Sie mit, Mrs Harrington?«

Portia zwang sich, wieder zu lächeln. »Ich fürchte, dazu fehlt mir heute die Kraft.«

Lady Elizabeth versuchte vergeblich, ihre Freude darüber zu verbergen.

»Dann dürfen wir Ihren Ehemann entführen?« Der Körper der jüngeren Frau lehnte sich in Stacys Richtung, und Portia hätte ihr am liebsten den Kopf abgerissen und ihn mit einem Krocketschläger weggeschlagen.

Stacy sah von dem koketten Mädchen zu Portia. »Ich glaube, vielleicht ...«

»Ich werde mich ausruhen. Es gibt keinen Grund, warum du nicht spielen solltest.«

Er schwieg eine Weile, dann lächelte er Lady Elizabeth an. »Nun gut, aber Sie müssen mir gestatten, erst etwas zu essen.«

Sie einigten sich darauf, dass sie ihn in einer Viertelstunde holen würden. Als sie gingen saß Stacy neben ihr.

»Stimmt irgendetwas nicht, Portia?«

Portia sah ihren Mann an, einen Mann, den sie inzwischen mit jeder Faser ihres Seins liebte. Er hatte das Richtige getan, als er erfahren hatte, dass sie schwanger war, obwohl er eine andere Frau liebte. Es war mehr als unglücklich, dass Mrs Charring ihre wahren Gefühle für ihn erst jetzt entdeckt hatte, als es zu spät dafür war. Portia wusste, sie sollte ihn nicht dafür hassen, wen er liebte; man hatte dabei keine Wahl – sie wusste das besser als viele andere. Er liebte sie nicht, aber er war liebevoll zu ihr gewesen. Er war ganz offensichtlich entschlossen, ein guter Ehemann und Vater zu sein, auch wenn sein Herz einer Anderen gehörte. Portia wollte einfach nur allein sein und weinen.

Stattdessen lächelte sie. »Es geht mir gut, aber du wirst Probleme bekommen, wenn du nicht für das Spiel bereit bist, wenn deine Bewunderer zurückkommen.«

Stacy beugte sich zu ihr. »Du weißt sehr gut, dass es nur einen Bewunderer gibt, den ich will, Portia. Bist du sicher, dass du nicht zurückfahren möchtest?« Seine Stimme war tief und intim, und Portias Herz schmerzte.

Wie konnte er so etwas sagen, wenn er noch vor weniger als einer Stunde seine weinende Geliebte im Arm gehalten hatte? Sie wollte ihm sagen, er solle das Schauspielen sein lassen. Sie wollte davonlaufen und sich irgendwo verstecken, wo sie niemand finden würde. Aber sie konnte weder das eine noch das andere tun, zumindest nicht, solange sie auf Thurlstone waren. Wenn sie wieder zu Hause waren, würde sie ihm sagen, dass sie eine Trennung wollte. Sicherlich würde er keine Scheidung wollen, wenn das Kind erst einmal geboren war?

Portia lächelte ihn an, und ihre Wangen schmerzten. »Ich bin sicher. Und jetzt geh etwas essen. Ich möchte eine Weile die Augen zu machen.«

Er sah aus, als wollte er widersprechen, aber er stand auf und ließ sie allein. Einige Minuten später spähte sie unter ihren Wimpern hindurch und sah, dass Lady Rowena sich auf Stacy gestürzt und ihn zu einer weiteren Gruppe geschleppt hatte.

Sie wartete, bis das Spiel in vollem Gange war und machte sich dann auf, um Robert zu suchen. Er sah drei anderen Männern zu, die um Kitty Charrings Aufmerksamkeit buhlten; die Frau war offenbar eine Art Sirene.

»Ich unterbreche Sie ungern, Robert, aber wäre es möglich, dass einer der Stallburschen mich nach Thurlstone zurückbringt?« Das unvermeidliche Geglucke und Getue setzte ein, bis es Portia gelang, die Beteiligten zu überzeugen, dass sie niemanden der Feiernden von ihrem Vergnügen losreißen wollte.

»Sie können nicht ohne Ihre Gäste aufbrechen, Robert. Bitte sagen Sie Stacy, wohin ich gegangen bin. Ich möchte ihn nicht stören, er ist so knapp davor, zu gewinnen.«

Portia konnte sich nicht ganz entspannen, bevor die Kutsche sich in Bewegung setzte. Und dann brauchte sie all ihre Kraft, nicht zu weinen.

***

Als Stacy erfuhr, dass Portia gegangen war, war es schon zu spät, sie einzuholen.

»Tut mir leid, alter Junge«, sagte Robert. »Sie wollte kein Gewese machen. Sie sagte, sie würde sich vor dem Dinner und dem Ball etwas ausruhen.«

Stacy gestikulierte in Richtung der Gruppe plappernder Frauen.

»Sie wollen noch ein Spiel. Kannst du für mich einspringen?«

Robert drückte beruhigend seine Schulter. »Natürlich. Wenn du dieselbe Abkürzung nimmst, die du auf dem Hinweg genommen hast, wirst du vermutlich ungefähr zur selben Zeit ankommen wie sie.«

Stacy verabschiedete sich von den Spielern, als Kitty sich ihm näherte. »Ist alles in Ordnung, Stacy?«

»Ich möchte nach Portia sehen. Ihr ging es anscheinend nicht gut, auch wenn sie sich alle Mühe gegeben hat, es zu verbergen.«

»Ich werde dich begleiten, wenn du nichts dagegen hast.« Sie warf einen vielsagenden Blick auf Roberts Rücken, und Stacy begriff. Auf dem Rückweg nach Thurlstone sprachen sie wenig. Stacy machte sich Sorgen um Portia, und er wusste, dass Kitty ihre eigenen Sorgen hatte.

Er traf auf Daisy, die gerade aus Portias Zimmer kam. »Ist sie da drin?«

»Sie ist gerade schlafen gegangen, Sir. Sie war erschöpft.«

Stacy nickte, hin und hergerissen zwischen dem Wunsch, zu ihr zu gehen und Erleichterung, dass es ihm noch eine Weile länger erspart wurde, ihr den ganzen Schlamassel mit Kitty zu erklären. Er *wusste*, sie würde sein seltsames Verhalten bemerkt haben und verfluchte sich, dass er sie nicht früher beiseite genommen hatte. Doch Kitty war am Ende gewesen, also war er mit ihr gegangen.

Sobald er wieder in seinem Zimmer war, goss sich Stacy einen großzügigen Brandy ein und ließ sich mit einem Seufzer auf den nächsten Stuhl fallen. Was für ein vertrackter, unglaublicher, katastrophaler Zufall.

Kapitel
Achtundzwanzig

Sie konnte unmöglich schlafen. Stattdessen lag Portia im Dunkeln, während ihre Gedanken umherwirbelten. Wenn sie doch nur weglaufen könnte, einfach fort. Aber sie musste noch diesen verflixten Ball durchstehen und noch zwei weitere Tage danach. Sie weigerte sich, Rowena die Genugtuung zu gönnen, die sie sich offensichtlich wünschte. Es war nur zu klar, dass die Frau Katherine Charring zu ihrem eigenen kranken Vergnügen eingeladen hatte, auch wenn es Portia ein Rätsel war, woher sie von der Frau und Stacy wusste. Oder war es möglicherweise doch nur ein dummer Zufall, und sie bildete sich diese Dinge ein? Litt sie schon unter Verfolgungswahn?

Sie wusste, dass ihre Abneigung gegen Rowena kleinmütig war, aber zumindest hatte sie so etwas, worüber sie nachdenken konnte außer der quälenden Gewissheit, dass ihr Mann eine andere Frau liebte. Portia biss sich auf die Lippe, um nicht loszuheulen wie ein Kind.

Stattdessen wälzte sie sich und in ihrem Kopf verschwammen die Gedanken zu einer endlosen Folge von Fragen, auf die es keine Antworten gab, die ihr geschmeckt hätten. Wollte sie bei ihm bleiben, auch wenn sie wusste, dass sie für ihn nur eine Pflicht darstellte? In dem Wissen, dass sie eine Last war, die er würde tragen müssen, wenn er sein Kind aufwachsen sehen wollte? Oder sollte sie ihn verlassen und das Kind mitnehmen? Denn ihr Kind würde sie niemals zurücklassen können, das wusste sie.

Wohin sollte sie gehen? Zurück nach London? Portia wusste, dass ihre Freunde sie aufnehmen würden, aber was würde das mit ihrem Ruf anstellen, mit ihrem Leben, unter einem Dach mit einer geschiedenen Frau mit Kind zu wohnen?

Sie konnte nicht bleiben, doch sie konnte auch nicht gehen.

Als Daisy erschien, um ihr beim Ankleiden für den Abend zu helfen, was sie erschöpfter, als sie noch vor Stunden gewesen war. Sie schöpfte Kraft aus dem Wissen, dass sie nur noch einige wenige Tage eine überzeugende Fassade würde aufrechterhalten müssen.

Daisy plauderte munter darauf los, als sie Portia frisierte. Sie war mehr als begeistert, ihre Herrin für einen Ball auf einem Schloss mit echten Mitgliedern des Hochadels zurechtmachen zu dürfen. Portia schloss die Augen und ließ das aufgeregte Geplapper der Zofe über sich hinwegspülen. Ein Klopfen an der Tür ließ Portia kurz darauf vollkommen erstarren. *Bitt lass es nicht Stacy sein.*

»Guten Abend, meine Liebe.«

Sie öffnete die Augen. Stacy hatte noch größere Ähnlichkeit mit einem Gott als gewöhnlich. Er trug einen schwarzen Frack und Pantalons, und seine Weste war aus elfenbeinfarbener Seide mit aufgestickten Vögeln in Mauve, die perfekt zu Portias Kleid passten.

Er lächelte. »Gefällt es dir? Das ist Daisys Werk.«

Portias Augen brannten plötzlich, und sie fürchtete, sie würde anfangen zu weinen.

Sie schluckte würgend. »Daisy, Sie können wirklich zaubern.«

»Ach was, das war doch nichts, Ma'am«, murmelte sie, und ihr Gesicht wurde rot, während sie auf der Suche nach den Ohrringen, die Portia tragen wollte, das Schmuckkästchen durchforstete.

Stacy stellte sich hinter Portia und betrachtete sie im Spiegel. Natürlich konnte sie seine Augen nicht sehen. Er hielt ihr ein mit schwarzem Samt bezogenes Kistchen hin.

»Was ist das?« Ihre Stimme klang ungewollt scharf.

Seine Mundwinkel bogen sich nach unten. »Du klingst so … grimmig. Darf ich meiner Frau kein Geschenk machen?«

Portia konnte ihn nicht ansehen. Sie befürchtete in einem See aus Tränen zu zerfließen. *Warum tat er ihr das an?*

»Das hättest du nicht tun sollen.« Ihre Stimme wurde beim letzten Wort etwas brüchig, aber wenigstens musste sie nicht weinen.

Stacy legte die Hand auf ihre Schulter. Sorgenfalten zeichneten sich auf seiner Stirn ab. »Würden Sie uns einen Augenblick entschuldigen, Daisy?«

Portia sah der Bediensteten dabei zu wie sie den Raum verließ, als verschwände ihre letzte große Hoffnung mit ihr. Die Tür schloss sich, und sie wandte sich wieder dem Spiegel zu.

»Bist du sicher, dass alles in Ordnung ist, Portia?«

»Es tut mir leid, dass ich so scharf geklungen habe. Ich fürchte, ich bin in der letzten Zeit unglaublich launisch.« Zumindest das war wahr.

»Bist du sicher, dass du mit hinunter gehen möchtest?«

Alles war besser, als allein hier in diesem Zimmer zu sitzen. Sie lächelte. »Ich habe mich darauf gefreut«, log sie.

Er nickte, und dann wandte er seine Aufmerksamkeit wieder dem Kistchen zu. »Als ich in Barnstaple war, habe ich das für dich in Auftrag gegeben. Der Mann hat länger gebraucht als erwartet. Als ich von diesem Ball erfuhr, habe ich ihm eine Nachricht geschickt und ihn gebeten, sich zu beeilen, damit es vorher fertig würde.«

Portia nahm das Kästchen, als ob es eine lebendige Schlange wäre. Ihre Hände zitterten. Sie hob den Deckel an und schnappte nach Luft. Es waren noch mehr Perlen, aber sie waren vollkommen anders als alle, die sie je gesehen hatte. Sie sah von der wunderschönen Kette zum Spiegelbild ihres Mannes. »Sie sind ja fast ... schwarz.«

Er lächelte über ihr Erstaunen und griff in das Kästchen. »Ja. Schwarze Perlen. Selten, kostbar und wunderschön. Ebenso wie du, Portia.« Er legte den Doppelstrang um ihren Hals und schloss ihn. Er passte perfekt. »Es ist ein Halsband.« Seine eleganten weißen Finger strichen über die Perlen. Der Kontrast von Schwarz und Weiß war faszinierend. »Jetzt trägst du mein Halsband, Portia.« Er beugte sich tief zu ihr herab und küsste zart die Seite ihres Halses. Seine Lippen fühlten sich heiß auf ihrer Haut an. »Du gehörst mir.«

Portia fühlte sich, als hätte er in ihre Brust gegriffen und ihr Herz zerquetscht. Wie konnte er so grausam sein? Welches Spiel spielte er?

Er sah ihren erschrockenen Ausdruck im Spiegel und runzelte die Stirn.

»Was ist? Warum ...«

Ein Klopfen an der Tür unterbrach, was er hatte sagen wollen.

»Herein!«, rief Portia und war der Person auf der anderen Seite der Tür überaus dankbar, wer auch immer es sein mochte. Frances stand im Türrahmen. Ihr Blick flatterte nervös von Stacy zu Portia, bevor er an der Kette hängenblieb. Ihre Augen weiteten sich.

»Grundgütiger!«, hauchte sie.

Stacy machte einen Schritt zurück und verschränkte die Hände hinter dem Rücken.

»Guten Abend, Frances. Du siehst reizend aus.«

Portia war durch Stacys freundliche Worte einen Augenblick von ihrem Elend abgelenkt. Aber er hatte recht, Frances sah tatsächlich atemberaubend aus in ihrem Kleid aus spangrüner Seide. Die ungewöhnliche Farbschattierung brachte den Goldschimmer ihrer Haare zur Geltung und ließ ihre blauen Augen beinahe türkis wirken.

Ihre hohen Wangen färbten sich bei seinen Worten. Sie kam näher und streckte eine Hand aus.

»Das ist für Sie, Portia. Es gehörte meiner Mutter, und ich möchte, dass Sie es bekommen.«

Portia schaute von der kleinen samtbekleideten Kiste zu Frances und konnte die Tränen nicht länger zurückhalten.

»Aber was ist denn nur?« Sofort war Stacy an ihrer Seite.

Portia schüttelte den Kopf, sie konnte nur erstickte Laute von sich geben wie ein nach Luft schnappender Fisch.

Frances legte das Kästchen auf den Frisiertisch und reichte ihr ein Taschentuch. Dann griff sie nach Portias freier Hand.

»Es ist normal, dass eine Frau in Ihrem Zustand sehr emotional ist, besonders wenn man den kürzlichen Schock bedenkt.«

Portia sah die andere Frau erschrocken an. Wusste sie etwa von Kitty Charring?

»Sie hätten sich bei dem Zwischenfall mit dem Balkon schließlich ernsthaft verletzen können«, fuhr Frances fort und streichelte ihre Hand. »Das muss Sie ziemlich belastet haben.«

Portia wusste nicht, ob sie glücklich oder traurig sein sollte, dass die andere Frau von dem Schlimmsten überhaupt keine Ahnung hatte. Oh, wie sehr hätte sie sich gewünscht, sich jemandem anvertrauen zu können. Stattdessen betupfte sie ihre Augen und nickte. »Vielen Dank, Frances. Sie haben recht. Es war eine Belastung.«

»Du musst das heute nicht tun, Liebling. Alle würden verstehen, wenn du dir Ruhe gönnen möchtest«, sagte Stacy. Besonders Rowena.

Portia schüttelte den Kopf. Sie hatte Jahre des Elends durch Ivos Hand ertragen; gewiss konnte sie ein paar Stunden dieses verfluchten Abends überstehen. Sie wandte sich Frances zu und lächelte. »Ich würde gerne sehen, was in dem Kästchen ist.«

Als sie kurz darauf den riesigen Salon betraten, drängten sich dort elegant gekleidete, frisierte und mit Juwelen geschmückte Hausgäste. Während Stacy wünschte, Portia hätte seinen Vorschlag angenommen, im Bett zu bleiben, konnte er nicht leugnen, dass er froh war, sie an seiner Seite zu haben.

»Würdet ihr mich entschuldigen?«, fragte Frances. »Ich habe Rowena versprochen, ich würde mit dem neuen Patissier sprechen. Er ist etwas … kompliziert.«

Stacy nickte und sagte dann: »Der Ring war eine wundervolle Geste, Frances.«

Portia hielt ihre rechte Hand in die Höhe, an der der Diamantring funkelte.

Sie lächelte seine Schwester an. »Ja, vielen Dank. Er ist wunderschön.«

Stacy sah seiner Schwester nach und legte seine Hand auf Portias unteren Rücken, wo sie am Ende ihrer Wirbelsäule ruhte. Es ließ das Blut in seine Lenden schießen, als er sie scharf einatmen hörte. Die malvenfarbene Seide war dünn, und er konnte nicht widerstehen, die Hand weiter nach unten zu schieben, bis sie über der üppigen Kurve ihres Hinterns lag.

Ihre Wangen färbten sich zartrosa, und eine Welle besitzergreifender Hitze breitete sich angesichts ihrer körperlichen Reaktion auf seine Berührung in seinem Unterleib aus.

Er hätte auf diesen verdammten Ball pfeifen und sie mit in sein Bett nehmen sollen. Sie hätten sich lieben können, und er hätte Kitty, Robert und Roberts intrigantes Weib ihren eigenen Problemen überlassen können.

Stattdessen verhielt er sich wie ein verantwortungsbewusster Erwachsener, und nun würden Stunden und Stunden vergehen, bis er sie festhalten und beruhigen könnte ... mit ihrem herrlichen Körper eins werden. Er musste aufhören, darüber nachzudenken, bevor er sie beide in der Öffentlichkeit blamierte. Natürlich musste er ihr erst von Kitty erzählen. Das würde ein unangenehmes Gespräch werden, nicht wegen ihrer Verbindung zu Robert, sondern wegen seiner Freundschaft zu ihr. Er kannte Portia jetzt besser und konnte sich nicht mehr so gut vorstellen, sie einer ehemaligen Geliebten vorzustellen.

An diese Unterhaltung zu denken, reichte aus, um das angenehme Gefühl in seinen Lenden verschwinden zu lassen.

»Möchtest du etwas trinken, Portia?«

»Vielleicht ein Glas Limonade.«

»Ich bin im Nu zurück.« Er ging zum Getränketisch und schenkte Limonade für Portia und ein kleines Glas Wein für sich selbst ein. Er suchte den Raum nach Robert ab, weil er hoffte, ihn für einen Augenblick beiseite nehmen zu können, bevor sie alle zum Dinner gehen würden. Auch wenn sie nur ...

»Guten Abend, Mr Harrington«, das Schnurren der Viscountess kam von der anderen Seite, und er wandte sich um. Stacy musste zugeben, dass die Frau seines Bruders schön war. Dennoch konnte er nicht verstehen, wie Robert sich hatte überreden lassen, sie zu heiraten. Sie war eiskalt, unnahbar und überaus durchtrieben. Und er würde noch dahinterkommen, warum sie Kitty eingeladen hatte, bevor dieser Besuch vorbei war.

Stacy nahm die Hand, die sie ihm reichte und beugte sich darüber. »Guten Abend, Mylady. Sie sehen bezaubernd aus. Etwas zu trinken?« Ihr Lächeln war eigenartig, beinahe kokett, als ob er sie gerade gefragt hätte, ob er seine Hand unter ihren Rock schieben dürfte.

»Nichts für mich, vielen Dank.« Sie wandte sich vom Tisch ab und suchte den Raum ab, während sie ihr hässliches Diamantenhalsband befingerte. Ihr Dekolleté war so tief, dass er glaubte, den Ansatz ihrer Brustwarzen sehen zu können.

»Das ist eine beeindruckende Kette.«

Ihr heiseres Lachen enthielt keine Wärme. »Es gehörte der ersten Frau des Earls, einer Frau die mehr Geld als Klasse hatte, fürchte ich.«

Stacy runzelte die Stirn über diesen geschmacklosen Kommentar.

Sie lächelte, als hätte er es ausgesprochen. »Das hätte man über *Ihre* Mutter natürlich nicht sagen können.«

»Ich weiß kaum etwas über meine Mutter.« Er hatte keine Lust, mit dieser Giftspritze über seine Familie oder überhaupt über irgendetwas zu sprechen.

»Sie sehen ihr sehr ähnlich, mehr noch als Pendleton. Ihre Mutter war eine schöne Frau.«

Stacy hob die Augenbrauen. Flirtete sie etwa mit ihm?

Robert betrat den Ballsaal genau in diesem Augenblick, entdeckte Stacy und kam in seine Richtung. Was auch immer seine Schwägerin vorhatte, Stacy konnte nur hoffen, dass Roberts Ankunft dem ein Ende setzte.

»Guten Abend, Stacy. Rowena.« Der Blick, den er seiner Frau gönnte, war wesentlich kühler als der, mit dem er Stacy bedachte. Er schenkte sich selbst einen großzügigen Brandy ein und ignorierte seine Frau demonstrativ.

Stacy sah zu Portia hinüber und wünschte, er wäre an ihrer Seite. Sie sprach mit einem jungen Paar, das heute auch beim Picknick gewesen war. Die Tür hinter Portia öffnete sich und Kitty kam herein. Er bildete es sich gewiss nicht ein, dass die Unterhaltung im Raum für einen Augenblick zum Erliegen kam. Robert hielt mitten im Trinken inne; der Rand seines Glases ruhte auf seiner Unterlippe, als ob er nicht mehr genug Kraft hatte, die Flüssigkeit in seinen Mund zu kippen.

Stacy konnte nicht anders, als sich darüber zu amüsieren, wie Kitty die Aufmerksamkeit auf sich zog. Ihre Schönheit war wie eine Flamme. Sie mochte prächtig aussehen in ihrem smaragdgrünen Kleid, das aussah, als wäre es ihr direkt auf den Leib genäht worden, aber er konnte erkennen, dass sie nervös war.

Stacy wusste, dass sie das Kleid vermutlich wie eine Rüstung angelegt hatte. Die Frage war nur, mit wem sie kämpfen musste.

Kitty sah sich im Raum um, bevor sie sich neben Portia stellte, die nach einem kurzen überraschten Blick lächelte und sie den anderen neben ihr vorstellte. Stacy war stolz auf seine Frau, weil sie Kitty gegenüber solch eine Liebenswürdigkeit an den Tag legte. Die meisten anderen weiblichen Gäste starrten die schöne Frau an, als ob sie eine Schlange wäre, die durch einen Türspalt hereingekrochen war.

Er warf Robert einen Blick zu. Sein Bruder hatte endlich getrunken. Tatsächlich war sein Glas sogar leer. Die Viscountess sah ebenfalls Kitty an. Und als ihr Blick von der anderen Frau zu ihrem Ehemann wanderte, sog Stacy angesichts des offenkundigen Hasses, den er darin erkannte, scharf die Luft ein. Sein Bruder bemerkte es nicht. Robert sah vielmehr aus, als hätte er alle um sich herum vergessen bis auf eine bestimmte Person. Er stellte sein Glas auf den Tisch, ohne hinzusehen, und bewegte sich auf Kitty zu wie ein Schlafwandler.

Lady Pendleton starrte ihrem Mann hinterher, und ihr Blick war wie eine blasse, tödliche Klinge.

»Wenn Sie mich entschuldigen wollen, Mylady.« Stacy ging mit ausgreifenden Schritten zu Portia und Kitty hinüber, bevor Robert etwas Dummes tun konnte wie etwa zu versuchen, Kitty zum Dinner zu begleiten. Die atemberaubende Rothaarige sah zwar stark aus, aber Stacy wusste, dass ihre geistige Gesundheit am seidenen Faden hing.

»Hier, bitte, mein Liebling.« Stacy drückte Portia das Glas in die Hand und wandte sich Kitty zu. »Kitty, Sie sehen umwerfend aus. Erlauben Sie mir, Sie zum Dinner zu begleiten?«

Er wandte sich um und lächelte Portia beruhigend zu, aber ihr Gesicht war zu einer höflichen Maske gefroren, die er nur zu gut kannte.

Verflixt und zugenäht! Sie war doch wohl nicht eifersüchtig, oder? Nach dem Gespräch, das sie kaum vierundzwanzig Stunden zuvor geführt hatten?

Er griff nach ihrem Ellenbogen und beugte sich zu ihr, aber sie drehte sich weg, um dem jungen Mann auf ihrer anderen Seite zu antworten und entzog ihm dabei ihren Arm.

Ja, sie ist wütend. Stacy wollte sich darum kümmern, aber Robert war nun um Stacy herumgegangen und vor Kitty zum Stehen gekommen. Er sah aus wie ein Mann, den man mit einem Krocketschläger zwischen den Augen getroffen hatte.

»Kitty.« Das einzelne Wort klang rau, als ob es über Felsen gezerrt worden war, bevor es über seine Lippen kam. »Ich muss ...«

»Sie hat mir bereits versprochen, dass ich sie zum Dinner begleiten darf, alter Knabe.«

Stacy warf Robert einen Blick zu, der ihn wieder zur Besinnung hätte bringen müssen. War sein Bruder ein solcher Idiot? Merkte er nicht, dass seine Frau ihn beobachtete? Merkte er nicht, dass Kitty zerbrechlich war wie Glas? Stacy fügte leiser hinzu: »Du kannst *später* noch mit Mrs Charring sprechen, Robert.«

Stacy drehte sich zu Portia, aber sie ging am Arm eines jungen Mannes davon.

Der Gong rief die Gäste zum Dinner und Stacy biss die Zähne zusammen, um nicht laut aufzujaulen. Stattdessen lächelte er Kitty an und geleitete sie zum Speisezimmer.

»Vielen Dank, Stacy.« Kittys Stimme war kaum hörbar, aber Stacy konnte fühlen, wie ihr zierlicher Körper bebte.

»Lass sie nicht sehen, wie du leidest.«

Sie wussten beide, wen er damit meinte, und Kitty straffte ihre Haltung. »Nein, du hast recht.«

Er legte seine Hand auf ihre und lächelte ein anderes Paar an, das sich der Tür näherte. »Ich kann mir nicht vorstellen, dass sie dich beim Dinner in seine Nähe gesetzt hat«, raunte er, war sich aber nicht wirklich sicher. Wer wusste schon, was seine Schwägerin im Schilde führte? Und Stacy war überzeugt, dass es Rowena gewesen war, die Kitty hierher eingeladen hatte, indem sie sie mit Informationen über ihr Kind hergelockt hatte. Und wenn sie Roberts ehemalige Geliebte eingeladen hatte, warum würde sie dann davor zurückschrecken, sie nebeneinander zu platzieren? Er konnte nur hoffen, dass ihr Standesbewusstsein und ihr Respekt vor der korrekten Einhaltung der Hierarchien schwerer wogen, als ihr Drang Unfrieden zu stiften. Er drehte sich und suchte nach Portia. Sie nahm gerade Platz und lächelte den jungen Mann an ihrer Seite an. Sie lachte über etwas, das er sagte. Dabei sah sie glücklich aus und schien sich zu amüsieren.

Stacy seufzte erleichtert; er musste sich getäuscht haben, was ihre Reaktion auf Kitty anging.

***

Es war die längste Mahlzeit in Portias Leben. Stacy saß ihr direkt gegenüber, und sie war gezwungen, zuzusehen, als er seine zwei Tischdamen bezirzte, während sein Blick immer wieder zu Mrs Charring hinüberhuschte, die fast am anderen Ende des Tisches in der Nähe von Robert saß.

Portia konnte sich gerade so weit zusammenreißen, dass sie den beiden Männern an ihrer Seite antworten konnte, während sie sich verbissen durch drei Gänge kämpfte und ihre Flucht plante.

Sobald das Dinner beendet war, erhob sie sich mit unziemlicher Eile. Sie war dankbar, dass sie Stacy kurz entkommen konnte, während die Herren Port und Zigarren genossen. Im Salon nahm sie zwischen zwei Matronen Platz, die über ihre Probleme mit dem Dienstpersonal plauderten. Eine halbe Stunde später waren die Frauen dazu übergegangen, darüber zu sprechen, in welchen Warenhäusern in London man die besten Vorhänge bekam, als Katherine Charring vor Portia stehenblieb und sie unsicher anlächelte.

Portia wollte schreien. Warum zum Teufel war diese Frau so versessen darauf sich an Portia zu hängen wie eine Klette? Sie widerstand dem Drang, ihr die wunderschönen grünen Augen auszukratzen und deutete stattdessen auf einen freien Stuhl und schenkte ihr ein dünnes Lächeln. »Setzen Sie sich doch zu uns.« Was konnte sie sonst sagen? »Wir erörtern gerade das wichtige Thema neuer Vorhänge.«

Zehn Minuten später fragte sich Portia noch immer, wie sie entkommen könnte, als zwei Diener die enormen Flügeltüren zum großen Ballsaal öffneten und Schweigen senkte sich über die Gruppe.

»Große Güte!«, flüsterte eine der beiden anderen Frauen. Hunderte von Kerzen brannten in riesigen Kronleuchtern und das Licht wurde von der vergoldeten Decke reflektiert und tauchte die dunkle Holztäfelung der Wände in einen warmen Schimmer. Der Boden war atemberaubend, ein verschnörkeltes Muster, das leicht orientalisch anmutete und um ein riesiges Medaillon in der Mitte des Bodens angeordnet war. Ein erhöhter Pavillon an einer Seite beherbergte ein vollständiges Orchester.

Katherine Charring sprang auf die Füße, dabei war ihr Blick auf etwas am anderen Ende des Raumes gerichtet. »Würden Sie mich entschuldigen?«, fragte sie und wartete nicht auf eine Antwort, bevor sie davonlief. Gott sei Dank. Kurz darauf erhoben sich auch die beiden Matronen. »Wollen wir näher herangehen?«

Portia folgte ihnen, bis sie Stacys gut erkennbaren weißen Kopf vor ihnen erkannte. Sie bog nach links ab, was sie günstigerweise zu einer langen Reihe Tische führte, die sich entlang einer Seite des Raumes erstreckte und mit Erfrischungen bestückt war. Sie betrachtete die großzügig gefüllten Platten voll Köstlichkeiten, und ihr Magen grummelte. Sie musste lachen; erst vor einer Dreiviertelstunde hatten sie das Dinner beendet, und doch verlangte ihr Körper nach Nahrung, obwohl der bloße Gedanke an noch mehr Essen ihr Übelkeit bereitete.

Sie ließ den Blick über die Menge schweifen und entdeckte bald ihren Mann. Direkt neben ihm war gut erkennbar eine Rothaarige. Sie wandte dem Saal den Rücken zu, nahm einen Teller und häufte Kuchen darauf. Es war ihr gleichgültig, ob sie bald mehr als zwei Zentner wiegen würde.

Portia hatte gerade die zweite Einladung zum Tanz abgelehnt und aß sich mit System durch das Angebot des Buffets, als ein Diener den Earl zu ihr schob. Sie hätte hysterisch loslachen mögen; das war *exakt*, was ihr gerade noch gefehlt hatte, um den Abend vollkommen unerträglich zu machen.

Sie widerstand dem Drang zu schreien und davonzulaufen. Stattdessen schluckte sie den Bissen Sahnekuchen herunter und betete, er würde an ihr vorbeigehen und irgendwo anders hingehen, zum Beispiel nach Amerika. Doch der giftige alte Bastard kam so unausweichlich zu ihr gerollt wie schlechtes Wetter. Portia war heute Abend nicht in der Stimmung, seine bissigen Kommentare zu ertragen. Er sollte besser sein schäbiges Mundwerk im Zaum halten oder es in Kauf nehmen, selbst eine Dosis seiner eigenen Medizin zu erhalten.

»Guten Abend, Mrs Harrington.« Er lächelte; sein Gesichtsausdruck so festlich wie eine Begräbnisprozession.

Er führte etwas im Schilde.

Sie machte einen spöttischen Knicks. »Mylord.«

Ihr kurz angebundener Gruß schien ihn eher zu amüsieren als zu beleidigen, und er lachte leise. Portia starrte zu den Tanzenden und hoffte, dass er weggehen würde, wenn sie ihn ignorierte. Unglücklicherweise war das erste, was sie dort sah, wie Stacy Kitty für den nächsten Tanz auf die Tanzfläche führte.

»Dieses rothaarige Vögelchen sorgt wohl heute Abend für eine Menge Sodbrennen, was?« Er lachte, und Portia wandte sich um und funkelte ihn an. Er lächelte schmeichelnd, als wären sie Verbündete in einem amüsanten Streich. Portia amüsierte sich mit der Vision, wie sie ihn mit seinem Stuhl die Treppen hinunterstieß und fand so die Kraft, zurückzulächeln.

»Wie ich sehe, konnte Ihr Mann sie für einen Walzer gewinnen. Vielleicht kommt er doch mehr nach mir, als ich gedacht hätte.«

Sein unangenehmes Keckern zog neugierige Blicke von einigen der Umstehenden auf sie.

»Mein Mann und Mrs Charring kennen sich von früher. Sie sind Freunde«, sagte sie in dem zurückhaltendsten Ton, den sie zuwege brachte.

»So nennt man das also in Italien? *Freunde?*« Er lachte laut auf. »Ich glaube, auch Robert ist ihr *Freund*. Sie ist wohl die Art Frau, die eine Menge *Freunde* hat.«

Portias Blick huschte über die Gesichter der Zuschauer, bis sie Robert entdeckte. Er sah ziemlich ... entschlossen aus. Was ging hier vor?

»Er ist ein Idiot«, sagte der Earl und unterbrach ihre Gedanken mit seiner harschen Anklage. Sein Tonfall war nicht mehr amüsiert, und er starrte nicht mehr seinen Sohn an, sondern die Viscountess, die mit einem gutaussehenden älteren Mann sprach. Ihr Lächeln war wie immer überheblich. »Seine Frau ist die perfekte Frau. Sie ist der Gipfel guter Abstammung, genau das, was unsere Klasse hervorzubringen bemüht ist.«

»Sie klingen, als sprechen Sie über ein Pferd, Mylord.« Der Diener, der hinter ihm stand, prustete und tarnte es schnell mit einem Husten. Der alte Mann drehte sich in seinem Stuhl. »Sie dürfen gehen«, bellte er.

Der unglückliche Diener floh aus dem Ballsaal, als wäre der Teufel hinter ihm her, und der Earl warf Portia einen giftigen Blick zu. »Sie können mich jetzt herumschieben, Missy.«

»Es könnte Ihnen allerdings nicht gefallen, wohin ich Sie schiebe, Mylord.«

Er lachte, aber seine raubvogelartigen Augen waren verkniffen und hart. »Oh, Sie haben Temperament, das muss man Ihnen lassen. Zweifelsohne ein Geschenk Ihres Bastards von Vater.«

Portia weigerte sich, den Köder zu schlucken und zuckte nur mit den Schultern. »Ein fairer Handel im Austausch für die musikalische Begabung, die ich geerbt habe.«

Seine schädelartige Fratze verzog sich zu etwas, das ein aufrichtiges Lächeln hätte sein können. Der Ausdruck war seltsam, als ob er ihn seit mindestens fünfzig Jahren nicht verwendet hatte. »Damit haben sie recht; ich wünschte, Sie würden heute Abend spielen an Stelle dieses Unfugs hier. Ich habe schon jetzt grässliche Kopfschmerzen.«

»Ich habe Sie nicht in der Empfangsreihe gesehen, Mylord.«

Er stieß ein weiteres bellendes Lachen hervor. »Ich bin hier der Hausherr, nicht der Hofnarr.«

Einer der Hausgäste, Baron Langston, kam herübergeschlendert, um sich mit Broughton zu unterhalten, oder zumindest versuchte er das. Portia hörte mit einem Ohr zu und sah den Tanzenden zu, während sie darüber nachdachte, wie sie den Ball unauffällig verlassen könnte.

Stacy führte Lady Elizabeth zum nächsten Tanz. Er sah, dass sie ihn beobachtete und lächelte ihr kurz zu. Portia erwiderte instinktiv das Lächeln, bevor sie sich wieder daran erinnerte, dass er eine andere liebte, also riss sie den Blick von ihm los und begegnete dem ihres Schwiegervaters, der sie scharf anstarrte. Er ignorierte Langston, der über ein hinten zu kurz geratenes Jagdpferd oder irgend so ein Zeug schwadronierte.

Das Lächeln des Earls war reinste Gehässigkeit; der Mann sah zu viel. Einer der jungen Männer, die beim Dinner neben ihr gesessen hatten, kam, um sie um den nächsten Tanz zu bitten, aber Portia lehnte ab. »Ich fürchte, mir fehlt heute Abend die Energie, aber ich danke Ihnen für Ihr freundliches Angebot.« Portia log nicht; sie war erschöpft. Sie war sich nicht einmal sicher, ob sie den ganzen Weg zurück zu ihrem Zimmer laufen konnte, vorausgesetzt, sie fände es.

Langston fragte sie etwas über Pferde und die Jagd, das sie nicht beantworten konnte, und dann begann er über beide Themen zu predigen und schien weder von Portia noch dem Earl irgendeine Reaktion zu benötigen. Sie sah zu den Paaren auf der Tanzfläche hinüber, konnte aber Stacy nicht entdecken. Die Gruppe Männer, zwischen denen er gestanden hatte, hatte sich aufgelöst, und nun standen drei ältere Damen an derselben Stelle.

Portia fragte sich, ob er in das Zimmer gegangen war, das Rowena für diejenigen eingerichtet hatte, die lieber Karten spielten als zu tanzen.

Ohne nachzudenken suchte sie den Raum nach einer auffälligen Rothaarigen ab, aber Katherine Charring war nirgends zu sehen. Portia schluckte und behielt den Blick auf der Tanzfläche. Sie wollte nicht, dass ihr Schwiegervater sah, wie sie litt.

Zwei weitere Tänze gingen vorüber, und Portia lehnte eine weitere Tanzaufforderung ab. Stacy und Mrs Charring waren nicht zurückgekehrt, und Langston unterhielt sich erstaunlicherweise noch immer über Jagdpferde und Widerristhöhen.

Der Earl of Broughton riss an ihrer Hand. »Ich habe genug von diesem Unsinn.« Er machte sich nicht die Mühe, leise zu sprechen und funkelte den rundlichen Adligen neben sich an, dessen plumpes Bauerngesicht sich ihm nun mit einem schockierten Ausdruck zuwandte.

»Bringen Sie mich in die Eingangshalle und schicken Sie jemanden, dass er meinen Kammerdiener holt«, befahl Broughton in einem Ton, als spräche er mit der niedrigsten Küchenmagd. Portia starrte ihn an und überlegte, welche Optionen sie hatte. Schließlich entschied sie, dass sie ihn notfalls *selbst* in seine Gemächer tragen würde, wenn das bedeutete, ihn los zu sein.

»Entschuldigen Sie mich, Mylord«, sagte Portia zu dem schockstarren Langston.

Sie schob den Earl durch Grüppchen von Leuten, die sich für den nächsten Tanz versammelten.

»Gottverdammter Windbeutel!«, knurrte Broughton laut genug, dass einige Leute erschrockene Blicke in ihre Richtung warfen.

»Immerhin hat er gute Manieren.«

»Ha! Manieren. Was, Miss? Was wissen Leute wie *Sie* schon von Manieren?«

»Ich weiß, dass meine gut genug sind, dass ich Sie nicht mitsamt diesem Stuhl vom Balkon hinunter in den Rosengarten schiebe, Mylord.«

Ihre Drohung amüsierte ihn so, dass sie dachte, er würde ersticken. Leider erholte er sich, als sie das zentrale Treppenhaus erreicht hatten. Während er nach Luft schnappte, stellte Portia die Bremse an seinem Stuhl fest und schickte einen der Diener, um den Kammerdiener des Earls zu holen.

»Ich habe seit Jahren nicht mehr so viel gelacht wie in Ihrer Gegenwart.« Der alte Mann röchelte, und sah sie an, als ob sie auf eine so erstaunliche Leistung stolz sein sollte.

»Es stimmt.«

Er brach wieder in Gelächter aus, das immer wieder von Husten unterbrochen wurde.

Portia starrte den hübschen Marmorboden an und lauschte dem letzten Anfall des Earls, als ein riesiger Mann auf sie zugeeilt kam.

»Das wurde aber auch höchste Zeit«, knurrte der Earl. »Was zum Geier haben Sie da oben gemacht? Wahrscheinlich meinen Portwein getrunken, möchte ich wetten.« Er bedachte seinen Diener mit demselben bösartigen Blick, den er jeder lebenden Kreatur zuteilwerden ließ.

»Gute Nacht, Mylord.« *Und ich bin froh, Sie los zu sein.* Portia wandte sich zum Gehen, aber er streckte den Arm aus, packte ihre Hand mit einer seiner skelettösen Klauen und zog sie zu sich heran. Für einen so zerbrechlich aussehenden alten Mann war er erstaunlich stark.

Sie seufzte und hob die Augenbrauen. Sie machte sich nicht die Mühe, ihre Verärgerung zu verbergen. »Was denn?«

Er drückte ihre Hand so fest, dass es schmerzte. »Sie behalten meinen Sohn in der Hand, hören Sie?«

Portia spitzte wütend die Lippen. Sie war sich nicht sicher, was er ihr damit sagen wollte oder was sie darauf entgegnen sollte.

Er sah ihren verwirrten Ausdruck und lachte. »Regen Sie sich nicht über die Huren auf, Missy. Er ist verdammt nochmal ein Mann. Männer haben Bedürfnisse.« Er ließ ein weiteres, humorloses Gebell von einem Gelächter hören, und sein Blick wanderte zu ihrem leicht gewölbten Bauch. »Sie halten sein Interesse einfach gerade so weit aufrecht, dass er sie regelmäßig besteigt – nicht wie mein Erbe.« Er spie das Wort aus, und sie konnte seinen Griff nicht abschütteln.

»Konzentrieren Sie sich darauf, mir ein paar Enkelsöhne zu schenken, und Sie werden großzügig belohnt werden.« Er ließ ihre Hand los und wandte sich an den wartenden Diener. »Was zur Hölle glotzen Sie so, Sie Dummkopf? Bringen Sie mich auf mein Zimmer. Ich habe genug von den Possen.«

Der muskulöse Diener hob den zerbrechlichen alten Mann aus dem Stuhl und begann den langen Weg zu den Gemächern des Earls. Ein Diener folgte und trug den Rollstuhl. Portia sah ihnen nach, wie sie die Treppe hinauf verschwanden.

Sie spähte durch die Türen in den Ballsaal und sah, dass die Tanzfläche voll war. Niemand achtete auf sie, also war jetzt der perfekte Zeitpunkt, um auf ihr Zimmer zu verschwinden. Leider musste sie zunächst einmal einem dringenden Bedürfnis nachkommen.

Im Vorraum drängten sich Damen, die gelöste Locken feststecken oder zerrissene Säume flicken oder eine Reihe anderer kleidungsbedingter Katastrophen richten ließen. Sie musste warten, aber Portia glaubte nicht, dass sie es bis zu ihrem Zimmer aushalten konnte, wenn sie es überhaupt finden würde. Es dauerte länger als sie gehofft hatte, nicht etwa, ihr Geschäft zu erledigen, sondern sich von den mindestens zwei Dutzend neugierigen Frauen loszueisen, die alle mit ihr plaudern wollten, bevor sie entkommen konnte.

Ihre Räume lagen im Westflügel, der nur durch die Eingangshalle und über ein schmaleres Treppenhaus zu erreichen war. Ihre Füße waren schwer, und es kostete Mühe, zu gehen. Fünf Minuten später wurde ihr endgültig klar, dass sie sich verlaufen hatte.

Portia stand inmitten eines schwach beleuchteten Flurs und überlegte, ob sie sich nicht einfach in der nächsten Ecke zusammenrollen und einschlafen könnte.

»Mrs Harrington?«

Sie schrie und wirbelte herum.

»Es tut mir leid, dass ich Sie erschreckt habe«, sagte die Viscountess. Portia starrte ihre Schwägerin an, die Hände an ihren Seiten zu Fäusten geballt.

»Was machen Sie hier?«, fragte sie, auch wenn sie sich bewusst war, dass es mehr als unhöflich war, die Frau in ihrem eigenen Haus zu verhören.

Rowenas Lächeln war nicht wie sonst überheblich und spöttisch. »Eigentlich habe ich Sie gesucht.« Sie biss sich in einer ungewöhnlichen Zurschaustellung von Erregung auf die Unterlippe.

»Was ist denn?«

Rowena wandte den Blick ab.

»Ich möchte meinen, Sie werden mir nicht dafür danken, aber ...« Sie verzog das Gesicht und sah elend aus, fast als ob sie mit den Tränen kämpfte. »Ich wurde zufällig Zeuge eines Gesprächs zwischen Ihrem Ehemann und Mrs Charring. Sie haben ein ... nun ja, ein Treffen für heute Nacht vereinbart.«

Portia konnte sie nur anstarren; ausgerechnet diese Frau musste über das Verhältnis zwischen Stacy und Kitty Bescheid wissen?

Sie verschränkte die Arme vor der Brust. »Ich weiß bereits über sie Bescheid, Mylady. Was soll ich Ihrer Meinung nach dagegen tun?«

Rowena öffnete den Mund, hielt inne und nahm dann Portias Arm. »Kommen Sie mit.« Sie führte Portia die Treppen hinauf, wandte sich oben aber nach rechts anstatt nach links. Sie hielt vor einer riesigen Flügeltür an, von der Portia wusste, dass sich dahinter eine enorme Bibliothek befand, die mindestens fünfmal größer war als die auf Whitethorn.

Portia riss ihren Arm frei. »Sie sind *da* drin?«

»Nein, aber ich weiß, wohin sie gehen.«

»Aber ist das nicht, was Sie wollten? Ist das nicht der Grund, warum Sie Katherine Charring zu dieser Party eingeladen haben?«, fragte Portia.

Rowenas Augen weiteten sich. »Aber ich habe sie nicht eingeladen. Ich habe sie heute erst kennengelernt.«

Portia starrte sie an. »Wenn Sie es nicht waren, wer dann?«

Die Viscountess öffnete den Mund und schloss ihn wieder.

»Wer?«

»Ich fürchte, es war der Earl.«

»Der *Earl*? Warum würde er so etwas tun?« *Vor allem, nachdem er mir geraten hatte, dass ich besser weiter Enkel ausbrüten sollte*, ergänzte sie in Gedanken.

Rowena holte tief Luft und stieß sie wieder aus. Dann atmete sie abermals durch, so als müsste sie sich selbst rüsten. »Das ist genau, was er mag. Leuten dabei zuzusehen, wie sie einander in Stücke reißen.«

Portia erinnerte sich an die giftige Schadenfreude des Earls im Ballsaal.

»Wer tut so etwas?«

»Ein Mann, der seinen eigenen Sohn aus dem Haus wirft.«

Portia starrte die andere Frau an, deren Ausdruck ausnahmsweise mitleidsvoll wirkte. Rowena legte eine Hand auf ihren Arm. »Ich weiß, wie Sie sich fühlen. Robert hat seit Jahren seine Geliebten direkt vor meiner Nase aufmarschieren lassen. Ich denke, deswegen kann ich mit Ihnen mitfühlen. Ich möchte Ihnen helfen. Nicht nur, weil Sie vermutlich den Erben unter dem Herzen tragen, sondern« Sie biss auf ihrer Lippe herum und ihre blassen Wangen röteten sich. »Sie sind mir ans Herz gewachsen.«

Portia sah sie ungläubig an; hörten die Überraschungen denn gar nicht mehr auf? Sie schüttelte den Kopf und entfernte sich von der Frau; sie musste sich hinsetzen. Sie öffnete die Tür zur Bibliothek und ging hinein, wo sie sich auf einen Stuhl fallen ließ und den Kopf in die Hände stützte.

Rowena entfernte sich, aber Portia konnte Geräusche vom anderen Ende des riesigen Raumes hören.

»Kommen Sie und helfen Sie mir«, rief sie Portia zu.

Portia stöhnte und richtete sich auf. Sie wollte nur ins Bett – für immer. Aber sie zwang sich, aufzustehen und ging zur Viscountess hinüber, die begonnen hatte, Bücher aus dem Regal zu ziehen und auf dem Boden zu stapeln.

Portia starrte; die Frau musste verrückt geworden sein. »Was zur Hölle machen Sie?«

Ein tiefes schabendes Geräusch erfüllte den Raum, als das gesamte Bücherregal – gute drei Meter hoch – nach innen schwang. Ihre Kinnlade fiel herunter.

Rowena nahm eine Kerze aus dem Kandelaber und wandte sich ihr zu. »Durch diesen Gang werden wir schneller zur Kapelle gelangen als die beiden überirdisch.«

»Zur Kapelle? Aber was …«

Die Viscountess verschwand in der Dunkelheit, und Portias Füße folgten ihr, bevor ihr Gehirn sie aufhalten konnte. Rowena stand direkt hinter dem Eingang und tastete nach etwas in der Täfelung direkt neben dem beweglichen Wandabschnitt. Portia sah sich um, ihre Augen mussten sich an die Dunkelheit gewöhnen. Am Ende des kurzen Ganges waren Stufen.

»Wohin führen die? Zur Kapelle?« Als Rowena nicht antwortete, wandte Portia sich um, gerade rechtzeitig, um zu hören, wie sich die Bücherregaltür mit einem Kratzgeräusch wieder schloss.

»Warum haben Sie sie zugemacht?« Ihre Stimme klang schrill.

Rowenas blasse Augen leuchteten im Kerzenlicht. »Keine Angst, der Öffnungsmechanismus ist hier.« Sie deutete zu einem großen hölzernen Hebel, der aus dem Paneel ragte. »Kommen Sie, folgen Sie mir.« Rowena zwängte sich an Portia vorbei und ging auf die Treppe zu.

»Wohin soll ich Ihnen folgen und warum haben Sie sie geschlossen?«, fragte Portia, während sie hinter Rowena hereilte, die nun über die einzige Lichtquelle verfügte.

»Ich bezweifle, dass sie für dieses Treffen Zeugen möchten.«

Portia wollte aber auch Rowena nicht. »Ich sagte nicht, dass ich hingehen möchte, oder?«

Die andere Frau blieb so abrupt stehen, dass Portia in sie hineinlief.

»Wollen Sie sagen, dass Sie zurückgehen wollen? Wollen Sie etwa so leicht aufgeben, was Ihnen gehört?«

»Haben Sie denn alle Geliebten Ihres Mannes zur Rede gestellt?«, feuerte Portia zurück.

»Nein, das habe ich nicht, aber ich bin schließlich auch nicht schwanger von Robert. Ich habe sie reden hören, Mrs Harrington. Diese Frau wird ihn bekommen, wenn Sie nicht um ihn kämpfen. *Sie* könnten den *Erben* in sich tragen.«

Aha, jetzt verstand Portia. Alles drehte sich bei dieser Frau nur um Status und Abstammung und die Zukunft des verdammten Titels.

Sie öffnete den Mund, um zu verlangen, dass Rowena sie zurückbrachte, aber der Zorn in den Augen der anderen Frau war unerträglich. Portia warf die Hände in die Luft. »Also schön, gehen Sie voraus.«

Ohne ein Wort drehte Rowena sich um.

Portia musste laufen, um mit ihr Schritt zu halten, und sie stieß mit dem Zeh in ihrem dünnen Satinslipper gegen etwas Hartes.

»Können Sie bitte langsamer gehen?«, rief sie, als das Licht um die Ecke verschwand. Sie lehnte eine Hand gegen die Wand und massierte sich den schmerzenden Zeh, bis Rowena zurückkam.

Die Viscountess griff nach einem Wandleuchter, und Portia sah nun, dass davon weitere in regelmäßigen Abständen die Wand säumten. Sie zog eine Kerze heraus und zündete sie an. Als sie aufflackerte, wurde der Raum zwischen ihnen in doppelt so viel Licht getaucht. Sie kam zurück zu Portia, wobei ihr blasses Gesicht unheimlich aussah. »Hier.« Sie reichte ihr die Kerze und setzte sich wieder in Bewegung.

Portia eilte hinter ihr den Gang entlang, blieb aber stehen, als sie eine zweite, längere Treppe erreichten.

»Halten Sie sich vorsichtig am Geländer fest und achten Sie auf Ihre Schritte«, rief Rowena über ihre Schulter.

»Sagten Sie nicht, dass wir zur Kapelle gehen?«, fragte Portia und sah, wie sich Rowenas Rücken entfernte. »Es kommt mir vor, als ob wir in Richtung der Klippen gehen.«

»Die Gänge verlaufen nach Thurlstone und darüber hinaus. Wir müssen hinuntergehen und kommen dann durch einen anderen Abschnitt wieder herauf. Sie sind sehr alt – weit älter als die Kapelle selbst, die keine hundert Jahre alt ist.«

Portias Magen rebellierte; wollte sie sie denn wirklich finden? »Vielleicht ...«

»Vielleicht was?«, fragte Rowena ohne anzuhalten.

Portia starrte den Rücken der anderen Frau an. Was sollte sie ihr sagen? Sie wusste doch selbst nicht, was sie denken sollte.

Du musst sie sehen, nicht wahr, Portia? Du musst Salz in die Wunde reiben.

Sie verzog das Gesicht; ging sie deswegen hinterher? Um sich selbst zu quälen? Oder vielleicht ...

Vielleicht was?

Vielleicht hat Rowena recht, vielleicht sollte ich um ihn kämpfen.

Aber was ist mit deinem Stolz, Portia?

Der Gedanke überraschte sie so, dass sie stolperte und froh war, sich am Geländer festgehalten zu haben. War

Stolz wirklich das Einzige, das ihr im Wege stand? Nein, das konnte einfach nicht wahr sein, oder?

Sie erreichten den Fuß der Treppe und folgten nun einem schmalen, gewundenen Gang mit einer Tür aus Holzplanken am anderen Ende. Rowena öffnete die Tür und wartete. »Vielleicht was, Mrs Harrington?« Sie machte Portia ein Zeichen, vorauszugehen. Portia tat es. »Vielleicht sollten wir das nicht tun«, sagte sie schwach, zögerlich, ihre Gedanken in Worte zu fassen.

»Ich würde lieber allein mit meinem Mann sprechen. Später.« Wenigstens das war die Wahrheit.

Rowena lachte, ihre Pupillen winzige schwarze Punkte im Kerzenlicht.

»Für mich ist das nicht zum Lachen.« Portias Stimme zitterte vor unterdrückter Wut, von der nicht alles der Frau ihr gegenüber galt.

Rowena lachte noch mehr und schüttelte den Kopf. Sie hatte Mühe, Luft zu bekommen.

»Was stimmt nicht mit Ihnen? Warum lachen Sie über so etwas?«

»Ich lache, weil es nicht *Ihr* Mann ist, den sie will, *Portia*, es ist *meiner*.« Sie schnaubte beim Anblick von Portias erschrockenem Gesicht und drückte sich grob an ihr vorbei.

Portia beeilte sich, um aufzuholen. Ein kleiner Hoffnungsschimmer brannte in ihrer Brust. »Was?«

»Ja. Es ist Robert. Er und diese Hure hatten vor Jahren ein Kind zusammen, wissen Sie? Die beiden sind sich in Plymouth begegnet, als er sich im Haus meines Vaters aufhielt. Können Sie das glauben? Sie war Gouvernante irgendwo, ich erinnere mich nicht mehr. Aber ich erinnere mich, dass Robert sie traf, *nachdem* wir verlobt waren. Selbst bevor wir verheiratet waren, hurte er herum.« Sie lachte, und der Klang ließ ein unangenehmes Kribbeln Portias Wirbelsäule hinabrieseln.

Da stimmte etwas nicht.

Portia blieb stehen und begann, zurückzuweichen.

Rowena wirbelte herum. In der freien Hand hielt sie eine Pistole, die sie auf Portia richtete.

»Bleiben Sie, wo Sie sind, Mrs Harrington.«

Portia erstarrte, und die andere Frau näherte sich ihr, die Pistole auf ihren Bauch gerichtet.

»Sie gehen nicht zurück, Mrs Harrington. Nie mehr.« Ihr Lächeln machte Portia Angst, aber nicht so sehr wie der Blick in ihren Augen. Zum ersten Mal, seit Portia die Frau kannte, zeigte sich ein echter Ausdruck auf ihrem Gesicht: Wahnsinn.

Sie streckte den Arm aus und stieß Portia den Lauf der Pistole in den Bauch. »Sie werden gehen, oder ich werde Sie auf der Stelle erschießen.«

Portias Gehirn drehte sich wie ein zahnloses Getriebe und fand keinen Halt.

Rowena deutete auf den Gang vor ihnen. »*Jetzt.* Bewegung!«

Portia sah von der Pistole zum Gesicht der anderen Frau; Hass brannte in ihren blassen grünen Augen, und sie stieß Fest genug in Portias Bauch, dass es schmerzte. »Ich sage es zum letzten Mal. Gehen Sie.«

Portia drehte sich um und lief einige hastige Schritte, wobei sie die Kerze hochhielt und in die Dunkelheit blinzelte. Sie konnte vor ihr nichts sehen als den engen, dunklen Gang.

Rowena stieß mit der Pistole gegen ihre Schulter. »Schneller.«

Portia beschleunigte ihre Schritte. »Warum?«, fragte
sie schließlich.

Ihre Frage provozierte ein weiteres furchterregendes
Lachen.

»Warum Sie sterben müssen? Warum Ihr Kind sterben muss? Und vor allem, noch viel wichtiger, warum
muss Ihr Mann sterben? Weil ich den falschen Bruder
geheiratet habe, Sie dumme Kuh! Weil unser intrigantes, alles kontrollierendes Scheusal von einem Schwiegervater gedroht hat, alles zu verraten, wenn ich keinen Erben ausbrüte. Haben Sie nicht gehört, was er
heute Abend zu Ihnen gesagt hat? *Sie* sind seine neue
Zuchtstute.«

Portia stolperte über eine unebene Stelle auf dem Boden und kam an eine Gabelung im Tunnel.

»Nach rechts«, bellte Rowena. »Unser unseliger
Schwiegervater hat gedroht, alles zu erzählen, wenn
ich seinem widerlichen Sohn nicht erlaube, mich zu berühren. Er hat mir ein Jahr gegeben, und das ist fast vorbei. Er wird die Wahrheit sagen, und ich werde den Rest
meiner Tage als Frau eines lügnerischen, nichtsnutzi-
gen zweiten Sohnes verbringen.«

Rowenas Worte klangen in Portias Ohren nach und
ihr Kopf schwirrte. »Grundgütiger!«, sagte sie, ihre
Stimme nur ein Krächzen. »Stacy ist der Ältere.«

»Aha, gratuliere, meine liebe Mrs Harrington. Das ist
er. Vielleicht sollte ich Sie Lady Pendleton nennen?«

Portia wusste nicht, was sie darauf sagen sollte.

»Fünfunddreißig Jahre hat er es geheim gehalten.«
Portia spürte die Pistole in ihrem Rücken. »Und das
wäre auch so geblieben, wenn *Sie* nicht wären. Es ist
Ihre Schuld, *Mylady*. Ohne *Sie* hätte der Earl nichts

gegen mich in der Hand gehabt. Wenn *Sie* nicht wären, hätte dieses Monstrum nie eine Ehefrau gefunden und hätte weiter zu Huren gehen müssen. Ohne *Sie* wäre die Missgeburt irgendwann gestorben, ohne jemals Nachkommen gezeugt zu haben.«

Ihre grausamen Worte und hässlichen Beleidigungen ließen Portia erstarren, aber mehr vor Zorn als vor Furcht. Sie straffte die Schultern und blieb stehen.

Rowena presste den Pistolenlauf gegen ihren Hinterkopf, bevor sie sich umdrehen konnte. »Bilden Sie sich keine Schwäche ein. Ich kann Sie von hinten ebenso gut erschießen wie von vorne.«

»Warum sollte ich tun, was Sie sagen, wenn Sie mich ohnehin erschießen werden? Warum sollte ich es Ihnen noch erleichtern?«

»Weil ich Sie auch langsam sterben lassen kann, wenn ich Ihnen erst ins Bein schieße, dann ins andere Bein, dann in den Arm und so weiter. Oder ich kann Ihnen eine schmerzlose Erlösung anbieten.« Sie sprach mit ruhiger, bedrohlicher Sicherheit, die Portias Wut in Angst verwandelte. »Und jetzt gehen Sie.«

Portia ging.

»Glauben Sie mir, liebe Schwägerin, ich habe keine Wahl. Ich habe versucht, es einfacher zu machen. Aber sowohl Sie und Ihr Mann müssen unter einem Glücksstern geboren sein. Zuerst ist er diesen unfähigen Wegelagerern entkommen, die ich angeheuert habe. Und dann, gerade als ich dachte, ich müsste sie vielleicht selbst erschießen, erstand plötzlich ihr lieber verstorbener Gatte wieder von den Toten auf.«

Portia schnappte nach Luft. »Sie wissen von Ivo?«

Sie lachte bellend auf. »Ob ich von ihm gewusst habe? Guter Gott, ich habe den Mann bezahlt, Sie aus dem Weg zu räumen. Aber was tut er? Er entscheidet, dass er etwas *mehr* Geld herausschlagen könnte und erpresst Sie.«

»Also haben Sie ihn getötet?«

»Seien Sie nicht blöd. Fant hat ihn getötet.«

»Fant?«

»Ja. Die Fants haben seit Generationen für meine Familie gearbeitet. Sie sind sehr loyal – und ich bezahle sie natürlich gut. Leider kann man mit Geld auch nicht alles erreichen. Fant hatte Angst, dass man ihn hängen würde, nachdem er Stefani getötet hatte, also kam er angerannt, damit ich ihm aus dem Schlamassel heraushelfe. Jetzt ist er viel eher bereit, meinen Befehlen zu folgen, allerdings auch nicht effektiver. Das hat er ja unter Beweis gestellt, als er das Ohr des Pferdes getroffen hat anstatt Ihres Kopfs.«

Portia war zu überrascht, um zu sprechen.

»Denken Sie sich, wie wütend ich war, als es Ihnen gelang, nicht nur der Kugel auszuweichen, sondern sich auch bei dem halb durchgedrehten Pferd im Sattel zu halten.« Ihr bitteres Lachen ließ Portias Kopfhaut kribbeln. »Ich nehme an, ich muss mir selbst die Schuld für die Sängergalerie geben. Das war nicht gerade meine beste Idee, aber es hätte funktioniert, wenn Frances nicht gewesen wäre.« Sie hielt inne. »Und so, meine liebe Schwägerin, bin ich zu dem Schluss gekommen, dass ich die Dinge selbst in die Hand nehmen muss. Wenn Sie sich benehmen, wird es schmerzlos sein. Ich habe etwas, das Sie betäuben wird. Wenn Sie fort sind, werde ich die Wahrheit über das Verhältnis Ihres

Mannes mit der Hure bekanntmachen und niemand wird einen Zweifel haben, wer Sie getötet hat. Dann kann ich mit Ihrem Mann tun, was ich will. Wer weiß, vielleicht ist er durch Ihren Tod so am Boden zerstört, dass er sich selbst umbringt? Ich habe gemerkt, wie er Sie ansieht – alle haben das. Außer Ihnen, wie mir scheint.« Ihre Stimme strotzte nur so vor böswilligem Amüsement. »Sie müssen wirklich dämlich sein, zu glauben, dass er sich mit der Hure aus dem Staub machen wollte. Was haben Sie in der Kapelle gehört, frage ich mich?« Sie wartete nicht auf eine Antwort. »So ärgerlich das alles auch war, so hat es mir doch viel Vergnügen bereitet, meinen eigenen lieben Mann in seinem elenden Saft schmoren zu sehen. Hätte ich gewusst, wie vergnüglich es sein würde, ihn leiden und hecheln zu sehen, hätte ich die beiden schon vor Jahren zusammengebracht, statt so hart daran zu arbeiten, sie auseinanderzuhalten.«

Eine kleine, eisenbeschlagene Tür erschien vor ihnen im Zwielicht. Rowena schob Portia einen großen Schlüssel über die Schulter. »Öffnen Sie.«

Portia fummelte an dem Schloss herum, bevor es ein dumpfes Klicken gab.

Rowena griff um sie herum und öffnete. »So, da wären wir, liebe Schwägerin.« Dann schlug sie Portia die Kerze aus der Hand und stieß sie in die Dunkelheit.

Kapitel Neunundzwanzig

»Es tut mir so leid, dich von dem Ball deiner Familie wegzerren zu müssen, Stacy«, sagte Kitty wieder, als sie die Stufen zum dritten Stock hochstiegen. »Ich fühle mich wie eine Idiotin, aber ich könnte es keinen Moment länger ertragen. Robert wollte nicht ...«

Stacy tätschelte ihre Hand. »Er kann nicht klar denken. Ich glaube, er und seine Frau haben seit Jahren diese scheußlichen Spielchen gespielt. Es ist besser, wenn du dich fernhältst, bis ich der Sache auf den Grund gehen kann. Jewell wird dich nach Plymouth bringen und uns danach abholen.« Sie wollte protestieren, aber er schnitt ihr das Wort ab. »Nein. Genau so wird es ablaufen. Die Situation ist inakzeptabel. Ich weiß nicht, was diese Frau vorhat, aber ich werde es herausfinden.«

Er führte sie durch eine große doppelflüglige Tür, die das Hauptgebäude von einem der älteren Gebäudeteile abtrennte. Er sah sich in dem dunklen Flur um und runzelte die Stirn. Der Geruch von Feuchtigkeit und Muff war überwältigend.

»Guter Gott, wer hat dich hier untergebracht? Das ist schrecklich. Man sollte die Viscountess dafür auspeitschen«, murmelte er. Sie blieb stehen und drehte sich um. »Was ist los, Kitty?«

Tränen schimmerten in ihren Augen. »Ich schäme mich so, dass ich dich in all das hineingezogen habe.«

Stacy fasste sie mit beiden Händen an den Schultern und schüttelte sie sanft. »Hör sofort damit auf, Kitty. Dich trifft absolut keine Schuld an all dem. Es ist offensichtlich, dass die Viscountess ein übles Spielchen mit Robert spielt.«

Ihr hübsches Gesicht verzog sich zu einem Ausdruck des Elends. »Ich wäre nicht gekommen, aber in dem Brief wurde das Baby erwähnt und ...«

»Kitty«, sagte er streng, »Ich werde herausfinden, was ich kann, auch die Wahrheit über dein Kind. Verstehst du mich? Diese Frau ist Gift und hat meinen Bruder fast in den Wahnsinn getrieben. Du musst hier verschwinden. Alles, worum du dir Gedanken machen musst, ist ...«

»Stacy!«

Frances kam auf sie zugelaufen und raffte die Röcke ihres Ballkleides. »Es geht um Portia!« Stieß sie zwischen keuchenden Atemzügen hervor. »Du musst sofort mitkommen!«

***

Portia fiel in den dunklen Raum und stieß hart gegen irgendetwas.

»Bleiben Sie da«, keifte Rowena, die nun den Raum betrat und Licht in die Dunkelheit brachte. Dann knallte sie die Tür hinter ihnen zu.

Der Raum war etwa dreimal so breit wie der Tunnel, den sie gerade hinter sich gelassen hatten, und es gab eine zweite Tür gegenüber der, durch die sie gerade gekommen waren. Die einzigen Möbel waren ein filigraner Konsolentisch an einer Wand und ein großer, grob gezimmerter Tisch in der Mitte des Raumes. Dieser war es gewesen, gegen den sie gestoßen war.

Breite Lederriemen waren oben, in der Mitte und unten an dem größeren Tisch befestigt, und Portia konnte ihren Blick kaum abwenden. Als sie hochsah, wünschte sie, sie hätte es nicht getan. Die Wände hatten Dutzende von geschnitzten Nischen, und in jeder befand sich eine abscheuliche Maske. Es fühlte sich an, als sähen Dutzende hasserfüllter Augenpaare sie an.

Rowena träufelte einen Klecks Wachs auf den Beistelltisch und befestigte ihre Kerze darauf. Der entschlossene Ausdruck auf ihrem Gesicht war weitaus furchterregender als jede der Masken an der Wand.

»Legen Sie sich auf den Tisch.« Sie stieß die Pistole in Portias Seite, um sie zum Gehorsam aufzufordern. Ihr Blick glitt zur zweiten Tür, und ihre Lippen wurden vor Verärgerung schmal, als sie sich langsam knarrend öffnete. Mr. Fant stand in der schmalen Türöffnung, seine Augen weit aufgerissen.

»Machen Sie die Tür zu, Sie Idiot«, schnauzte Rowena. »Warum haben Sie so lange gebraucht?«

Der Mann mit dem mürrischen Gesicht errötete. »Ich habe mich verlaufen, Mylady. Hier unten gibt es kilometerlange Tunnels.« Er trug eine große hölzerne Werkzeugkiste in der einen und eine abgeschirmte Laterne in der anderen Hand.

Ein Ausdruck ausgesprochener Verärgerung huschte über Rowenas Gesicht, und einen Moment lang schwankte die Hand, in der sie die Pistole hielt, als erwog sie, ihren Komplizen zu erschießen.

»Haben Sie es?«, fragte sie und biss die Zähne zusammen.

Fants Blick flatterte von seiner Herrin zu Portia und bewegte sich schnell zu der Holzkiste. Er stellte sie neben der Lampe auf den Boden und kramte in ihren Tiefen, wobei er ein großes Stück gefaltete Leinwand und ein kleines rundes Tongefäß herausholte. »Die Frau hat gesagt, dass ein Schluck ausreicht.«

»Machen Sie die aus.« Sie zeigte auf die Lampe in seiner Hand und streckte ihm die Pistole hin. »Hier, nehmen Sie.« Sie wartete ungeduldig, und er gehorchte. »Schaffen Sie es, sie damit in Schach zu halten, ohne einen von uns zu erschießen?«

Angesichts ihres herabsetzenden Tons presste Fant die Lippen zusammen, aber er nahm kommentarlos die Pistole und zielte damit auf Portia. Sein Gesichtsausdruck war noch grimmiger als sonst.

Rowena zog den Stopfen aus dem Tongefäß und schob es Portia zu. »Sie werden mindestens zwei Schlucke trinken und sich dann auf den Tisch legen. Es wird schnell gehen und kaum wehtun. Haben Sie verstanden? Ich werde Sie festbinden, wenn Sie ...«

Die schwere Brettertür hinter ihr flog auf und knallte gegen ihre Schulter. Sie schrie auf, taumelte zur Seite und stieß gegen den Tisch, auf den sie die Kerze gestellt hatte. Ihre Hand tastete nach Halt, und sie stieß die Kerze zu Boden, wodurch der Raum in Dunkelheit getaucht wurde.

»Legen Sie die Waffe weg, Fant! Ich weiß, dass Sie eine Pistole haben«, forderte eine ruhige, vertraute Stimme. »Es sind fünf Männer bei mir und weitere kommen aus der anderen Richtung. Sie sitzen in der Falle. Tun Sie, was ich Ihnen sage, und Sie werden vielleicht überleben.«

Portia sprang vom Tisch und machte einen Schritt. Und dann schlang sich ein Arm um ihren Hals.

»Stacy!« Ihr Schrei kam als ersticktes Gurgeln heraus, als sie sich gegen Rowenas überraschend starken Griff wehrte, wobei sie schützend die Hände über ihren Bauch gelegt hatte. Rowenas Griff um ihren Hals wurde fester, und Portia würgte.

»Geben Sie mir die Pistole, Fant!«, verlangte Rowena.

»Geben Sie ihr die Waffe nicht, Mr Fant.« Stacys Stimme klang beinahe gelangweilt. »Ich habe eine Pistole direkt auf Ihr Herz gerichtet. Sie wissen sehr wohl, dass ich im Dunkeln besser sehe als eine Katze. Ich kann genau sehen, dass Sie gerade rückwärts zur anderen Tür gehen. Sie haben eine Lampe in der Hand.«

»*Geben Sie mir die Pistole*«, kreischte Rowena und drückte etwas an Portias Lippen.

Portia wurde klar, dass es das Giftfläschchen war und sie biss ihre Zähne mit aller Kraft aufeinander. Eine blinde Wut fegte durch ihren zitternden Körper, und sie stieß mit voller Wucht ihren Ellenbogen nach hinten. Rowena stöhnte auf und stolperte zurück. Ihr Griff lockerte sich. Portia ließ sich auf alle Viere fallen, kroch unter den großen Tisch und rollte sich dort zusammen.

»Fant!«, keifte Rowena.

Portia hörte Füße über den Boden schaben und einen unterdrückten Fluch, als jemand gegen die

Werkzeugkiste trat und sich der Inhalt klirrend und klappernd über den Steinboden verteilte. Ein ohrenbetäubender Pistolenknall erfüllte den Raum und das Geräusch von bestimmt einem Dutzend männlicher Stimmen war zu hören, bevor ein weiterer Knall ertönte, dem ein scheußliches Grunzen und dann das unverwechselbare dumpfe Geräusch eines zu Boden fallenden Körpers folgten.

»Das war Fant, Lady Rowena. Es ist vorbei.«

Stacys Stimme kam von irgendwoher aus der Nähe, und Portia musste sich auf die Zunge beißen, um nicht zu rufen.

Ein gluckerndes, ersticktes Lachen folgte auf das Geräusch von zerschellender Keramik auf dem Steinfußboden. Ein Licht flackerte auf. Portia blickte auf und sah, wie Stacy eine Kerze vom Gesicht weghielt und etwas auf der anderen Seite des kleinen Raumes anstarrte.

»Großer Gott! Was haben Sie getan?« Entsetzen erstickte seine Stimme.

»Sie haben doch nicht gedacht, dass ich mich von Ihnen einsperren lasse, oder?« Rowenas gurgelndes Lachen wurde zu einem animalischen Schmerzensschrei. Ihre blassgrünen Augen quollen hervor, als sie die Qualen durchlitt, die sie Portia angeblich hatte ersparen wollen. Dann rutschte sie an der Wand abwärts, bis sie auf dem Boden zusammensackte.

Die Tür, durch die Fant gekommen war, flog auf, und Robert stand keuchend im Türrahmen. Seine Laterne warf Licht auf das Massaker. An seiner Seite stand ein riesiger Kerl mit einer Axt.

Zuerst sah er Fants reglosen Körper. »Der Teufel!«, spie er.

»Aha! Mein heißgeliebter Ehemann ist gekommen.« Robert wandte sich der Stimme seiner Frau zu.

»Rowena! Was hast du getan?« Er überbrückte die Distanz mit einem ausgreifenden Schritt und ließ sich neben ihr fallen. Blut quoll aus ihrem Mund, und sie hustete und spuckte Blut vor seine Füße.

»Du armer Trottel«, krächzte sie. »All das habe ich für dich getan. Und jetzt war es alles ...«

Portia schloss die Augen bei den furchtbaren Geräuschen und öffnete sie wieder, als sie eine leichte Berührung an der Schulter spürte. Sie sah Stacys wunderschöne Augen nur wenige Zentimeter entfernt. Er nahm ihre Hand und half ihr auf die Beine. »Bist du verletzt, mein Liebling?«

Sie warf sich in seine Arme. »Es tut mir so leid, Stacy.«
»Was tut dir leid, Liebling?«

Portia brachte sich noch mehr in Verlegenheit, indem sie in Tränen ausbrach, denn bei der Liebe in seiner Stimme fühlte sie sich wie der größte Dummkopf auf Erden. Sie drückte ihn, bis es wehtat.

Er streichelte ihr Haar. »Nicht weinen, Portia, du bist jetzt in Sicherheit.«

»Ich weine nie.« Sie schluchzte in seine Halsbinde.

»Nie, das weiß ich doch, Liebes«, stimmte er zu. An seiner Brust klang sein Lachen wie ein dumpfes Brummen. »Aber ich glaube, diese Mal ist es gerechtfertigt. Macht es dir eigentlich etwas aus, wenn ich mitmache?"

Sie lachte, aber das Lachen ging in ein Schluchzen über. Ihr Körper zitterte so stark, dass sie kaum noch stehen konnte.

»Wirst du ohnmächtig, Portia?« Er drückte seine Lippen mehrmals auf ihren Kopf.

»Ich werde nie ohnmächtig.«

Und dann wurde alles schwarz.

***

Das erste, was Portia sah, als sie nach dem alptraumhaften Erlebnis in den unterirdischen Gängen erwachte, war ihr Ehemann, der in einem Ohrensessel neben ihrem Bett saß und las. Ein Lächeln breitete sich langsam über sein Gesicht aus, als er sah, dass sie wach war. Er nahm seine Lesebrille ab und legte das Buch beiseite.

»Ich dachte, du würdest den Tag heute verschlafen«, raunte er und setzte sich zu ihr aufs Bett.

Portia nahm seine Hand und sah in seine wunderschönen Augen.

»Es tut mir so leid, Stacy«, sagte sie, denn es fiel ihr gleich wieder ein, wie dumm sie gewesen war.

»Das hast du gestern Nacht auf dem ganzen Rückweg zum Haus gesagt. Selbst, nachdem du bewusstlos geworden warst. Du bist immer wieder aufgewacht und hast gemurmelt, dass es dir so leidtut. Würde es dir etwas ausmachen, mich darüber aufzuklären, was genau dir leidtut?« Er streckte die Hand aus und strich eine lose Strähne hinter ihr Ohr. »Oder möchte ich es vielleicht gar nicht wissen?«

Ihr Gesicht brannte, sie küsste seine Handfläche und legte seine Hand an ihre Wange. »Ich habe dich und Mrs Charring gestern in der Kapelle gehört.«

Er sah verwirrt aus. »Und?«

»Ich glaube, ich habe nicht alles gehört und fürchte, ich habe die falschen Schlüsse gezogen.«

Seine Stirn furchte sich, und sie stöhnte. »Ich dachte, du wärest derjenige, den sie liebt und dass du es bereust, mich geheiratet zu haben. Ich bin eine Idiotin.«

Tränen wallten in ihren Augen auf, und das ließ sie noch wütender werden.

Seit wann hatte sie denn so nah am Wasser gebaut? Sie schloss die Augen, und heiße Spuren zogen sich über ihre Wangen abwärts.

Er nahm ihre Hände zwischen seine. »Sieh mich an.« Sie hörte die Strenge in seiner Stimme, und ihr Magen krampfte sich schmerzhaft zusammen.

»Portia, mach die Augen auf und sieh mich an.«

Sie öffnete die Augen; er sah wütend aus. »Ich liebe dich.«

Sie blinzelte. »Was hast du gesagt?«

Er sah sie hilflos amüsiert an. »Ich liebe dich. Ich hatte gehofft, du hättest das aus meinem Verhalten geschlossen. Ich sehe jetzt, dass ich offenbar vollkommen falsch lag. Ich liebe dich, Portia. Kannst du das nicht in dein hübsches Köpfchen hineinbekommen?«

Portia wagte nicht, zu sprechen, also nickte sie nur.

»Gut. Ich werde es dir in fünf Minuten noch einmal sagen. Nur um sicherzugehen, dass du es verstanden hast.«

»Und ... Kitty?« Portia schien ihre Fähigkeit verloren zu haben, vollständige Sätze zu bilden.

»Vor vielen Jahren, beinahe zehn Jahren, war ich Kittys Geliebter. Wir sind aber schon sehr lange nur noch Freunde. Ich weiß, ich hätte es dir gleich erzählen sollen, als sie ankam, aber sie war so erschrocken, als sie Robert sah, und brauchte Hilfe.« Er verzog das Gesicht. »Ich schätze, ich hätte mir denken sollen, dass du das Schlimmste annehmen musstest, so wie Kitty und ich uns verhalten haben. Ich liebe Kitty als eine Freundin und würde alles für sie tun, aber das ist alles.«

Eifersucht brandete bei dem Gedanken an ihn mit einer anderen Frau auf, aber dieses Mal flackerte das Gefühl nur kurz auf und erstarb gleich wieder; er liebte sie.

»Bitte sag mir, was geschehen ist.«

»Bist du sicher? Es ist keine besonders schöne Geschichte, und sie ist lang.«

»Ich bin sicher.«

»Oberflächlich betrachtet scheint diese ganze Geschichte ein Zufall von beinahe epischen Ausmaßen zu sein. Allerdings war das meiste davon geplant – von Rowena. Robert hat Kitty vor Jahren kennengelernt, bevor er Rowena traf.« Er hielt inne. »Aber ich greife vor. Kitty ist in einem Pfarrhaus aufgewachsen als jüngere von zwei Töchtern. Sie fand eine Anstellung als Gouvernante in der Nähe von Plymouth. Ihr junger Schützling hatte einen älteren Bruder, der von Zeit zu Zeit mit seinen Freunden aus Oxford zu Besuch kam. Einer davon war Robert. Man muss nicht viel Fantasie haben, um sich vorzustellen, was dann geschah. Sie haben sich verliebt. Leider war Robert bereits verlobt.«

»Das hat Rowena mir erzählt«, sagte Portia.

»Nun, Robert wusste, dass Rowena ihn nicht liebte, und er war sicher, er könnte sie überreden, ihn aus dem Verlöbnis zu entlassen. Er erzählte Kitty, was er vorhatte und versprach, zurückzukehren, sobald er mit Rowena, dem Duke und seinem Vater gesprochen hätte. Robert sagte Rowena die Wahrheit, und sie stimmte zu, dass sie keinen Mann heiraten wollte, der bereits eine andere liebte. Rowena sagte, sie würde zu ihrem Vater gehen und behaupten, sie hätte ihre Meinung geändert. Sie schien nicht wütend zu sein, und sie lud ihn sogar ein, über Nacht zu bleiben und mit ihr und ihren Brüdern zu speisen.

»Am nächsten Morgen, als er zurück nach Thurlstone Castle ritt, wurde Roberts Pferd unter ihm erschossen, als er über eine Brücke ritt.« Er sah sie grimmig an. »In Anbetracht von Rowenas kürzlichem Verhalten nehmen Robert und ich nun an, dass es kein Unfall war. Ein ortsansässiger Gutsverwalter fand ihn beim Fluss, nicht weit von seinem toten Pferd. Er hatte sich ein Bein gebrochen und eine schwere Gehirnerschütterung; man konnte ihn nicht identifizieren. Es dauerte Wochen, bis er nach Plymouth zurückkehren konnte, und da war Kitty verschwunden.«

»Das klingt ja wie ein Roman von der *Minerva Press*«, sagte Portia. Stacy nickte und fuhr fort. »Die Familie, für die Kitty arbeitete, fand heraus, dass sie schwanger war. Es ist nicht schwer, sich vorzustellen, dass auch dahinter Rowena steckte. Sie entließen Kitty ohne Referenzen.«

Portia konnte sich kaum vorstellen, welche Angst das junge Mädchen gehabt haben musste. Sie selbst hatte wenigstens ihre Freunde gehabt, auf die sie zählen konnte, als Ivo sie verlassen hatte.

»Sie wartete auf ihn, bis sie kein Geld mehr hatte, und dann verkaufte sie das Einzige, was sie noch hatte.«

»O Gott«, rief Portia. »Und Robert?«

»Ihr früherer Arbeitgeber erzählte ihm, Kitty wäre zu einer Tante in den Norden gereist, von der er allerdings keine Adresse hätte. Robert ging zum alten Pfarrhaus ihres Vaters, aber der neue Pfarrer wusste nichts über den Verbleib von Kittys Familie, und niemand im Dorf hatte je etwas von einer Tante gehört. Er wusste nicht, wo er noch suchen sollte.«

»Welch schreckliche Geschichte.«

»Da ist noch mehr. Rowena wusste genau, wo Kitty gelandet war, denn sie stellte sicher, dass die Fants dort waren, um ihr eine Bleibe anzubieten.«

»Die Fants!«

»Die Familie hat auf dem Besitz des Dukes in Yorkshire seit Generationen gearbeitet. Als also die Zeit für Kittys Niederkunft kam, bezahlte Rowena die Hebamme und behauptete, Roberts und Kittys Kind wäre bei der Geburt gestorben.« Er warf Portia einen finsteren Blick zu. »Kitty hatte einen Brief bekommen, der besagte, dass ihr Kind noch lebte. Und wenn sie ihr Kind wollte, müsse sie zu der Hausparty kommen. Deswegen kam sie nach Thurlstone.«

Portia schüttelte den Kopf. »Aber *warum*? Warum hat Rowena so etwas getan?«

Stacy zuckte mit den Schultern. »Rache? Wut? Wir werden es jetzt wohl nie erfahren.«

»Woher weißt du von dem Kind?«

»Fant hat es uns erzählt.«

»Ich dachte, er wurde erschossen.«

»Seine Wunde war tödlich, aber er lebte noch einige Stunden und war bei Bewusstsein. Wir mussten ihm versprechen, seine Frau zu verschonen, damit er uns die Wahrheit erzählt. Er behauptete, sie hätte von alldem nichts gewusst.«

Portia dachte an die verschlagene Frau mit ihren kleinen, gehässigen Augen.

»Das glaube ich nicht.«

»Ich auch nicht, aber es war der einzige Weg, um auch den Rest der Geschichte zu erfahren.« Er fuhr fort. »Vor einigen Jahren wurde Rowena neugierig wegen Frances. Sie glaubte die Geschichte von der alten Schulfreundin nicht, mit der sie zusammenlebte. Also ließ sie Frances beschatten.«

»Warum?«, fragte Portia.

»Frances glaubt, Rowena könnte etwas von Nannys älterer Schwester gehört haben, einer Frau namens Elsa. Sie war die Hebamme, die uns auf die Welt brachte. Elsa lebte in einem Cottage auf dem Anwesen, und Rowena lernte sie in ihrer Kapazität als zukünftige Herrin von Thurlstone kennen. Sie hat ihr Kalbsfußsülze oder so etwas gebracht. Die Dinge, von denen die barmherzigen Engel glauben, dass die Armen, Alten und Kranken sie nötig hätten. Elsa kannte vermutlich die Wahrheit, und vielleicht hat sie sich entschlossen, sie zu verraten. Oder aber ihr Verstand schweifte ein bisschen ab, wie bei Nanny, und so kam die Geschichte heraus. Jedenfalls ist es höchst verdächtig, dass Elsa kurz darauf starb.«

Portia schauderte. »Wohl eher ein Todesengel. Wie kam es dazu, dass die Fants für Nanny arbeiteten?«

»Fant sagte, Rowena hätte ihnen über die Stelle erzählt, als Frances das Gesuch ausschrieb. Fant sagte, ein Teil seiner Pflichten war es, ein Auge auf mich zu haben. Er war es, der herausfand, dass ich Kitty kannte und hat diesen seltsamen Zufall seiner Auftraggeberin gemeldet. Rowena hatte keine Verwendung für diese Information bis ihr vor Kurzem die Idee kam, dass Kitty die perfekte Waffe darstellte, um sowohl Robert als auch mich zu bestrafen.«

Er machte eine Pause, ein Muskel in seinem Kiefer zuckte. »Hat Rowena dir vom Earl erzählt?«

»Was ist mit ihm?«

»Sie muss ihn in seinem Bett erstickt haben, bevor sie hinter dir her war.«

»O Gott!« Portia schlug beide Hände vor den Mund.

»Sie dachte, so könnte sie verhindern, dass sich das Geheimnis weiter herumspräche, aber der Mord an meinem Vater war schließlich, was sie zur Strecke gebracht hat. Weißt du, er hat versiegelte Briefe hinterlassen, in denen er die Wahrheit über Robert und mich für den Fall seines Todes festgehalten hatte.« Stacys Lippen kräuselten sich mit Abscheu. »Ich freue mich nicht über den Tod eines Menschen, aber mein Vater hat bekommen, was er verdiente.«

»Glaubst du, er wusste, dass Rowena hinter all jenen Unfällen steckte?«

»Ich möchte es nicht wissen, und ich bin froh, dass er die Wahrheit mit ins Grab nimmt.«

Portia erinnerte sich an noch etwas aus der vergangenen Nacht. »Sie hat Ivo bezahlt, um nach Cornwall zu kommen, aber ich verstehe nicht, wie sie überhaupt von ihm wissen konnte.«

»Sie hat ihn nie getroffen, aber sie hat Fant geschickt, dich zu überwachen, als sie befürchten musste, dass du und ich zu vertraut miteinander wurden. Sie schickte ihn nach London zu deinem vorherigen Wohnsitz.«

Portia verzog das Gesicht. »Mrs Sneed war unsere Vermieterin. Sie ist eine furchtbare Frau; Ich wette, sie war nur zu erfreut, ihm alle Informationen zu verkaufen, die sie hatte. Also hat Fant Ivo getötet?«

»Als er starb behauptete Fant, Ivos Tod sei ein Unfall gewesen. Er sagte auch, er hätte nichts von dem Geld gewusst, das Ivo von dir erpresst hatte.«

»Und das hast du ihm geglaubt?«

»Nein. Ich denke, seine Frau hat das Geld, aber sie wird es gut versteckt haben.« Er zuckte mit den Schultern. »Ich habe der Frau misstraut, und bevor wir nach Thurlstone kamen, habe ich Hawkins' älteste Tochter bei Nanny einziehen lassen, um sie zu beschützen.«

Portia blinzelte. »Was hat dich dazu veranlasst?«

»Ich habe gesehen, wie Fant mit Ivo gesprochen hat.«

»Was?« Portia richtete sich auf.

»Ja. An dem Tag, als wir das Dach der Humboldts inspiziert haben. Der Tag, an dem wir im Wald gepicknickt haben.«

Daran erinnerte sich Portia noch zu gut. Dem Ausdruck auf seinem Gesicht nach zu urteilen, tat Stacy es ebenfalls. Er lächelte und strich über ihren Bauch. Die Geste war zugleich zärtlich und besitzergreifend.

»Warum hast du mir das nicht gesagt?«

»Was sollte ich schon sagen? Ich hatte den Verdacht, dass da bei Fant etwas im Busch war, aber ich hatte doch keine Beweise. Als ich ihn später zu Ivos Tod befragte, sagte seine Frau, er sei nach Norden gereist, um jemanden zu besuchen. Die Kerzen beleuchteten seine scharfgeschnittenen Züge und ließen seine atemberaubenden Augen strahlen. »Sie starren, Lady Broughton.«

Portia schnappte nach Luft. »Wie verkraftet Robert das alles? Er muss doch am Boden zerstört sein.«

»Er ist wie ein Mann, der träumt. Er hat nicht viel über seine Ehe mit Rowena erzählt, aber ich glaube, die beiden haben einander das Leben ziemlich schwer gemacht.«

Portia dachte an die Frau, die mindestens dreimal versucht hatte, sie zu töten und schauderte. »Sie war bereit, uns alle für einen lächerlichen Titel umzubringen.«

»Ich weiß, Liebling.« Stacy drückte ihre Hand.

»Was ist mit Kitty und Robert? War das mit ihrem Kind die Wahrheit?«

»Fant sagte, das Kind sei bei seinem Bruder aufgewachsen. Robert hat mir schon gesagt, er würde morgen aufbrechen, um ihre Tochter zu holen.«

»Was denkst du werden Robert und Kitty tun?«

»Ich weiß es nicht. Aber was auch immer passiert. Er hat mir gesagt, er möchte nicht mehr hier wohnen.«

Sie runzelte die Stirn. »Werden *wir* hierherziehen?«

»Nein. Jedenfalls nicht, bis das Kind geboren ist. Robert hat sich bereiterklärt, so lange hier zu bleiben.«

»Gott sei Dank. Ich möchte, dass unser Kind in Whitethorn geboren wird.«

»Ich auch, mein Herz.« Er zog sie in seine Arme und hielt sie so fest, dass sie kaum atmen konnte. »Ich liebe dich, Darling. Glaubst du, wir könnten eine Woche erleben, in der du das nicht vergisst?«

Sie lachte. »Das verspreche ich dir. Vielleicht sogar zwei Wochen.«

Epilog

Einige Monate später auf Whitethorn

Stacy hörte ein vorsichtiges Kratzen an der Tür der Bibliothek und sprang auf die Füße.

»Herein!«, rief er. Seine Stimme war rau, weil er sie lange nicht gebraucht hatte.

Es war Soames. »Die Countess fragt nach Ihnen, Mylord.« Seine Lippen zuckten, und Stacy konnte erkennen, dass er Mühe hatte, ein Lächeln zu unterdrücken.

Er starrte seinen für gewöhnlich ernsten Butler an und öffnete den Mund. Und schloss ihn wieder. Und öffnete ihn wieder. »Danke, Soames. Ich werde sofort hochgehen.«

Er blieb stehen und starrte zur Tür, auch nachdem sie sich geschlossen hatte. Er wollte schon seit Stunden bei ihr oben sein, aber jetzt plötzlich war er ... nervös.

Robert legte die Zeitung ab, die er gelesen hatte und betrachtete ihn mit einem amüsierten, nachsichtigen Lächeln. »Nun? Bist du bereit, alter Knabe?«

Stacy sah seinen Bruder an, seinen jüngeren Bruder, und sein Verstand war wie ein Strudel. Der arme Robert hatte in den vergangenen Monaten keine leichte Zeit gehabt. Er war geblieben, um den Besitz ihres Vaters zu verwalten, aber Kitty hatte nichts von ihm wissen wollen. Zum Glück hatte er ihre Tochter, April, recht oft besuchen können und hatte sie sogar nach

Thurlstone bringen können, um ihre Tanten kennenzulernen. Stacy und Portia hatten das Mädchen auch kennengelernt, aber Kitty sprach nicht über seinen Bruder, und Stacy wollte nicht neugierig sein. Wer wusste schon, was zwischen den beiden vorging, nach einer so schwierigen Vergangenheit?

»Willst du den ganzen Tag nur dastehen, Stacy?«

Er schüttelte sich und atmete tief durch. Roberts Gelächter folgte ihm aus dem Raum.

Stacy nahm die Gesichter seiner Bediensteten auf dem Weg zum herrschaftlichen Schlafzimmer nur vage wahr. Er hatte das Gefühl, der Weg von der Bibliothek bis zu ihren Schlafzimmern wäre irgendwann in den vergangenen zweiundzwanzig Stunden um das Dreifache länger geworden.

Er nahm zwei Stufen auf einmal und wäre oben beinahe mit seiner Schwester Mary zusammengestoßen.

Sie strahlte und nahm seine Hand. »Komm. Sie warten auf dich.«

Sie? Ach ja, er würde schließlich nicht nur Portia sehen.

Es schienen ungefähr hundert Leute in Portias Schlafzimmer zu sein: Ihre Freunde aus der Akademie, bis auf Miles und Honoria, hatten die lange Reise auf sich genommen und waren schon seit fast einer Woche hier.

Stacy hatte alle der früheren Lehrkräfte während eines Weihnachtsbesuchs in London kennengelernt, und er mochte sie alle, sogar den viel zu gutaussehenden Miles. Er war froh, dass ihre Freunde für sie dagewesen waren, aber jetzt hatte er nur Augen für seine Frau. Portia lag weich auf einen Berg Kissen gebettet, ihr wildes schwarzes Haar floss lose um ihre Schultern, ihr wunderschönes Gesicht sah müde aus, aber es strahlte vor Stolz.

Sie streckte die Hände nach ihm aus. »O Stacy!«

Er küsste ihre Stirn und drückte ihre Hand so fest, dass sie zusammenzuckte.

»Wie geht es dir, mein Liebling? Du siehst wunderschön aus. Sie wollten mich nicht hereinlassen. Frances und Serena haben mich an der Tür aufgehalten und wollten mich nicht vorbeilassen.«

Sie lachte und sah über seine Schulter, und er drehte sich ebenfalls um.

Frances hielt ein Kind im Arm.

Ebenso wie Serena, Portias beste Freundin, eine temperamentvolle junge Witwe, die seiner eigenen Frau sehr ähnlich war und die er bereits sehr ins Herz geschlossen hatte.

Stacys Kinnlade klappte herunter. »Zwei?«

»Unser Sohn und unsere Tochter, Stacy.« Portias Stimme war sanft und voller Staunen.

»Zwillinge?«, fragte er dümmlich. Ein Frösteln breitete sich in seiner Brust aus; waren sie wie er?

Er stand langsam auf und näherte sich dem Bündel, das Frances hielt. Er blickte in ein rosiges Gesicht mit etwas dünnem schwarzem Flaum, und er lächelte.

»Das ist eure Tochter, eure Erstgeborene«, sagte Frances. »Sie ist zwölf Minuten älter als euer Sohn.«

Stacy berührte die winzige rosa Wange mit einem Finger, und sie bewegte sich, schlief aber weiter.

Er wandte sich Serena zu. Die stets fröhliche Französin sah noch zerzauster aus als sonst, ihr langes, wildes Haar stand in alle Richtungen ab. Sie fing Stacys Blick mit einem ungewöhnlich ernsten Ausdruck ein. »Das ist Ihr Sohn, Mylord.«

Stacy zog die Decke zurück. Sein Sohn schlief nicht. Er war blass, ohne auch nur einen Hauch Farbe, bis auf seine Augen; sie hatten ein sehr blasses Blau. Stacy starrte lange in diese Augen, seine Gefühle waren ein verwirrendes Gemisch von Liebe, Freude, Furcht und ein wenig Traurigkeit darüber, was seinem Sohn bevorstünde. Er schluckte schwer und dachte an die Zukunft des Jungen. Er würde dasselbe Starren und dieselben Grausamkeiten erdulden müssen, denen Stacy in seinem Leben begegnet war, und sein Leben würde nie leicht sein. Aber wessen Leben war das schon? Wenigstens würde er es nicht allein durchstehen müssen.

Sein Sohn gurgelte und sein Händchen griff nach Stacys Finger. Für so ein winziges Würmchen war der Griff erstaunlich fest.

Stacy lachte und sah zum Bett, wo er Portias besorgtem Blick begegnete. »Er hat deine Hände. Unsere Kinder sind wunderschön, mein Liebling. Alle beide.«

Er sah die Erleichterung in ihrem Gesicht, und Stacy runzelte die Stirn. Hatte sie etwa Sorge gehabt, er würde sein eigenes Kind nicht lieben?

Hatte *er* sich etwa darüber Sorgen gemacht?

Er wandte sich Frances und Serena zu, die beide breit lächelten und ihre Arme ausstreckten.

»Beide?«, fragte Serena zögerlich.

»Ich sollte mich wohl besser daran gewöhnen.«

Sie fühlten sich in seinen Armen so leicht an; sie wogen fast nichts, und doch hatten sie bereits alles verändert.

Er saß auf dem Bett, in jeder Armbeuge wiegte er vorsichtig ein Baby und sah seine Frau an.

»Es war sehr klug von dir, bei zwei aufzuhören, Portia. Ich habe keinen freien Arm mehr.«

Sie lachte erschöpft und sah von ihrer Tochter zu ihrem Sohn und dann ihn an, und Liebe leuchtete aus ihren dunklen Augen.

»Sie sind perfekt, Stacy.«

Stacy sah die Frau an, die so viel Licht und Freude in sein farbloses Leben gebracht hatte und nickte.

»Ja, meine Liebste. Sie sind perfekt. Und sie werden zusammen aufwachsen mit Eltern, die sie lieben, einer Familie und miteinander.«